HEYNE <

Das Buch
Sein Name ist Sam Fisher und er ist der beste Agent einer geheimen Unterabteilung der NSA. Fisher ist ein so genannter »Splinter Cell«, das heißt, niemand außer seinem Arbeitgeber weiß um seine Existenz. Weltweit agieren zahlreiche »Splinter Cells« völlig unabhängig voneinander. Doch plötzlich werden zwei Agenten ermordet. Offensichtlich ist es einem Terrornetzwerk gelungen, den Datenschutzschild der Agentur zu überwinden und die Identität der Agenten offen zu legen. Als letzter Trumpf in der Hand der Regierung wird Fisher auf eine schier aussichtslose Mission geschickt. Sollte er in Gefangenschaft geraten oder getötet werden, werden die Auftraggeber jede Kenntnis über ihn abstreiten.

Der Autor
Tom Clancy, geboren 1948, arbeitete lange Jahre als Versicherungsagent. Eine Meuterei auf einem sowjetischen Zerstörer regte Clancy dazu an, seinen ersten Thriller, *Jagd auf Roter Oktober*, zu schreiben. Das Buch wurde auf Anhieb ein internationaler Erfolg, der sich in der Verfilmung mit Sean Connery in der Hauptrolle wiederholte. Seither ist Tom Clancy der Erfolg treu geblieben, seine Romane belegen regelmäßig über Wochen hinweg die ersten Plätze der internationalen Bestsellerlisten, die Verfilmungen mit Harrison Ford als Jack Ryan waren ausnahmslos Kassenschlager. Zusammen mit Steve Pieczenik hat er die erfolgreichen Taschenbuchserien *OP-Center* und *Net Force* geschrieben, und mit Martin Greenberg die Serie *Power Plays*. Alle Serien sind als Heyne Taschenbücher lieferbar.

Außerdem lieferbar:
Jagd auf Roter Oktober, Der Kardinal im Kreml, Der Schattenkrieg, Operation Rainbow, Im Zeichen des Drachen, Red Rabbit, Im Auge des Tigers.

DAVID MICHAELS

TOM CLANCYS SPLINTER CELL

Babylon-Phönix

Aus dem Amerikanischen
von Elisabeth Parada Schönleitner

WILHELM HEYNE VERLAG
MÜNCHEN

Die Originalausgabe erschien 2004 unter dem Titel
Tom Clancy Splinter Cell
bei Berkley Books,
a division of Penguin Group (USA), Inc.

FSC
Mix
Produktgruppe aus vorbildlich
bewirtschafteten Wäldern und
anderen kontrollierten Herkünften

Zert.-Nr. SGS-COC-1940
www.fsc.org

Verlagsgruppe Random House FSC-DEU-0100
Das FSC-zertifizierte Papier *München Super* für Taschenbücher
aus dem Heyne Verlag
liefert Mochenwangen Papier.

Vollständige Taschenbucherstausgabe 10/2005

Printed in Germany 2005
Radaktion: Oliver Neumann
Umschlagillustration: © Amado Batour/AXB Group, Inc.
Umschlaggestaltung: Nele Schütz Design, München
Satz: Leingärtner, Nabburg
Druck und Bindung: GGP Media GmbH, Pößneck
ISBN: 3-453-43036-0

www.heyne.de

Danksagung

Autor und Herausgeber danken Raymond Benson für seinen unschätzbaren Beitrag zu diesem Roman. Unser Dank gilt außerdem den Mitarbeitern von UbiSoft Entertainment, Mathieu Ferland, Alexis Nolent und Olivier Henriot, für die ausgezeichnete Zusammenarbeit und Unterstützung. Großen Dank schulden wir Joe Konrath für seine Anregungen und James McMahon für sein Fachwissen.

1

Es ist ein Zustand, als würde man gar nicht existieren. Wie in einem Vakuum. Dunkelheit und Licht herrschen gleichzeitig, dafür scheint die Schwerkraft aufgehoben zu sein. Es gibt keine Luft, und trotzdem weiß ich, dass ich atme. Kein Laut dringt zu mir durch. Ich sehe und fühle nichts, von Träumen ganz zu schweigen.

So empfinde ich den Schlaf. Vermutlich sollte ich mich glücklich schätzen, dass ich jederzeit und überall schlafen kann. Ich musste diese Fähigkeit nicht einmal erlernen. Schon als Kind war ich dazu imstande. Ich muss mir lediglich sagen: »Jetzt ist es Zeit zu schlafen«, und schon schlafe ich ein. Wahrscheinlich gibt es eine ganze Menge Menschen auf Erden, die mich um diese Gabe beneiden. Ich bin auch dankbar dafür und betrachte sie keineswegs als selbstverständlich, denn in meinem Job bin ich oft genug gezwungen, an den seltsamsten Orten und zu den ungewöhnlichsten Zeiten zu schlafen.

Sobald ich den pulsierenden Druck an meinem Handgelenk fühle, löse ich mich allmählich aus der dimensionslosen Welt und übernehme wieder die Kontrolle über meine Sinne. Nun spüre ich das warme Metall an meinem Gesicht und höre aus der Ferne das Echo undefinierbarer Laute.

Der OPSAT an meinem Handgelenk fährt ungehindert fort, mich zu wecken. Wenn der »stumme Alarm« losgeht, schiebt sich eine T-förmige Stange aus dem flexiblen Armband, die wie ein Hammer vor- und zurückschwingt und leicht auf meinen Puls klopft, um meinem Körper zu sagen, dass es Zeit ist aufzustehen. Als ich das Gerät zum ersten Mal im Einsatz sah, erinnerte es mich an einen Spionagefilm aus den Sechzigern mit James Coburn. In diesem Film spielte er einen Geheimagenten, der seinen Herzschlag auf Befehl stoppen konnte, was ihn offenbar in eine Art Winterschlaf versetzte. Auch in seiner Armbanduhr war so eine T-förmige Stange eingebaut, die so lange auf ihn einhämmerte, bis er aufwachte. Ich erinnere mich noch, wie sehr ich im Kino lachte, als ich dieses Gerät sah. Es war aber auch wirklich zu lächerlich, um es ernst zu nehmen. Was soll ich jetzt sagen?

Zunächst atme ich ein paar Mal tief durch. Die Luft ist schal und trocken in dem Lüftungsschacht, in dem ich die letzten sechs Stunden verbracht habe. Dann balle ich die Hände zu Fäusten, um den Kreislauf anzuregen, und strecke die Füße, obwohl sie ohnehin in bequemen Stiefeln stecken.

Schließlich öffne ich die Augen.

Seit ich in den Schacht geklettert bin, ist es nicht heller geworden.

Sobald der OPSAT seine Aufgabe erfüllt hat, fährt er die kleine T-förmige Stange wieder ein. Vorsichtig schiebe ich die linke Hand vor das Gesicht und drücke auf den Knopf, um das Display des OPSAT zu beleuchten. Keine neuen Nachrichten von Lambert. Keine eingegangenen E-Mails. Alles ruhig und still auf der Welt.

Der OPSAT ist eines jener nützlichen kleinen Geräte, die sich die Spezialisten vom Third Echelon für ihre Agenten ausgedacht haben. Sein eigentlicher Name ist Operational Satellite Uplink. Auch wenn das Gerät vorrangig als Kommunikationsmittel dient, bietet es viele andere Anwendungsmöglichkeiten. Vor allem gefällt mir die eingebaute Kamera, mit der ich, wann und wo auch immer, Digitalfotos schießen kann.

Die Hitze erinnert mich daran, wo ich mich befinde. Im Ventilationsschacht des Tropical Casino in Macao. Hier liege ich horizontal ausgestreckt in einer Auslassung, die ein wenig kleiner ist als eine Telefonzelle. Wie gut, dass ich nicht an Platzangst leide, sonst wäre ich längst verrückt geworden. Um zum richtigen Zeitpunkt in Aktion zu treten, hatte ich den Wecker auf vier Uhr morgens gestellt. Um diese Uhrzeit würden die Aktivitäten im Kasino wohl auf ein Minimum gesunken sein, vermutete ich. Dadurch, dass der Laden rund um die Uhr geöffnet hat, ist jedoch immer etwas los.

Weil ich vor dem Einschlafen vergessen habe, die Temperaturkontrolle einzuschalten, schwitze ich jetzt in meinem maßgeschneiderten Spezialanzug wie ein Schwein. Rasch drücke ich auf den Knopf an meinem Gürtel, um mich etwas abzukühlen. Augenblicklich fühle ich, wie das kalte Wasser durch die im Gewebe des Anzugs eingearbeiteten Leitungen fließt. Beim Militär nennt man dies eine Hightech-Kampfuniform. Sie erinnert an einen Astronautenanzug, nur ist sie glatter und sitzt enger. Je nach Außentemperatur kann ich den Anzug kühler oder wärmer einstellen. Er ist aus starkem Material gefertigt, in das man die hitzebeständige Hochleistungsfaser Kevlar eingewebt hat. Gleichzeitig ist er jedoch so dehnbar, dass ich jedes beliebige Gymnastikkunststück ausführen könnte. Und auch wenn er nicht absolut kugelsicher ist, kommt er dieser Anforderung doch sehr nahe. Die feste Außenseite fühlt sich wie Elephantenhaut an und wirkt kugelablenkend. Würde man mich aus der Nähe anschießen, wäre ich wohl tot. Aber eine Kugel aus fünf oder mehr Metern Entfernung würde vielleicht das Gewebe des Anzugs durchschlagen, doch nicht mich. Die Kevlar-Faser funktioniert wie ein Bremsmechanismus. Fantastisches Material. Zusätzlich verfügt die Faser über eine weitere interessante Eigenschaft. Sobald ein Laserzielstrahl auf den Anzug trifft, wirkt sie wie ein lichtempfindliches Warnsystem und sendet ein Signal an meinen OPSAT, der mich augenblicklich alarmiert, dass mich ein Scharfschütze ins Visier genommen hat.

Eigentlich gibt es an diesem Anzug wirklich nichts auszusetzen, außer, dass er so glatt und eng sitzt, dass ich aussehe wie ein Superheld aus einem Comic. Und wenn das noch nicht genug ist, so wirkt meine Spezialkapuze mit dem Sichtgerät wie eine Maske.

Mit Hilfe des Saugrohres im Kragen ziehe ich erfrischend kühles Wasser aus den über den gesamten Anzug verteilten Wasserreservoirs. Wenn ich mit dem Wasser sparsam umgehe, reicht es etwa zwölf Stunden. Klingt ein wenig seltsam, aber ich muss meinen Anzug tatsächlich regelmäßig »auftanken«.

Zeit für einen kleinen Energieschub. Dafür hebe ich meinen Oberkörper gerade so weit an, dass ich aus dem auf den Rücken geschnallten Rucksack eine Essensration herausziehen kann. Diese Fertiggerichte ähneln den Kampfrationen in der Armee, die es in einer breiten Geschmackspalette gibt – von Cajun-Reis mit Bohnen über Spaghetti bis zu gegrillter Hühnerbrust. Vielleicht enthält die Rezeptur tatsächlich einige dieser Zutaten. Meine Mahlzeit erinnert stark an Studentenfutter.

Während ich diese Köstlichkeit kaue, rufe ich mir nochmals in Erinnerung, warum ich hier bin und welchen Auftrag ich zu erfüllen habe.

Am frühen Abend, als der Besucherstrom anschwoll, hatte ich das Kasino in normaler Straßenkleidung betreten, weil ich vermutete, dass ich in der Menschenmenge weniger auffallen würde. Die Kasinos von Macao unterschieden sich von allen anderen Kasinos der Welt. Die Chinesen nehmen das Glücksspiel nämlich sehr ernst. Kein Spieler würde je »Jackpot« rufen, und man sah bei diesen Leuten nie auch nur die Spur eines Lächelns. Ihren Mienen konnte man nicht entnehmen, ob sie ihr Gegenüber niederschießen oder ihm bloß eine Karte anbieten würden. Das war hier wohl so üblich. In sämtlichen Kasinos von Macao trieben sich die Leute der Triade herum, und ich habe noch nie ein fröhliches Mitglied einer Triade gesehen. Allerdings konnte ich mir gut vorstellen, dass die Einwohner nicht besonders glücklich darüber waren, dass Macao seit 1999 nicht mehr portugiesische Kolonie war, sondern innerhalb der Volksrepublik China den Status einer Sonderverwaltungszone hatte. Wie Hongkong gehörte Macao nun zum kommunistischen China, und auch wenn die chinesische Regierung versprochen hatte, in den nächsten fünfzig Jahren alles mehr oder weniger beim Alten zu belassen, stand noch nicht fest, wie die Unterwelt der ehemaligen Kolonie auf die Übergabe reagieren würde. Im 20. Jahrhundert hatte sich Macao vor allem als Brutstätte für Spione, Laster und Intrigen einen Namen gemacht.

Nachdem ich bei ein paar Spielen ein wenig Geld verloren und einen geringen Teil davon zurückgewonnen hatte, ging ich in den Waschraum gegenüber der Abstellkammer, die ich für meinen Auftrag benötigte. Vor Beginn der Mission hatte ich mir die Pläne des Gebäudes so gut eingeprägt, dass ich mich, wenn nötig, mit verbundenen Augen im Kasino hätte bewegen können.

Sobald ich sicher war, dass sich niemand im Flur aufhielt, schlenderte ich zur Tür des Abstellraums hinüber. Zum Öffnen musste ich einen Dietrich verwenden. Glücklicherweise war sie nicht mit einem Hightech-Schloss versehen. Aber immerhin handelte es sich bloß um einen Abstellraum.

Kaum war ich hineingeschlüpft, versperrte ich die Tür wieder und legte die Straßenkleidung ab, unter der mein toller Superhero-Anzug zum Vorschein kam. Die Kleidung faltete ich und verstaute sie ordentlich im Rucksack. Nachdem ich die Kapuze aufgesetzt hatte, war ich einsatzbereit. Die Verwandlung von Clark Kent in Superman hatte kaum vierzig Sekunden in Anspruch genommen.

An einem Regal kletterte ich zur Öffnung des Lüftungsschachts hinauf, brach vorsichtig das Sicherheitsgitter auf und hängte es an einen Nagel in der Wand. Nachdem ich kontrolliert hatte, ob die Konstruktion meinem Gewicht standhielt, zog ich mich hoch. Nur mit Mühe gelang es mir, mich so weit umzudrehen, dass ich das Sicherheitsgitter erreichen und von der Innenseite des Schachts wieder befestigen konnte. Nach einer zweiten Kehrtwendung kroch ich lautlos den Schacht entlang, bis ich eine Stelle fand, die sich für eine kurze Ruhepause eignete.

Und hier bin ich nun.

Ich beende meine Mahlzeit und esse auch die verzehrbare Verpackung auf, um keine Spuren meiner Anwesenheit zurückzulassen. Obwohl ich bezweifle, dass sich irgendjemand die Mühe machen wird, im Lüftungsschacht nachzusehen, aber man weiß ja nie.

Jetzt ist es Zeit zu handeln.

Langsam krieche ich den Schacht entlang, wende mich nach links, so wie ich es erwartet habe, schiebe mich weitere zwanzig Meter vorwärts, biege rechts ab, und winde mich anschließend etwa drei Meter durch eine senkrechte Röhre abwärts. Auf dieser Ebene teilt sich der Schacht in drei Richtungen. Um sicherzugehen, dass der Tunnel zu meiner Linken auch tatsächlich nach Westen führt, schalte ich den OPSAT auf Kompassmodus, ehe ich in diesen Tunnel hineinkrieche. Nach einer weiteren Biegung nach rechts erkenne ich bereits das Lüftungsgitter am Ende des Schachts, das direkt in das Büro des Kasinodirektors führt.

Ein Blick durch das Gitter bestätigt mir, dass das Büro dunkel und verlassen ist. Mit einem Schlag löse ich das Gitter, halte es jedoch fest, sodass es nicht mit lautem Krach auf den Boden fällt. Sobald ich meinen Oberkörper aus dem Schacht gewunden habe, lege ich das Gitter vorsichtig auf einem Sofa ab, das direkt unter mir steht. Dann klammere ich mich am Rand der Schachtöffnung fest und ziehe den unteren Oberkörper und die Hüften aus dem Schacht, sodass ich nach einem Salto weich auf dem Teppichboden lande. So weit, so gut.

Mit einem Handgriff schiebe ich das Sichtgerät über die Augen und schalte auf Nachtsichtmodus. Damit brauche ich kein Licht, was bloß unnötig Aufmerksamkeit erregen würde. Lautlos und unsichtbar zu agieren sind die beiden Grundregeln meines Berufs. Der Job muss erledigt werden, ohne gesehen oder bemerkt zu werden. Sollte ich doch einmal erwischt werden, wird die amerikanische Regierung ableugnen, je von meiner Existenz gewusst zu haben. Dann bin ich ganz und gar auf mich gestellt, in den Händen einer fremden Macht, ohne rechtliche Hilfsmittel oder Fluchtmöglichkeiten, außer denen, die ich mit meinem eigenen Körper und Geist erschließen kann. Auch wenn ich jahrelang für diese Situation trainiert habe, will ich dieser Prüfung nicht unterzogen werden. Solche Prüfungen enthalten immer irgendwelche Fallstricke.

Zielstrebig gehe ich zu dem ausladenden Mahagonischreibtisch, auf dem der Computer des Kasinodirektors steht, und schalte ihn ein. Während er hochfährt, trommle ich ungeduldig mit den Fingern. Sobald ich nach einem Passwort gefragt werde, gebe ich das Wort ein, das Carly mir genannt hat. Sie hat mir zugesichert, dass es funktionieren würde – und das tat es auch. Auf technischem Gebiet ist Carly St. John ein wahres Genie. Es gibt weltweit kein System, in das sie sich nicht hineinhacken könnte. Und das von ihrem Schreibtisch in Washington aus.

Mit Hilfe der Suchfunktion finde ich rasch die Ordner, auf die ich es abgesehen habe. Sie enthalten Dateien mit Schmiergeldzahlungen an verschiedene Organisationen und Einzelpersonen. Zunächst muss ich sicherstellen, dass es sich nicht um die legitimen Ausgaben des Kasinos handelt. Auch hier hat mich Carly genau unterrichtet, wie ich den Unterschied erkennen kann. Die verräterischen Fähnchen, die sie erwähnt hat, zeigen mir, dass ich am richtigen Ort bin.

Aus der Tasche an meiner linken Wade ziehe ich einen Adapter, stecke ihn in das Floppylaufwerk des Computers und den Anschluss seines Verbindungskabels an meinen OPSAT. Nun muss ich nur noch ein paar Knöpfe drücken, und schon werden die Dateien auf meinen Portable kopiert. Der gesamte Vorgang dauert kaum ein paar Minuten.

Während der OPSAT seine Aufgabe erledigt, kommt mir Dan Lee in den Sinn, jener Agent des Third Echelon, der vor drei Monaten in diesem Kasino ermordet wurde. Er war illegalen Waffenverkäufen in China auf der Spur gewesen, die ihn nach Macao geführt hatten. Selbstverständlich haben die Leute vom Shop den Deal abgewickelt. Vor seiner Ermordung konnte Lee noch einen Beweis dafür an Lambert weiterleiten, dass die Buchhaltungsabteilung des Tropical Casino als Fassade für die illegalen Transaktionen diente. Den Shop zu zerschlagen, ist unser vorrangiges Ziel. Aber das geht nur, wenn wir uns von den Enden des Netzes über die Versorgungslinien bis zur Quelle zurückarbeiten. Und die Versorgungslinien sind über die ganze Welt verstreut. Sie zu entdecken, ist erst die Hälfte des Jobs. Aber nun, da diese Dateien mit dem Kundenstock des Shops in unserem Besitz sind, können andere US-Geheimdienste in Aktion treten, um diese eine Versorgungslinie zu zerstören.

Wir wissen immer noch nicht genau, was mit Dan Lee geschehen ist. Als angeworbener Chinese hatte Lee etwa sieben Jahre lang für die NSA gearbeitet. Ich habe ihn nie persönlich kennen gelernt – als Agenten des Third Echelon lernen wir nie einen anderen Agenten dieses Sonderkommandos kennen. Aber soviel ich gehört habe, war er ein knallharter Bursche. Er erfüllte seine Aufgabe gut und war zuverlässig. Lambert vermutete, dass ein Mitglied des Shops seine Identität aufgedeckt und ihn mit einer fingierten Information in das Kasino gelockt hat. Lee hat das Kasino nicht wieder verlassen.

Der OPSAT beendet die Datenübertragung genau in dem Augenblick, in dem ich Geräusche im Flur höre. Verdammt. Augenblicklich ziehe ich den Adapter aus dem Computer. Schlüssel klirren im Schloss, dann höre ich eine Stimme, auf die ein Lachen folgt. Da mir keine Zeit bleibt, um den Computer herunterzufahren, schalte ich rasch den Monitor aus.

Während ich mich mit einem weiten Satz vom Tisch abstoße, schätze ich die Entfernung zum Lüftungsschacht. Der Schlüssel wird im Schloss gedreht. Für diese Fluchtroute bleibt keine Zeit mehr. Hastig klettere ich zwischen zwei Aktenschränken empor und drücke mich, mit dem Kopf an die Decke gepresst, in die Ecke. Diese Position zu halten ist gar nicht so leicht. Dafür muss ich mich mit den Knien an der Oberkante der Aktenschränke abstützen, während ich die Arme gegen die Wände stemme, um meinen Körper zu stabilisieren. Nicht gerade bequem. Kaum habe ich das Gleichgewicht in dieser Lage gefunden, wird die Tür geöffnet. Vielleicht sehen sie mich gar nicht, denn immerhin hänge ich etwa eineinhalb Meter über ihren Köpfen in der Ecke.

Den ersten Mann, der die Schlüssel in der Hand hält, kenne ich. Es ist Kim Wei Lo, in dem wir den Kopf der Operationsbasis des Shops in Macao vermuten. Sein Name steht auf den Fahndungslisten sämtlicher Drei-Buchstaben-Agenturen – angefangen mit der CIA, dem FBI, der NSA und einigen mehr. Sobald sich der andere Mann ein wenig zu mir dreht, erkenne ich auch ihn. Sein Name ist Chen Wong, und er ist Los Bodyguard. Wong ist ein Riese, aber ich habe schon größere gesehen. Wenn es zum Kampf kommt, kann ich ihn mit ziemlicher Sicherheit schlagen.

Im nächsten Moment drückt Lo auf einen der beiden Lichtschalter neben der Tür und die Leuchtstofflampe über dem Schreibtisch flammt auf. Zum Glück hat er nicht die andere Lampe eingeschaltet, sonst wäre meine Seite des Raumes hell erleuchtet worden. So bin ich zumindest im Schatten verborgen. Wenn sie sich jedoch umdrehen und zur Zimmerdecke hinaufsehen würden, dann würden sie mich wie eine Spinne in der Ecke hängen sehen.

Während die beiden Männer zum Schreibtisch hinüber gehen, sagt Lo etwas auf Chinesisch. Ich kann nur das Wort »Computer« verstehen. Vermutlich wundert er sich, weil er nachts nicht ausgeschaltet wurde. Es scheint ihn aber nicht sonderlich zu beunruhigen, denn er setzt sich ohne ein weiteres Wort an den Schreibtisch und beginnt zu arbeiten. Währenddessen geht

Wong hinter ihm langsam auf und ab, den Blick durch das große Glasfenster auf die Hauptverkehrsstraße gerichtet, die diese jämmerliche Kopie einer Stadt durchschneidet. Von Stadt kann man hier wirklich nicht reden, wohl eher von einer »Siedlung«. Um diese nächtliche Stunde gibt es nur wenig Verkehr und Reklamelichter. Ich kann nur hoffen, dass irgendetwas Wongs Aufmerksamkeit so sehr fesselt, dass er mir auch weiterhin den Rücken kehrt, so lange ich hier ausharren muss.

Als Vorsichtsmaßnahme ziehe ich im Geiste übungsweise meine Five-Seven-Pistole, aber vermutlich würde ich es nicht schaffen, ohne von der Decke zu fallen. Außerdem lauten meine Anweisungen, dass ich niemanden töten soll, wenn es nicht absolut notwendig ist. Leider war ich schon mehrmals gezwungen, diese Anweisung zu übertreten. Auch wenn es mir nicht gefällt, gibt es Situationen, in denen ich keine andere Wahl habe.

Im Raum ist es heiß. Wahrscheinlich schalten sie nachts die Klimaanlage aus. Vielleicht ist es aber auch nur ein Trick, damit die Spieler mehr zu trinken bestellen. Wie gerne würde ich jetzt die Temperatur in meinem Anzug regeln, aber ich wage nicht, mich zu bewegen. Ich fühle, wie ich unter der Kapuze zu schwitzen beginne, und die ersten Schweißperlen rinnen mir bereits über das Gesicht.

Verdammt. Jetzt dreht sich Wong um und schlendert am Schreibtisch vorüber auf meine Ecke zu. Wie ein Westernheld zieht er seine Waffe – von hier sieht sie wie eine 38er Smith & Wesson aus – und wirbelt sie spielerisch um den Finger. Mit einer abrupten Bewegung wendet er sich einem Bücherregal zu. Während er mit der Waffe spielt, überfliegt er die Buchtitel. Wie es aussieht, kann der Kerl tatsächlich lesen.

Als Lo etwas sagt, antwortet Wong mit einem Knurren, ohne zum Schreibtisch zurückzukehren. Verdammt. Stattdessen entfernt er sich von den Büchern und spaziert direkt auf die Aktenschränke zu. Er braucht nur den Blick zu heben, schon sieht er mich. Der Teppichboden muss wirklich unheimlich interessant sein, denn er starrt beharrlich auf den Boden, als würde er seine Füße beobachten, während er geht.

Um Himmels willen, jetzt steht er genau unter mir. Der Großteil meines Körpers ist durch die Aktenschränke verborgen, aber Kopf und Schultern ragen, flach an die Decke gepresst, von der Wand weg. Schau jetzt ja nicht hoch, du Mistkerl.

Ich fühle, wie eine Schweißperle über meinen Nasenrücken rinnt. Verdammte Scheiße. Ich kann sie nicht wegwischen. Ich kann mich ja nicht einmal bewegen. Während sich dieser kleine Tropfen Salzwasser an meiner Nasenspitze sammelt und auf Wongs Kopf zu fallen droht, halte ich den Atem an. Die Zeit steht still.

Und dann fällt der Schweißtropfen direkt auf seinen quadratischen Schädel mit dem Bürstenhaarschnitt. Wong bemerkt ihn, hebt die Hand, fühlt die Feuchtigkeit und legt den Kopf langsam in den Nacken, um zur Decke hinaufzusehen.

Augenblicklich stoße ich mich von der Wand ab und schnelle wie ein Pfeil auf ihn zu. Während er zu Boden geht, verliert er die Smith & Wesson. Im Nahkampf verwende ich ausschließlich Krav Maga, eine israelische Kampftechnik, die wörtlich »Berührungskampf« bedeutet. Sie ist weniger eine Selbstverteidigungstechnik als eine Kampfmethode, bei der alles erlaubt ist, was zum Überleben in der jeweiligen Situation notwendig ist. Sie kombiniert Elemente östlicher Techniken wie Karate, Judo und Kung Fu mit Grundlagen des Boxens und skrupellosem Straßenkampf. Eingesetzt wird diese Kampftechnik von der israelischen Armee, der israelischen National- und Militärpolizei und anderen israelischen Antiterroreinheiten. Seit Krav Maga nach dem Zweiten Weltkrieg von Imi Lichtenfeld entwickelt wurde, hat sich diese Methode über die gesamte Welt verbreitet und wird heute weithin neben anderen Kampftechniken gelehrt. Krav Maga ist jedoch keine Wettkampfsportart – sondern ein Kampf um das eigene Überleben. So geht es bei Krav Maga auch nicht bloß darum, sich zu verteidigen, sondern vielmehr darum, dem Gegner blitzschnell größtmöglichen Schaden zuzufügen.

Deshalb ramme ich Wong auch, sobald ich über ihm bin, meine Stirn mit der Schutzbrille und den anderen Geräten, so fest ich kann, ins Gesicht. Die scharfe Kante der Schutzbrille schneidet in seine Haut, und er schreit vor Schmerzen auf. Als Zugabe versetze ich ihm noch einen kräftigen Hieb auf die Kehle. Aber weil er sich zu schnell bewegt, treffen meine Knöchel nicht den Kehlkopf, sodass ich ihn nur verletze, anstatt ihn zu töten. Blitzschnell rollt sich der Riese herum und wirft mich wie eine Decke ab. Im nächsten Augenblick sind wir beide auf den Beinen, bereit für die nächste Runde.

Inzwischen ist auch Lo aufgesprungen und hat seine Waffe gezogen. Es ist wohl irgendeine Halbautomatik, aber weil alles so schnell geht, kann ich es nicht genau sagen. Sobald er die Pistole auf mich richtet, fasse ich Wong am Hemdkragen, ziehe ihn mit einem Ruck zu mir und wirble seinen Körper herum, sodass er zwischen den Schreibtisch und mich gerät. Wong zuckt zusammen, als die Kugel aus Los Waffe sein Rückgrat durchschlägt und sein Brustbein zersplittert. Ich fühle die Hitze der Kugel, wie sie an meinem Ohr vorübersaust und sich hinter mir in die Wand gräbt. Einen Sekundenbruchteil später spritzt aus der Wunde Blut auf mein Gesicht und meine Brust.

Um Wong loszuwerden, den ich immer noch festhalte, stoße ich ihn von mir weg gegen den Schreibtisch. Sein schwerer Körper kracht so heftig auf die Tischplatte, dass der Monitor gegen Lo geschleudert wird. Dieser hat mittlerweile erkannt, dass er den Falschen erschossen hat, und läuft in Panik auf die Tür zu. Weil ich das vorhergesehen habe, bin ich schnell genug, um ihn mit einem Schlag gegen die Tür zu rammen. Lo ist kein Kämpfer – er arbeitet vorwiegend mit seinem Kopf – deshalb kann er meinem Haltegriff nichts entgegensetzen. Seine Schreie werden durch meinen Arm gedämpft, während ich seinen Kopf so nach vorne stoße, dass die überraschend schwachen Knochen in seinem Nacken brechen. In dem Augenblick, in dem er auf dem Boden aufschlägt, höre ich, wie sich im Flur laufende Schritte nähern. Keine Zeit mehr, um im Lüftungsschacht zu verschwinden. So drücke ich mich gegen die Wand neben der Tür.

Mit lautem Krach wird sie aufgestoßen, und drei bewaffnete Sicherheitsleute stürmen in den Raum. Entsetzt und geschockt starren sie auf die Leichen von Lo und Wong am Boden. Das gibt mir genug Zeit, um hinter ihnen aus der offenen Tür zu schlüpfen. Allerdings bleibe ich nicht unbemerkt. Einer der Männer ruft etwas so geistreiches wie »Da ist er!«, und schon nehmen die Wächter die Verfolgung auf.

Durch den Flur laufe ich geradewegs auf das Stiegenhaus zu, dessen Lage ich von den Plänen her kenne. In diesem Teil des Gebäudes ist es der einzige Ausweg. Statt die Stiegen zu nehmen, springe ich über das Geländer und lande in halber Hocke in der Mitte des darunterliegenden Treppenlaufs. Indem ich von den verbleibenden Stiegen jeweils drei auf einmal nehme, bin ich in wenigen Sekunden im Erdgeschoss. Mittlerweile sind aber auch andere Sicherheitsleute auf mich aufmerksam geworden. Aus dem großen Kasinosaal läuft ein Wächter direkt auf mich zu. Er ruft mir etwas entgegen, doch ich lasse mich nicht beirren und stürme ihm entgegen. Als er eine Smith & Wesson aus dem Halfter zieht, springe ich an der Wand des Flurs hoch, stoße mich mit den Stiefelsohlen kräftig ab und stürze mich wie ein Speer auf ihn. Er taumelt rückwärts, während ich elegant auf den Fingerspitzen lande, für einen Sekundenbruchteil in einen Handstand übergehe und mich augenblicklich zu einer weiteren Drehung in der Luft hochschnelle, nur um auf den Füßen zu landen.

Der nächstgelegene Ausgang ist das Hauptportal des Gebäudes. Um dorthin zu gelangen, muss ich durch den großen Kasinosaal. Im Gegensatz zu den meisten anderen Kasinos von Macao besitzt das Tropical – so wie viele Kasinos in Las Vegas –

einen großen Kasinosaal, während in den anderen Spielstätten in Macao die einzelnen Glücksspiele in getrennten Räumen angeboten werden. Hier gibt es Blackjack, Roulette, Poker, Bakkarat, Automaten und eine Reihe eigenartiger chinesischer Glücksspiele, die ich noch nie gesehen habe, in einem einzigen großen Saal. Zu dieser frühen Morgenstunde befinden sich nur wenige Gäste im Kasino, deshalb entschließe ich mich, ihnen für den kommenden Arbeitstag ein Schauspiel zu bieten, über das es sich zu reden lohnt. In vollem Lauf stürme ich durch eine Reihe von Blackjack-Tischen.

Augenblicklich wird es still im Saal. Die kaum fünfzehn Gäste sehen von ihren Spielen hoch und starren mich mit offenem Mund an. Auch die Geber sind zu schockiert, um sich rühren zu können. Wer zum Teufel ist dieser *Gweilo*, der in so einer eigenartigen Militäruniform durch das Kasino läuft? Die beiden Sicherheitsleute am Eingang des Saals reagieren jedoch anders. Sie ziehen ihre Pistolen und legen auf mich an, ohne sich die Mühe zu machen, den Gästen zuzurufen, dass sie sich auf den Boden werfen sollen. Als einer der Männer auf mich schießt, weiche ich der Kugel aus, indem ich auf einen Blackjack-Tisch springe. Beim Sprung auf den nächsten Tisch lande ich auf einem Stapel Chips, die in alle Richtungen davonfliegen. Während der zweite Wächter abdrückt, schnelle ich mich schon wieder auf einen anderen Tisch. Ich fühle mich wie ein Frosch, der von einem Seerosenblatt zum nächsten hüpft.

Zu meinem umfangreichen Training im Third Echelon gehört es, meine Umgebung so zu nützen, dass ich mich schnellstmöglich durch die Luft fortbewegen kann. Um einen Hinderniskurs zu überwinden, kann ich Wände genauso wie Möbelstücke oder Menschen als Absprungbasis verwenden. Als ich es zum ersten Mal bei anderen Agenten sah, dachte ich augenblicklich an die Kugeln in einem Flipperautomat. Und genau jenes Prinzip liegt dieser Technik zugrunde. Besonders wirkungsvoll ist diese Methode, wenn auf jemanden geschossen wird. Ein bewegliches Ziel, das willkürlich die Richtung wechselt, ist wirklich schwer zu treffen.

Jetzt, wo die Kugeln fliegen, schreien die Gäste vor Angst und kauern sich zusammen. Einige sind klug genug, sich auf den Boden fallen zu lassen, während ich an ihnen vorüberschnelle. Die beiden Sicherheitsleute, die den Ausgang blockieren, feuern ziellos auf mich in der Hoffnung, einen Glückstreffer zu landen. Mir bleibt keine andere Wahl, als zum Angriff überzugehen. Dazu kauere ich mich hinter einen Tisch, ziehe meine Five-Seven und löse die Sicherung. Es ist eine belgische Fabrique Nationale Herstal Tactical mit Single-Action-Abzug und einem Magazin für zwanzig Patronen vom Kaliber 5.7 × 28 mm ss190. Die Waffe hat eine hohe Durchschlagskraft, was kugelsichere Schutzkleidung anbelangt, und das bei einem geringen Gewicht, dazu hat sie vernünftige Abmessungen und einen mäßigen Rückstoß. Den Schaden, den die Patronen bei einem Ziel ohne Schutzkleidung anrichten, muss man gesehen haben. Trotzdem setze ich die Waffe nur ungern in einem echten Feuergefecht ein. Ihre Reichweite ist begrenzt, sodass ich sie hauptsächlich verwende, wenn ich weiß, dass ich im Vorteil bin. So wie in diesem Fall.

Ich schiebe die Hand am unteren Ende des Tischbeins vorbei und drücke ab – einmal, ein zweites Mal. Beide Wächter sind in die Brust getroffen. Jetzt ist für mich der Weg zum Ausgang frei. Sofort schnelle ich hoch und springe über einen am Boden liegenden Wächter.

Hinter mir ruft jemand einen Befehl, und im nächsten Augenblick bricht wieder ein Kugelhagel los. Ein Blick über die Schulter zeigt mir, dass drei weitere Sicherheitsleute in den Saal stürmen. Verdammt, wo kommen die alle um diese Tageszeit her? Man sollte meinen, dass um vier Uhr morgens nicht mehr als ein oder zwei Wächter im Einsatz sind, um Geld zu sparen. Aber vermutlich halten sämtliche Bösewichte rund um den Globus jede Menge Wächter in Reserve, nur für den Fall, dass ein amerikanischer Agent mitten in der Nacht in ihr Hauptquartier platzt.

Aus der Tasche rechts außen an meinem Oberschenkel ziehe ich eine Rauchgranate der harmloseren Art. Ich bin mit verschiedenen Typen von Rauchgranaten ausgestattet – die einen produzieren lediglich dunklen Rauch, um meine Spuren zu verwischen, andere wiederum sind mit CS-Gas gefüllt, einem Zungenbrecher, der in voller Länge Ortho-Chlorbenzylidenmalonitril lautet. Dieses Zeug ist wirklich übel. Kontakt mit CS-Gas führt zu ernsten Atembeschwerden, und bei längerer Einwirkung sogar zu Bewusstlosigkeit. Rasch ziehe ich den Ring ab, werfe die Granate hinter mich und warte auf den lauten Knall. Das Ding wirkt überraschend schnell. In weniger als fünf Sekunden ist der Kasinosaal mit schwarzem Rauch erfüllt. Es funktioniert beinahe so einfach, wie das Licht auszuschalten. Meine Schutzbrille bewahrt mich vor dem beißenden Rauch und ermöglicht es mir, den Torbogen des Ausgangs zu erkennen.

An mehreren verängstigten Gästen vorbei stürme ich in die Eingangshalle des Kasinos. Die Sicherheitsleute vom Eingang haben ihren Posten verlassen. Vermutlich haben sie sich an der Jagd auf mich im Kasinosaal beteiligt, sodass der Ausgang frei ist. Rasch stoße ich die Glastür auf und springe die Stufen zur Straße hinunter. Es ist noch immer dunkel, doch das Licht der Straßenlaternen erhellt die Umgebung ausreichend. Die wenigen Kasinos an der Straße sind nach wie vor geöffnet. Jetzt ist es nur eine Frage von Minuten, möglicherweise bloß Sekunden, bis mehr Schwierigkeiten auftauchen.

Ohne zu zögern, laufe ich zum Parkplatz an der Rückseite des Gebäudes und entscheide mich für den ersten Geländewagen, den ich sehe. Es ist ein Honda, eine der hiesigen Luxuskarossen unter den Geländewagen. Ich lasse mich auf den Boden fallen, rolle unter das Fahrzeug und ziehe mich am Fahrgestell hoch. Auf diese Weise kann ich meinen Körper in der Mulde unter dem Wagen verbergen, ohne vom Boden aus gesehen zu werden. Um meine Position leichter halten zu können, ziehe ich einen Haken aus der Gürtelschnalle und klinke ihn am Fahrgestell fest.

Wie erwartet, höre ich laufende Schritte und Stimmen. Die Wächter sind mir aus dem Kasino ins Freie gefolgt und suchen nun den Parkplatz gründlich ab. Im Geist stelle ich mir ihre verwirrten Gesichter vor, während sie sich fragen: Wo zum Teufel ist er hin? So schnell kann er nicht untergetaucht sein!

Füße hasten am Geländewagen vorüber. Die Rufe und die Verwirrung nehmen zu. Der Boss der Wächter brüllt seine Leute an und flucht auf Chinesisch. Die Sache wird ihn seinen Kopf kosten! Findet diesen *Gweilo*, und zwar jetzt, auf der Stelle! Wieder und wieder laufen Füße an dem Geländewagen vorbei, während die Männer die Reihen der Autos hinauf und hinunter absuchen.

Erst nach zehn Minuten geben sie auf. Sie vermuten wohl, dass der Eindringling einen anderen Fluchtweg eingeschlagen hat. Um sicherzugehen, dass die Luft nun wirklich rein ist, warte ich weitere fünf Minuten, ehe ich mich vorsichtig auf den Beton herablasse und nach den Füßen meiner Verfolger Ausschau halte. Nichts zu sehen. So rolle ich unter dem Geländewagen hervor und spähe in alle Richtungen, bevor ich in gebückter Haltung den Kopf über die Motorhaube schiebe, um den gesamten Parkplatz abzusuchen. Ich bin wirklich allein.

Im Schutz der Schatten verlasse ich den Parkplatz auf demselben Weg, auf dem ich gekommen bin. Ich bewege mich lautlos und unauffällig wie eine Katze, wobei ich die Wände und andere Dinge als Deckung nütze. Das Spiel heißt Tarnen, und ich bin verdammt gut in diesem Spiel.

Im Vergleich zu anderen Missionen ist diese relativ glatt gelaufen. Keine Mission ist wirklich »einfach«. Jede hat ihre Herausforderungen. In meinem Job kann ich nichts als selbstverständlich annehmen und muss immer sichergehen, dass ich auch unsichtbar bleibe. Genau das macht einen Splinter-

Cell-Agenten aus. Niemals Spuren hinterlassen. Hinein. Heraus. Und die Sache ist erledigt.

Ein Splinter-Cell-Agent arbeitet allein. Selbstverständlich werde ich von einem Team aus der Ferne beobachtet und unterstützt – und auch diese Leute sind echte Profis und verdammt gut in ihrem Job. Aber wenn es hart auf hart geht, ist *mein* Hintern in der Schusslinie. Jeder Schritt im Feld muss genau durchdacht werden, als wäre er ein Zug auf einem gigantischen Schachbrett. Ein einziger Fehler kann fatal sein.

Ich gehe einfach davon aus, dass ich keine Fehler mache. Denn immerhin bin ich Sam Fisher, ein Splinter-Cell-Agent.

2

Nach einem Blick auf die Uhr beschloss Oberstleutnant Dirk Verbaken, dass es Zeit war zu gehen. Ihm blieben noch vierzig Minuten bis zu dem Treffen – mehr als genug Zeit –, aber er musste auch mit unvorhergesehenen Überraschungen rechnen.

Mit der Aktentasche unter dem Arm verließ er das Büro und verabschiedete sich von seiner Sekretärin mit den Worten: »Nach dem Lunch bin ich wieder hier.« Sie nickte bloß und notierte die Zeit, während Verbaken den Flur hinunterschlenderte und vor der Herrentoilette stehen blieb. Er öffnete die Tür einen Spalt, ging jedoch nicht hinein. Ein leichtes Zittern überfiel ihn, als er sich umsah, um sicherzugehen, dass niemand ihn beobachtete. Im nächsten Augenblick querte er den Gang und verschwand im Archiv, das, wie er wusste, zu dieser Tageszeit leer war.

Der militärische Dienst für Nachrichtenwesen und Sicherheit kannte sehr strenge Regeln, vor allem, wenn es darum ging, Akten aus dem Gebäude hinauszubringen. Jeder, der eine Akte aus dem Archiv holen wollte, musste einen bürokratischen Spießrutenlauf hinter sich bringen. Jede Einzelheit wurde sorgfältig notiert, und die Wahrscheinlichkeit war groß, dass man später mit Fragen konfrontiert wurde. So war es für ihn das Beste, sich einfach zu nehmen, was er brauchte, und es aus dem Gebäude zu schmuggeln. Nach dem Lunch würde er dasselbe in umgekehrter Reihenfolge machen. Er würde die Akte unbemerkt ins Archiv zurücklegen, ohne dass irgendjemand davon erfuhr. Immerhin war er einer der höchstrangigen Beamten der Abteilung und diente dem belgischen Militärdienst für Nachrichtenwesen und Sicherheit nun schon seit zehn Jahren.

Mit seinem Schlüssel öffnete Verbaken den Aktenschrank mit dem Schild »B«, zog die Schublade heraus und blätterte hastig durch die braunen Aktenmappen. Als er fand, was er suchte, nahm er die Akte an sich, schloss die Lade und versperrte den Aktenschrank wieder. Rasch ließ er die Mappe in seine Aktentasche gleiten, die auf einem Arbeitstisch lag, achtete sorgsam darauf, dass das Schloss der Tasche auch wirklich einschnappte, und eilte zur Tür. Er öffnete die Tür zunächst einen Spalt und spähte hinaus. Nachdem sich Verbaken überzeugt hatte, dass der Gang leer war, trat er hinaus und ging auf den Lift zu, wobei er im Vorübergehen kurz die Tür zur Herrentoilette aufstieß. Vermutlich achtete seine Sekretärin nicht darauf, aber immerhin hatte er auf diese Weise sein übliches Ritual absolviert, erst auf die Toilette zu gehen, ehe er das Gebäude verließ.

Es war ein herrlicher Tag in Brüssel, als Verbaken das diskret getarnte Gebäude des Nachrichtendienstes verließ, das nur wenige Schritte vom Großen Markt entfernt lag, dem Zentrum der Stadt. Der weitläufige Platz wurde an allen vier Seiten von Symbolen aus der königlichen Geschichte Belgiens umrahmt, und üblicherweise hätte sich Verbaken als gebürtiger Belgier beeindruckt gezeigt von den prächtig geschmückten Giebeln, den vergoldeten Fassaden, den mittelalterlichen Bannern und den zierlichen goldenen Skulpturen auf den Dächern. An diesem Tag war er jedoch unempfänglich für den erhebenden Anblick des aus dem 15. Jahrhundert stammenden Rathauses, des aus dem 17. Jahrhundert stammenden neugotischen Königshauses und des Zunfthauses der Brauer. Seine Gedanken waren mit anderen Dingen beschäftigt.

Mit schnellem Schritt ging Verbaken durch die farbenfrohen, engen, gepflasterten Straßen bis zur Kreuzung von der Rue du

Chêne und Rue de L'Etuve. Auch den Touristen, die den *Manneken-Pis* – die berühmte Statue des pinkelnden Knaben – fotografierten, schenkte er keine Aufmerksamkeit. Ein Blick auf die Uhr zeigte ihm, dass er immer noch im Zeitplan lag. Da er keinen Grund zur Eile hatte, blieb er für einen Augenblick stehen und gesellte sich zur Menge. Er war wirklich gut im Aufspüren von Verfolgern, und so musterte er auch jetzt unauffällig alle, die hinter ihm gegangen waren. Als er überzeugt war, dass er keinen Grund zur Sorge hatte, ging er weiter.

Schließlich gelangte Verbaken zum Metropole, dem einzigen Hotel aus dem 19. Jahrhundert in dieser berühmten Stadt. Es lag direkt am historischen Place de Brouckere und glich mehr einem Palast als einem Hotel. Verbaken hatte sich immer gewünscht, mit seiner Frau in diesem Hotel zweite Flitterwochen zu verbringen. Sie liebte die Mischung verschiedener Stile, die dem Interieur diesen Hauch von Luxus verliehen, ebenso wie die edlen Materialien – die eleganten Täfelungen, das polierte Teakholz, der numidische Marmor, die vergoldete Bronze und das Schmiedeeisen. In dem Gebäude herrschte zweifellos eine angenehm entspannte Atmosphäre.

Sobald Verbaken das Hotel betrat, fühlte er sich deutlich wohler bei dem Gedanken an das, was er vorhatte.

An einem runden Tisch auf dem Gehsteig vor dem Hotel saßen zwei Männer in teuren Armani-Anzügen und tranken Kaffee. Das Café des Metropole war unter der Woche ein beliebter Ort, um Mittag zu essen, und dieser Tag bildete keine Ausnahme. Sämtliche Tische waren besetzt, und Geschäftsleute und Touristen warteten gleichermaßen ungeduldig auf den nächsten freien Platz. Die zwei Männer kümmerte dies alles nicht. Sie schlürften in aller Ruhe ihren Kaffee.

Einer der beiden, ein Russe namens Vlad, winkte den Kellner zu sich und bestellte auf Französisch einen Becher Eiscreme. Leicht verärgert nahm der Kellner die Bestellung entgegen, denn die zwei Männer besetzten den Tisch nun schon seit mehr als einer Stunde und hatten nur einen Kaffee bestellt – und nun eben einen Eisbecher. Trotzdem bedankte sich der Kellner lächelnd mit »*Merci*«, ehe er in der Küche verschwand. Vlad sah seinen Sitznachbarn achselzuckend an.

Dieser zweite Mann, ein Georgier namens Yuri, wollte schon sagen, dass sie nicht genug Zeit hätten für ein Dessert, unterließ es aber dann. Stattdessen griff er in die Jackentasche, um zu prüfen, ob der Hauptschlüssel auch wirklich noch da war. Im Metropole verwendete man nach wie vor altmodische Zimmerschlüssel, und so war es einfach gewesen, in der Früh einem der Zimmermädchen den Hauptschlüssel zu stehlen.

Minuten vergingen, ohne dass die Männer auch nur ein einziges Wort wechselten. Als der Kellner den Eisbecher brachte, legte er als dezenten Hinweis die Rechnung auf den Tisch. Vlad wollte schon protestieren, dass sie noch nicht bereit waren aufzubrechen, ein Blick von Yuri ließ ihn jedoch verstummen. So bedankte er sich stattdessen bei dem Kellner und lächelte ihn sogar an.

Während Vlad hastig das Dessert verschlang, beobachtete Yuri weiterhin die Fußgänger auf dem Gehsteig. Es war die übliche Mischung aus Geschäftsleuten, Touristen, schönen Frauen, weniger schönen Frauen ... und dann entdeckte er sein Ziel.

Unter dem Tisch stieß er Vlad mit dem Fuß an, und als dieser hochsah, fiel sein Blick ebenfalls auf den Mann mit der Aktentasche, der durch das Café auf das Hauptportal des Hotels zuging.

Dirk Verbaken.

Hastig legte Vlad das Geld auf den Tisch, schob einen letzten Löffel Eiscreme in den Mund und erhob sich mit Yuri. Nachdem beide Männer ihre Krawatte gerichtet hatten, folgten sie dem Oberstleutnant diskret in das Hotel.

Ein objektiver Beobachter hätte die zwei Männer wohl für Banker gehalten, denn sie sahen aus, als arbeiteten sie mit Geld. Vielleicht waren sie aber auch Rechtsanwälte oder Vorstandsmitglieder einer großen Firma. Auf jeden Fall wirkten sie genau so kultiviert, weltgewandt und wohlhabend, wie sie beabsichtigten.

Selbstverständlich entsprach nichts davon der Wahrheit.

Kaum hatte Verbaken an die Tür geklopft, bemerkte er eine Bewegung hinter dem Guckloch. Einen Augenblick später öffnete ihm ein stämmiger, dreißig bis vierzig Jahre alter Amerikaner die Tür. Er war mit T-Shirt und Sporthose bekleidet, und um seinen Hals hing ein feuchtes Handtuch. An seinem linken Bein hielt er eine 22er Beretta Bobcat.

»Oberstleutnant Verbaken«, sagte der Mann.

»*Hello*«, gab der Belgier zurück, der fließend Englisch sprach.

»Kommen Sie herein.« Mit diesen Worten hielt der Amerikaner die Tür auf. Sobald Verbaken eingetreten war, schloss der Mann die Tür wieder und versperrte sie. Dann streckte er Verbaken die Hand entgegen. »Es tut gut, Sie einmal persönlich zu treffen. Rick Benton.«

»Ich habe Sie mir älter vorgestellt«, meinte Verbaken, während er Benton die Hand schüttelte.

»Das nehme ich als Kompliment«, antwortete Benton. »Setzen Sie sich. Darf ich Ihnen etwas zu trinken anbieten?« Damit führte er Verbaken in das Wohnzimmer der Suite, das mit einem großen hölzernen Schreibtisch, einer Minibar, einem Fernseher, einem gläsernen Couchtisch mit grünen Stühlen und Sofa, einem Spiegelschrank und mehreren Topfpflanzen ausgestattet war. Eine breite Glastür führte hinaus auf die Terrasse.

»Ein Glas Wasser wäre angenehm. Da lebe ich nun schon mein ganzes Leben in Brüssel und habe noch nie ein Zimmer des Metropole betreten«, meinte Verbaken.

»Wirklich nett hier«, gab Benton zurück, während er zwei Flaschen Tafelwasser aus der Minibar nahm und sich zu Verbaken setzte. »Ich nehme an, Sie haben es mitgebracht«, sagte er mit einem Blick auf den Belgier.

Verbaken nickte, legte die Aktentasche auf seinen Schoß, öffnete sie und gab Benton die Akte. »Ich habe etwas weniger als eine Stunde«, sagte er.

Benton schätzte die Zahl der Papierseiten in der Mappe. »Sollte kein Problem sein. Mit dem hier kann ich jede Seite fotografieren.« Bei diesen Worten zeigte er Verbaken den OPSAT, mit dem ihn die NSA ausgestattet hatte.

»Ich vermute, dass Sie den Mann nicht kennen gelernt haben?«, fragte Benton.

Verbaken schüttelte den Kopf. »Nein, nein, das war vor meiner Zeit. Ich bin erst einige Jahre nach seiner Ermordung dem Militärdienst beigetreten. Ein oder zwei der älteren Stabsmitglieder könnten ihn noch gekannt haben. Sehr interessanter Mann.«

Benton nickte und fotografierte die erste Seite. »Haben Sie Neuigkeiten von unseren Freunden im Nahen Osten gehört?«

»Nichts, was Sie nicht auch schon wüssten. Aber ich suche weiter. Man könnte es als mein Lieblingsprojekt bezeichnen«, gab Verbaken zurück. »Waren Sie je zuvor in Belgien?«

»Ja, ist aber schon eine Weile her. Ich hätte nichts dagegen, hier in Europa stationiert zu sein statt auf diesem Pulverfass im Nahen Osten«, sagte Benton. »Sie können mir glauben, das hier ist wie Urlaub für mich.« Damit fuhr er fort, die einzelnen Seiten der Akte mit seinem OPSAT zu fotografieren.

»Kann ich mir gut vorstellen«, erwiderte Verbaken lachend.

»Waren Sie je in den USA?«

»Drei Mal. Meine Frau und ich ...« Ein Klopfen an der Tür ließ Verbaken abbrechen. Mit angstvoll geweiteten Augen erstarrte er.

Benton winkte ab. »Keine Sorge. Ich habe mir nur was zu essen bestellt. Das ist der Zimmerservice.« Flink griff er nach seiner kleinen Beretta und ging zur Tür. Nachdem Benton durch das Guckloch gesehen hatte, öffnete er die Tür einem kleinen Mann in weißem Jackett.

»*Room service*«, sagte der Mann.

»Bringen Sie es herein«, forderte Benton den Kellner auf und hielt die Tür für ihn, während dieser einen Wagen mit drei abgedeckten Tellern in das Zimmer rollte. »Gleich dort zum Fenster.« Dann wandte er sich wieder an Verbaken: »Wollen Sie vielleicht auch was bestellen?«

»Nein, danke«, gab Verbaken zurück. »Ich habe keinen Hunger.«

»Wie Sie wollen.« Nachdem der Kellner den Wagen abgestellt hatte, gab ihm Benton ein Trinkgeld und begleitete ihn zur Tür. Sorgfältig schloss er sie ab und widmete sich dann wieder der Akte. »Was haben Sie gerade gesagt?«

»Hm? Ach, ja. Amerika.« Verbaken nahm einen Schluck Wasser. »Meine Frau und ich haben unsere Flitterwochen dort verbracht. In New York. Faszinierende Stadt.«

Nach einem weiteren Foto nahm sich Benton die Zeit, einen Blick auf sein Essen zu werfen. Dafür legte er die Pistole auf sein Bett und hob einen Deckel nach dem anderen. »Mhm. Sieht wirklich gut aus. Tomatencremesuppe mit Räucheraal, Lachs in Blätterteig mit Sevruga-Kaviar und Spargel, und dazu eine Flasche Duvel-Bier. Das ist wohl kaum zu schlagen!«

»Ich bin überzeugt, dass es köstlich schmecken wird.«

»Sind Sie sicher, dass Sie nichts wollen?«

»Danke nein.«

»Einen Augenblick«, sagte Benton mit gerunzelter Stirn. »Ich habe noch ein Körbchen Brot mit Butter bestellt. Verdammt.« Sofort griff er zum Telefon und wählte die Nummer vom Zimmerservice.

»Hier ist Mr Benton von Zimmer 505. Ich hatte zu meinem Essen ein Körbchen Brot mit Butter bestellt. Es ist aber nicht auf dem Tablett. Ja? Okay. Danke.« Damit legte er auf und kehrte zu der Akte zurück, um weitere Fotos zu schießen. »Sie schicken es gleich herauf.«

»Essen Sie nur«, forderte ihn Verbaken auf, »es stört mich nicht.«

Benton willigte lächelnd ein, legte den OPSAT neben die Akte auf den Tisch, und ging zu dem Wagen hinüber. Das Klirren eines Schlüssels im Schloss ließ ihn innehalten.

»Das ging aber schnell«, sagte Verbaken.

»Etwas zu schnell, wenn Sie mich fragen.« Mit einem Sprung war Benton bei der Beretta, aber es war schon zu spät, denn im selben Moment wurde die Tür aufgestoßen, und Yuri hielt ihm seine mit einem Schalldämpfer versehene Heckler & Koch VP70 unter die Nase, um jede Reaktion von vornherein zu unterbinden.

»Keine Bewegung, meine Herren«, sagte Yuri. »Und jetzt langsam zurück und die Hände über den Kopf.« Mit der zweiten Hand verstaute er den Hauptschlüssel in seiner Jackentasche.

Benton befolgte die Anweisung, während Verbaken kreidebleich wurde.

Nun zog auch Vlad seine Waffe, eine Glock, und richtete sie auf den Belgier. »Lassen Sie sich durch uns nicht stören«, sagte der Russe.

»Wer sind Sie? Was wollen Sie?«, flüsterte Verbaken.

Kaum hatte er die Worte ausgesprochen, versetzte ihm Vlad mit der Glock einen Schlag ins Gesicht. »Ich habe Ihnen nicht erlaubt zu sprechen«, knurrte er, während sich Verbaken zusammengekrümmt die Wange hielt. »Und jetzt wieder die Hände hoch«, befahl Vlad. Als der Belgier der Aufforderung nachkam, enthüllte er eine hässliche Schürfwunde links im Gesicht.

»Setzen Sie sich bitte dort hin«, sagte Yuri zu Benton, indem er auf das Sofa zeigte. »Die Hände bleiben aber oben.« Langsam ging Benton um den Couchtisch herum, der in der Nähe des Speisenwagens stand. Mit der Flinkheit einer Katze ergriff er ein Messer vom Wagen und schleuderte es auf Yuri. Doch der Russe war schneller. Er warf sich zur Seite, sodass das Messer an ihm vorüberflog und gegen die Wand prallte. Dann zuckte die Heckler & Koch zwei Mal hoch – *peng, peng*. Benton wurde rückwärts geschleudert und stieß gegen den Speisenwagen. Mit lautem

Klirren zersplitterte das Glas und landeten die Pfannen und Deckel auf dem Boden. Schließlich rollte auch der Amerikaner von dem Wagen und blieb mit dem Gesicht nach unten auf dem Boden liegen.

In Panik sprang Verbaken auf und rannte zur Tür. *Peng, peng.* Diesmal erledigte die ebenfalls mit einem Schalldämpfer ausgestattete Glock von Vlad die Schmutzarbeit. Der Belgier stürzte gegen die Tür und glitt langsam an ihr abwärts, wobei er eine Blutspur am Holz hinterließ.

»Na, das ist nicht gerade glatt gelaufen«, bemerkte Yuri nach sekundenlangem Schweigen.

»Nein, nicht wirklich«, stimmte Vlad zu. »Was für ein Schlamassel.«

»Wir sollten uns beeilen. Das hat jede Menge Krach gemacht.«

Vlad nickte zustimmend, während er zum Tisch hinüberging, die Papiere an sich nahm und sowohl den Stapel der bereits fotografierten Dokumente als auch die noch nicht fotografierten in die braune Aktenmappe zurücklegte. Dann griff er nach Bentons OPSAT, ließ ihn auf den Boden fallen und zertrat das Gerät mit einem gezielten Tritt seiner harten Schuhsohle.

»Brauchen wir sonst noch etwas?«, fragte er seinen Partner.

»Sieh dich im Schlafzimmer um. Vielleicht liegt dort sein Laptop. Und wenn du die Waffe des Amerikaners schnell finden kannst, dann nimm sie mit«, antwortete Yuri. Während Vlad mit zustimmendem Knurren ins Schlafzimmer ging, näherte sich Yuri Bentons Leiche und versetzte dem Kopf des Mannes einen Tritt.

»Verdammter Bastard«, brummte er.

Vlad kehrte mit einem Laptop und einer Five-Seven zurück, der üblichen Waffe eines Geheimdienstoffiziers der NSA. »Schau, was ich gefunden habe.«

»Sehr gut. Aber jetzt sollten wir hier verschwinden.«

Nachdem Yuri die Tür einen Spalt geöffnet und kontrolliert hatte, dass der Flur frei war, nickte er seinem Partner zu. Die beiden Männer verließen die Suite und schlossen die Tür hinter sich.

Drei Minuten später wurde erneut an die Tür geklopft. Als sich niemand meldete, wiederholte sich das Klopfen.

»*Room service*«, sagte diesmal eine weibliche Stimme.

Wieder ein Klopfen. »Hallo?«

Mit Hilfe ihres Hauptschlüssels schloss die Kellnerin auf und öffnete die Tür einen Spalt breit. »*Room service.* Hallo?« Sobald die Kellnerin die Tür weiter aufstieß, sah sie am Boden die blutverschmierte Leiche von Verbaken. Ihr stockte der Atem. Als sie auf der anderen Seite des Zimmers die zweite Leiche entdeckte, rannte sie schreiend aus der Suite hinaus.

3

Ich wohne in Towson, Maryland, in einem Haus mit Garten und Garage, das innerhalb des Dreiecks liegt, welches durch die Schnellstraße I-695, die York Road und die Dulaney Valley Road gebildet wird. Seit hier die Towson University gegründet wurde, gilt dieser Vorort von Baltimore als »in«. Zumindest glaube ich das, sicher bin ich nicht. Vielleicht weil ich selbst nicht gerade sehr »in« bin. Ich gehe selten unter Menschen, habe nie eine Verabredung, gehe nie aus und bleibe stattdessen lieber für mich allein. Wenn ich nicht gerade in einer Mission für das Third Echelon unterwegs bin, führe ich ein ziemlich langweiliges Leben. Ich habe keine Freunde, mit denen ich plaudern könnte, und meine Nachbarn halten mich vermutlich für einen verschrobenen Einsiedler. Zu den wenigen Geschäften, die ich regelmäßig besuche, gehören der Lebensmittelladen in der Nähe, ein Spirituosenladen und die Putzerei in dem lang gezogenen Einkaufszentrum an der York Road.

Mir gefällt es so.

Das Haus ist für einen allein stehenden Mann in den Vierzigern viel zu groß. Ingesamt kann ich mich auf drei Etagen ausbreiten. Große Freude bereiten mir mein überdimensionaler Flatscreen-Fernsehapparat, der DVD-Player und das Surround-Soundsystem. Im Untergeschoss befinden sich eine Bibliothek mit Referenzmaterial und mein Heimbüro. Wer sich meine Bücher betrachtet, würde mich wohl für einen Geografieprofessor oder Historiker halten. Für meinen Job studiere ich sämtliche Länder der Welt. Vor allem versuche ich, mich über alle politischen und wirtschaftlichen Ereignisse auf dem Laufenden zu halten, und das gilt insbesondere für die so genannten Krisenherde der Erde. Manchmal ist eine winzige Information über etwas Ungewöhnliches, das es nur in einem einzigen Land gibt, entscheidend, um zu überleben. Auch gibt es draußen im Feld nichts Wichtigeres als zu wissen, wer auf deiner Seite steht und wer nicht. Deshalb versuche ich, jeden Tag etwas Neues über einen bestimmten Ort zu lernen. Auf diese Weise bin ich immer einsatzbereit.

Ganz in meiner Nähe befindet sich das Towson Town Center, ein riesiges Einkaufszentrum, das all die schönen Menschen aus der Region anzieht. Selbstverständlich meide ich es wie die Pest. Ich lehne Einkaufszentren grundsätzlich ab, weil sie alle gleich sind. Dieselben Geschäfte, dieselben Unternehmensketten, dieselben ignoranten Menschen, die tagtäglich nichts anderes tun, als Geld auszugeben – und zumeist das Geld anderer. Wenn ich wirklich etwas brauche, fahre ich zu abgelegenen einfachen Läden. Bekleidung bekommt man überall. Wenn ich DVDs oder CDs will, kaufe ich sie online und lasse sie mir zuschicken. Ich kaufe überhaupt sehr viel online. Das erlaubt mir, meine persönlichen Kontakte auf ein Minimum zu beschränken.

Außerdem will ich so anonym wie möglich bleiben.

Ich koche auch selbst. Darin bin ich sogar richtig gut. Das ist auch eine der Fähigkeiten, die Sarah an mir zu schätzen weiß. Wenn sie mich hin und wieder besucht, besteht sie immer darauf, dass ich für sie koche, anstatt ins Restaurant zu gehen. Ist mir nur recht. In meinem Beruf ist es oft eine wertvolle Hilfe, wenn man kochen kann. Ich war schon an so manchem seltsamen und wenig gastfreundlichen Ort gezwungen, aus dem, was ich rundum fand, etwas Genießbares zu zaubern. Dabei habe ich auch gelernt, ziemlich abscheuliches Zeug zu essen. Für mich ist es deshalb ein besonderes Geschenk, dass ich mir ab und zu dann selbst ein echtes Feinschmeckermahl kochen kann.

Zu den wenigen Orten, die ich regelmäßig besuche, gehört ein Sportstudio, das jenseits der Universität an der York Road liegt, direkt an der Grenze zwischen Towson und Baltimore. Dieses ein wenig schräge kleine Sportstudio ist vor allem bei Minderheiten beliebt und wird nur von wenigen Weißen besucht. Die Mehrheit sind Hispanics und Afroamerikaner, die dort boxen oder Gewichte heben. Vermutlich gehören viele von ihnen Gangs an, aber das stört mich nicht.

Das zweite Sportstudio, das ich mehr oder weniger regelmäßig besuche, ist das Krav-Maga-Studio, das im selben Einkaufszentrum untergebracht ist wie meine Putzerei. Es liegt so nahe, dass ich es von meinem Haus aus zu Fuß erreichen kann. Und genau dorthin werde ich heute nach dem Frühstück gehen.

Nachdem ich meine Trainingskleidung angezogen habe – einen Overall, um genau zu sein –, schalte ich die Alarmanlage ein und mache mich auf den zehnminütigen Weg zum Einkaufszentrum. Es ist herrlich draußen – dieses Jahr ist es zeitig Frühling geworden, und das nach einem nicht allzu schlechten Winter. Allerdings hätte es mir auch nichts ausgemacht, wenn es wirklich kalt gewesen wäre, denn ich war den Großteil des Winters ohnehin unterwegs. Der Auftrag im Fernen Osten hatte mich drei Monate in Anspruch genommen. Die meiste Zeit verbrachte ich in Hongkong, um meinen Einsatz in Macao vorzubereiten. Zu der Mission gehörten aber auch einige Reisen nach Singapur. Entgegen der ursprünglichen Annahme erwies es sich als wesentlich schwieriger, das Waffennetzwerk des Shops in dieser Region auszukundschaften.

Für den Job in Macao bekam ich unterschiedlichste Rückmeldungen. Einerseits war Lambert sehr zufrieden mit all den Daten, die ich aus dem Computer des Kasinos übermittelt hatte, andererseits stimmten ihn die Toten nicht gerade glücklich. Kim Wei Lo war zweifellos ein Verbrecher der schlimmsten Sorte und hatte es vermutlich verdient zu sterben, aber Lambert war der

Meinung, dass man später aus ihm noch mehr wertvolle Informationen herausholen hätte können. Sobald die NSA den Beweis für die Existenz des Shops in China und den Sonderverwaltungszonen vorgelegt hätte, wäre auch er im Zuge der nachfolgenden Festnahmen zu Sturz gekommen. Zum Teufel, ich hatte es nicht darauf angelegt, ihn zu töten. Es ist einfach passiert. Die Frage war, er oder ich. Das wusste Lambert genau, aber es störte ihn trotzdem. Er wird es wohl überwinden.

Was meinen Job als Splinter-Cell-Agent betrifft, bin ich froh, dass ich nicht immer an ein und demselben Ort stationiert bin. Dan Lee, der Agent, der in Macao ermordet wurde, lebte und arbeitete ausschließlich im Fernen Osten. Allerdings war er auch Chinese, sodass es einen Sinn ergab. Dagegen gab es auch andere Splinter-Cell-Agenten, die langfristig in bestimmten Teilen der Welt im Einsatz waren, an denen ich mich nicht gerne ständig aufhalten würde. Mir gefiel es, zwischen den einzelnen Jobs immer wieder in die USA zurückzukehren, sogar wenn es bloß in die »schicke« Stadt Towson in Maryland war. Vermutlich nehme ich innerhalb des Third Echelon eine Sonderstellung ein. Immerhin war ich der erste Splinter-Cell-Agent und bin bekannt dafür, dass ich mich an jeden Ort anpassen kann, an den man mich entsendet. Auf diese Weise bin ich nützlicher als ein »Vertragspartner«. Früher wurden häufig Diplomaten und die in den Botschaften stationierten Nachrichtenoffiziere dazu verwendet, in jenen Ländern zu spionieren, in denen sie tätig waren. Ich nehme an, daran hat sich nichts geändert. Die Splinter-Cell-Agenten des Third Echelon stehen hingegen in keinerlei Beziehung zur Regierung der USA – zumindest in keiner öffentlichen. Als Tarnung für meine Missionen musste ich schon oftmals eine andere Identität annehmen und mir sogar neue berufliche Fähigkeiten aneignen, um die Tarnung glaubhafter zu machen.

Bevor ich Splinter-Cell-Agent wurde, arbeitete ich für die CIA. Gott, wie ich diesen Job hasste. Viel zu viel Bürokratie. Viel zu viele interne Machtkämpfe und zu wenig Kooperation zwischen den einzelnen großen Agencies. Bei der CIA musste ich nach der traditionellen Methode spionieren – das heißt, ich wurde üblicherweise irgendwo als Diplomat oder in einer anderen amtlichen Funktion stationiert und musste an mehr gesellschaftlichen Ereignissen teilnehmen, als mir lieb war. Ich bin nicht wirklich gut darin, irgendeinen Premierminister oder dessen Ehefrau mit einem nichts sagenden Gespräch über die Lokalpolitik zu unterhalten. Später wechselte ich in einen Job, in dem ich mich innerhalb der USA mit Waffenentwicklung befasste. Anfangs dachte ich, dass ich mir in diesem Job gute theoretische Grundlagen im Bereich Information Warfare – Kampf um die Kommunikationstechnologien – aneignen könnte. Stattdessen behinderte die Bürokratie meine Kreativität. Eine extrem frustrierende Erfahrung, denn ich war ein Mann der Tat. Das war auch der Grund, warum ich die CIA verließ, als mir Colonel Irving Lambert anbot, zum Third Echelon zu wechseln.

Erst zögerte ich ein wenig, doch Lambert wusste, wie er mir schmeicheln konnte. Er meinte, ich wäre der Einzige, der diesen Job erfüllen könnte. Ich sei eine »seltene Spezies«, wie er sich ausdrückte. Damit hatte er wohl nicht ganz Unrecht, immerhin war ich als Spion nicht ein einziges Mal in Gefahr geraten, gefasst zu werden. Mit meiner lebenslangen Erfahrung in Spionage (ich bin vier Jahre älter als Lambert!) hatte ich im Spionagegeschäft nirgendwo Fingerabdrücke hinterlassen. Er betonte, dass ich es verstand, zu überleben und unsichtbar zu bleiben. Und er wüsste, dass ich imstande war, ein Geheimnis zu bewahren. So habe ich schließlich zugesagt.

Die Mission in Macao war typisch für meine Arbeit. In Hongkong war ich als Journalist getarnt, wie schon zuvor bei mehreren Jobs. Angeblich arbeitete ich an einem Buch über die Veränderungen in Hongkong nach der Übergabe im Jahr 1997. Um ehrlich zu sein, konnte ich nicht allzu viele Veränderungen feststellen. Ich hatte Hongkong vor 1997 mehrmals besucht und auch danach einige Male, und als einziger Unterschied ist mir aufgefallen, dass es dort jetzt weniger Briten gibt.

Dennoch gibt es nach wie vor einige britische Regierungsstellen in Hongkong. Die haben mir auch das Privatboot besorgt, das mich nach Macao und zurückgebracht hat. Alles Übrige musste ich selbst tun. So fuhr ich nachts mit dem Motorboot um die Halbinsel und vertäute das Boot mehrere Meilen vom Haupthafen entfernt. Wie die Amerikaner wissen auch die Briten angeblich nichts von meiner Anwesenheit und meinen Aktionen in dieser Region. Aber weil sie ebenso daran interessiert sind, den Shop zu zerschlagen, waren sie gerne bereit zu helfen.

Sobald ich das Einkaufszentrum erreiche, gehe ich in das Krav-Maga-Studio. Wie immer bin ich früh dran und der erste Schüler. Die Trainerin, Katja Loenstern, kommt aus Israel. Sie ist etwa Mitte dreißig und außergewöhnlich attraktiv. Zudem ist sie auch noch muskulös und stark. Ich glaube, dass sie mich mag, kann diese Gefühle aber nicht erwidern. In meinem Job ist es einfach zu gefährlich, eine Beziehung einzugehen. Außerdem weiß ich nie, wann ich das Land wieder verlassen muss, und dürfte auch nicht über meine Einsätze sprechen. Das sind nicht gerade die besten Voraussetzungen für eine Beziehung. Ich kann nicht behaupten, dass ich gerne im Zölibat lebe, aber ich habe mich so weit trainiert, dass ich nicht mehr darüber nachdenke. Selbstverständlich genieße ich den Anblick einer schönen Frau, aber weiter gehen meine Gedanken nicht. Durch Disziplin bin ich mittlerweile imstande, mich in diesem Augenblick einzubremsen, bevor sich der Mechanismus aus Sehnsucht und Begierde in Gang setzt.

Katja ist bereits im Studio und dehnt sich an einer Ballettstange. Ich glaube, sie vermietet das Studio an mehreren Tagen für Ballettstunden. Die Krav-Maga-Schule allein reicht vermutlich nicht immer aus, um die Miete zu zahlen.

»Sam!«, ruft sie sichtlich überrascht aus, als sie mich sieht.

»Hi, Katja«, antworte ich.

»Wo zum Teufel bist du gewesen? Ich habe schon geglaubt, dass du ganz und gar von der Erdoberfläche verschwunden bist.«

Damit hatte sie Recht. Ich war im Fernen Osten. Und obwohl ich für das ganze Jahr im Vorhinein bezahlt habe, habe ich seit drei Monaten nicht mehr an den Übungsstunden teilgenommen.

»Ich bin beruflich unterwegs gewesen«, sage ich. Das war zumindest die Wahrheit. »Tut mir Leid. Ich hätte dir sagen sollen, dass ich eine Weile weg bin.«

Sie streckt sich und sieht mich genauer an. Wie üblich trägt sie zum Aufwärmen ein Trikot mit engen Hosen. Für die Sparring-Einheit wird sie sich später noch etwas überziehen. Katja ist groß, muskulös und hat einen hübschen, natürlichen Körper. Das schwarze Haar fällt ihr bis über die Schultern herab, sie hat braune Augen, eine lange Nase und einen einladenden Schmollmund. Ja, in einem anderen Leben würde ich sicher mit ihr ins Bett gehen.

»Was machst du denn beruflich?«

»Ich bin im Verkauf. Überseehandel. Dafür war ich die letzten drei Monate im Fernen Osten.«

»Du siehst nicht gerade wie ein Vertreter aus«, sagt Katja mit skeptischem Blick.

Ungerührt stelle ich die Sporttasche ab, die ein Handtuch und ein zusätzliches T-Shirt enthält, setze mich auf die Matte und beginne mit den Dehnübungen zum Aufwärmen. »Nicht? Wie sieht denn ein Vertreter aus«, frage ich.

»Ich weiß nicht«, gibt sie zurück, während sie sich in meiner Nähe auf den Boden niederlässt und mit Gymnastikübungen fortfährt. »Einfach nicht wie du.«

»Und wie sehe ich aus?«

»Wie ein Soldat. Ein Berufssoldat. Jemand, der seit dreißig Jahren bei der Armee ist.«

»Seit *dreißig* Jahren? So alt bin ich nun wieder auch nicht!«

»Nein, vermutlich nicht. Okay, dann eben seit zwanzig Jahren. Wie alt bist du übrigens? Ich habe es vergessen.«

»Das steht doch in meiner Anmeldung.«

»Ja, ich könnte auch nachsehen, aber dafür bin ich jetzt zu beschäftigt.«

»Ich bin siebenundvierzig.«

An ihrem Gesichtsausdruck lässt sich deutlich ablesen, dass sie beeindruckt ist. »Sam, du siehst nicht einen Tag älter aus als vierzig. Vielleicht sogar eher achtunddreißig. Und damit kommst du mir schon sehr nahe.«

Als ich zu ihr hinüberblicke, sehe ich, dass sie lächelt. Flirtet sie mit mir? Ist das eine Anmache? »Wie alt bist du denn?«, frage ich.

»Du weißt doch, dass es unhöflich ist, eine Frau nach ihrem Alter zu fragen.«

»Ach, komm schon, Katja. Ich habe es dir auch gesagt.«

»Rate.«

Ich gebe vor nachzudenken, obwohl ich ziemlich sicher bin, die Antwort zu kennen. »Fünfunddreißig?«

»Sehr gut«, sagt sie und hebt angenehm überrascht die Augenbraue.

Jetzt betreten zwei weitere Schüler das Studio. Josh und Brian sind orthodoxe Juden, die glauben, dass »der Krieg« eines Tages auch bis in ihr Viertel kommen wird, und dann wollen sie sich verteidigen können. Beide sind recht kräftige, große Kerle. Sodass ich nicht daran zweifle, dass sie sich mit oder ohne Krav Maga zu verteidigen wissen.

»Na, willkommen zu Hause«, sagt Katja abschließend, und beendet damit unser Gespräch.

»Danke.«

In den nächsten zehn Minuten treffen auch die anderen Schüler ein. Von den zwölf Personen sind neun männlich und im Alter von sechzehn bis etwas über vierzig. Vermutlich bin ich der Älteste im Kurs. Die drei weiblichen Teilnehmer sind relativ jung, wahrscheinlich zwischen achtzehn und dreißig. Katja ist eine gute Trainerin. Sie beginnt jede Übungsstunde mit einem Aufwärmtraining, bestehend aus Aerobicübungen, Kraftübungen – zu denen Liegestützen ebenso gehören wie Sit-ups – und Dehnungsübungen. Um das Training abwechslungsreich zu gestalten, wechselt sie die Aufwärmübungen immer wieder. Außerdem lernen die Schüler auf diese Weise eine Vielzahl von Übungen kennen, mit deren Hilfe sie sich auch außerhalb des Kurses fit halten können. Nach dem Aufwärmtraining übt Katja fünfzehn Minuten Handtechniken mit uns. Diese Zeit widmen wir Schlagübungen wie Punches, Ellbogenstößen, Faustschlägen und den dazugehörigen Verteidigungshaltungen. Die nächsten fünfzehn Minuten konzentrieren wir uns auf Beintechniken – Kicks, Kniestößen und die jeweiligen Verteidigungshaltungen. Die letzte Viertelstunde gehört der Selbstverteidigung, und bei Krav Maga gibt es in dieser Hinsicht viel zu lernen. Katja zeigt jede Selbstverteidigungsübung schrittweise vor, um sicherzugehen, dass wir den Ablauf auch wirklich verstehen. Anschließend üben wir mit einem Partner. Zusätzlich umfasst die Trainingseinheit Übungen zur Stärkung von Muskelkraft und Kondition, sowie Übungen, in denen wir lernen, unter Druck oder großer Erschöpfung zu handeln, uns gegen mehrere Angreifer gleichzeitig zu wehren und den Kampfgeist während der Gesamtdauer einer Verteidigungshandlung oder eines Kampfes hoch zu halten.

Im Gegensatz zu dem System verschiedenfarbiger Gürtel, das bei anderen Kampftechniken üblich ist, gibt es bei Krav Maga verschiedene Levels. Mit zunehmendem Fortschritt steigt man durch die einzelnen Levels auf bis 3B, der höchsten Stufe, die Katja unterrichtet. An diesem Kurs nehme ich teil, ebenso wie an »First Class«, einer Übungseinheit, in der ich Gelegenheit habe, mit Schutzkleidung zu sparren. Im Kurs für 3B befassen wir uns mit der Abwehr von Waffen, Grifftechniken, Gelenkshebeltechniken, Fersen- und Schlagtritten mit Drehung sowie weiteren fortgeschrittenen Kampftechniken.

Nach dem Kurs sind alle Teilnehmer in Schweiß gebadet. Ich kann es kaum erwarten, nach Hause zu kommen und die Dusche einzuschalten. Während einer nach dem anderen aufbricht, wische ich Gesicht und Nacken mit dem Handtuch ab und versuche, wieder zu Atem zu kommen. »Sam, du solltest den Kurs halten, nicht ich«, sagt Katja, während sie zu mir herüberkommt.

»Du machst das ganz ausgezeichnet, Katja«, gebe ich zurück.

»Ich meine es im Ernst. Du machst das schon lange, richtig? Ich meine, ich habe immer gewusst, dass du gut bist, aber heute hast du mir ein paar wirklich außergewöhnliche Dinge gezeigt. Wo hast du bisher trainiert? Kommst du aus Israel?«

Ich schüttle den Kopf. »Nein. Geboren und aufgewachsen in den USA.«

»Aber du bist doch kein Jude, oder?«

»Charlie Chaplin hat man einmal dieselbe Frage gestellt«, gebe ich lächelnd zurück. »Und seine Antwort lautete: ›Leider hatte ich nicht die Ehre.‹«

»Na, du bist jedenfalls verdammt gut. In einem echten Kampf möchte ich wirklich nicht gegen dich antreten.«

»Danke«, murmele ich achselzuckend, weil mir darauf nichts besseres einfällt.

»Hast du es eilig?«, fragt sie. »Oder hast du vielleicht Lust, noch einen Kaffee trinken zu gehen oder etwas anderes? Wir könnten gleich hier nebenan in das kleine Café gehen.«

Verdammt, das habe ich gerade noch gebraucht. Während ein Teil von mir nichts lieber täte, als ihre Einladung anzunehmen, würde der andere Teil am liebsten so schnell wie möglich davonlaufen. Ich darf einer Frau einfach nicht nahe kommen. Das funktioniert nicht. Ich weiß es. Ich habe es schon erlebt.

»Ich weiß nicht ...«, beginne ich.

»Ach, komm schon. Ich werde dich auch sicher nicht beißen. Vielleicht versetze ich dir einen Tritt zwischen die Beine, aber ich werde dich ganz sicher nicht beißen.«

»Wir sind doch ganz verschwitzt.«

»Was soll das nun wieder?«, gibt sie augenrollend zurück. »Du suchst aber wirklich nach jeder Ausrede, die du finden kannst. Wir setzen uns einfach in die Ecke, wo niemand uns riechen kann.«

Verdammt, sie ist wirklich gerissen.

»In Ordnung«, stimme ich zu.

Katja schüttelt den Kopf, als wolle sie sagen: Dich soll mal einer verstehen!, während sie nach ihrer Sporttasche greift und ich nach meiner.

Im Café nebenan bestellt Katja einen normalen schwarzen Kaffee und ich einen koffeinfreien. Ich will nicht abhängig sein von einem Aufputschmittel wie Koffein. Wenn man sich an Kaffee gewöhnt, um wachsam zu bleiben, hat man nichts verloren beim Splinter-Cell-Kommando.

Jetzt kommt der schwierige Teil der Sache. Vermutlich wird sie mir jede Menge persönlicher Fragen stellen, die ich nur mit einer Lüge beantworten kann. Für solche Situationen habe ich mehrere Tarnungsgeschichten auf Lager. Antworten auf die üblichen »Was tust du beruflich?«, »Wo bist du zur Schule gegangen?« und »Warst du je verheiratet?«-Fragen.

»So. Da sind wir. Siehst du, so schlimm ist es doch gar nicht«, sagt sie grinsend, sobald wir uns an einen Tisch gesetzt haben.

»Stimmt«, antworte ich knapp. Wenn ich einsilbig bleibe, wird es ihr vielleicht bald zu langweilig, mit mir zu plaudern.

»Erzähl mir von deinem Job. Musst du dafür viel reisen?«

»Ist keine große Sache«, sage ich. »Ich verkaufe Kugellager. Ich reise einfach in andere Länder und verkaufe Kugellager. Ein wirklich aufregender Job!«

»Ich wette, er ist viel aufregender, als du sagst«, gibt sie lachend zurück. »Allein das Reisen würde mir schon gefallen.«

»Am Anfang ist es auch ganz nett, aber irgendwann bist du es leid, immer früh aufzustehen, die überfüllten Flughäfen, die endlosen Sicherheitskontrollen heutzutage, und dann der Jetlag. Glaub mir, es ist viel weniger exotisch, als es klingt.«

»Okay, was tust du dann zum Vergnügen?«

»Wenn ich unterwegs bin?«

»Nein, hier natürlich, du Dummkopf. Was tust du, außer Krav Maga zu trainieren?«

Manchmal schreckt Zurückhaltung eine Frau ab und manchmal macht sie einen Mann nur umso interessanter. Aber weil Katja so kontaktfreudig ist, hoffe ich, sie mit der schüchternen Masche zu entmutigen. »Ich weiß nicht«, murmle ich deshalb mit gesenktem Blick. »Nicht viel. Ich lebe allein, gehe nicht oft unter Leute.«

»Erzähl mir nichts«, kontert sie. »Ein gut aussehender Mann wie du? Du musst doch ein Dutzend Freundinnen haben!«

»Tut mir Leid, nein«, sage ich kopfschüttelnd.

»Wirklich nicht?«

»Wirklich nicht.«

Meine Worte scheinen sie nur zu ermutigen. Vielleicht hätte ich ihr sagen sollen, dass ich mit sechs Frauen zusammenlebe. Verdammt, das wird schwierig.

»Schwul bist du nicht, was ist es dann?«, fährt sie ungehindert fort. »Schlimme Ehe oder so was?«

»Woher weißt du, dass ich nicht schwul bin?«

»Ach, komm schon, so etwas weiß eine Frau«, antwortet sie grinsend.

»Was ist mit dir? Bist du verheiratet?«

»Ich habe zuerst gefragt. Aber nein, ich bin nicht verheiratet. Ich war mal verheiratet, vier Jahre lang, direkt nach dem College. War ein großer Fehler. Aber ich werfe keinen Blick mehr zurück. Und du?«

Über diesen Teil meines Lebens spreche ich nicht gerne. »Ja, ich war auch einmal verheiratet. Sie ist gestorben.«

Meine Worte dämpfen augenblicklich Katjas Stimmung. Das Lächeln verschwindet von ihrem Gesicht. Vielleicht sollte ich öfter die Wahrheit sagen. »Das tut mir Leid. Was ist passiert?«

»Krebs«, antworte ich.

»Wie grauenvoll. Wie lang warst du verheiratet?«

»Etwas mehr als drei Jahre.«

»Kinder?«

Ich bin nicht sicher, ob ich es tatsächlich erzählen will, aber ich tue es. »Ja, eine Tochter. Sie geht in Illinois aufs College.«

»Oh. Siehst du sie oft?«

»Nicht oft genug«, antworte ich wahrheitsgemäß.

»Isst du gerne?«, fragt sie, denn sie fühlt, dass es Zeit ist, das Thema zu wechseln.

»Ja, denke schon. Isst nicht jeder gerne?«, gebe ich achselzuckend zurück.

»Und ich koche gerne. Willst du nicht mal abends Spezialitäten von Katja Loenstern probieren?«

Vermutlich ist es besser, ihr nicht zu sagen, dass auch ich gerne koche, denn sonst hätten wir bereits eine Gemeinsamkeit entdeckt. »Nun, eher nicht«, lehne ich ab, wobei es mir wirklich Leid tut, ihr das sagen zu müssen.

Sie sieht auch aus, als hätte ich ihr einen Schlag ins Gesicht versetzt. »Tatsächlich? Ich kann dir sagen, dass du da wirklich was versäumst.«

»Das glaube ich dir, aber trotzdem, danke nein. Ich kann einfach nicht. Tut mir Leid.«

»Was ist los? Ich habe dir doch gesagt, dass ich nicht beiße.«

»Das ist es nicht«, murmle ich absichtlich zurückhaltend, wie ein Mann, der sich vor Frauen fürchtet, um sie von ihrem Vorhaben abzubringen.

»Findest du mich nicht attraktiv?«

Das ist meine Chance. »Nein.«

Ich habe wirklich geglaubt, dass der Bluff funktionieren würde, aber sie lässt sich durch meine Ablehnung nicht beirren.

»Unsinn! Du findest mich hinreißend. Das sehe ich doch. Komm schon, was ist los mit dir?«

»Hör zu, Katja«, beginne ich lachend, »du bist meine Trainerin. Ich will nicht ... ich kann einfach nicht, okay? Wollen wir nicht lieber Freunde sein?«

Sie schüttelt immer noch lächelnd den Kopf. »Du glaubst nicht, wie oft ich das schon gehört habe. In Ordnung. Jeder von uns hat eine Vergangenheit, die er lieber für sich behält. Mach dir deshalb keine Gedanken. Wenn du wirklich willst, dass wir einfach Freunde sind, dann werden wir eben Freunde sein.«

In der Zwischenzeit haben wir unseren Kaffee getrunken, und ich sehe auf die Uhr. »Vermutlich sollte ich jetzt gehen. Ich muss heute Nachmittag noch ein paar, ähm, Verkaufsberichte schreiben.«

»Okay, Sam«, antwortet sie seufzend. »Kommst du zur nächsten Übungsstunde?«, fragt sie, während wir gemeinsam das Café verlassen.

»Ich glaube schon. Aber in meinem Job weiß ich das nie.«

Als sie mir die Hand entgegenstreckt, ergreife ich sie und drücke sie leicht.

»Okay, Freund«, sagt sie, »dann sehe ich dich in der nächsten Stunde.«

»Okay«, antworte ich, ehe wir uns trennen. Und während sie in das Sportstudio zurückkehrt, verfluche ich mich auf dem gesamten Heimweg wegen der miesen Show, die ich eben abgezogen habe.

Zu Hause finde ich eine Nachricht auf dem »normalen« Anrufbeantworter. Ich habe eine Geheimnummer, und der dazugehörige Anrufbeantworter steht im mittleren Regal in der Küche, sodass ich ihn sofort sehe, wenn ich nach Hause komme.

Sobald ich auf den Knopf drücke, höre ich Sarahs Stimme. »Hallo, Dad. Ich bin's. Tut mir Leid, dass ich dich verpasst habe. Rivka und ich sind schon auf dem Weg zum Flughafen. Wir sind ja so aufgeregt. Ich rufe dich an, sobald wir in Jerusalem ankommen. Ich werde auch versuchen herauszufinden, wie viele Stunden die Zeitverschiebung ausmacht, damit ich dich nicht gerade mitten in der Nacht anrufe! Ich hab dich lieb. Ciao!«

Verdammt, das hatte ich vollkommen vergessen. Sarah wollte die Frühlingsferien mit ihrer Freundin Rivka in Jerusalem verbringen. Mir gefällt es sicher nicht, dass sie gerade an so einen brisanten Ort reist, aber was kann ich tun? Immerhin ist sie erwachsen. Sarah studiert an der Northwestern University in Evanston, im Bundesstaat Illinois, nördlich von Chicago. Sie ist im vorletzten Jahr, glaube ich zumindest. Manchmal vergesse ich einfach, wie lang sie schon das College besucht. Sarahs beste Freundin Rivka stammt aus Israel, und die beiden Mädchen werden etwas weniger als eine Woche bei ihrer Familie in Jerusalem bleiben.

Mein Blick fällt auf Sarahs Foto, das mit einem Magnet am Kühlschrank befestigt ist. Sie gleicht ihrer Mutter aufs Haar. Hübsch und klug. Eine Klasse für sich. Von mir hat sie nur den Starrsinn geerbt.

Die Erinnerung an Sarahs Geburt schießt mir plötzlich durch den Kopf. Regan hatte schwer zu kämpfen, und die Tatsache, dass sie ihr Kind auf einem amerikanischen Militärstützpunkt in Deutschland gebar, machte die Sache nicht gerade leichter. Damals arbeitete ich für die CIA in Osteuropa, und Regan hatte einen Job als Kryptoanalytikerin bei der NSA. Kennen gelernt hatten wir uns in Georgien. Und ich meine nicht den amerikanischen Bundesstaat Georgia, sondern tatsächlich den ehemaligen Mitgliedsstaat der Sowjetunion. Im Zuge einer stürmischen Affäre wurde Regan schwanger. Unsere Hochzeit war dann auch eine stille Zeremonie in kleinem Kreis auf jener Militärbasis in Deutschland, auf der Sarah geboren wurde.

Ich denke nicht gerne an die drei Jahre zurück, die Regan und ich zusammen waren. Es war keine glückliche Zeit. Ich liebte

Regan und sie liebte mich, aber unser Beruf brachte uns ständig in Konflikt. So wurde es eine schwierige Fernehe. Regan kehrte schließlich in die USA zurück und nahm Sarah mit, während ich mich ganz meiner Arbeit widmete. In den Jahren bis zum Zusammenbruch der UdSSR war ich vor allem in Deutschland, Afghanistan und den sowjetischen Satellitenstaaten im Einsatz. Da erübrigt es sich zu sagen, dass ich jede Beziehung zu Regan und Sarah verlor.

Ich glaube, Sarah war fünfzehn, als Regan starb. Ein unglaublich harter Schlag. Seit Jahren hatte ich nicht mehr mit Regan gesprochen, doch als ich erfuhr, dass sie kaum noch ein Jahr zu leben hätte, versuchte ich alles, um mich mit ihr wieder auszusöhnen. Verdammter Eierstockkrebs. Da braucht man keinen studierten Psychologen, um zu verstehen, warum ich heute Angst davor habe, eine neue Bindung einzugehen. Einerseits muss ich mit der Schuld leben, dass ich nicht da war, während Sarah heranwuchs, und andererseits musste ich mich mit der Tatsache auseinander setzen, dass die Frau, die ich liebte, starb. Das würde wohl jeden von einer Beziehung abschrecken.

Als ich daraufhin Sarahs gesetzlicher Vormund wurde, nahm ich den Schreibtischjob bei der CIA an in der Hoffnung, mich an das Vorstadtleben zu gewöhnen und mich mehr auf ihre Erziehung konzentrieren zu können. Leider fällt es mir schon schwer, mit den Menschen in meiner Umgebung umzugehen, geschweige denn mit einem Mädchen im Teenageralter. Es war eine hässliche, schwierige Zeit. Trotzdem glaube ich, dass es im Grunde ganz gut gelaufen ist. Nach ihrem Highschool-Abschluss lenkte Sarah ein wenig ein und schien auch meine Bemühungen mehr zu schätzen. Wie ich gelesen habe, reagieren alle Teenager mehr oder weniger nach diesem Muster. Sobald sie das Nest verlassen haben, schließen sie Freundschaft mit ihren Eltern. Zum Glück ist das auch bei uns geschehen.

Heute wünsche ich mir, ich könnte sie öfter sehen.

Ich höre, wie ich seufze, während ich versuche, diese Gedanken aus meinem Kopf zu verbannen. Es wird Zeit, in mein Büro hinunterzugehen, um meinen »anderen« Anrufbeantworter abzuhören. Meine Verbindung zur NSA erfolgt nicht über ein gewöhnliches Telefon. Vielmehr über einen Pager, der in den Briefbeschwerer auf meinem Schreibtisch eingebaut ist. Wenn die Diode leuchtet, muss ich Lambert über eine sichere Leitung außerhalb des Hauses kontaktieren. Für diese Anrufe verwende ich nie meine normale Telefonleitung.

Diesmal leuchtet die Diode.

4

Police Constable Robert Perkins verabscheute seine Runde aus tiefstem Herzen. Jede Nacht war es dasselbe, ausgenommen am Sonntag, denn da war das Theater geschlossen. Die Tage waren auch nicht besser wegen der Vormittagsvorstellungen.

Als dienstältester Police Constable in der Region um das National Theater in London empfand Perkins es als unter seiner Würde, den Verkehr zu überwachen. Dennoch beschwerte er sich nie. Immerhin musste er den Verkehr nicht auch noch selbst regeln – dem Himmel sei Dank – außer bei einem Notfall, einem königlichen Ereignis, oder wenn irgendein Idiot einen Unfall verursachte. Seit zweiundzwanzig Jahren drehte Perkins diese Runde, und vermutlich würde er es auch noch die nächsten zehn Jahre tun. Selbstverständlich könnte er um Versetzung ersuchen, aber üblicherweise lehnten seine Vorgesetzten solche Anträge mit einem Stirnrunzeln ab. Mit dreiundvierzig Jahren fühlte er sich allmählich zu alt für diesen Job.

Unter der Woche war der Abendverkehr noch dichter, weil da der Berufsverkehr dazukam. Über ihm spannte sich die Waterloo Bridge, die sich von Nordwesten nach Südosten über die Themse zur South Bank erstreckte. Der endlose Strom an Fahrzeugen, der über diese eine Straße zog, brach nie ab. Zur Hauptverkehrszeit, kurz vor Beginn der Abendvorstellung, war es am schlimmsten. Der »Stauaufschlag« von fünf Pfund auf die übliche Parkgebühr hielt die Fahrer nicht von dem Versuch ab, doch noch eine Lücke auf dem winzigen Parkplatz des Theaters zu finden. Perkins fragte sich, warum nicht mehr Menschen die

U-Bahn nahmen, oder zu Fuß gingen. Das war nicht nur einfacher, sondern auch bequemer.

Üblicherweise stand Perkins an der Kreuzung von Theatre Avenue und Upper Ground, denn nur hier, an der Rückseite des Theaters, konnten die Autos halten, um Passagiere aussteigen zu lassen. Das bedeutete, dass er praktisch direkt unter der Waterloo Bridge stand und unablässig den Verkehrslärm über sich ertragen musste, was täglich zu Kopfschmerzen führte. Von der Kreuzung aus beobachtete Perkins, wie die gereizten Fahrer immer wieder anhielten, ein paar Schritte weiter fuhren, wieder anhielten, und wieder weiter fuhren. Die Theaterbesucher und Taxifahrer, die über die Theatre Avenue krochen, waren in noch schlechterer Stimmung. Denn sie erwarteten, dass die Welt innehielt, nur damit sie die letzte Shakespeare-Produktion sehen konnten.

Perkins hatte sein ganzes Leben in London gelebt, ohne je eine Vorstellung im National Theatre zu besuchen. Wenn er das Theater betrat, dann nur, um einer Diebstahlsanzeige nachzugehen, einem kranken Gast zu helfen, oder eine Auseinandersetzung zwischen Theaterbesuchern zu schlichten, was auch hin und wieder vorkam. Nicht ein einziges Mal hatte er im Theater Platz genommen, um sich ein Stück anzusehen. Allerdings kümmerte ihn das wenig. Diese »hochgestochene« Unterhaltung war nichts für ihn. Als er das seiner Frau einmal erzählte, antwortete sie, dass man zu Shakespeares Zeiten dessen Stücke als Unterhaltung für die mittleren und unteren Klassen betrachtete. Darauf fiel Perkins nichts ein.

Ein Hupkonzert auf der Theatre Avenue lenkte seine Aufmerksamkeit von einer Taxiansammlung auf der Upper Ground ab. Als er einen Blick in die Richtung warf, aus der die Hupen ertönten, erschrak er.

Ein großer LKW mit Tiefladeanhänger, auf dem eine Theaterbühne aufgebaut war, schob sich langsam durch die Straße, hielt schließlich im absoluten Halteverbot an und blockierte auf diese Weise den gesamten Verkehr. Drei »Schauspieler« begannen mit einer Vorführung für die passierenden Fußgänger, während sich die Autos bemühten, an dem LKW vorbeizukommen. So etwas hatte Perkins in all den Jahren auf der South Bank noch nie gesehen. Vor allem, weil diese Straße für LKWs gesperrt war.

Perkins griff zum Funkgerät an seinem Gürtel und kontaktierte seinen Stellvertreter, Police Constable Blake, der auf der anderen Seite des Theaters Dienst tat.

»Ja, Sir?«

»Blake, haben Sie den LKW auf der Theatre Avenue gesehen?«

»Welchen LKW?«

»Hier steht ein verdammter LKW mit Schauspielern auf der Ladefläche. Sie machen irgendeine Aufführung und verursachen jede Menge Verkehrsprobleme.«

»Davon weiß ich nichts, Sir.«

»Fragen Sie bei der Kasse nach, ob diese Leute zum Theater gehören.«

»Wird gemacht.«

Sobald sich Blake abgemeldet hatte, schlenderte Perkins auf den LKW zu, um dem Fahrer die Hölle heiß zu machen. Erst musste er jedoch mehrere Autos um den LKW herumlotsen und dann nochmals zur Kreuzung zurücklaufen, um ein Gewirr von Taxis aufzulösen, das sich in weniger als zehn Sekunden gebildet hatte. Fluchend schlug Perkins auf die Kühlerhaube eines Taxis, um den Fahrer anzutreiben und ihn gleichzeitig unmissverständlich aufzufordern, die Hand von der Hupe zu nehmen.

Kurz darauf meldete sich Blake über das Funkgerät.

»Perkins hier.«

»Sir, die Theaterleute wissen nichts davon. Sie haben das nicht organisiert.«

»Sehr gut. Das reicht. Danke, Blake.«

Während Perkins das Funkgerät in den Gürtel zurücksteckte, holte er tief Atem. Jetzt war er wirklich wütend und hatte sogar ein wenig Mitleid mit dem armen Kerl, den er gleich zur Schnecke machen würde. Er ließ das Chaos an der Kreuzung hinter sich und ging zielstrebig auf den LKW zu.

Die Schauspieler waren in mittelalterliche Kostüme gekleidet und sprachen einen Text, den aufgrund des Verkehrslärms von der Brücke darüber niemand verstehen konnte. Was sollte das Ganze?, fragte sich Perkins.

Der Fahrer im Führerhaus wippte mit dem Oberkörper auf seltsame Weise vor und zurück. Seinem dunklen Aussehen und dem schwarzen Bart nach zu urteilen, stammte er aus dem Mittleren Osten.

Entschlossen trat Perkins an das Fenster und schlug fest dagegen. »Hören Sie! Fahren Sie sofort weiter! Sie dürfen hier gar nicht durchfahren!«, brüllte er.

Ohne ihn auch nur anzusehen, wippte der Fahrer weiter mit dem Oberkörper vor und zurück und murmelte dabei etwas vor sich hin.

»Sir! Öffnen Sie das Fenster! Ich spreche mit Ihnen!«

Während Perkins nochmals an das Fenster schlug, begriff er, was der Fahrer tat.

Er betete.

Diese Erkenntnis brachte Perkins' Herzschlag beinahe zum Stillstand. Nach Atem ringend trat er einen Schritt zurück, aber es war schon zu spät.

Die Explosionen waren so heftig, dass sie den LKW mit der Truppe von »Selbstmord-Schauspielern« völlig zerfetzten, acht Autos auf der Theatre Road zerstörten und einen Abschnitt der Waterloo Bridge zum Einsturz brachten. Vierzehn Autos stürzten von der Brücke und verkeilten sich zu einem brennenden Stapel. Die Front des Theaters, die dem LKW zugewendet war, wurde versengt und alle Glasscheiben zerbarsten. Zweiundsechzig Menschen wurden getötet und beinahe hundertfünfzig verletzt.

Police Constable Perkins war nie wieder gezwungen, vor dem National Theatre den Verkehr zu regeln.

Sämtliche großen Sendestationen berichteten von dem Attentat in Großbritannien, aber nur BBC-2 brachte ein Exklusivinterview mit einem türkischen Terrorismusexperten, der zufällig auf Geschäftsbesuch in London war. Eine intelligente Reporterin fing Namik Basaran ab, als der Zweiundfünfzigjährige eben aus dem Hotel Ritz eilte, um sich den Ort des Anschlags am Ufer persönlich anzusehen. Er wurde von einem breitschultrigen Bodyguard mit Turban begleitet.

»Mr Basaran, wollen Sie uns sagen, was Sie nach London geführt hat?«, fragte die Reporterin.

Basaran, ein dunkelhäutiger Mann mit deutlich erkennbaren Narben im Gesicht, sprach direkt in die Kamera. »Ich bin Vorstand einer gemeinnützigen Wohltätigkeitsorganisation namens ›Tirma‹. In den vier Jahren unseres Bestehens haben wir weltweit Opfern von Terroranschlägen Hilfe geleistet. Großbritannien ist da keine Ausnahme. Ich hoffe, mehrere tausend Pfund aufbringen zu können, um den Opfern dieser grauenvollen Tragödie helfen zu können.«

»Es heißt, dass Sie ein Terrorexperte sind. Können Sie uns etwas zu diesem Anschlag sagen?«

Basaran schüttelte den Kopf. »Nein, ich bin kein Terrorexperte. Das ist Unsinn. Terrorismus ist etwas Fließendes. Er verändert sich von Tag zu Tag. Früher entführten Terroristen ein Flugzeug und zwangen den Piloten, an einem anderen Ort zu landen. Später nahmen sie an Bord Geiseln, um eine Regierung zu etwas zu zwingen. Heute sind die Entführer bereit, im Flugzeug zu sterben und jeden Passagier an Bord mit in den Tod zu reißen. Die Terroristen sind extremer und kaltblütiger geworden.«

Auf dem Bildschirm tauchte ein Schriftzug auf, das ihn als »Namik Basaran, Präsident und Vorsitzender von Akdamar Enterprises – Vorstand von Tirma« bezeichnete.

»Ist es wahr, dass Sie selbst Opfer eines Terroranschlags waren?«

Basaran fuhr mit der Hand über die vernarbte Haut in seinem Gesicht. War sie transplantiert worden? »Das ist ein sehr schmerzliches Thema, über das ich nicht gern im Fernsehen spreche. Es genügt zu sagen, dass ich eine Tragödie erlebt habe und seitdem meinen persönlichen Gewinn aus meiner Firma Akdamar Enterprises der Wohlfahrtsorganisation Tirma zur Verfügung stelle. Ich habe den Terror im Mittleren Osten und anderen Teilen der Welt jahrelang studiert und Kontakte geschlossen, die all jenen nützen, die den Terrorismus ausrotten wollen.«

»Wissen Sie, wer hinter dem Anschlag von heute Abend auf der South Bank stecken könnte?«

Basarans Augen blitzten für einen Moment auf, als er sprach: »Es ist zu früh, um etwas mit Sicherheit sagen zu können. Aber es würde mich nicht überraschen, wenn die britische Regierung morgen eine Nachricht der Shadows erhalten würde, in der sie die Verantwortung für den Anschlag übernehmen.«

»Halten Sie die Shadows für das gefährlichste Terrornetzwerk der Welt? Einige sind der Meinung, dass sie heute den Platz einnehmen, den früher Terrorgruppen wie Al-Kaida und die Hisbollah innehatten.«

»Ich fürchte, ich muss mich dieser Meinung anschließen. Die Shadows werden von Tag zu Tag mächtiger. Sie stellen heute eine Kraft dar, mit der sämtliche Regierungen der Welt rechnen werden müssen. Aber jetzt genug, ich muss mich beeilen. Ich will den Ort des Anschlags persönlich sehen, um dem Vorstand unserer Organisation in der Türkei berichten zu können. Danke. Komm, Farid.«

Der Bodyguard führte Basaran aus dem Blickfeld der Kamera, und einen Augenblick später stiegen die beiden Männer in eine schwarze Limousine.

Die Reporterin wandte sich nun direkt zur Kamera: »Das war Namik Basaran, Vorstand der in der Türkei beheimateten Opferhilfsorganisation Tirma. Wenn Mr Basaran Recht hat, haben die Shadows erneut zugeschlagen. Bisher hat sich diese mysteriöse Terrorgruppe zu mehreren Anschlägen aus der jüngeren Vergangenheit im Mittleren Osten, Asien und Europa bekannt. Ihr letzter war die Tragödie vor zwei Wochen in Nizza, Frankreich. Das war Susan Harp von BBC-2.«

5

Wenn ich zu Hause in Maryland bin, fahre ich einen Jeep Grand Cherokee Baujahr 2002. Das ist eines dieser Off-Road-Modelle, ein kraftvoller 4×4 mit einem mächtigen V8-Motor mit 265 PS. Für die Stadt ist er eigentlich viel zu stark, aber manchmal fahre ich einfach gerne durch schwierigeres Gelände. Erst kürzlich verfolgte ich für das Third Echelon einen mutmaßlichen Terroristen, der sich in der Nähe von Las Vegas versteckte. Was für ein Vergnügen, dabei den Cherokee-Geländewagen zu fahren. Ich genoss ja schon die Strecken auf der Straße, aber dann führte mich die Mission auch mehrmals mit dem Jeep ins Gelände. Da hat mir der Wagen gute Dienste geleistet.

Auf dem Weg von Towson höre ich auf NPR von dem Selbstmordanschlag, der sich eben auf der South Bank in London ereignet hat und einen Teil der Waterloo Bridge zerstört hat. Noch weiß man nicht, wie viele Tote und Verletzte der Anschlag gefordert hat. Die Sache klingt ziemlich schlimm, und ich frage mich, ob mein Treffen mit Lambert mit dem Bombenattentat in Zusammenhang steht.

Üblicherweise treffe ich mich mit Lambert an einem öffentlichen Ort. Nur für den Fall, dass ich verfolgt werde, meide ich die Gebäude der Regierungsbehörden in und um Washington, DC. Es würde genügen, mich zu beobachten, wie ich das Gebäude der NSA oder CIA betrete, um zu wissen, dass ich für die Regierung arbeite. Lambert und ich wechseln die Treffpunkte immer wieder, aber üblicherweise wählen wir ein Einkaufszentrum. Da er weiß, dass ich Einkaufszentren hasse, vermute ich, dass er sie absichtlich aussucht, um mich zu ärgern. Lambert hat nun einmal einen etwas schrägen Humor.

Heute fahre ich über die I-95 nach Washington und biege dann nach Westen ab nach Silver Spring. Dort folge ich den Schildern bis zum City Place Mall auf der Colesville Road und parke den Jeep vor dem Einkaufszentrum. Die Restaurantmeile ist leicht zu finden, und Lambert wartet auch schon an einem der Tische auf mich. Heute trägt er ein kurzärmeliges Golfhemd aus Jersey und eine khakifarbene Hose. Zu unseren Treffen in der Öffentlichkeit kommt er nie in Uniform. Wie es aussieht, genießt er das Big-Mac-Combo-Menü tatsächlich, das er sich gekauft hat. Nachdem ich ihm kurz zugenickt habe, stelle ich mich an einem der Selbstbedienungsschalter an, um auch für mich etwas zu holen. Nachmittags bin ich nicht besonders hungrig, so bestelle ich bloß eine Pizzaschnitte von Sbarros. Wie kommt es, dass in allen Einkaufszentren der USA dieselbe Mischung von Fastfood-Restaurants zu finden ist? Das ist wohl eines der Mysterien des Universums.

Auch wenn ich ein wenig älter bin als Lambert, sehe ich jünger aus. Er erinnert mich immer wieder an den Schauspieler Danny Glover. Sein lockiges Haar ist bereits vollkommen grau und an den tiefen Ringen unter seinen Augen kann man ablesen, wie viel Druck auf ihm lastet als Leiter einer großen Geheimdienstabteilung der amerikanischen Regierung. Er ist wirklich ein sehr energiegeladener Mann. Ehrgeizig und klug, und ich bin nicht sicher, ob er je schläft. Vermutlich trinkt er mehr Kaffee, als er Luft atmet. Auf jeden Fall ist er ungeschlagener Sieger, wenn es darum geht, ständig beschäftigt zu sein und nie zu entspannen. Außerdem hat er die lustige Angewohnheit, über seinen Bürstenhaarschnitt zu streichen, wenn er nervös ist.

Colonel Lambert war schon als junger Mann beim Geheimdienst. Wie ich weiß, trug er während des Golfkriegs viel Verantwortung. Heute verfügt er in Washington über beste Verbindungen, wenn ich auch den Eindruck habe, dass man ihm nicht allzu viel Sympathie entgegenbringt. Öffentliche Anerkennung hat er noch nie bekommen, aber ich vermute, dass ihm das ganz recht ist.

Das Third Echelon ist eine Organisation, über die niemand Bescheid wissen soll. Die NSA – die National Security Agency – ist der staatliche Ver- und Entschlüsselungsdienst. Er koordiniert, leitet und realisiert hoch spezialisierte Aktivitäten, um die amerikanischen Informationssysteme zu schützen und Berichte über ausländische Geheimdienste zu erstellen. Als Einheit am Schnittpunkt zwischen Kommunikationstechnologie und Datenverarbeitung ist die NSA naturgemäß eine Hightech-Organisation. Jahrzehntelang befasste sie sich mit dem »passiven« Sammeln beweglicher Daten, indem sie Kommunikationsströme anzapfte. Das First Echelon war ein weltweites Netzwerk internationaler Geheimdienste, das Kommunikationssignale aufnahm und zur Analyse an die NSA weiterleitete. In Zeiten des Kalten Krieges war dieses Netzwerk lebenswichtig, um die Interessen der USA zu wahren. Mit dem Zerfall der Sowjetunion und der rasanten Weiterentwicklung der Kommunikationsmittel wurde daraus ein Hightech-Spiel. Die NSA gründete daraufhin das Second Echelon, das sich vollkommen auf diese neue Form der Kommunikationstechnologie konzentrierte. Unglücklicherweise überstieg das gewaltige Informationsvolumen in Kombination mit der beschleunigten Entwicklung der Technologie und Verschlüsselungstechnik die Fähigkeiten des Second Echelon, und die NSA erlebte ihren ersten allumfassenden Systemcrash. Durch die Digitalisierung der Kommunikationsströme und die verfeinerten Verschlüsselungsmethoden war das passive Sammeln von Informationen nicht mehr wirkungsvoll. Deshalb ergriff die NSA unter größter Geheimhaltung eine neue Initiative – das Third Echelon –, um durch die Rückkehr zu den »klassischeren« Spionagemethoden, diesmal allerdings unterstützt von neuesten technologischen Hilfsmitteln, auf aggressive Weise an gespeicherte Daten heranzukommen. In anderen Worten kehrte sie in die Welt menschlicher Spione zurück, die für ein Foto, für eine Bandaufnahme oder die Kopie einer Harddisk ihr Leben riskieren. Die Agenten des Third Echelon werden als Splinter Cell bezeichnet, und ich war der erste Splinter-Cell-Agent. Wir dringen körperlich in gefährliche und sensible feindliche Stellungen ein, um mit allen notwendigen Mitteln die geforderten Informationen zu beschaffen. Unsere oberste Richtlinie lautet kurz gefasst, tut euren Job, aber bleibt für die Öffentlichkeit unsichtbar. Wir sind berechtigt, die Grenzen internationaler Verträge zu überschreiten, die USA werden unsere Operationen jedoch weder anerkennen noch unterstützen.

Dadurch besteht das Third Echelon als Unterabteilung der NSA aus einem Eliteteam von Strategen, Hackern und Feldagenten. Wir reagieren auf Krisen im Krieg um Kommunikationstechnologien. Dies ist ein Krieg, der den Medien und dem normalen Mann auf der Straße verborgen bleibt. Niemand wird unsere Kämpfe auf CNN sehen. Zumindest hoffe ich das. Und wenn wir tatsächlich einmal ins Fernsehen kommen, dann haben wir bereits verloren.

»Wie geht's, Sam?«, erkundigt sich Lambert, während er an seinem Burger kaut.

»Kann mich nicht beschweren, Colonel«, antworte ich von meinem Plastiktisch aus. Er hat mir einmal angeboten, ihn »Irv« zu nennen, aber ich kann mich einfach nicht dazu überwinden. »Colonel« gefällt mir da schon besser. Unsere informellen Treffen erscheinen mir ohnehin unpassend. Hier sitzen zwei harmlos aussehende Männer mittleren Alters im Restaurantbereich eines Einkaufszentrums und essen Fastfood, während sie Dinge besprechen, die entscheidend sein können für die Sicherheit der USA.

Lambert kommt gleich auf den Punkt. »Sam, ein weiterer Splinter-Cell-Agent ist ermordet worden«, sagt er, wobei er mich direkt ansieht.

Ich warte darauf, dass er weiterspricht.

»Rick Benton. War im Irak stationiert. Passiert ist es in Brüssel.«

»Ich habe von ihm gehört. Allerdings habe ich ihn nie kennen gelernt«, sage ich.

»Natürlich nicht. Wir sorgen aus gutem Grund dafür, dass ihr einander nicht begegnet.«

»Wissen wir, was geschehen ist?«, frage ich.

Lambert schüttelt den Kopf. »Die Details kommen erst nach und nach herein. Die belgische Polizei ist überall, sodass wir unsere Informationen über die üblichen diplomatischen Kanäle beziehen müssen, und Sie wissen ja, wie lang das dauert. Allerdings unterstützen uns der belgische Militärgeheimdienst und der reguläre Geheimdienst. Einer ihrer Leute wurde gemeinsam mit Benton ermordet.«

»Was wissen wir bisher?«

»Benton stand im Begriff, von seinem Kontaktmann in Brüssel, einem Nachrichtenoffizier namens Dirk Verbaken, hochsensible Informationen zu erhalten. Unbekannte Täter ermordeten die beiden Männer um die Mittagszeit in Bentons Hotelzimmer. Offenbar hatten sich die zwei Männer zu einer persönlichen Übergabe getroffen, über die noch jemand Bescheid wusste. Beide wurden erschossen, und es gibt Hinweise darauf, dass es sich um dieselben Täter handelt wie bei Dan Lee in Macao. Derselbe Waffentyp, dasselbe Kaliber etc.«

»Sie glauben also, dass es der Shop war?«

»Er muss es gewesen sein. Mir fällt keine andere feindliche Organisation ein, die auch nur eine Ahnung davon haben könnte, dass es uns gibt. Wir sind nun schon seit einem Jahr hinter dem Shop her, und auch sie wissen, dass die NSA hinter ihnen her ist. Ob und inwieweit sie über die Existenz und die Operationen des Third Echelon Bescheid wissen, lässt sich nicht abschätzen. Ich persönlich gehe davon aus, dass sie Bescheid wissen. Wie sonst wären sie imstande gewesen, zwei Splinter-Cell-Agenten innerhalb von drei Monaten abzuknallen?«

»Vielleicht haben sie sich in unsere Personalakten gehackt? Vielleicht haben auch sie talentierte Hacker«, wage ich achselzuckend einen Vorstoß.

»Unsere Firewalls sind undurchdringlich«, erwidert Lambert. »Carly ist in diesen Dingen einfach zu gut. Wir wüssten davon, wenn sich jemand in unser System gehackt hat.«

»Vor neun Monaten gab es doch diese Sicherheitslücke.«

Lambert nickt. »Daran habe ich auch schon gedacht. Das wäre eine Möglichkeit. Eine unwahrscheinliche Möglichkeit, aber ja, Sie haben Recht. Carly und ich haben darüber gesprochen, und sie meint, dass die Wahrscheinlichkeit eins zu dreihundert steht, dass jemand hereingelangt ist. Unwahrscheinlich, aber nicht unmöglich.«

»Worum ging es bei dem Treffen von Benton mit diesem Belgier? Wie hieß er nochmals?«

»Verbaken. Aus dem letzten Bericht, den ich von Benton erhalten habe, geht hervor, dass er eine mögliche Verbindung zwischen dem Shop und ›irgendetwas in Belgien‹ untersuchte. Er sagte, dass er nach Brüssel reisen würde, um sich dort mit einem Mann vom Sicherheitsdienst zu treffen, und dass er mir berichten würde, sobald das Treffen erfolgt sei. In den letzten Monaten verfolgte er die Spur umfangreicher Waffenlieferungen des Shops, die vom Norden in den Irak kamen. Abnehmer sind verschiedene Aufständischengruppierungen und Terrorfraktionen, die es auf die neue irakische Regierung als unseren Verbündeten abgesehen haben, und auch direkt auf uns, seit der Präsident das Ende des Kriegs gegen den Irak verkündet hat. Ich wusste, dass Benton kurz davor stand, etwas über diese Kerle herauszufinden.« Lambert nimmt einen großen Schluck von seiner Limonade. »Ich fürchte, Benton war unvorsichtig. Das hat ihn das Leben gekostet.«

»Welche Informationen gibt uns Belgien über ihren Mann? Woran arbeitete er?«

»Wir haben einen Hinweis. Sie haben Bentons OPSAT im Hotelzimmer gefunden. Man hat ihn zwar zertreten, aber als unsere Leute das Gerät genauer unter die Lupe nahmen, konnten sie einige Dateien sicherstellen, die noch nicht an uns übertragen worden waren. Eine enthält das Foto einer Akte, die Verbaken gehörte. Als der belgische Geheimdienst das Foto sah, bestätigten sie uns, dass es zu einer fehlenden Akte gehört, in der es um die Aktivitäten von Gerard Bull geht.«

»Gerard Bull?«, frage ich überrascht. Den Namen habe ich seit vielen Jahren nicht mehr gehört. Der Kanadier Gerard Bull war in den Sechzigern, Siebzigern und Achtzigern als Waffenkonstrukteur und Waffenhändler aktiv. Er hat für die amerikanische Regierung gearbeitet, bis es zu irgendeiner Auseinandersetzung kam. Dann saß er eine Haftstrafe wegen illegalen Waffenhandels ab. Sobald er wieder frei war, arbeitete er vor allem von Europa aus. Während der Achtzigerjahre hatte er enge Kontakte zu Saddam Hussein und verbrachte viel Zeit damit, Hightech-Waffen für den Irak zu entwerfen und zu bauen. Seine berühmteste »Kreation« war der Entwurf einer so genannten »Superwaffe«, die er »Babylon« nannte. Angeblich handelte es sich dabei um eine gigantische, kanonenähnliche Waffe, die ihre Sprengladung über eine unglaublich lange Distanz schießen konnte. Mit Hilfe von Zusatzraketen hätte sie sogar imstande sein sollen, eine Sprengladung ohne eigentliche Trägerrakete ins Weltall zu befördern. Bull beendete das Projekt nicht, aber er baute einen kleinen Prototyp namens »Baby-Babylon«. Dieser wurde während des Golfkriegs zerlegt und anschließend zerstört. Bull selbst wurde 1990 ermordet – in Brüssel, um genau zu sein. Allgemein geht man davon aus, dass der Mossad für seinen Tod verantwortlich war.

»Worum geht es hier?«, frage ich.

»Das weiß ich nicht«, antwortet Lambert. »Der belgische Geheimdienst hat nur bestätigt, dass dieser Verbaken kürzlich neue Informationen zu der Akte hinzugefügt hat, weil er glaubte, dass irgendjemand, der früher mit Bull in Verbindung gestanden war, die Arbeit des Physikers für Terroristen im Mittleren Osten weiterführt. Leider hat Verbaken seine Untersuchung nicht abgeschlossen und auch keine detaillierten Berichte vorgelegt. Er starb, ohne einen Hinweis auf den Ort, an dem sich seine Notizen befinden. Vermutlich waren sie in der Akte, und die ist verschwunden.«

»Bis auf die eine Seite, die aus dem OPSAT rekonstruiert werden konnte.«

»Richtig.«

»Haben die Mörder die Akte an sich genommen?«

»Das nehmen wir an. Ich frage mich, ob sie von Anfang an hinter der Akte her waren, oder ob Verbaken oder Benton ihr eigentliches Ziel waren und die Akte nur der Zuckerguss auf der Torte?«

»Vielleicht waren sie aber auch hinter den beiden Männern und der Akte her«, schlage ich vor.

»Auch das ist eine Möglichkeit.«

Schweigend lassen wir die Gedanken einen Augenblick lang einsinken. »Haben Sie die Nachricht aus London gehört?«, frage ich schließlich, nachdem ich meine Pizza aufgegessen habe.

Lambert nickt grimmig. »Das ist auch eine Sache, über die ich mit Ihnen reden wollte. Wie Sie sich vorstellen können, sind wir alle sehr besorgt wegen dieses Anschlags.«

»Der Radiobericht war sehr vage. Was ist passiert?«

»Ich war gerade im Auto, als es geschah«, erzählt Lambert. »Daraufhin habe ich augenblicklich im Pentagon nachgefragt, und was sie an Informationen in den wenigen Minuten nach dem Attentat herausfinden konnten, handelte es sich um einen Selbstmordanschlag, bei dem die Täter als Schauspieler oder Ähnliches verkleidet waren. Der Anschlag erfolgte beim National Theatre. Ein großer LKW, der mit Sprengstoff voll gepackt war, explodierte. Ein Teil der Waterloo Bridge stürzte ein. Alles in allem gewaltiges Chaos.«

»Hat sich schon jemand zu dem Anschlag bekannt?«

»Noch nicht«, antwortet Lambert. »Aber die Vorgehensweise lässt auf die Shadows schließen, meinen Sie nicht auch?«

Die Shadows. Dieser Haufen zwielichtiger Gestalten hat in letzter Zeit einige Schlagzeilen gemacht. Als relativ junge Terrorgruppierung operieren die Shadows weltweit, wobei man allgemein annimmt, dass ihr Hauptquartier irgendwo im Mittleren Osten liegt. Ich erinnere mich nicht mehr, wer ihnen diesen Namen verliehen hat, aber sie haben ihn sich nicht selbst gegeben. Ich glaube, es war eine regionale Zeitung – vielleicht aus der Türkei – die diese Terroristen als Shadows bezeichnet hat, und der Name ist ihnen dann geblieben. Ab diesem Zeitpunkt unterzeichnete die Terrorgruppe ihre Botschaften mit »Shadows«. Vermutlich fühlten sie sich geschmeichelt.

Das Third Echelon hat sich größte Mühe gegeben, Daten über die Shadows zu sammeln. Weil sie jedoch erst seit so kurzer Zeit existieren, ist das ziemlich schwierig. Niemand weiß, ob sie einem bestimmten Land zuzuordnen sind. Sie gleichen in vielem der Al-Kaida und anderen nomadischen, unabhängigen Terroristenfraktionen. Vermutlich haben sie irgendwo einen spendablen Geldgeber, der sie mit den nötigen Mitteln versorgt. Wir wissen nur, dass sie sich im vergangenen Jahr zu mehreren Anschlägen bekannt haben. Erst vor wenigen Wochen gab es ein hässliches Attentat in Nizza, das nach demselben Schema ablief. Ein LKW fuhr auf einen öffentlichen Platz und wurde dort in die Luft gesprengt. Verdammte Bastarde. So etwas ist wirklich abscheulich.

»Vermutlich ist es noch zu früh?«, frage ich. »Ich meine, zu früh für eine Bekennernachricht?«

»Ja. Die kommt morgen. Aber ich wette heute schon zehn zu eins, dass sie es waren.«

»Wahrscheinlich haben Sie Recht«, stimme ich ihm mit einem Nicken zu.

»Interessant dabei ist, dass es eine Verbindung gibt.«

»Welche?«

»Die Seite aus der Akte von Gerard Bull, die wir im OPSAT gefunden haben.«

»Ja?«

»Auch sie erwähnt die Shadows.«

»Tatsächlich?«

»Dort heißt es, dass die Shadows derzeit der größte Kunde des Shops sind, und dass sie möglicherweise die Gruppierung sind, hinter der Benton in Belgien her war.«

Ich richte mich auf. »Wenn es uns gelingt, eine Verbindung zwischen den beiden Gruppen ausfindig zu machen und die Köpfe beider Organisationen zu identifizieren ...«

Lambert lächelt. »Sie begreifen schnell.«

»Sie wollen also, dass ich nach Belgien gehe?«

»Nein. Ich will, dass Sie in den Irak reisen.«

In den Irak! Verdammt!

»Ich will, dass Sie dort Bentons Spur aufnehmen«, fährt Lambert fort. »Finden Sie heraus, was er untersucht hat. Er hatte einen schweren Verdacht und starb, bevor er uns davon erzählen konnte. Wir werden Sie in einem Staffellauf nach Bagdad bringen.« Bei diesen Worten greift Lambert in seine Aktentasche und zieht einen braunen Umschlag hervor, den er mir über den Tisch zuschiebt. »Hier drin steht alles, was Sie wissen müssen. Sie werden heute Nacht um 22.00 Uhr mit einem Armeetransport von Dulles aufbrechen. Die Zeit sollte reichen, um nach Hause zu fahren, Ihre Vorbereitungen zu treffen und rechtzeitig um 21.00 Uhr am Flughafen zu sein.«

Es ist knapp, aber es wird gehen.

Ich nicke und klopfe mit den Fingern auf den Umschlag, ohne ihn zu öffnen. Das kann warten, bis ich in Towson bin.

»Okay«, stimme ich zu. Immerhin steht nichts anderes in meinem Terminkalender.

6

Für eine Mission außerhalb der USA packe ich nie viel ein. Ein wichtiger Bestandteil meiner Uniform ist ein schmaler, maßgeschneiderter Rucksack, der vielfältige Funktionen erfüllt. In ihm kann ich zwei bis drei Garnituren Kleidung unterbringen, sowie eine Auswahl an Spezialgeräten des Third Echelon, die ich je nach Notwendigkeit einsetze. Außerdem benötige ich eine Miniapotheke mit Schmerzmitteln, Bandagen, Desinfektionsmittel und Atropininjektionen, um die Folgen eines chemischen Angriffs zu bekämpfen. Zusätzlich nehme ich ein begrenztes Sortiment an Leuchtfackeln mit – sowohl chemische als auch Notsignalfackeln – die ich auf verschiedenste Weise anwende. Die chemischen Leuchtfackeln glühen im Dunklen, wenn man die internen Behälter zerbricht. Sie sind nützlich, um Gegner aufmerksam zu machen oder abzulenken. Bei den Notsignalfackeln handelt es sich um gewöhnliche Leuchtsignale, wie man sie im Straßenverkehr verwendet. Sie verbreiten Hitze und lenken dadurch die Sensoren von automatischen Zielsuchgeräten ab. Zu meiner Ausrüstung gehören auch Splittergranaten, die immer wieder gelegen kommen. Diese nur vierhundertfünfzig Gramm schweren Babys bestehen aus einer fünf Zentimeter großen Stahlkugel, die mit zweihundert Gramm Sprengstoff gefüllt ist. Überflüssig zu sagen, dass sicher niemand in der Nähe sein will, wenn dieses Ding hochgeht. Die schnell fliegenden Splitter würden ihn in Stücke reißen. Zusätzlich zu den Granaten habe ich üblicherweise zumindest eine Haftmine bei mir. Dieser bewegungsempfindliche Sprengkörper kann an nahezu jeder Oberfläche befestigt werden. Bei meinen Einsätzen improvisiere ich auch. Wie ich herausgefunden habe, bin ich ziemlich gut darin, feindliche Minen zu deaktivieren und sie meiner Sammlung hinzuzufügen, wenn es sein muss.

Zu dem üblichen Handwerkszeug in diesem Job gehört auch ein Standardset an Dietrichen, Schraubenschlüsseln und Sonden, um Zylinderschlösser zu umgehen. Für schwierigere Schlösser, wie Safeschlösser, verwende ich so genannte Einwegdietriche, die auf verschiedene Stärken eingestellt werden können, je nachdem, was man öffnen will. Sie enthalten eine geringe Sprengstoffladung, die durch einen kleinen Detonationsimpuls jedes Standardzylinderschloss öffnet, indem sie die Stifte zerstört. Diese Methode hat nur den Nachteil, dass sie manchmal etwas laut ist. Außerdem besitze ich einen hübschen kleinen Störsender für Kameras, der Mikrowellen aussendet. Sie stören die typischen Signale im Mikroschaltkreis von Überwachungskameras. Leider funktioniert der Störsender nur mit Hilfe eines Kondensators, der immer wieder aufgeladen werden muss. Dann gibt es eine flexible Optik, die etwa jenem Periskop ähnelt, das der Arzt bei einer Darmspiegelung dem bedauernswerten Patienten in den Hintern schiebt. Sie ist überaus biegsam, und ich kann sie unter Türen und durch Löcher schieben, um zu sehen, was auf der anderen Seite los ist. Diese flexible Optik ist sogar mit einer Nachtsichtvorrichtung ausgerüstet.

Meine Standardwaffe ist eine Five-Seven-Tactical-Pistole mit Single-Action-Abzug. Die Waffe ist nicht nur mit einem Magazin mit zwanzig Patronen bestückt, sondern auch mit einem Schalldämpfer und einem Rückstoßdämpfer. Auch wenn ich schon ein wenig von dieser Pistole erzählt habe, blieb bisher unerwähnt, dass sie sogar über ein T. A. K. verfügt. Das Tactical Audio Kit ist ein Lasermikrofon, mit dessen Hilfe ich die Vibration bestimmter Oberflächen, wie etwa von Glasfenstern, abtaste. Das Lasermikrofon produziert dabei eine Art gezoomtes Kamerafeld, das auf verschiedene Objekte gerichtet werden kann.

Es eignet sich hervorragend, um Gespräche mitzuhören. Nur muss man sorgfältig auf Deckung achten, weil das verdammte Ding rot aufleuchtet, wenn es eingeschaltet ist.

Meinen Hightech-Anzug habe ich schon beschrieben. Ordentlich zusammengefaltet, passt er genau in eine Spezialtasche des Rucksacks. Mein Sichtgerät ist ein echter Lebensretter. Es verfügt über zwei Betriebsarten – Nachtsichtmodus und Wärmebildmodus. Der Nachtsichtmodus erlaubt mir, Licht am unteren Ende des Infrarotspektrums wahrzunehmen. Das ist eine große Hilfe, wenn ich in der Nacht etwas auskundschafte. Leider ist das Bild etwas grobkörnig, sodass feine Details schwierig zu unterscheiden sind. Auch der Wärmebildmodus ist eine wichtige Einrichtung, denn er fängt den oberen Bereich des Infrarotspektrums ein, der nicht als reflektiertes Licht sondern als Wärme ausgestrahlt wird. Auf diese Weise kann ich sogar bei Sichtbehinderung durch Rauch oder Gas warme Körper erkennen. Er bietet aber noch einen weiteren unerwarteten Vorteil. Wenn ich damit eine Tastatur untersuche, unmittelbar nachdem sie berührt wurde, kann ich an den Tasten, die gedrückt wurden, einen schwachen Hitzeabdruck sichtbar machen. Ein gut ausgerüsteter Spion sollte nie auf ein Wärmebildgerät verzichten. Mit Hilfe eines speziellen Fluoreszenzmodus kann ich sogar Fingerabdrücke, Flecken und Staubwirbel sichtbar machen, die für das normale Auge unsichtbar sind. Diese Einrichtung ist besonders nützlich, wenn ich nach Geheimfächern suche.

Meine Lieblingswaffe ist das SC-20K, ein um mehrere Module erweiterbares Sturmgewehr. Weil ich es auf meinen Reisen nicht bei mir tragen kann, wird es üblicherweise gemeinsam mit meinem Rucksack, der mit allen Geräten befüllt ist, von der NSA in einer Stafette befördert und an einem bestimmten Ort hinterlegt, an dem ich es abhole. In Ländern, in denen es keine amerikanische Botschaft gibt, ist das oft eine etwas heikle Angelegenheit. Das SC-20K sieht aus wie jedes andere Gewehr, aber es kann um einiges mehr. Durch die Bull-pup-Konstruktion wird die Waffe leichter und kompakter, ohne an Feuerkraft einzubüßen. Sie verwendet ein Magazin mit 30 Patronen Kaliber 5.56x45 mm ss109, und kann sowohl als Halbautomatik als auch als Vollautomatik betrieben werden. Durch ihren Schall- und Mündungsfeuerdämpfer und den Mehrzweck-Werfer ist das SC-20K ein ideales Nahkampfgewehr, und für größere Entfernungen benütze ich das Fernrohr. Der Werfer ist unterhalb des Hauptlaufs angebracht und verwendet verschiedene Projektile. So kann ich mit ihm Ring-Airfoil-Projektile abschießen, die den Feind außer Gefecht setzen, ohne ihn zu töten. Bei einem Treffer am Kopf verliert er für eine Weile das Bewusstsein, ein Treffer am Körper macht ihn zumindest für Sekunden bewegungsunfähig. Außerdem kann ich mit dem Werfer Haftkameras abschießen, die auch an Oberflächen kleben, die ich nicht erklettern könnte. Diese Minikameras sind mit Vollbild- und Zoommodus ausgestattet, sowie mit Nachtsicht- und Wärmebildfunktion. Die Bilder werden direkt auf meinen OPSAT übertragen. Eine Abwandlung der Haftkamera ist die Ablenkungskamera. Bei diesem Baby wurden der Zoom-Motor und der Spezialsichtmodus durch einen Krachmacher und eine CS-Gaskartusche ersetzt. Über meinen OPSAT kann ich den Krachmacher aus der Ferne einschalten, den Feind durch die Geräusche anlocken und dann das Gas freisetzen, um ihn zu betäuben. Ähnlich wie die Haftkamera funktionieren auch die Haft-Schocker. Diese Hochspannungsgeräte sind mit einem klebrigen Kunstharzüberzug versehen und versetzen dem Gegner einen Stromschlag, der ihn in Sekundenschnelle ausschaltet. Rauchgranaten haben sich ebenfalls als nützlich erwiesen. Diese handelsüblichen CS-Gasgranaten setzen ganze Gruppen von Feinden augenblicklich außer Gefecht. Am liebsten rolle ich sie wie Bowlingkugeln auf ihr Ziel zu. Darüber hinaus besitze ich noch Rauchgranaten ohne CS-Gas, die lediglich schwarzen Rauch verbreiten, der meine Spuren verwischt.

Schließlich muss ich noch die subdermalen Empfänger- und Senderimplantate aktivieren, die das Third Echelon direkt neben meinen Stimmbändern und in meinem Innenohr eingesetzt hat. Wenn die Implantate aktiviert sind, kann ich über Satellit Sprachnachrichten von Lambert empfangen, die nur ich höre. Natürlich funktioniert dieses Kommunikationssystem im Freien am besten, aber auch in den meisten Gebäuden ist es einsetzbar. Nur unter der Erde ist es keinen Pfifferling wert. Auf dieselbe Weise überträgt auch der Push-To-Talk-Sender Daten an einen Sprachsynthesizer im Third Echelon. Dazu muss ich nur auf den Bereich an meinem Adamsapfel drücken, und alles, was ich spreche oder auch nur flüstere, wird an den Synthesizer übertragen. So kann ich immer und überall mit dem Third Echelon kommunizieren. Coole Sache. Leider kann der Feind die Signale relativ leicht auffangen, sodass ich mit Lambert vereinbart habe, hauptsächlich Textbotschaften über den OPSAT zu senden und nur im Notfall auf die Implantate zurückzugreifen.

Sobald ich meine Ausrüstung gepackt habe, treffe ich Vorkehrungen, dass sämtliche Rechnungen während meiner Abwesenheit automatisch bezahlt werden. Dazu stelle ich sicher, dass alle Konten ausreichend gefüllt sind, damit ich von jedem Ort der Welt aus zugreifen kann. Außerdem rufe ich im Krav-Maga-Studio an und hinterlasse auf Katjas Anrufbeantworter die Nachricht, dass ich wieder für eine Weile unterwegs bin. Vermutlich wird sie mich für einen Spinner halten. Aber da kann man nichts machen.

Der Grand Cherokee bleibt in der Garage, denn Lambert hat dafür gesorgt, dass ich von einem Wagen abgeholt und nach Dulles gebracht werde. Mir würde es nicht gefallen, meinen geliebten Jeep vielleicht sogar monatelang auf einem Langzeitparkplatz zurückzulassen.

Gerade als ich nachdenke, dass eigentlich nicht mehr viel zu tun bleibt, läutet das Haustelefon.

»Dad?«, erklingt die geliebte Stimme meines gar nicht mehr so kleinen Mädchens.

»Hallo, Sarah! Ich freue mich, dass du anrufst!«, antworte ich. Und ich freue mich wirklich, sie zu hören.

»Ich freue mich, dass du diesmal zu Hause bist!«

»Bist du schon in Israel?«

»Ja. Es ist mitten in der Nacht, aber Rivka und ich können nicht schlafen, weil wir immer noch auf die Zeit von Chicago eingestellt sind. Deshalb hab ich beschlossen, nochmal anzurufen.«

»Wie war der Flug?«

»Ziemlich lang. Ein Glück, dass Rivka bei mir war. Das hat den Flug viel interessanter gemacht. Heute Abend haben wir auf dem Dach von Rivkas Haus einen wundervollen Sonnenuntergang erlebt. Der ganze Himmel war rot und orange. Wie in einem Film. Es ist einfach wunderschön hier, Dad.«

»Und ihre Eltern sind auch bei euch?«

»Ja. Ihre Mutter und ihr Vater sind wirklich reizend.«

»Das freut mich zu hören. Hör zu, Kleines, ich muss heute Abend auch noch verreisen. Was Berufliches.«

»Schon wieder? Du bist doch gerade erst zurückgekommen.«

»Ja«, stimme ich seufzend zu. »Aber du weißt doch, wie es ist.«

Ihre Stimme nimmt den altbekannten enttäuschten Ton an. »Nein, ich weiß nicht, wie es ist. Du tust immer so geheimnisvoll, wenn es um deinen Beruf geht. Wohin geht es diesmal?«

»Ich ... Ich fliege auch in den Nahen Osten. Aber mach dir keine Sorgen, ich werde nicht in deiner Nähe aufkreuzen.«

Ich höre, dass Sarah mit jemandem im Hintergrund spricht und vernehme ganz deutlich ein männliches Lachen.

»Sarah, wer ist bei dir?«, frage ich.

»Was? Ach, das ist nur Rivka.«

»Ich habe aber einen Jungen gehört.«

»Oh, das ist Noel, Rivkas Freund. Er ist mit Eli rübergekommen, weil wir ja nicht schlafen können. Sie leisten uns Gesellschaft. Du erinnerst dich doch, dass ich dir von Eli erzählt habe?«

»Ist das der Musikstudent, mit dem du dich im College öfter getroffen hast?«, frage ich.

»Ja, genau der. Er ist dieses Semester wieder in Israel. Und Noel auch. Das ist der Junge, mit dem Rivka zusammen ist. So habe ich auch Eli kennen gelernt, erinnerst du dich?«

Vage erinnere ich mich, im Vorjahr etwas davon gehört zu haben. In ihrem zweiten Studienjahr war Sarah öfter mit einem israelischen Studenten ausgegangen. Rivka, die ebenfalls aus Israel stammt, kennt eine ganze Menge Studenten aus ihrer Heimat.

»Wie lautet denn Elis Familienname?«, erkundige ich mich.

»Horowitz. Eli Horowitz. Und er sagt, dass er dich eines Tages kennen lernen will.« Im Hintergrund höre ich wieder ein männliches Lachen, und dann kichert auch Sarah.

»Ich würde ihn auch gerne kennen lernen«, gebe ich betont lässig zurück, um nicht allzu sehr wie ein besorgter Vater zu klingen. »Warum studiert Eli denn dieses Jahr nicht?«

»Sein Studentenvisum ist abgelaufen, und er hat es nicht rechtzeitig erneuert«, antwortet Sarah. »Dasselbe gilt auch für Noel. Es war wohl irgendein Formfehler.«

Ich weiß nicht warum, aber plötzlich läuten in meinem Kopf sämtliche Alarmglocken. Vielleicht weil man seit dem Anschlag vom 9.11.2001 allen ausländischen Studenten wesentlich mehr Aufmerksamkeit schenkt. Seit damals hat die Einwanderungsbehörde die Zahl der Studentenvisa deutlich reduziert und sich darauf spezialisiert, unwillkommene Studenten aufzuspüren.

»Sarah, um wie viel ist der Junge älter als du?«, hake ich nach.

»Ach, Dad. Nur ein paar Jahre. Drei, um genau zu sein.« Ihre Stimme klingt gereizt.

»Leben seine Eltern in Jerusalem?«

»Dad, was soll das? Ich habe dich nur angerufen, um Hallo zu sagen und dich wissen zu lassen, dass wir sicher gelandet sind. Was soll das Verhör?«

»Kleines, das ist doch kein Verhör«, entgegne ich, bemüht, mir meine Gereiztheit nicht anmerken zu lassen. »Ich will doch nur wissen, mit wem du in einem fremden Land deine Zeit verbringst, das ist alles. Und Israel ist mitunter sehr gefährlich. Du kannst nicht vorsichtig genug sein. Immerhin bin ich dein Vater.«

»Aber ich bin auch schon erwachsen, Dad.«

»Noch nicht alt genug, um Alkohol trinken zu dürfen«, kontere ich.

»Als ob es was ausmacht, dass ich darauf noch sieben Monate warten muss«, sagt sie sarkastisch.

Beinahe hätte ich sie darauf hingewiesen, dass das noch fast ein Jahr ist, aber dann unterlasse ich es lieber. Immerhin will ich nicht, dass dieser Anruf zu einem der altbekannten Teenager-Eltern-Kämpfe wird. Während Sarahs Highschool-Zeit hatten wir genug derartige Kämpfe bis zum bitteren Ende.

»Ich meine ja nur, dass du mehr über ihn und seine Familie herausfinden solltest, bevor du dich mit ihm einlässt, das ist alles.« Ich weiß, dass meine Worte ziemlich lahm klingen.

»Ach, Dad. Wir waren letztes Jahr drei Monate zusammen, aber ich vermute, dass du dich nicht mehr daran erinnerst. Ich kenne ihn also schon recht gut.«

»In Ordnung, ich höre auch schon auf, wie ein Vater zu sprechen. Hast du genug Geld?«

»Ja, Dad. Danke.«

»Und du erinnerst dich noch an die Telefonnummer, nur für den Fall, dass du mich dringend erreichen musst?«

»Sicher, ich habe sie auswendig gelernt«, gibt sie zurück. Dabei handelt es sich um eine besondere gebührenfreie Nummer, mit der sie mich von überall erreichen kann, wo auch immer ich gerade im Einsatz bin. Jeder Anruf an diese Nummer geht zuerst an das Third Echelon und wird dann als Textbotschaft auf meinen OPSAT übertragen. Niemand außer Sarah und mir kennt diese Nummer. Schon vor langer Zeit habe ich ihr erklärt, wie sie diese Nummer verwenden soll, und dass sie ausschließlich für Notfälle gedacht ist.

Jede belanglose Nachricht kann bis zu meiner Rückkehr nach Maryland warten.

»Wann fliegst du wieder nach Chicago zurück?«, erkundige ich mich.

»Kommenden Samstag. Sobald ich endlich den Jetlag überwunden habe, muss ich schon wieder umdrehen und zurückfliegen.«

»Ja, üblicherweise ist das so. Wie läuft es auf dem College?«

»Ach, immer dasselbe.«

»Bekommst du immer noch Einsen?«

»Mit hin und wieder einer Zwei dazwischen.«

»Das ist mein Mädchen.«

»Ich muss jetzt gehen, Dad. War schön, mit dir zu plaudern.«

»Sarah, Kleines, pass gut auf dich auf!«

»Werde ich. Du auch, wobei auch immer.« Wieder schwingt ein wenig Sarkasmus in ihrer Stimme mit. Es gefällt ihr gar nicht, dass sie nichts über meinen Job weiß. Das hat sie mir oft genug gesagt.

»Okay. Viel Vergnügen. Ich hab dich lieb.«

»Ich hab dich auch lieb.«

Dann hängt sie auf.

Plötzlich frage ich mich, ob mein Unbehagen gegenüber diesem Jungen normal ist für einen Vater, dessen zwanzigjährige Tochter eine Beziehung zu einem jungen Mann beginnt, oder ob da etwas anderes dahintersteckt? Vermutlich sollte ich mir keine Sorgen machen. Eli Horowitz lebt bei seinen Eltern, die offenbar genug Geld haben, um ihren Sohn zum Studium in die USA zu schicken. Was wohl wirklich mit seinem Studentenvisum geschehen ist? Möglicherweise sollte ich ein paar Nachforschungen anstellen.

Im Augenblick kann ich jedoch nicht viel tun, denn ich muss mich auf meinen bevorstehenden Auftrag konzentrieren und die Dokumente studieren, die mir Lambert am Nachmittag übergeben hat. In ihnen werde ich erfahren, wer mein Kontaktmann im Irak sein wird und wo ich mein Fahrzeug, mein SC-20K, den Rucksack und die übrige Ausrüstung abholen kann, die ich vielleicht brauchen werde. Wahrscheinlich wird es über die Armee laufen. Innerhalb des Militärs wird irgendjemand an der Spitze der Nahrungskette über mein Kommen informiert worden sein.

Während ich die letzten Vorbereitungen für meine Reise treffe, fällt mein Blick auf Sarahs Foto auf dem Nachttisch. Plötzlich fühle ich das dringende Bedürfnis, sie zu umarmen und ihr einen Kuss zu geben. Stattdessen streife ich mit den Lippen meinen Zeigefinger und berühre damit ihr Porträt.

Das muss vorerst reichen.

7

Mesopotamien, so nannte man den Irak einst. Der Name »Irak« tauchte erst irgendwann im 7. Jahrhundert auf. Mesopotamien hat Städte hervorgebracht wie Babylon mit seinen legendären Hängenden Gärten, die in der Antike zu den sieben Weltwundern zählten. Der mythische Turm zu Babel stand einst in diesem Land, und der biblische Garten Eden könnte in der Region um Kurna gelegen haben. Im 7. Jahrhundert nach Christus verbreitete sich der Islam in dieser Region, und Mesopotamien wurde zum kulturellen Zentrum des arabischen Universums. Viele sind zudem der Ansicht, dass in dieser Region die Schrift entstand. Auch die Märchen aus Tausend und einer Nacht fanden im Irak ihren Ursprung. Prachtvolle Moscheen und Paläste dominierten die Städte, die von mächtigen Herrschern erbaut wurden, um dem Reichtum des Landes sichtbaren Ausdruck zu verleihen. Arabische Nächte, fliegende Teppiche, Sultane ...

Klingt das alles nicht exotisch und wundervoll? Zu schade, dass sich unser aktuelles Bild vom Irak von einst unterscheidet. Heute betrachten wir den Irak lediglich als überaus gefährliches, instabiles Land – vom Krieg zerrüttet, düster und unfreundlich. Ich werde jetzt nicht darauf eingehen, ob es richtig oder falsch war, im Jahr 2003 im Irak einzumarschieren. Saddam Hussein war zweifellos ein übler Kerl und sein Regime grausam und gnadenlos. Aber geht es der Bevölkerung des Irak heute besser? Wer soll das wissen?

Heutzutage ist es schwer zu glauben, dass der Mittlere

Osten – und vor allem der Irak – einst die »Wiege der Zivilisation« war. Zumindest behaupten das die Historiker. Zu meinem Job gehört es, viel über den Mittleren Osten zu wissen. Deshalb habe ich den Irak und die übrigen Länder der Region auch umfassend studiert. Was nicht bedeutet, dass ich sie wirklich verstehen kann.

Der Mittlere Osten ist eine eigene Welt und unterscheidet sich deutlich von den USA. Traurig ist bloß, dass sich viele Amerikaner und auch die amerikanische Regierung weigern anzuerkennen, dass der Mittlere Osten nie so sein wird wie der Westen. Aber es ist nicht meine Aufgabe, politische Ansichten zu verbreiten. Selbstverständlich halte ich mich immer über politische Entwicklungen auf dem Laufenden, aber gleichzeitig versuche ich, mich nicht zu sehr zu verstricken. Ich mache einfach meinen Job.

Zahlreiche katastrophale Ereignisse verliehen der Welt im 20. Jahrhundert ein neues Aussehen. Vor dem Ersten Weltkrieg war der Irak Teil des Osmanischen Reichs und wurde von Istanbul aus regiert. Nach dem Krieg stand die Region unter britischer Verwaltung, und 1932 wurde sie als unabhängiger Staat in den Völkerbund aufgenommen. Damit war der Irak der erste unabhängige Staat im Mittleren Osten. Die von den Briten eingesetzte Monarchie wurde jedoch 1958 von den nationalistischen Freien Offizieren gestürzt. 1963 übernahm die Baath-Partei die Regierung, wurde gestürzt und gelangte 1968 erneut an die Macht. Dieser Zustand hielt an, bis die USA im Jahr 2003 die Herrschaft der Baath-Regierung beendeten. Während dieser fünfunddreißig Jahre führte der Irak Krieg gegen den Iran, gegen Kuwait, gegen die Streitkräfte der Vereinten Nationen unter der Leitung der USA und gegen die eigene kurdische Bevölkerung im Norden des Landes.

Das 20. Jahrhundert war wirklich eine glückliche Zeit!

Diese Gedanken gehen mir durch den Kopf, während das amerikanische Militärtransportflugzeug auf der dritten Armeebasis außerhalb von Bagdad aufsetzt. Durch meine Fähigkeit, immer und überall schlafen zu können, ist der Flug blitzschnell vorübergegangen. Als das Flugzeug in Deutschland zwischenlandete, wachte ich gerade lang genug auf, um auszusteigen, mir die Beine zu vertreten und eine Kleinigkeit zu essen. Auch den zweiten Teil des Fluges schlief ich und erwachte erst, als das Flugzeug zur Landung ansetzte.

In den Pausen zwischen den Schlafeinheiten informierte ich mich gründlich über die aktuelle Lage im Irak. Denn obwohl eine irakische Regierung eingesetzt wurde, sind die USA immer noch sehr präsent. Den lokalen Behörden ist es bislang nicht gelungen, das Land in geeigneter Weise zu kontrollieren. Und wer trägt wohl die Hauptlast bei den Bemühungen der Vereinten Nationen, dem Land wieder auf die Beine zu helfen? Natürlich die USA. Allerdings weiß das hier niemand zu schätzen. Wir befreien sie von dem Übel Saddam Hussein, und sie stoßen uns den Dolch in den Rücken. Das muss man sich einmal vorstellen.

Terroranschläge peinigen nach wie vor das Land. Niemand weiß, wann ein Selbstmordattentäter seinen LKW in den eigenen Wagen steuert. Jeder Regierungsbeamte und Politiker ist ein potenzielles Ziel, weil man sie als Marionetten des korrupten Satans betrachtet – und damit sind die USA gemeint. Diese Terroristen sind immer und überall. Der Irak ist ein großes Land mit unendlich vielen Möglichkeiten, sich zu verstecken. Man erinnere sich nur, wie lang es gedauert hat, Hussein in seinem Schlupfloch in der Erde aufzustöbern. Und es gibt mehrere Millionen derartige Löcher in der irakischen Erde.

Allgemein macht man die üblichen, nicht näher bezeichneten »Aufständischen« und antiamerikanischen Rebellen für die Anschläge verantwortlich. Von der Al-Kaida spricht man nach wie vor als vorrangigem Unruhestifter, auch wenn täglich neue kleine Terrorgruppierungen aufzutauchen scheinen. In letzter

Zeit verbreiten die Shadows jedoch den größten Schrecken. Wie die Al-Kaida rühmen auch sie sich gerne öffentlich ihrer besonders hässlichen Anschläge. Sie sind sogar noch begieriger, in der Öffentlichkeit zu stehen, als die Al-Kaida je war, und verschicken Tonaufnahmen, Videos, Briefe, Faxe und E-Mails an verschiedene neue Organisationen, die sie jeweils mit »Shadows« unterzeichnen. Selbstverständlich könnte es sich bei vielen dieser Botschaften um Streiche oder Nachahmungsversuche handeln. Dennoch nehmen unsere Leute jede Mitteilung ernst, wie es unsere Aufgabe ist.

Von der Armeebasis aus, die etwas außerhalb von Bagdad liegt, kann man in der Ferne eine Vielzahl an Kränen sehen, die zweifellos die einst prächtige Stadt wieder aufbauen. 2003 hinterließ große Verwüstungen. Schon im Golfkrieg von 1991 wurde ein beträchtlicher Teil von Bagdad zerstört, einschließlich Schulen, Brücken und Krankenhäuser. Diese wurden im Verlauf des nächsten Jahrzehnts wieder aufgebaut, nur um erneut dem Erdboden gleichgemacht zu werden. Bagdad ist in seiner Geschichte so oft zerstört und wieder aufgebaut worden, dass es ein Wunder ist, dass die Stadt immer noch existiert. Heute ist Bagdad eine sehr moderne Metropole. Verschiedene Viertel der Stadt lassen sich mit dem Zentrum jeder westlichen Großstadt vergleichen. In anderen Vierteln wiederum herrscht die arabische Architektur vor, durch die sich ein Labyrinth von engen Gassen und Fußgängerwegen zieht. Die Moscheen mit ihren in kunstvollen Mustern gepflasterten Steinböden sind einfach spektakulär. Daneben gibt es traditionelle Häuser mit kompliziert konstruierten überhängenden Balkonen – den so genannten *Schenaschils.* Diese Balkone, die als vorspringendes Obergeschoss genutzt werden, kennzeichnen die engen Straßen der älteren Stadtviertel. Hübsch dekorierte Portale säumen die Straßen. In den labyrinthartigen Gassen der älteren Stadtteile, die geprägt sind von ihrem eigenen Charakter und Charme, kann man sich leicht verirren.

Ich hatte Bagdad schon vor dem Krieg besucht und erinnere mich noch gut, wie beeindruckt ich war von der Schönheit dieser Stadt, die sich hinter einer Fassade aus Schmerz, Not und Verzweiflung verbirgt. Heute wird es wohl nicht anders sein.

Sobald ich das Flugzeug verlasse, zeige ich meinen NSA-Sonderausweis, der mich als Interpolfahnder aus der Schweiz bezeichnet. Auch wenn ich meinen eigenen Namen verwende, wird mir diese Tarnung hier nützlicher sein, als wenn ich überall erzähle, dass ich ein Spion der NSA bin. Offiziell bin ich im Irak, um Informationen für einen Bericht der Interpol über die aktuelle Situation des Terrorismus im Mittleren Osten zu sammeln. Nachdem man mir die Genehmigung erteilt hat, die Militärbasis zu betreten, führt mich ein Sergeant in eines der Büros der geschäftigen Kommandozentrale. Auch wenn er kein Wort verliert, betrachtet er mich neugierig. Ich muss ihm wie ein seltsamer Zivilist vorkommen, vor allem, weil ich einen Sonderausweis der NSA besitze. Der Sergeant übergibt mich meinem Kontaktmann, Lieutenant Colonel Dan Petlow, der mich geschäftsmäßig begrüßt. Kaum hat der Unteroffizier das Büro verlassen, teilt mir Petlow mit, dass er der einzige Armeeoffizier im Irak ist, der über meine Mission Bescheid weiß. Wie sich herausstellt, ist er seit langem mit Colonel Lambert und den Aktivitäten des Third Echelon vertraut.

»Ich war auch Rick Bentons Kontaktmann«, informiert mich Petlow, ehe ich ihn fragen kann.

Petlow ist ungefähr in meinem Alter. Als ich mich erkundige, wie lange er schon im Irak ist, meint er nur, dass er jedes Gefühl für Zeit verloren hat.

»Nein, ich scherze bloß. Ich bin jetzt seit sechzehn Monaten hier. Aber dieses Land zehrt wirklich an den Kräften.«

Nachdem er mir eine Limonade angeboten hat, setzen wir uns vor einen elektrischen Ventilator, weil die Klimaanlage des Gebäudes eben repariert wird. Während die Temperatur im

Freien an Phoenix in Arizona erinnert, herrscht im Büro eine Hitze wie in einem Backofen.

»Erzählen Sie mir von Benton«, beginne ich.

»Er machte einen sehr fähigen Eindruck, wenn auch ein wenig unbesonnen«, sagt Petlow. »Ich habe ihn nur zwei Mal persönlich getroffen. Deshalb kannte ich ihn nicht allzu gut. Was seinen Job betraf, war er immer gut informiert – ein echter Fachmann für den Mittleren Osten.«

»Was wissen Sie über seine letzte Untersuchung?«

»Die Waffengeschäfte? Wenig. Benton hat nicht viel darüber verlauten lassen. Er sagte nur, dass er daran arbeitet, eine Verbindungslinie des Shops aufzudecken, die vom Norden in den Irak führt. Mosul würde mit Waffen überschwemmt werden. Das bedeutet, dass sie entweder aus dem Iran über Rawanduz nach Mosul gelangen, oder aus der Türkei über eine Stadt namens Amadiya. Beide Orte liegen in einem Gebiet, das von der KPD kontrolliert wird.«

Als vermutlich größte Stadt im Nordirak liegt Mosul an der Grenze zu jenem Gebiet, das mit offizieller Erlaubnis von der kurdischen Regionalregierung verwaltet wird und Brutstätte schwerer Unruhen vorwiegend zwischen verschiedenen kurdischen Fraktionen ist. Rawanduz ist ein Dorf zwischen Mosul und der iranischen Grenze, während das Dorf Amadiya nördlich von Mosul in der Nähe der türkischen Grenze liegt. Zwei kurdische politische Parteien beeinflussen sämtliche Geschehnisse im Nordirak. 1946 gründete der kurdische Nationalheld Mullah Mustafa Barzani mit der KDP – der Kurdischen Demokratischen Partei – die älteste Kurdenpartei, die kulturelle Beziehungen zum Iran aufweist. Die PUK – Patriotische Union Kurdistan – wurde 1976 als Rivale der KDP gegründet. Neben diesen beiden großen Parteien gibt es noch mehrere kleinere Parteien. Theoretisch teilen sich die beiden großen kurdischen Parteien die Regierungsverantwortlichkeit für Irakisch-Kurdistan, in Wirklichkeit scheint jedoch die KDP mehr Macht zu besitzen. In den letzten Jahren haben die beiden Parteien zähneknirschend in vielen Bereichen zusammengearbeitet, wie etwa auf dem Bildungs- und Gesundheitssektor. Man sollte allerdings nicht erwarten, dass sie einander zu einer Dinnerparty einladen.

»Welche Möglichkeit erscheint Ihnen realistischer?«, frage ich Petlow.

»Ich bezweifle die Theorie der Route durch die Türkei. Sie ergibt einfach keinen Sinn. Einerseits ist die Türkei angeblich unser Verbündeter und ebenso beunruhigt über illegale Waffengeschäfte wie wir. Und andererseits wäre diese Route schwieriger. Benton ist davon ausgegangen, dass die Waffen ursprünglich aus einer der Republiken der ehemaligen Sowjetunion stammen. Vielleicht aus Aserbaidschan. Um von dort in den Irak zu gelangen, muss man durch Armenien und die Türkei. Von Aserbaidschan quer durch den Iran in den Irak ist der direktere Weg.«

»Sie meinen also, dass ich mir zuerst die Verbindungslinie über Rawanduz ansehen soll?«, frage ich.

Petlow zuckt die Achseln. »Das ist nur meine persönliche Meinung, und sie muss auch nicht richtig sein.«

»Der Südosten der Türkei ist ebenfalls kurdisches Territorium«, sage ich nach kurzen Nachdenken. »Die beiden Bevölkerungsgruppen könnten zusammenarbeiten. Außerdem gibt es in diesem Teil der Türkei auch eine ganze Menge terroristischer Aktivitäten.«

»Auch das ist wahr. Hören Sie, Fisher, ich will ehrlich zu Ihnen sein. Sie haben nicht allzu viel, mit dem sich etwas anfangen ließe. Was wollen Sie tun, wenn Sie dort sind? An die nächstbeste Tür klopfen? Benton hat keine Informationen zurückgelassen, aus denen sich eine Richtung ergibt, richtig?«

»Richtig. Ich muss zunächst improvisieren. Vermutlich sollte ich in Mosul beginnen und mir die Orte in der Stadt ansehen, wo man illegale Waffen gefunden hat. Es gilt jetzt, einen Hinweis zu finden, der mich in die richtige Richtung lenkt.«

»Nun, viel Glück«, sagt Petlow, während er aufsteht und mir einen Seesack übergibt. »Das kam für Sie mit der offiziellen Sendung aus Washington.«

Im Flugzeug trug ich nur mein Marinekampfmesser. Es hat eine achtzehn Zentimeter lange Klinge mit Blutrille und einen dreizehn Zentimeter langen Ledergriff. Jetzt ziehe ich es aus der Scheide und durchschneide damit das Band, mit dem der Seesack verschlossen ist. Neben meiner SC-20K und dem Rucksack finde ich mehrere Schachteln mit verschiedener Munition.

»Die Sachen werde ich gut brauchen können«, murmle ich.

»Draußen auf dem Gelände steht ein Toyota Land Cruiser ohne Nummernschilder. Sie können mit ihm tun, was immer Sie wollen. Wir brauchen ihn nicht zurück«, sagt Petlow, während er eine Lade des Schreibtischs öffnet und mir einen Schlüsselbund aushändigt. »Er funktioniert einwandfrei. Wir haben ihn überprüft. Ob Sie es glauben oder nicht, aber importierte Autos kommen im Irak gut an. Ich kenne einen Autohändler außerhalb von Bagdad, der seit Kriegsbeginn reich geworden ist.«

»Wie steht es mit der Sicherheit auf den Straßen? Welche Kontrollpunkte muss ich erwarten?«

»Kontrollpunkte gibt es immer und überall, und einige werden Sie beträchtlich aufhalten. Aber wenn Sie sich angemessen kleiden, werden Sie keine Probleme mit den Einheimischen haben. Mit Ihrer dunklen Haut kann man Sie ohnehin für einen Araber halten. Sprechen Sie Arabisch?«

»Ja.« Ich spreche sogar sieben Sprachen, nur in Englisch bin ich nicht besonders gut. »Danke«, sage ich und nehme die Schlüssel entgegen.

»Haben Sie schon gegessen? Wollen Sie vielleicht ...?«

Bevor Petlow die Einladung aussprechen kann, erschüttert ein gewaltiger Donnerschlag das Gebäude. Wir wechseln einen wissenden Blick, denn das war sicher kein Donner.

»Verdammt«, murmelt Petlow. »Die war heftig.« Im nächsten Augenblick verschwindet er durch die Tür. Gemeinsam mit den anderen Soldaten folge ich ihm hastig ins Freie.

Die Luft ist dunkel und von Rauch erfüllt. Sirenen heulen, während die Sicherheitsleute am Schauplatz des Geschehens eintreffen. Überall werden Befehle gebrüllt, und einige Minuten lang herrscht nur Verwirrung. Schließlich hebt sich der Rauch, und ich kann die Flammen am verstärkten Zaun erkennen, der die Basis von der Außenwelt trennt. Ein Teil des Zauns ist vollkommen verschwunden, und an seiner Stelle sieht man einen unförmigen Trümmerhaufen aus schwarzem, brennenden Metall.

Ich mache den Sicherheitsleuten Platz und beobachte, wie sie mit der Situation umgehen. Offenbar sind die Soldaten an derartige Ereignisse gewöhnt. Fünfzehn Minuten später stößt Lieutenant Colonel Petlow wieder zu mir und nimmt mich zur Seite.

»Diesmal war es ein Wäsche-LKW«, sagt er. »Selbstverständlich ein Selbstmordattentäter. Die Augenzeugen berichten, dass er mit voller Geschwindigkeit auf den Kontrollpunkt zugefahren ist. Einer der Wächter hat noch versucht, ihn mit einem Schuss zu stoppen, aber es war schon zu spät. Die verdammte Explosion hat uns zwei Männer und ein großes Stück Zaun gekostet. Was für eine Verschwendung. Was zum Teufel glauben sie damit zu erreichen? Diese Woche ist das schon der dritte Anschlag.«

Ich drücke ihm mein Mitgefühl aus und weise darauf hin, dass es zumindest keine weiteren Verletzten gegeben hat.

»Diese Kerle bekommen den Sprengstoff über illegale Versorgungslinien«, fuhr Petlow fort. »Daran besteht kein Zweifel. So viel Sprengstoff können sie nie und nimmer gelagert haben.

Sehen Sie zu, dass Sie diese Versorgungslinie zerschlagen, Fisher. Ich bin immer für Sie da, wenn Sie etwas brauchen. Also zögern Sie nicht, mich anzurufen. Haben Sie meine Nummer?«

Als Antwort lächle ich Petlow nur traurig zu und schüttle ihm die Hand. Im nächsten Augenblick eilt er schon wieder zu dem Chaos aus brennenden Trümmern zurück.

8

Sarah Fisher verbrachte eine wundervolle Zeit in Jerusalem. Am dritten Abend ihres Aufenthalts beschlossen Rivka und sie, nicht wieder zu viert auszugehen, sondern jedes der beiden Mädchen getrennt mit seinem Freund. Während Rivka und Noel ins Kino gingen, entschieden sich Sarah und Eli für einen romantischen Spaziergang durch die Altstadt und ein Dinner in der Neustadt.

Sarah war weltlich erzogen und besaß keine Neigung zu einer bestimmten Religion. Sie gehörte zu jenen naiven, wohlmeinenden Menschen, die bestürzt waren über die Tatsache, dass es verschiedenen Rassen und Religionen schwer fiel, miteinander auszukommen. Gerade diese Reinheit des Herzens machte sie so attraktiv, wie sie sehr wohl wusste. Deshalb zeigte sie diese Seite ihrer Persönlichkeit auch gerne auf die charmante Weise eines ganz normalen amerikanischen Mädchens. Sie war sehr intelligent und gewöhnt daran, hervorragende Leistungen zu erbringen, was jedoch nicht bedeutete, dass sie besonders lebenserfahren gewesen wäre. Von ihrer Mutter, und später ihrem Vater, war sie in einem geschützten Umfeld erzogen worden, das sie gegen die raue Wirklichkeit der Straße abschirmte. Ohne es beabsichtigt zu haben, war sie dadurch etwas leichtgläubig – ein Wesenszug, von dem sie nie geglaubt hätte, dass er sie je in Schwierigkeiten bringen könnte.

Während sie Arm in Arm mit Eli spazieren ging, dem jungen Mann, in den sie verliebt war, sah sie daher auch keinen Grund, sich über Terroristen, Selbstmordattentäter, den arabisch-jüdischen Konflikt oder den Friedensprozess Gedanken zu machen. Sie fragte sich bloß, ob Eli und sie an diesem Abend im Bett landen würden.

Kennen gelernt hatte sie Eli in ihrem zweiten Studienjahr an der Northwestern University. Rivka Cohen gehörte einem Klub israelischer Studenten an und lernte öfters mit einem Jungen, der ihr gefiel, namens Noel Brooks. Eines Tages fragte Rivka Sarah, ob sie nicht mitkommen wolle zu einem Studientreffen, weil Noel einen Freund mitbringen würde. Da Sarah ohnehin für eine Prüfung lernte, sagte sie zu. Kurz nachdem Sarah und Rivka an einem Tisch in der Bibliothek Platz genommen hatten, tauchte Noel mit seiner Begleitung auf. Die Jungen setzten sich auf die freien Stühle gegenüber, und Noel stellte seinen Freund vor. Er hieß Eli Horowitz. Sarah hielt ihn für den attraktivsten Mann, den sie je gesehen hatte. Er hatte dunkle Locken, braune Augen, einen kurz geschnittenen Bart und eine hochgewachsene, muskulöse Figur. Man hätte ihn mit Michelangelos David vergleichen können, wenn die Statue einen Bart gehabt hätte. So sehr Sarah auch versuchte, sich auf ihre Arbeit zu konzentrieren, empfand sie die Anwesenheit des jungen Mannes doch als sehr ablenkend.

Wie Noel war auch Eli ein höhersemestriger Student aus Israel. Er studierte Musik, um Dirigent zu werden. Allerdings hatte er sich nicht auf ein Instrument spezialisiert, sondern spielte mehrere »nicht allzu gut«, wie er sagte.

Nach der Lernstunde verabschiedeten sich die Mädchen von den Jungen und gingen getrennte Wege. Abends rief Eli dann an, um sich mit Sarah zu verabreden.

Drei Monate gingen sie miteinander. Eli und Noel hatten ein Apartment außerhalb des Campus, wo Sarah oft über Nacht blieb. Als Studentin im zweiten Jahr wohnte sie immer noch in einem Studentenheim, aber die Regeln waren frei genug, um auch einmal »bei einem Freund übernachten« zu können. Zeitweise schlief sie häufiger außerhalb als in ihrem Studentenheim.

Eines Tages verschwanden Eli und Noel plötzlich, und Rivka und Sarah versuchten vergeblich herauszufinden, was mit ihnen geschehen war. Zunächst schmerzte es heftig, weil sie glaubten, die Jungen wären einfach gegangen, ohne sich zu verabschieden. Doch einen Monat später trafen zwei Briefe ein, einer für Rivka und der andere für Sarah. In diesen erklärten die Jungen, dass der Einwanderungsdienst sie ausgewiesen hatte. Ihre Studentenvisa waren ungültig gewesen – sie waren vor Monaten abgelaufen – und aufgrund der erhöhten Sicherheitsmaßnahmen gegenüber ausländischen Studenten konnten sie keinen Einspruch gegen ihre Abschiebung einbringen.

Sobald Eli in Israel wieder eine Wohnung gefunden hatte, blieb Sarah mit ihm über E-Mails in Kontakt. Er antwortete zwar nicht oft, was sie schon ein wenig beunruhigte, aber sie ging davon aus, dass er damit beschäftigt war, Arbeit zu suchen, oder Ähnliches. Wenn er antwortete, waren seine E-Mails voll von Liebesworten und Bewunderung, und manchmal enthielten sie sogar sexuelle Andeutungen und die Einladung, ihn doch zu besuchen. Auf diese Weise ermutigt, hielt Sarahs Sehnsucht nach dem Jungen auch über die Entfernung hinweg an.

Zehn Monate später war sie nun hier und spazierte mit ihm durch die historische Altstadt von Jerusalem. Während sie durch die engen Gassen schlenderten, wies Eli sie immer wieder auf Besonderheiten der Stadt hin.

»Jerusalem ist in vier Viertel aufgeteilt. Das hier ist das christliche Viertel. Jenseits der Straße liegt das moslemische Viertel, dort drüben das armenische Viertel. Das jüdische Viertel ist im Osten.«

»Du klingst ja wie ein Fremdenführer«, sagte Sarah lachend.

»Als Teenager habe ich auch als Fremdenführer gearbeitet«, erzählte Eli. »Ich habe fette Amerikaner in einem Kleinbus durch die ganze Stadt gefahren. Und manchmal bin ich so schnell gefahren, dass sie sich zu Tode gefürchtet haben.«

»Du bist schrecklich«, sagte Sarah, und gab ihm dabei einen Klaps auf den Arm.

Unterdessen näherten sie sich einer düsteren Kirche, die nach Patchwork-Art errichtet war. Sie ließ verschiedene architektonische Stile erkennen, wirkte aber schon allein aufgrund ihres Alters beeindruckend.

»Das ist die Grabeskirche«, erklärte Eli. »Sie wurde an der Stelle errichtet, an der, wie die Christen glauben, Jesus gekreuzigt wurde.«

»Tatsächlich?«

»Ja. Die orthodoxe und koptische Kirche glauben es auch.«

»Du meinst, nicht alle glauben, dass es hier geschehen ist?«

»Nein. Die meisten Protestanten glauben zum Beispiel, dass es an einem Ort in Ostjerusalem passiert ist. Willst du hineingehen?«

»Nein, ich würde lieber weiter spazieren gehen.«

»In Ordnung.«

Gemeinsam gingen sie einen Block in südöstlicher Richtung zur lutherischen Erlöserkirche, wo sie auf den Turm stiegen, um die prachtvolle Aussicht über die Altstadt zu genießen. »Du hast mir noch gar nicht gesagt, wo du wohnst. Teilst du dir ein Apartment mit Noel?«, fragte Sarah, während sie ihren Blick über das atemberaubende Panorama gleiten ließ.

»Nein, hier lebe ich allein«, antwortete Eli. »Mein Apartment liegt drüben in Ostjerusalem.«

»Wirst du es mir zeigen?«, fragte sie, wobei sie ihm herausfordernd den Arm um die Taille legte.

»Vielleicht«, gab er lächelnd zurück. »Aber du weißt, dass Ostjerusalem der palästinensische Teil der Stadt ist.«

»Und?«

»Ich sage es bloß.«

Sobald sie wieder vom Turm heruntergestiegen waren, gingen sie über die David-Straße in westlicher Richtung bis zum Jaffa-Tor. »Das ist der traditionelle Durchgang von der Altstadt zur Neustadt«, erklärte Eli, und deutete dann auf ein besonders altes Gebäude. »Und dies ist die Zitadelle, wo König Herodes geherrscht haben soll.«

»Hier gibt es so viel Geschichte«, staunte Sarah.

»Hast du Hunger?«

»Ich verhungere!«

»Dann sollten wir was essen. Ich kenne ein berühmtes Lokal in der Neustadt.«

An teuren Geschenkboutiquen und Esslokalen vorüber spazierten sie durch die Jaffastraße bis zum Village Green Restaurant.

»Von diesem Restaurant habe ich schon gehört«, bemerkte Sarah.

»Einige halten es für das beste Restaurant von Jerusalem«, sagte Eli. Kaum waren sie eingetreten, erhielten sie einen Tisch.

»Hier gibt es koschere, vegetarische Speisen«, erklärte Eli, während er die Menükarte durchblätterte. »Kein Fleisch für euch Fleischfresser.«

Sarah stieß ihn leicht unter dem Tisch an. »Hey, ich mag meine Hamburger, aber ich esse auch gerne vegetarisch. Was ist denn gut hier?«

»Mir schmeckt ihre Pizza.«

Sarah entschied sich schließlich für eine fleischlose Lasagne, eine Gemüsesuppe und einen Salat, während Eli eine Champignon-Pizza und eine Flasche koscheren Rotwein bestellte.

Während Sarah ihrem Freund beim Essen zusah, erinnerte sie sich an die bohrenden Fragen ihres Vaters. Auch wenn sie Eli wirklich mochte, wusste sie tatsächlich wenig über seine Familie. »Erzähl mir von deinen Eltern«, forderte sie ihn auf.

»Was soll ich dir von ihnen erzählen?«, fragte er achselzuckend, während er an seinem Essen kaute.

»Leben sie auch hier in der Stadt?«

»Nein. Früher haben sie hier gelebt.«

»Und wo wohnen sie jetzt?«

»Meine Mutter lebt im Libanon. Mein Vater war jüdisch, und meine Mutter ist Muslimin. Sie sind nicht zusammengeblieben.«

»Das habe ich gar nicht gewusst«, gab Sarah zurück. »Warum hast du mir das nie erzählt?«

»Ich habe es nicht für wichtig gehalten.«

»Wie alt warst du, als sie ... als sie sich scheiden ließen?«

Eli lachte in sich hinein. »Sie waren nie verheiratet. Ich glaube, das war damals ein echter Skandal. Nicht viele Muslime bekommen Kinder mit Juden. Bis ich sieben war, lebte ich bei meiner Mutter. Dann ... nun, dann lebte ich bei Verwandten im Libanon. Mit achtzehn bin ich dann hierher zurückgekehrt.«

»Wo lebt dein Vater?«

»Er ist tot.«

»Oh, das tut mir Leid.«

Wieder zuckte er die Achseln. »Er ist gestorben, als ich noch klein war. Bei einem Terroranschlag. Er war zur falschen Zeit am falschen Ort.«

»Ach, Eli.«

»Deine Mutter ist doch auch tot, oder?«, fragte er.

»Ja. Sie ist an Krebs gestorben, als ich fünfzehn war.«

»Und dein Vater ... arbeitet er immer noch als ›internationaler Handelsvertreter‹?«

Sarah sah ihn von der Seite an. »Du sagst das, als würdest du daran zweifeln.«

Eli lachte. »Du scheinst einfach nicht viel darüber zu wissen, womit er seinen Lebensunterhalt verdient. Und offenbar hast du auch nie viel darüber gewusst.«

»Vermutlich hast du Recht.«

»Siehst du ihn häufig.«

»Nein, nicht wirklich. Er lebt in Baltimore, oder besser gesagt in einem Vorort von Baltimore.«

»Das ist in der Nähe von Washington, wie du weißt«, gab er zurück.

»Was meinst du damit?«

»Vielleicht ist er bei der CIA«, sagte Eli scherzhaft.

»Vor langer Zeit hat er wirklich einmal für die CIA gearbeitet. Aber jetzt nicht mehr. Als er meine Mutter traf, war er bei der CIA.«

»Kein Scherz?«

»Nein, wirklich.«

»Was war er denn? Ein Spion?«

»Das weiß ich wirklich nicht. Etwas wie ein Diplomatsassistent.«

»Also doch ein Spion«, erklärte Eli lachend.

Sarah stimmte in sein Lachen ein. »Ja, vermutlich. Aber was er jetzt tut, weiß ich nicht.«

»Ich verstehe.«

»Und du, Eli, wirst du hier in Israel bleiben, oder kehrst du in die USA zurück, um deinen Abschluss zu machen?«

Eli nahm einen Schluck Wein. »Ich glaube, ich werde auf die Juilliard School gehen. Im Sommer soll ich vorspielen. Dann muss ich nur noch ein Visum bekommen.«

»Auf die Juilliard School?«

»Ja.«

»Das heißt, du kommst nicht nach Chicago zurück?«

»Wahrscheinlich nicht, Sarah. Aber warum kommst du nach deinem Abschluss nicht zu mir nach New York? Du hast doch nur noch ein Jahr.«

Die Frage überraschte Sarah. »Du willst, dass ich mit dir zusammenlebe?«

»Ja. Warum nicht? Du magst mich doch, oder?«

»Nun, ja, aber das wäre doch ... als ob wir verheiratet wären.«

»Unsinn. Wir würden einfach zusammenleben.«

»Darüber werden wir ein anderes Mal reden, Eli«, meinte Sarah verwirrt.

»Wir haben ja genug Zeit«, gab Eli zurück, während er über den Tisch hinweg ihre Hand ergriff und sie leicht drückte. Dieses

Zeichen seiner Zuneigung verblüffte Sarah. Sie hatte keine Ahnung gehabt, wie viel sie ihm bedeutete, bis er ihr diese Frage stellte.

Wie würde eine Zukunft mit Eli Horowitz aussehen?, fragte sie sich. Als Englischlehrerin würde sie wohl irgendwo in New York eine Lehrstelle bekommen. Selbstverständlich müsste sie sich ein Zertifikat dieses Staates besorgen. Sie könnte aber auch zu Hause als Schriftstellerin arbeiten, immerhin war das ihr wahrer Traum. Was für ein idyllisches Leben? Sie eine Bestsellerautorin und Eli ein berühmter Dirigent.

Sarah drückte nun ihrerseits Elis Hand.

Ja, es könnte klappen, dachte sie.

9

Mit dem Toyota Land Cruiser fahre ich von Bagdad aus in nördliche Richtung. Die irakischen Sicherheitskräfte stoppen mich an zwei Häuserblöcken in den Außenbezirken der Stadt. Sie sind sehr gründlich. Bei der ersten Straßensperre fragen sie nach meinem Identitätsausweis und Pass. Sie erkundigen sich auch, ob ich bewaffnet bin, obwohl aus meinen Papieren eindeutig hervorgeht, dass ich eine Genehmigung der irakischen Regierung habe, Waffen zu tragen. Ich komme ihrer Aufforderung nach und zeige die Five-Seven-Pistole, während das SC-20K-Gewehr im Seesack bleibt. Nachdem sie mich mehrere Minuten lang misstrauisch und stirnrunzelnd betrachtet haben, lassen sie mich weiterfahren. Bei der zweiten Straßensperre ist es dasselbe. Sie fragen mich, was ich in Mosul zu tun beabsichtige und wie lange ich bleiben werde. Als ich ihnen genau so antworte, wie sie es meiner Meinung nach gerne hören, lassen sie mich passieren.

Die Überlandstraße ist in gutem Zustand. Nachdem sie im Krieg und den darauf folgenden monatelangen Unruhen schwer beschädigt wurde, hat man sie wieder hergerichtet und neu asphaltiert. Während ich in der Stadt mit dem Auto nur mühsam vorangekommen bin, weil alle Hauptverkehrsadern verstopft waren, gibt es auf der Überlandstraße kaum Verkehr. Es tut gut, über die freie Straße zu fahren. Gelegentlich sehe ich Militärfahrzeuge, unter anderem auch amerikanische. Üblicherweise stoße ich jedoch auf verbeulte LKWs, die Nahrungsmittel und andere Güter transportieren. Einmal fährt sogar ein mit Ziegen beladener Truck an mir vorbei. So etwas habe ich noch nie zuvor gesehen.

Die stechende Sonne brennt auf den Wagen herab, sodass ich dankbar bin, auch eine gewöhnliche Sonnenbrille mitgenommen zu haben. Die Landschaft ist trocken und flach. Wie gesagt, erinnert sie mich ein wenig an Südarizona. In diesem ausgelaugten, grausamen Land möchte ich nicht irgendwo in der Wüste ohne Transportmittel festsitzen. Zum Glück wurde die Klimaanlage schon erfunden.

»Sam, sind Sie da?«, erklingt Lamberts Stimme, genau wie ich mir die Stimme meines Gewissens vorstelle. Blechern, dünn und tief in meinem rechten Ohr.

Augenblicklich nehme ich die Hand vom Steuer und drücke an eine bestimmte Stelle an meinem Hals, um den Sender zu aktivieren. »Ja, ich bin hier, Colonel.«

»Wie ist es mit Petlow gelaufen?«

»Sehr gut. Aber er hat alle Hände zu tun. Dieses Land ist immer noch ein sehr rauer Ort.«

»Ich weiß. Hören Sie, wie ich vermute, sind Sie schon auf dem Weg nach Mosul?«

»Ja, ich bin auf der Überlandstraße. In etwas weniger als einer Stunde werde ich in Samarra sein.«

»Vergessen Sie Mosul. Sie müssen nach Arbil«, sagt Lambert. »Deshalb kontaktiere ich Sie auch über das Implantat statt über Textmeldung. Wir haben eben erfahren, dass die kurdische Polizei dort eine brandneue Ladung Waffen sichergestellt hat. Ist auch ziemlich hässliches Zeug dabei. Eine ganze Menge Kalaschnikows, aber auch eine hübsche Anzahl Stinger. Sie haben auch einen Mann festgenommen – den Fahrer, der das Zeug in die Stadt gebracht hat. Aber er spricht nicht. Die Waffen liegen jetzt im Stadtzentrum im Polizeihauptquartier. Da dieser Hinweis frisch ist, sollten Sie sich die Sache ansehen, bevor die Waffen an einen anderen Ort transportiert werden. Wenn Sie feststellen können, woher die Waffen gekommen sind, können Sie die Spur bis zur Quelle verfolgen. Aber nicht vergessen, Sie befinden sich dort auf kurdischem Gebiet. Dort haben Sie keine Befugnisse. Sie müssen also hinein und heraus, ohne dass die Polizei davon erfährt.«

»In Ordnung«, stimme ich zu. »Wie komme ich am besten dorthin?«

»Unser Geheimdienst meint, dass Sie weiterfahren sollen bis Mosul und von dort in östlicher Richtung nach Arbil. Die Überlandstraße von Bagdad nach Arbil verläuft parallel zu der Straße, auf der Sie sich jetzt befinden, aber die Verbindungsstraßen sind nicht sicher.«

»Verstanden. Sonst noch etwas?«

»Das ist vorerst alles. Viel Glück, Sam.«

»In Ordnung. *Over and out.*« Ich umfasse das Lenkrad wieder mit beiden Händen und fahre weiter. Schließlich passiere ich Samarra und steuere auf Tikrit zu, den Geburtsort von Saddam Hussein. Nachdem ich schließlich die Straßensperren hinter mich gebracht habe, indem ich den Vorgang wiederhole, den ich außerhalb von Bagdad perfektioniert habe, entdecke ich in Tikrit keine Besonderheiten. Erfreut stelle ich fest, dass es keine Straßenschilder gibt, die darauf hinweisen, dass Saddam Hussein hier geboren wurde.

Mosul, die zweitgrößte Stadt des Irak, liegt an der Grenze zu Irakisch-Kurdistan. Soweit ich weiß, geht der Begriff »Musselin« für ein feines Baumwollgewebe auf die Stadt Mosul zurück. Offenbar wurde der Stoff hier erstmals gewebt. Die antike Stadt Ninive liegt in der Nähe von Mosul. Für einen Touristen wäre der Ort aufgrund seiner zahlreichen archäologischen Stätten gewiss sehenswert, aber ich fürchte, dass ich hier einen Job zu erledigen habe.

Wieder eine Straßensperre, das übliche zermürbende Frage-und-Antwort-Spiel mit meinen Papieren, und dann fahre ich in östlicher Richtung nach Arbil. Von nun an befinde ich mich offiziell auf kurdischem Gebiet, denn Arbil wird als kurdische

Hauptstadt im Irak betrachtet, und auch die beiden großen kurdischen Parteien KDP und PUK haben hier ihr Hauptquartier. Darüber hinaus zählt Arbil zu den ältesten Städten der Welt. Sie geht nicht erst auf die Römer oder Alexander den Großen zurück, sondern besteht schon seit der Zeit der Neandertaler, deren Relikte hier gefunden wurden. Der moderne Teil der Stadt liegt auf einem Hügel, der dadurch entstanden ist, dass man im Lauf von Jahrhunderten immer wieder auf den Trümmern voriger Gebäude gebaut hat.

Die Landschaft von Irakisch-Kurdistan unterscheidet sich mit ihren hohen Bergen und farbenprächtigen, fruchtbaren Tälern deutlich vom Rest des Landes. Je weiter man in den Norden vorstößt, umso beeindruckender wird die Bergkette, die man allgemein als »Alpen des Mittleren Ostens« bezeichnet. Im Verlauf der Geschichte dienten die Berge immer als natürliche Barriere für eine Gesellschaft, die darauf bedacht war, ihre Kultur zu erhalten. Ethnisch betrachtet, sind die Kurden nicht mit den Arabern verwandt. Während des Irakkriegs waren sie zumindest theoretisch Verbündete der USA. Ich frage mich, ob ich ihnen vertrauen kann.

Bei Sonnenuntergang nähere ich mich Arbil. Lichter vor mir kündigen an, dass ich anhalten muss – eine weitere Straßensperre. Sobald der Wagen steht, nähern sich vier Männer dem Toyota. Obwohl sie irakische Polizeiuniformen tragen, beschleicht mich das Gefühl, dass irgendetwas hier nicht stimmt. Zwei Männer tragen Gewehre und der dritte eine Pistole.

Kaum habe ich das Fenster geöffnet, hält mir der Mann mit der Pistole seine Waffe unter die Nase. »Wir werden einen kleinen Ausflug machen, mein Freund«, sagt er auf Arabisch. Diese Männer sind also keine Kurden.

»Ich habe meine Papiere hier, wenn Sie sie sehen wollen«, gebe ich auf Arabisch zurück.

»Schweig!«, fährt er mich an. Dann wartet er, bis seine drei Begleiter auf der Rückbank Platz genommen haben, und geht schließlich um den Wagen herum, wobei die Waffe immer auf meinen Kopf gerichtet bleibt.

»Fahr dort hinein«, befiehlt der unbewaffnete Mann von der Rückbank aus und deutet auf eine Schotterstraße, die von der Überlandstraße wegführt. Weil mir keine andere Wahl bleibt, als zu gehorchen, starte ich den Toyota und folge der angegebenen Richtung. Die Straße führt in ein Dickicht, und hätte der Wagen nicht so gute Scheinwerfer, würde ich nichts sehen.

»Wohin fahren wir?«, frage ich auf Arabisch.

»Das wirst du schon sehen«, erwidert der Mann von der Rückbank aus. »Halt einfach den Mund und fahr.«

Drei Minuten später, als wir etwa eineinhalb Kilometer von der Überlandstraße entfernt sind, befiehlt mir der Mann auf der Rückbank, den Wagen mit eingeschalteten Lichtern anzuhalten und auszusteigen.

Wieder bleibt mir nichts übrig, als zu gehorchen. Deshalb öffne ich die Tür und steige aus, wobei mir die vier Männer folgen. Draußen ist es bereits sehr dunkel, aber die Scheinwerfer des Wagens erhellen die Umgebung genug, um sehen zu können. Der unbewaffnete Mann scheint der Anführer zu sein. Er dreht mich mit hartem Griff um und stößt mich gegen das Auto. »Hände hinter den Kopf!«, befiehlt er.

Auch wenn ich dem Befehl nachkomme, stinkt mir die Sache allmählich. Ich werde nicht zulassen, dass mich diese Kerle grob angehen. Dann durchsucht mich der Mistkerl auch noch. Zum Glück habe ich die Five-Seven in das Handschuhfach gelegt. Jetzt muss mir nur noch etwas einfallen, um die Männer vom Wagen fern zu halten.

»Ich bin von der Interpol«, sage ich. »Ich habe eine Genehmigung von eurer Regierung.«

»Schweig!«

Der Mann mit der Pistole grinst mich an. Dadurch sehe ich jetzt, dass ihm drei Zähne fehlen. Außerdem ist er der hässlichste Hurensohn, den ich bisher im Irak zu Gesicht bekommen habe. »Woher hast du dieses hübsche Auto, mein Freund?« fragt er.

»Her mit deiner Geldbörse«, befiehlt der Mann, der mich offenbar nach Geld durchsucht.

»Ich habe keine bei mir«, antworte ich wahrheitsgemäß.

Mit hartem Griff fasst er mich an der Schulter und zieht mich vom Wagen weg. Jetzt stehen mir alle vier gegenüber. Die beiden Männer mit den Gewehren halten ihre Waffe quer über der Brust, ohne auf mich zu zielen. Die Gewehre sehen aus wie Hakims. Der Zahnlose hat hingegen eine 38er Smith & Wesson Special, vermutlich vom Schwarzmarkt.

»Dann werden wir eben deinen Wagen nehmen«, sagt der Anführer, was die anderen drei zum Lachen reizt. »Wir brauchen ohnehin ein Auto, um ein paar Kisten zu transportieren.« Wieder lachen die drei. »Freunde hätten uns mit ihrem LKW helfen sollen, nur sind sie nicht gekommen. Aber dein großer Wagen passt auch ganz gut, glaube ich. Dürfen wir ihn uns ausleihen?« Erneut brechen die drei Männer in Gelächter aus.

»Woher kommst du, mein Freund?«, fragt der Zahnlose, während er seinen Revolver um den Finger wirbelt, als wäre er John Wayne in einem Western. »Wir treffen hier nicht oft jemanden aus dem Westen, der Arabisch spricht.«

»Ich komme aus der Schweiz«, sage ich. »Und weil ich Agent der Interpol bin, würde ich vorschlagen, dass ihr mich jetzt ruhig meiner Wege gehen lasst.«

»Oh, du schlägst also vor, dass wir dich ruhig deiner Wege gehen lassen?«, wiederholt der Anführer spöttisch, während er einen Schritt an mich heran tritt. »Hör gut zu. Ich schlage jetzt vor, dass du auf die Knie gehst und zu beten anfängst, denn du wirst dieser Erde schon bald den Abschiedskuss geben.«

Komm schon, denke ich, noch einen Schritt näher.

»Du willst also, dass ich auf die Knie gehe?«, frage ich.

»Das habe ich gesagt.«

Ich blicke auf den Boden und deute mit der Hand. »Genau hier?«

Der Trick funktioniert. Er macht einen weiteren Schritt auf mich zu und beginnt zu sprechen: »Ja, genau hi...«

Bevor er den Satz beenden kann, trete ich ihm schnell und hart zwischen die Beine. Damit aber noch nicht genug. Wie ein Blitz setze ich eine Krav-Maga-Technik ein, fasse ihn am Oberkörper und ziehe ihn genau in dem Augenblick zu mir, als der Zahnlose abdrückt. Die Kugel trifft den Anführer in den Rücken. Mit einem kräftigen Stoß schleudere ich seinen Körper auf den Zahnlosen, sodass beide zu Boden stürzen.

Bevor die Männer mit den Gewehren reagieren können, fasse ich den Lauf der einen Waffe mit der linken Hand, lege meine rechte Hand unter den Gewehrkolben und reiße dem überraschten Mann das Gewehr mit einem Hebelgriff aus den Händen. Und ehe der zweite bewaffnete Mann anlegen und abdrücken kann, schwinge ich mit dem Kolben herum und versetze ihm einen gezielten Schlag ins Gesicht. Mit einem Aufschrei lässt er die Waffe fallen, stürzt auf die Knie und umklammert den Kopf mit den Händen. Der erste nun waffenlose Gewehrträger will sich knurrend auf mich stürzen. Doch schon stoße ich ihm den Kolben gegen die Nase und versetze ihm mit dem rechten Fuß einen Tritt in die Brust. Betäubt taumelt er davon, ohne zu Boden zu gehen. Nun werfe ich das Gewehr mit leichtem Drall in die Luft, sodass es wie eine Keule herumschwingt, und fange es so auf, dass der Kolben zu mir zeigt und der Lauf in die Richtung, in die er üblicherweise zeigen soll. Ein Druck auf den Abzug, und schon trifft die Kugel den Mann aus nächster Nähe. Mitten in der Bewegung stürzt er nieder.

Nun wirble ich herum, um das Gewehr auf den Zahnlosen zu richten, aber dieser liegt nicht mehr neben dem toten Anführer auf dem Boden. Stattdessen sehe ich, wie er durch das dunkle Dickicht davonläuft. Einen Augenblick lang überlege ich, ihm eine Kugel hinterherzuschicken, aber dann lasse ich ihn doch ungeschoren. Soll er doch seine Wunden lecken. Wohin er nachts in diesem rauen Gelände will, kann ich mir ohnehin nicht vorstellen. Der Anführer und einer der Gewehrmänner sind tot. Damit bleibt nur der Kerl, dem ich das Gesicht zerschmettert habe. Er liegt noch immer stöhnend auf den Knien. Vermutlich habe ich ihm den Backenknochen zertrümmert.

»He, du, hör auf zu jammern und antworte mir«, fordere ich ihn auf.

Der Mann sieht mich mit aufgerissenen Augen erschrocken an. Er kann es einfach nicht fassen, dass ich vier Männer überwältigt habe. Die rechte Seite seines Gesichts ist bereits geschwollen, was ihm ein etwas schiefes Aussehen verleiht.

»Wer bist du?«, frage ich. »Ihr seid doch nicht von der Polizei.«

Als der Mann etwas auf Arabisch murmelt, hebe ich den Gewehrkolben, um ihn zu warnen, dass ich ihm jederzeit einen weiteren Hieb versetzen kann.

Daraufhin sagt er mir nicht nur seinen Namen, sondern auch die Namen der anderen drei Männer. Alle haben übliche arabische Namen, die im Mittleren Osten beliebig auswechselbar zu sein scheinen.

»Woher habt ihr die Polizeiuniformen?«

Er behauptet, die Polizei hätte sie als Miliztruppe eingestellt. Diese Geschichte klingt nicht überzeugend.

»Woher kommt ihr?«, frage ich weiter.

Als er wieder etwas Unverständliches murmelt, mache ich meine Drohung wahr und ramme ihm den Gewehrkolben in die Schulter. Mit einem Aufschrei stürzt er rücklings zu Boden. Über ihm stehend, frage ich ihn nochmals, woher er kommt.

»Aus dem Iran«, sagt er.

»Was macht ihr hier im Irak?«

Statt einer Antwort rollt sich der Mann auf den Bauch und greift in den Sand. Weil ich ahne, was er tun wird, schließe ich die Augen genau in dem Moment, in dem er mir eine Hand voll Sand ins Gesicht schleudert. Im nächsten Augenblick springt er auf, aber ich bin bereit. Als er nach dem Gewehr greifen will, stoße ich es nach oben. Und selbst mit geschlossenen Augen ramme ich ihm die Hakim direkt gegen sein Kinn. Während ich die Augen öffne, stoße ich dem Mann den Kolben in die Brust. Bewusstlos stürzt er zu Boden. Vielleicht habe ich ihm sogar das Brustbein zertrümmert und sein Herz zum Stillstand gebracht.

Verdammt. Drei Tote liegen auf der Erde. Mir bleibt keine Wahl, als sie zurückzulassen. Auch wenn es mir nicht gefällt, Leichen auf meinem Weg zu hinterlassen, kann ich nichts dagegen tun. Die Toten zu verstecken, würde mich unnötig Zeit kosten, vor allem, weil die Stelle ohnehin fernab der Überlandstraße liegt. Und wenn man sie tatsächlich findet, werden sie nur die allgemeine Meinung bestätigen, dass der Irak ein raues Land ist.

So werfe ich bloß die Hakim auf den Boden und steige in den Wagen. Während ich auf der Überlandstraße in Richtung Stadt fahre, frage ich mich, was aus dem Zahnlosen geworden ist.

10

Kurz nach Mitternacht erreiche ich Arbil. Die Straßen sind verlassen, und in der Stadt ist es totenstill. Da es keine Straßenbeleuchtung gibt, wirkt der Ort dunkel und unheimlich. Mit Hilfe des Stadtplans, den Carly vom Third Echelon auf meinen OPSAT geschickt hat, finde ich die Polizeiwache ohne Schwierigkeiten.

Einen Häuserblock von der Polizeiwache entfernt parke ich den Wagen, lege meine Straßenkleidung ab, unter der mein Spezialanzug zum Vorschein kommt, setze die Schutzbrille auf, greife nach meiner Five-Seven und dem Rucksack, und schon bin ich bereit. Sobald ich den Wagen verlasse, schleiche ich im Schutz der Schatten vorwärts. Niemand ist zu sehen, aber in meinem Job kann man nicht vorsichtig genug sein.

Die Polizeiwache von Arbil besteht nur aus einem kleinen, eingeschossigen Gebäude mit einem Parkplatz dahinter. Mir fällt auf, dass keine Streifenwagen vor dem Haus stehen. Da die Fenster mit einem dicken Schutzgitter versehen sind, ist es unmöglich hineinzusehen. Dennoch kann ich im Inneren des Gebäudes Licht erkennen. Entweder man hat in einem Büro vergessen, das Licht auszuschalten, oder es befindet sich tatsächlich jemand im Haus. Die Stahltür auf der Rückseite ist selbstverständlich verschlossen. Für das einfache Zylinderschloss verwende ich meine Dietriche. Siebzehn Sekunden benötige ich, um es zu öffnen. Nicht schlecht.

Vorsichtig spähe ich durch die Tür in einen dunklen Korridor. Sobald ich das Sichtgerät aufgesetzt und auf Nachtsichtmodus geschaltet habe, suche ich die obere Kante der Wände nach Überwachungskameras ab. Als ich keine entdecke, schlüpfe ich hinein und schließe die Tür hinter mir. Mit dem Rücken zur Wand schleiche ich zu einer Tür in der Mitte des Korridors und lausche. Alles still. Lautlos öffne ich die Tür und sehe in den Raum. Es ist ein ganz normales Büro mit einem Schreibtisch, Aktenschränken und mehreren Stühlen. Ich schleiche mich weiter den Gang entlang und gelange zu einer T-förmigen Verzweigung. Links ist eine Tür als »Sicherheitsbereich« gekennzeichnet. Die Schriftzeichen sind offenbar kurdisch. Mit dieser Sprache bin ich nicht allzu vertraut. Arabisch geht noch, aber Kurdisch kann ich vergessen. Da erkenne ich gerade einige wenige Worte. Wenn ich es mit einem Kurden zu tun bekomme, könnte es schwierig werden. Aber immerhin sprechen viele Kurden auch Arabisch.

Das Licht, das ich von außen gesehen habe, kommt von rechts. Langsam schiebe ich mich vorwärts und spähe um die Ecke in das hell erleuchtete Wachzimmer an der Vorderseite des Gebäudes. Es ist durch eine Glasscheibe vom Eingangsbereich getrennt. Auf meiner Seite der Glasscheibe lehnt ein Mann zusammengesunken in einem Stuhl mit den Füßen auf dem Tisch. Er schnarcht laut. Um besser sehen zu können, schalte ich den Nachtsichtmodus aus.

Die Polizeiuniform, die der Mann trägt, scheint ihm zwei Nummern zu klein zu sein. Irgendetwas stimmt hier nicht.

Geräuschlos betrete ich den Raum und stelle mich hinter den Mann. Er ist stämmig und hat einen Schnauzbart wie Saddam Hussein. Als ich ihm meine linke Hand leicht über den Mund lege und seine Nase zudrücke, wacht er erschrocken auf. Sobald sich der Mann vorlehnt, setze ich einen »Sleeper Hold« an, einen Griff, der die Halsschlagadern verschließt, bis er bewusstlos ist. Er fällt vornüber und gleitet vom Stuhl auf den Boden. Wenn ich Glück habe, ist er für etwa zehn Minuten ausgeschaltet.

Auf dem Schreibtisch finde ich nichts Interessantes, bis auf einen Ring mit Schlüsseln in einer der Laden. Ich nehme ihn an mich und eile in den Korridor zurück. Einer der Schlüssel passt auch tatsächlich zu der Tür mit der Aufschrift »Sicherheitsbereich«. Hinter der Tür liegt ein weiterer Korridor. Als ich niemanden höre, suche ich auch diesen Gang nach Überwachungskameras ab. Schon seltsam, dass nur ein Mann Dienst tut. Vermutlich geschehen in Arbil nachts nicht viele Verbrechen.

Bei der nächsten versperrten Tür versuche ich erneut mein Glück mit dem Schlüsselbund. Der dritte Versuch klappt. Während ich das Licht einschalte, hole ich scharf Atem. Offenbar ist dies ein Lagerraum, denn er ist voll mit Kisten. Aus einer der Kisten, die etwa einen Meter vor mir auf dem Boden steht, ragen die Läufe mehrerer Hakims heraus. Als ich mich bücke, um die Waffen zu untersuchen, stelle ich fest, dass sie sauber und einsatzbereit sind. Auch bei einer anderen Kiste hat man den Deckel geöffnet und nur lose wieder aufgelegt. Ich öffne ihn und entdecke mehrere Kalaschnikows. Eine weitere Kiste enthält sowjetische Makarov PMs, 9mm-Pistolen, die seit den 1950ern hergestellt werden. Auch sie sind in ausgezeichnetem Zustand. Die nächste Kiste ist voll mit Scharfschützengewehren vom Typ SVD Dragunov, die als Gasdrucklader ausgeführt sind.

Insgesamt stehen in dem Lagerraum sechzehn Kisten, von denen die meisten noch verschlossen sind. Das muss die beschlagnahmte Ladung sein, von der mir Lambert erzählt hat. Was wird die Polizei von Arbil mit diesen Waffen tun? Wird sie sie den Behörden übergeben, welche auch immer das sein mögen?

Meine Aufgabe ist es herauszufinden, woher diese Waffen stammen. Die erste Kiste ist nicht gekennzeichnet, doch auf der zweiten finde ich an der Seite einen Tintenstempel. Er ist auf Arabisch geschrieben – besser gesagt auf Persisch – und lautet

»Tabriz Container Company«. Tabriz? Das liegt doch im Iran! Auf der nächsten Kiste befindet sich derselbe Stempel. Insgesamt tragen neun der sechzehn Kisten den Stempel »Tabriz«.

Entweder die Waffen stammen tatsächlich aus dem Iran, oder der Lieferant verwendet lediglich Kisten, die im Iran hergestellt worden sind. In jedem Fall ist dies ein Hinweis.

An der gegenüberliegenden Seite des Raumes steht ein Stapel aus vier großen, flachen Behältern. Sie erinnern ein wenig an Gitarrenkoffer, nur sind sie wesentlich breiter. Schnell öffne ich die Schnallen und hebe den Deckel.

Stinger-Raketen. Vier Koffer voll Stinger-Raketen, je zwei Stück pro Koffer. Ich kann es nicht glauben. Diese Raketen wurden in den USA produziert. Wie zum Teufel sind sie hierher gelangt? Neben den Koffern finden sich noch zwei Schulter-Abschussvorrichtungen für die Stinger. Diese Babys sind erschreckend wirkungsvoll im Einsatz gegen tief fliegende Flugzeuge, wie etwa Hubschrauber, und ein einzelner Mann kann sie abschießen wie eine Panzerfaust.

Nachdem ich in meinem OPSAT eine Bestandsliste aufgestellt und einige Fotos gemacht habe, verlasse ich den Raum und schleiche weiter den Gang entlang zu einer großen Stahltür, deren Fenster mit Gitterstäben verschlossen ist. Ob das das Gefängnis ist? Mit Hilfe des Schlüsselbunds schließe ich die Tür auf. Als die rostigen Angeln beim Öffnen quietschen, zucke ich zusammen. Hoffentlich ist niemand drin. Ein schneller Blick hinein zeigt mir eine Reihe von sechs, mit Gitterstäben verschlossene Zellen. Der kleine Tisch links von mir ist unbemannt und leer bis auf einen Hammer. Bei näherem Hinsehen bemerke ich auf dem Hammerkopf eine Substanz, die wie getrocknetes Blut, Gewebefetzen und Haar aussieht. Als ich mich eben zum Gehen wenden will, fällt mein Blick in eine der Zellen. Was ich erst für einen Stapel Decken auf der Pritsche gehalten habe, könnte genauso gut eine liegende Gestalt sein. Rasch schalte ich das Licht ein und trete näher an die Zellentür heran. Es ist tatsächlich eine Gestalt, die vollständig in eine Decke eingehüllt ist. Ein Toter?

In der nächsten Zelle liegt ebenfalls eine Gestalt unter einer Decke, und in der dritten, vierten Zelle ist es dasselbe. Nur die fünfte und sechste Zelle sind leer. Nachdem ich mehrere Schlüssel von dem Ring probiert habe, finde ich den, der die erste Zelle öffnet. Was ich vermutet habe, bewahrheitet sich, sobald ich die Decke wegziehe. Auf der Pritsche liegt ein Mann mit einer Kugel im Kopf. Soweit ich erkennen kann, wurde er in den Hinterkopf geschossen. Die Kugel ist dann durch das Gesicht ausgetreten, sodass er unkenntlich ist. Als ich die Decke weiter zurückschlage, zeigt sich, dass der Mann nur Unterwäsche trägt.

Der Mann in der zweiten Zelle hat dieselbe Behandlung erfahren, nur dass man ihn offenbar noch gefoltert hat, ehe man ihn tötete. Auf seinem Oberkörper sind Verbrennungen zu sehen, die von einer Zigarette stammen könnten. Die Hand des dritten Mannes ist zertrümmert, als hätte man mehrmals mit einem Hammer auf sie eingeschlagen. Der Hammer! Der vierte Mann ist, wie der erste, einfach erschossen worden.

Nach dieser Inspektion versperre ich die Gefängnistür wieder, denn wer immer das getan hat, wird sicher wiederkehren. Mein Freund in der Wachstube wird bald zu Bewusstsein kommen, und er weiß vermutlich eine ganze Menge über das, was sich hier abgespielt hat. Vielleicht gehört er sogar zu den Mördern.

In der Wachstube stelle ich fest, dass der uniformierte Mann immer noch ohnmächtig ist. Er atmet jedoch ruhig, sodass ich davon ausgehe, dass ihn bloß ein kräftiger Brummschädel an mich erinnern wird. Auf meinem Weg durch den ersten Korridor zur Hintertür beschließe ich, auch das andere Büro zu durchsuchen, das ich vorhin entdeckt habe. Um kein Licht einschalten zu müssen, knipse ich mein Nachtsichtgerät an, sobald ich die Tür öffne und eintrete.

Alles weist darauf hin, dass dies das Büro des Polizeichefs ist. An den Wänden hängen mehrere Zitate und ein Foto, auf dem der Polizeichef einem Mann die Hand schüttelt, den ich für einen kurdischen Politiker halte. Bei näherer Betrachtung könnte ich schwören, dass einer der Toten im Gefängnis der Polizeichef ist. Allerdings kann ich es nicht mit Sicherheit behaupten, denn die Gesichter der Toten sind nur noch eine blutige Masse. Aber wenn ich darauf wetten müsste, würde ich sagen, dass der Mann auf dem Foto der aus der zweiten Zelle ist, jener, der vor seiner Exekution gefoltert worden ist.

Auf dem Tisch liegen mehrere Aktenmappen mit Fahndungsfotos. Als ich eine öffne, sehe ich zu meiner Überraschung den Zahnlosen. Damit nicht genug. Die obersten vier Fotos des Stapels zeigen die Männer, die versucht haben, in der Wüste außerhalb von Arbil meinen Wagen zu stehlen und mich zu ermorden. Auf der Rückseite der Fotos befinden sich Anmerkungen in kurdischer Sprache, denen ich nur die Worte »Terrorist«, »gesucht« und »Iran« entnehmen kann. Das Foto des Zahnlosen zeigt ein weiteres Wort, das ich erkenne: »Shadows« mit einem großen Fragezeichen daneben.

Jetzt ist mir alles klar. Die vier Banditen, die ich vor der Stadt getroffen habe, waren zuvor hier. Sie haben die vier echten Polizisten getötet, sie entkleidet, ihre Leichen in die Zellen gelegt, und selbst die Uniformen angezogen. Vermutlich wollten die Verbrecher meinen Wagen stehlen, um die Waffenkisten zu transportieren. Einer hat sogar gesagt, dass sie auf einen LKW warteten, »um ein paar Kisten zu transportieren«. Sind diese Kerle Kunden des Shops? Verkauft der Shop Waffen an die Shadows? Das würde mich nicht überraschen. Wenn die Shadows zurzeit die aktivste Terroristenorganisation sind, dann ergibt es Sinn, dass der Shop als weltweit größter illegaler Waffenhändler die Shadows gerne als Kunden hätte.

Draußen wird eine Tür zugeschlagen. Verdammt. Als im nächsten Augenblick ein Schlüssel an der Hintertür klirrt, drücke ich mich flach an die Wand. Ich kann nur hoffen, dass der oder die nächtlichen Besucher nicht hier hereinkommen.

Es sind zwei Stimmen. Ein Mann lacht und spricht dann hastig auf Arabisch. Ich schnappe die Worte »Polizei«, »sich darum kümmern« und »die Kisten transportieren« auf. Die Männer gehen am Büro vorüber zur Wachstube. Überrascht und bestürzt rufen sie durcheinander, sobald sie meinen Freund auf dem Fußboden entdecken. Dann höre ich ein Stöhnen, einen Schlag und wieder ein Stöhnen. Offenbar wacht der Uniformierte langsam wieder auf. Einer der Männer befiehlt dem anderen nach den Waffen zu sehen, und ich höre, wie er die Schlüssel verlangt. Wieder wird durcheinander geredet, dann klingt es, als würde man die Dinge auf dem Schreibtisch hin und her schieben, und erneut ein wütender Schrei. Die Schlüssel sind fort. Selbstverständlich, denn sie befinden sich in meiner Hosentasche.

Die Stimme des wütenden Mannes erscheint mir irgendwie vertraut. Vermutlich wird es gut sein, wenn ich ihn mir einmal ansehe. Dazu ziehe ich aus meinem Rucksack ein nützliches Instrument, das ich als »Eckperiskop« bezeichne. Mit dem runden Spiegel am Ende des Metallgriffs ähnelt es stark einem Zahnarztinstrument. Der Griff selbst ist biegsam, sodass ich ihn an jeden Raum anpassen kann. Ein wirklich nützliches Werkzeug, wenn man unbemerkt um eine Ecke spähen will.

Lautlos krieche ich aus dem Büro und schleiche mich, immer mit dem Rücken an der Wand, durch den Gang. Sobald ich die Ecke zur Wachstube erreiche, strecke ich den Spiegel vor und positioniere ihn so, dass ich um die Ecke sehen kann.

Der uniformierte Wächter sitzt auf dem Stuhl und reibt sich den Hinterkopf. Der wütende Mann hat mit dem Rücken zu mir auf dem Schreibtisch Platz genommen, während der zweite nächtliche Besucher mit besorgtem Blick hinter dem Stuhl steht. Er erscheint mir nicht bekannt. Auch die beiden Neuankömmlinge tragen Polizeiuniformen. Ich warte nur darauf, dass sich der wütende Mann umdreht, damit ich sein Gesicht sehen kann.

»Was wirst du Ahmed erzählen?«, fragt der zweite Mann. Von meinem jetzigen Standort aus kann ich das Gespräch gut mitverfolgen.

»Darüber werde ich später nachdenken«, antwortet der wütende Mann. »Die Frage ist, was Ahmed wohl Tarighian erzählen wird!« Damit fasst er den Wächter unter das Kinn. »Bist du dir ganz sicher, dass du nicht gesehen hast, wer dir das angetan hat?« Der Wächter schüttelt den Kopf. »Allah stehe mir bei. Tarighian wird das ganz und gar nicht gefallen. Wir müssen einfach eine Möglichkeit finden, die Tür aufzubrechen. Wenn unsere Sachen weg sind ...«

Tarighian? Wer zum Teufel ist Tarighian?

In dem Augenblick dreht sich der wütende Mann ein wenig zur Seite, und ich sehe sein Gesicht. Es ist mein alter Freund, der Zahnlose, der mir entkommen ist. Ich wusste, dass ich seine Stimme schon irgendwo gehört habe.

Wenn ich wollte, könnte ich die Männer selbstverständlich außer Gefecht setzen, aber das ist nicht mein Auftrag. So schleiche ich durch den Korridor zur Hintertür und werfe den Schlüsselbund in den Mülleimer neben der Tür. Zu leicht muss ich es ihnen auch nicht machen. Es ist anzunehmen, dass die zuständigen Behörden über die geeigneten Mittel verfügen, um die Türen falls nötig aufzubrechen.

Sobald ich aus der Tür geschlüpft bin, laufe ich auf die gegenüberliegende Seite des Parkplatzes, um mich in den Schatten an der Wand zu verbergen. In gebückter Haltung eile ich im Schutz der Dunkelheit die Straße entlang, zufrieden, dass ich nicht verfolgt werde. Beim Toyota angelangt, steige ich rasch ein und kauere mich tief in den Sitz, nur für den Fall, dass die Kerle doch herauskommen und sich umsehen.

Über meinen OPSAT schicke ich eine Nachricht an Lieutenant Colonel Petlow in Bagdad. Ich informiere ihn, dass die Polizisten von Arbil von Shadows-Terroristen bei dem Versuch ermordet worden sind, eine Ladung illegaler Waffen aus der Polizeiwache wegzuschaffen. Dieselbe Nachricht schicke ich als Blindkopie auch an Lambert in Washington. Dann warte ich.

Etwa fünfunddreißig Minuten später höre ich Sirenen. Diese schnelle Reaktion überrascht mich. Ich hatte gefürchtet, die Terroristen wären bereits mit ihrer Beute auf und davon, ehe die irakische oder amerikanische Armee eintrifft. Drei Polizeiautos fahren vor der Polizeiwache vor, gefolgt von einem amerikanischen Armeejeep mit vier Soldaten. Es wäre mir ein Vergnügen, ihnen zu helfen, aber ich muss unbemerkt bleiben. Deshalb lehne ich mich mit der Absicht zurück, das kommende Feuerwerk zu genießen.

Zu meinem Entsetzen tauchen plötzlich hinter dem Gebäude die Terroristen auf und schießen mit Kalaschnikows auf die Polizisten. Drei irakische Polizisten stürzen zu Boden, während die anderen blitzschnell in Deckung gehen. In dem Anführer der Terroristen erkenne ich wieder den Zahnlosen. Er wirft etwas mitten in die Fahrzeuge, das wenig später mit mächtigem Knall explodiert. Die Granate zerstört den amerikanischen Armeejeep und tötet oder verwundet mit ziemlicher Sicherheit alle vier amerikanischen Soldaten. Gerade als ich ernstlich überlege, mich an dem Kampf zu beteiligen, schießt von der Rückseite des Gebäudes ein Lieferwagen hervor. Die Terroristen springen hinein, und der Lieferwagen fährt mit quietschenden Reifen davon.

Warum habe ich nicht früher etwas unternommen?, frage ich mich fluchend. Aber was hätte ich tun können? Ohne Bevollmächtigung darf ich nicht in die Arbeit lokaler Strafverfolgungsbehörden eingreifen. Hätte ich durch meinen Einsatz wirklich etwas geändert? Wenn ich ehrlich bin, muss ich zugeben, dass ich es nicht weiß. Aber nächstes Mal werde ich wohl meinem Instinkt folgen und auf die Anweisungen pfeifen.

In einiger Entfernung hört man Sirenen, die sich rasch nähern. Wenige Sekunden später treffen weitere Polizeiwagen und eine Ambulanz am Tatort ein. Jetzt kann ich wirklich nichts mehr tun, als die Angelegenheit den Irakis zu überlassen.

Verärgert starte ich den Toyota und fahre davon.

11

Andrej Zdrok hatte schlechte Laune.

Sein Chauffeur, der ihn vor der Swiss-Russian International Mercantile Bank aussteigen ließ, hielt gerade lang genug an, um genaue Anweisungen zu erhalten, wann er seinen Arbeitgeber wieder abholen solle. Während der Mercedes davonbrauste, schritt Zdrok auf die schweren Glastüren zu. Kurz bevor er jedoch das Gebäude betrat, sah er auf seine Rolex. Noch fünfzehn Minuten bis zu dem Gesprächstermin. Ein Bagel mit Kaffee würde seine Stimmung bedeutend heben.

Mit diesem Gedanken machte er kehrt und ging zu der Bäckerei auf der anderen Straßenseite hinüber. Selbst Andrej Zdrok schloss sich der Meinung der Feinkostkritiker an, dass das Zabats die beste Bäckerei in Zürich war. Dass sie zudem mitten im Bankenviertel der Stadt lag, war ein zusätzlicher Vorteil für ihre Besitzer. Sie verkauften täglich hunderte Bagels, Muffins, Semmeln und Feingebäck an die Banker und Buchhalter, die in der Region arbeiteten. Zufällig lag auch gegenüber der Zweigstelle der Swiss-Russian Bank in Baku in Aserbaidschan eine Bagel-Bäckerei. Zdrok besuchte auch diese Bäckerei häufig, obwohl sie nicht so gut war wie die in Zürich.

Im Zabats bestellte Zdrok einen Zwiebelbagel mit Frischkäse und dazu einen Kaffee – selbstverständlich schwarz – und bezahlte mit einer Fünf-Franken-Note. Wie so oft, überließ er auch diesmal dem Verkäufer das Wechselgeld, was ihm in der Bäckerei den Beinamen »der Großzügige im Brioni-Anzug« eingebracht hatte.

Als er die Bank betrat, grüßte er den Sicherheitsmann direkt nach der Eingangstür mit einem Nicken. Ein Kunde stand bereits an einem Bankschalter und zwei weitere befanden sich im Tresorraum für private Banksafes. Wie viele andere Privatbanken in Zürich, die Nummernkonten anboten, machte auch die Swiss-Russian – wie Zdrok die Bank in Kurzform nannte – ausschließlich mit reichen internationalen Kunden Geschäfte. In einer Stadt, deren Lebensnerv Geld war, befand sich die Swiss-Russian auf dem besten Weg, zu einem der großen Mitspieler der internationalen Finanzwelt zu werden. Sie genoss den Vorteil, relativ klein und unbekannt zu sein, sodass ihr die Behörden wenig Aufmerksamkeit schenkten. Zdrok sorgte dafür, dass alle legalen Geschäfte der Bank einwandfrei und sauber liefen, sodass keinerlei Schwierigkeiten zu erwarten waren. Niemand sollte auf den Gedanken kommen nachzusehen, was sich bei der Swiss-Russian International Mercantile Bank tatsächlich hinter den Kulissen abspielte.

Während Zdrok die Tür aufschloss, die in den Bereich führte, der ausschließlich Mitarbeitern vorbehalten war, warf er nochmals einen Blick in die Kassenhalle zurück, um sicherzugehen, dass alles in Ordnung war. Dann betrat er den Konferenzsaal, in dem bereits seine drei Partner warteten. Auch sie hatten sich vor der Besprechung in der Bäckerei Bagels oder Muffins mit Kaffee geholt.

Der zweiundfünfzigjährige Anton Antipow, ein ehemaliger Oberst des KGB, war kurz nach dem Fall der Sowjetunion eine Partnerschaft mit Andrej Zdrok eingegangen. Er war groß, Achtung gebietend und stand in dem Ruf, ein Sadist zu sein. Zdrok selbst war nie Zeuge von Vorfällen gewesen, die diesen Ruf bestätigt hätten, aber er hatte genug Geschichten gehört. Antipow hatte in den 1980ern einen der Gulags außerhalb von Moskau geleitet und besaß Verbindungen sowohl zur Unterwelt als auch zu den Schwarzmärkten Russlands und Osteuropas. Als Zdroks rechte Hand musste Anton Antipow nur seinen Namen in Erinnerung bringen, um in gewissen Kreisen Respekt – oder Angst – hervorzurufen.

Oskar Herzog war dreiundfünfzig Jahre alt und stammte aus der ehemaligen DDR. Zum Zeitpunkt der Wiedervereinigung gehörte Herzog zu den gefürchtetsten Staatsanwälten von Ostberlin. Er forderte für hunderte angebliche politische Verbrecher lebenslange Haftstrafen und Todesurteile. Hinter seinem Rücken bezeichneten ihn seine Kollegen als »das Beil«, bis ihm dieser Spitzname eines Tages zu Ohren kam. Anstatt wütend zu reagieren, nahm er den Beinamen gerne an und ermunterte auch andere, ihn zu verbreiten. Ihm erschien er nützlich, um bei seinen Feinden Angst und Schrecken zu verbreiten.

Der fünfundfünfzigjährige General Stefan Prokofieff behauptete, mit dem berühmten russischen Komponisten verwandt zu sein, dessen Namen er trug. Als hochrangiger Offizier verbrachte Prokofieff den Großteil seiner Zeit in Moskau. Er reiste nur nach Zürich, wenn Zdrok eine Besprechung einberief, was nicht oft vorkam. In der Zeit der sowjetischen Herrschaft über Russland zählte Prokofieff zu den höchsten Militärberatern des Landes in Fragen der Waffenentwicklung. 1990 wurde er zum General befördert und fungierte ab diesem Zeitpunkt als Verbindungsmann zwischen der Armee und jenen Physikern, die das moderne Waffenarsenal Russlands entwickelten. Prokofieff galt als kommunistischer Hardliner, auch wenn er keine Skrupel hatte, jährlich umgerechnet etwa 40 Millionen US-Dollar in Zdroks Organisation zu verdienen.

Andrej Zdrok war der unangefochtene Anführer des Quartetts. Mit seinen siebenundfünfzig Jahren sah er aus wie ein ehemaliges Matinee-Idol im eleganten Ruhestand. Zudem kleidete er sich wie der reichste Mann der Welt und hatte einen Intelligenzquotienten von 174. Er stammte aus einer georgischen Familie, die mehrere Banken für die Sowjetunion leitete. Mit Mitte zwanzig übernahm er die Geschäfte und lernte rasch, Geld für persönlichen Gebrauch zu erwirtschaften und gleichzeitig den Grundsätzen der kommunistischen Partei zu dienen. Als die Sowjetunion zerfiel, zählte Andrej Zdrok zu den zehn reichsten Männern Russlands. Er immigrierte in die Schweiz, errichtete die Swiss-Russian, brachte die drei Männer im Raum als Partner ein und verdoppelte weiterhin von Jahr zu Jahr sein Vermögen. Zdrok wurde von einer unstillbaren Geldgier getrieben und fand immer wieder Mittel und Wege, um noch mehr Geld zu machen – ohne sich darum zu kümmern, wie viele Menschen seine Geschäfte das Leben kosten könnten.

Diese vier Männer waren die treibende Kraft und der Kopf des Shops.

In Zürich begannen geschäftliche Besprechungen immer pünktlich. Da Zdrok noch zwei Minuten blieben, setzte er sich an den Tisch, nahm den Bagel aus dem Papiersack und legte ihn vor sich. Die anderen Männer sahen wortlos zu. Sie hatten ihr Frühstück schon beendet.

Zdrok nahm einen Bissen, genoss die verschiedenen Geschmacksnoten, die seine Geschmacksknospen bombardierten, und spülte ihn anschließend mit einem Schluck heißen Kaffee hinunter.

Um Punkt zehn Uhr sagte er: »Guten Morgen.«

Auch die anderen murmelten einen Gruß.

»Meine Herren, unser erster Tagesordnungspunkt ist die Ladung, die im Irak verloren gegangen ist«, erklärte Zdrok. »Was zum Teufel ist passiert?«, fragte er mit hochgezogenen Brauen, den Blick auf Antipow gerichtet.

Antipow räusperte sich, ehe er antwortete: »Die irakische Polizei hat den Transport gestoppt und alles konfisziert. Die Stinger-Raketen und alle anderen Waffen. Ein großes Glück für sie, ein großes Pech für uns.«

»Wo ist das geschehen?«

»In Arbil. Der Transport war auf dem Weg nach Mosul, wo unser Kunde die Ware wie üblich verteilt hätte.«

»Haben wir etwas von unserem Kunden gehört?«, erkundigte sich Zdrok.

»Ja, er ist sehr wütend«, informierte Herzog. »Er verlangt, dass wir ihm das Geld zurückgeben.«

Zdrok rollte mit den Augen. »Ist er verrückt? Er kennt die Bedingungen. Die Ladung steht bis zu einem bestimmten Punkt unter unserem Schutz, aber sobald sie sich auf dem Territorium des Kunden befindet – und in *seinen* Händen – ist er dafür verantwortlich.«

»Das habe ich ihm auch gesagt«, bekräftigte Herzog. »Aber er ist nicht allzu glücklich.«

»Was beabsichtigen Sie in dieser Sache zu tun?«, fragte Zdrok, den Blick auf General Prokofieff gerichtet.

Prokofieff zuckte die Achseln. »Wir haben schon angeboten, die Ladung zu ersetzen. Die Waffen können in wenigen Tagen bereit sein. Weil seine Organisation ein guter Kunde ist, habe ich ihm gestattet, bei Empfang der Ware zu zahlen. Selbstverständlich wird er zwei Mal zahlen müssen, aber zumindest bekommt er die Ware.«

»Hat er das Angebot angenommen?«

»Ja.«

Zdrok sah zu Herzog hinüber. »Kümmere dich darum, dass das Geld auch eintrifft, sobald die Ladung in seinen Händen ist.«

Herzog nickte und notierte etwas auf dem Block vor sich. »Der Kunde hat gesagt, dass er versuchen wird, die Lieferung zurückzubekommen. Seine Leute wissen, wo die Polizei die Ware lagert.«

»Das ist ihre Angelegenheit«, sagte Zdrok. »Es steht ihnen frei, es zu versuchen, wenn sie wollen. Nächster Programmpunkt. Operation Säuberung.«

Wieder räusperte sich Antipow, ehe er sprach. »Wie du weißt, haben sich die Informationen über diesen Rick Benton als zuverlässig erwiesen. Auch die übrigen Daten könnten nützlich sein, um andere amerikanische Agenten zu enttarnen. Wir haben mehrere Namen. Jetzt müssen wir nur noch die Namen den richtigen Personen zuordnen. Das sollte nicht allzu lang dauern. Während wir hier sprechen, wird bereits daran gearbeitet.«

Zdrok nickte zustimmend. »Das sind gute Neuigkeiten. Die Amerikaner sind unserer Organisation viel zu nahe gekommen. Wir müssen ihre Agenten weiterhin aussieben und eliminieren. Der eine, der uns in Macao getroffen hat, hat unseren Geschäften im Fernen Osten großen Schaden zugefügt. Es wird Monate, wenn nicht Jahre dauern, um unser Geschäft in dieser Region wieder aufzubauen. Ich will vor allem diesen einen Mann.«

»Vlad und Yuri kümmern sich bereits darum«, sagte Antipow. »Wir werden ihn und die anderen zu fassen bekommen, aber ich darf daran erinnern, dass es nicht einfach ist. Man nennt diese Agenten nicht umsonst ›Splinter Cell‹, denn sie arbeiten wie eine Splitterzelle, allein und im Verborgenen. Selbst ihre eigene Regierung behauptet, dass sie gar nicht existieren. Bisher haben wir zwei von ihnen außer Gefecht gesetzt. Derzeit stehen wir kurz davor, die Identität eines weiteren Agenten in Israel aufzudecken und sind einem in Amerika auf den Fersen.«

Zdrok ließ die Knöchel seiner Finger knacken und nickte. »Vlad und Yuri werden doch wohl vorsichtig sein? Keine Spuren hinterlassen?«

»Gewiss nicht. Sie sind absolute Profis, die zuverlässigsten Henker des KGB«, antwortete Antipow.

»Was haben sie in Belgien erfahren?«

»Sie haben nicht nur Benton ausgeschaltet sondern auch einen belgischen Geheimdienstoffizier, mit dem Benton zusammengearbeitet hat. Diese Männer haben einfach viel zu viel über die Lieferungen an unseren wichtigsten Kunden gewusst. Wir hoffen, dass die Akte, die wir aus Bentons Hotelzimmer mitgenommen haben, die einzige Kopie dieser Aufzeichnungen war. Vorsichtshalber habe ich angeordnet, das gesamte Material zu vernichten. Das sollte unsere Feinde ein wenig aufhalten.

Der Großteil unserer neuen Informationen über den Third Echelon stammt aus Bentons Computer, den wir ebenfalls zerstört haben.«

Zdrok hob leicht die Hand. »Gut. Du kümmerst dich auch weiterhin um diese Sache. Tu, was dir richtig erscheint. Aber Ende der Woche will ich Resultate sehen. Es könnte recht unangenehm werden, wenn sie herausfinden, wer wir sind und wo wir sind. Je früher wir diese amerikanischen Bluthunde los sind, desto besser für uns.«

Damit biss Zdrok erneut in seinen Bagel und die Besprechung war offiziell beendet.

12

Der Sex war so gut wie in Illinois. Während sie ineinander verschlungen auf dem schmalen Doppelbett in Elis Einzimmerapartment lagen, war Sarah mehr denn je überzeugt, dass er »der Richtige« war.

Sie wusste auch, dass sie aufstehen und Rivka anrufen sollte. Immerhin hätte sie spätestens um zehn Uhr zu Hause sein sollen. Und jetzt war es beinahe Mittag. Sie waren eingeschlafen, nur um immer wieder aufzuwachen und einander zu lieben. Wie oft hatten sie miteinander geschlafen, seit sie gestern Abend Elis Apartment betreten hatten? Vier Mal? Fünf Mal? Sarah lächelte in sich hinein und seufzte.

»Alles in Ordnung?«, fragte Eli.

»Ganz sicher«, sagte sie, während sie sich enger an ihn schmiegte.

»Du hast geseufzt.«

»Vor Zufriedenheit.«

»Oh, ich verstehe.« Er küsste sie. »Es freut mich, dass du zufrieden bist.«

»Wie steht es mit dir? Bist du auch zufrieden?«

»Das kannst du mir glauben.«

Gähnend drückte sie seinen schlanken Körper. »Ich könnte für immer und ewig hier bleiben.«

»Ich auch«, stimmte er zu. »Aber allmählich werde ich hungrig. Du auch?«

»Wer braucht schon etwas zu essen, wenn er Sex haben kann«, sagte sie, während sie die Hand auf sein Geschlecht legte.

»Hey, du bist ja richtig süchtig!«, erwiderte er lachend, ohne ihre Hand wegzuschieben.

»Wenn es um dich geht, ja!«

»In Ordnung. Dann ist es jetzt Zeit, auf Entzug zu gehen«, erklärte er, während er sich aufsetzte. »Denn ich habe wirklich Hunger. Das ist kein Scherz.«

Sarah liebte seinen israelischen Akzent. Ein ausländischer Akzent turnte sie einfach an. »Soll ich Frühstück für dich machen?«, fragte sie.

»Nein, nein. *Ich* werde Frühstück für *dich* machen. Oder besser gesagt Mittagessen. Himmel, sieh nur wie spät es ist.«

»Rivka wird ziemlich wütend auf mich sein. Und ich will mir gar nicht vorstellen, was ihre Eltern denken werden.«

Eli winkte ab. »Mach dir keine Sorgen. Rivka hat die Nacht mit Noel verbracht. Ich wette, die beiden haben auch verschlafen.«

»Aber mein Verhalten ist trotzdem ein Skandal, findest du nicht?«

»Du bist doch ein großes Mädchen, schon erwachsen, oder?«

»Ich bin zwanzig. Damit darf ich in den USA noch nicht einmal Alkohol trinken.«

»Aber rechtlich betrachtet bist du schon erwachsen. Das ist das Einzige, das zählt.« Damit schlüpfte Eli aus dem Bett und spazierte durch den Raum zum Badezimmer. Sarah genoss den Anblick seiner Kehrseite.

»Hat man dir schon einmal gesagt, dass du einen knackigen Hintern hast?«, rief sie ihm nach, während er die Tür schloss. Als er nicht antwortete, seufzte Sarah erneut und schwang dann die Beine unter der Decke hervor, um sich aufzusetzen. Nackt ging sie zur Küchenzeile hinüber und suchte im Vorratsschrank nach etwas Essbarem. Ein echtes JunggesellenApartment, dachte sie. Nichts als Junk-Food und stark gezuckertes Müsli.

»Eli, hast du auch Kaffee?«, rief sie. Aber da rauschte auch schon die Dusche, und er konnte sie nicht mehr hören.

In einem weiteren Schrank entdeckte sie Pulverkaffee. »Igitt«, stieß sie hervor. Achselzuckend nahm sie schließlich den Kaffee und fand sogar einen Topf, um Wasser zu kochen. Als sie den Wasserhahn aufdrehte, strömte bräunliches Wasser heraus. Mit einer Grimasse drehte sie den Wasserhahn wieder zu und stellte den Kaffee in den Schrank zurück. Ein Blick rundum zeigte ihr, dass Elis Apartment ein echtes Rattenloch war. Gestern Abend in der Dunkelheit war ihr das gar nicht aufgefallen. Allerdings erinnerte sie sich, dass das Viertel, in dem er lebte, sehr ärmlich gewirkt hatte, fast wie ein Ghetto. Auch roch es schimmlig in dem Raum. Vermutlich hatte sie den Geruch nicht bemerkt, weil sie von dem Wein leicht betrunken gewesen war. Als sie sich das Apartment nun genauer ansah, ekelte es sie ein wenig.

»Hey, Eli, kann ich auch duschen?«, rief sie.

»Sicher, komm rein!«

Lächelnd öffnete sie die Badezimmertür. Der kleine Raum war erfüllt von heißem Wasserdampf. Zumindest hat er warmes Wasser, dachte sie.

Nach dem Grundsatz, immer das Wichtigste zuerst, klappte sie den Toilettensitz herunter, setzte sich und pinkelte. Ohne nachzudenken, drückte sie die Spülung, was Eli aufschreien ließ.

»Tut mir Leid«, sagte sie, während sie die Tür der Duschkabine öffnete und zu ihm in die Dusche stieg.

Abwechselnd seiften sie einander ein, hielten immer wieder inne und küssten sich. Als seine Erregung wieder wuchs, umfasste sie ihn mit ihrer glitschigen Hand.

»Bitte nein!«, rief er aus. »Ich kann nicht mehr!«

»Dein Schwanz ist anderer Meinung«, gab sie kichernd zurück.

»Mein Schwanz stimmt nie mit mir überein«, erwiderte er und schloss dabei die Augen.

»Ist das nicht typisch für euch Männer?«, flüsterte sie, während sie weiter mit ihm spielte.

Als sie später aus der Dusche stiegen, trockneten sie sich mit demselben Handtuch ab. »Besitzt du kein zweites Handtuch?«, fragte Sarah.

»Tut mir Leid. Ich bin ein armer Hungerleider.«

Das veranlasste sie, ihm eine Frage zu stellen, über die sie schon längere Zeit nachdachte. »Eli, hast du eigentlich einen Job?«

»Einen Job? Natürlich habe ich einen Job.« Mit einem Blick in den Spiegel griff er zu einem Rasierer und begann, sich ohne Rasierschaum zu rasieren.

»Was ist das für ein Job?«

»Ich arbeite für einen Lieferservice. Diese Woche habe ich frei genommen, damit ich mit dir zusammen sein kann.«

»Welche Art von Lieferservice?«

»Ach weißt du, ich liefere Pakete und anderes Zeug.«

Bei dem Gedanken an seinen Wagen erschauerte sie. Er fuhr ein Relikt aus den frühen Neunzigerjahren. Als sie zum ersten Mal auf dem Beifahrersitz Platz genommen hatte, glaubte sie, in einem Zeichentrickauto zu sitzen, das mit knatterndem *Puttputtputtpop* über die Straßen kroch.

»Machst du denn gar nichts mit deiner Musik?«

»Nein, damit ist es schwierig, einen Job zu bekommen.«

Wenn sie darüber nachdachte, hatte sie nie gehört, dass er ein Instrument spielte. Auch in seinem Apartment gab es keinen Hinweis darauf, dass er sich für Musik interessierte. Keine Noten, keine CDs mit klassischer Musik, keine Beethoven-Büste, rein gar nichts.

Er warf ihr über den Spiegel einen flüchtigen Blick zu. »Was ist los?«

»Nichts«, sagte sie. »Wann wirst du von der Juilliard School Bescheid bekommen?«

»Diese Dinge brauchen Zeit«, meinte er mit einem Achselzucken. Im nächsten Augenblick schnitt er sich mit dem Rasierer. »Sieh nur, was du mir angetan hast.«

»Was denn?«

»Das kommt von all den schwierigen Fragen, die du mir stellst.«

»Du solltest Rasierschaum verwenden.«

»Ich habe es immer so gemacht. Geh jetzt, du machst mich nervös!« Damit drängte er sie aus dem Badezimmer und schloss hinter ihr die Tür.

Mit einem weiteren Seufzer ging Sarah zu ihrer Kleidung, die sie auf einen Stuhl abgelegt hatte, und zog sich an.

Schließlich goss Eli selbst den Pulverkaffee auf. In Ermangelung eines echten Frühstücks setzten sie sich mit dem Kaffee an den Tisch. Als Sarah ihre Freundin Rivka über ihr Mobiltelefon anrief, war diese schon ein wenig verärgert darüber, dass sie sich nicht früher gemeldet hatte. Auch Rivkas Eltern waren nicht besonders erfreut. Sarah entschuldigte sich und versprach, in einer Stunde dort zu sein.

»Warum bleibst du die letzten Tage deines Aufenthalts nicht hier?«, fragte Eli.

»Oh, das halte ich für keine gute Idee«, antwortete Sarah.

»Warum nicht? Magst du mich nicht?«, fragte er augenzwinkernd.

»Natürlich mag ich dich!«, antwortete sie, während sie ihn in die Seite stieß. »Aber du weißt doch, dass ich bei Rivkas Eltern wohne. Wie würde das denn aussehen?«

»Es würde so aussehen, als wären wir zusammen«, gab Eli achselzuckend zur Antwort.

Sarah schüttelte den Kopf, ergriff jedoch seine Hand. »Ich würde mich dabei nicht wohl fühlen. Tut mir Leid.«

»Ist schon in Ordnung. Dein Vater würde vermutlich auch nicht zustimmen.«

Diese Bemerkung erschien ihr seltsam. »Ich glaube nicht, dass mein Vater davon erfahren würde. So genau überwacht er mich auch wieder nicht. Immerhin leben wir in verschiedenen Städten, wenn du dich erinnerst.«

»Ja, richtig. Dein Vater ist ja ein CIA-Spion.«

»Ist er nicht.«

»Wie heißt er noch einmal?«

»Sam Fisher.«

»Richtig. Sam Fisher. Sam Fisher – Agent der Regierung.«

Wieder stieß sie ihn in die Seite. »Hör auf. Das ist er nicht.«

Eli blieb jedoch hartnäckig, summte die Titelmelodie eines James-Bond-Films und spreizte seine Finger wie eine Pistole.

»Schluss jetzt«, sagte Sarah lachend.

»Okay. Aber ich glaube immer noch, dass er Regierungsagent ist und kein Handelsvertreter.«

»Warum sagst du das? Und was kümmert es dich überhaupt?«

»Ich weiß nicht. Vermutlich will ich nur wissen, was mein zukünftiger Schwiegervater ist.«

Sarah blinzelte. »Dein was?«

»Du hast mich schon richtig verstanden.«

»Eli!«

»Ich weiß, dass es zu früh ist, um darüber zu reden«, sagte Eli, während er ihre Hand ergriff. »Aber wenn du dich entschließt, mit mir in New York zu leben, könnte das schon passieren. Ich mag dich, Sarah. Wirklich.«

Sarah senkte den Blick zu Boden. »Ich weiß. Und ich mag dich auch.«

»Erzähl mir von deiner Mutter. Wie hieß sie?«

»Regan.«

»Hat sie auch für die Regierung gearbeitet?«

»Ja, das habe ich dir doch gesagt. Sie war bei der NSA.«

»Der National Security Advisory?«

»Agency.«

»National Security Agency – oder wie auch immer.«

»Sie war in Georgien stationiert. Du weißt schon, dieser Republik der ehemaligen Sowjetunion.«

»Mhm.«

»Dort hat sie meinen Vater kennen gelernt. Damals war er tatsächlich bei der CIA.«

»Einmal Spion, immer Spion, wie ich immer sage.« Sarah warf ihm einen verärgerten Blick zu. »Tut mir Leid. Sprich weiter.«

»Auf jeden Fall hatten sie eine heiße Liebesaffäre und haben schließlich in Deutschland geheiratet. Dort wurde ich auch geboren, auf einer Militärbasis.«

»Ein Armeebalg!«

Sarah nickte. »Ja, vermutlich.«

»Aber sie sind nicht zusammengeblieben?«

»Nein. Es dauerte nur drei Jahre. Ich habe nur noch wenige Erinnerungen an die Zeit, als mein Vater bei uns lebte. Ich war erst drei, als er ging. Meine Mutter sagte immer, dass die Trennung auf beidseitigen Wunsch geschah – in Wirklichkeit wollte sie, dass er geht. Allerdings werde ich den Gedanken nicht los, dass er mich verlassen hat. Vermutlich denkt jedes Kind so, dessen Vater einfach gegangen ist.«

»Was ist dann passiert?«

»Meine Mutter kehrte mit mir in die USA zurück. Sie arbeitete auch weiterhin in Washington und zog mich allein groß. Meinen Vater lernte ich erst als Teenager wirklich kennen. Ich habe ihn hin und wieder gesehen. Für mich war er ein Fremder, der uns besuchte und behauptete, mein Vater zu sein. Häufig brachte er mir auch ein Geschenk oder sonst etwas mit, aber alles wirkte sehr kühl. Dann habe ich ihn eine ganze Weile überhaupt nicht mehr gesehen. Mehrere Jahre lang. Ich glaube, das war zwischen neun und fünfzehn.«

»Wo war er da?«

»Keine Ahnung. Meine Mutter hat nie darüber gesprochen. Vielleicht hat sie ihm gesagt, dass er wegbleiben soll, ich weiß es wirklich nicht. Auf jeden Fall tauchte er wieder auf, nachdem man bei meiner Mutter Eierstockkrebs festgestellt hatte. Er besuchte sie im Krankenhaus und versuchte sogar etwas wie eine Versöhnung herbeizuführen. Aber daraus wurde nichts. Nach ihrem Tod wurde er mein Vormund.«

»Und ab dann hast du bei ihm gelebt?«

»Ja. Eine seltsame Zeit. Ich war in der Highschool, und plötzlich lebte ich bei einem Mann, der angeblich mein Vater war. Anfangs war es sehr schwierig, aber ich glaube, es hat sich ganz gut entwickelt. Wir sind sogar Freunde geworden, vor allem nach meinem Highschool-Abschluss, als ich aufs College ging.« Sarah zuckte lächelnd die Achseln. »Heute halte ich ihn für einen großartigen Kerl.«

»Obwohl er so *mysteriös* ist?« Eli betonte das Wort durch rätselhaftes Flüstern.

»Ach, hör auf.«

»Soll ich schnell hinunterlaufen und uns ein paar Sandwiches holen? Was sagst du?«

»In Ordnung.«

»Bleib hier, ich bin in ein paar Minuten zurück. Ich wette, du willst Fleisch.«

»Was auch immer. Ist nicht so wichtig«, sagte sie lachend.

»Kommt sofort.«

Nachdem Eli das Apartment verlassen hatte, blieb Sarah kopfschüttelnd zurück. Erstaunt fragte sie sich, wie sie an so einen interessanten Mann geraten war.

Auf der Straße vor dem Lebensmittelladen zog Eli sein Mobiltelefon heraus und rief rasch jemanden an. »Ich habe alles über Sam Fisher nachgeprüft«, sagte er. »In den 1990ern war er bei der CIA. Dann heiratete er eine Frau namens Regan, mit der er eine Tochter bekam und die später an Krebs starb. Jetzt lebt er in Baltimore, im Staat Maryland, und arbeitet angeblich als

Handelsvertreter.« Einige Sekunden lang hörte Eli der Stimme am anderen Ende zu, ehe er weitersprach: »Richtig. Eindeutig. Es ist genau, wie Sie angenommen haben. Er ist es – ohne jeden Zweifel.«

13

Den Iran werde ich wohl illegal betreten müssen. Die Einreise in den Irak war wegen der Anwesenheit amerikanischer Truppen kein Problem. Für den Iran galten jedoch andere Regeln. Selbstverständlich könnte ein gewöhnlicher Tourist oder offizieller Regierungsvertreter ein Visum beantragen und damit legal in das Land einreisen. Im Gegensatz zu der in den USA herrschenden Meinung, dass der Iran ein feindseliges und gefährliches Land sei, ist er in Wirklichkeit ein relativ freundlicher Ort, an dem man herzliche Aufnahme findet. Ich hatte den Iran schon mehrmals besucht, vor allem Teheran, und war immer auf hilfsbereite, gastfreundliche Menschen gestoßen. Seit dem Höhepunkt der islamischen Revolution hatten sich die Dinge im Land deutlich entspannt. Es gab tatsächlich eine Zeit, in der das *Komitee* – die Religionspartei – mit der Gestapo verglichen werden konnte. Das hat sich aber geändert. Heute ist die Religionspolizei auf den Straßen kaum noch zu sehen. Allerdings muss man immer noch vorsichtig sein. Man muss die Gesetze befolgen, was insbesondere für religiöse Gesetze gilt, sich von Menschenansammlungen und Demonstrationen fern halten und jedes Gespräch über Politik meiden.

Da ich jedoch im Auftrag des Third Echelon handle, würde ich nur schwerlich ein Visum bekommen, um auf normalem Weg in das Land einzureisen. Meine Interpol-Tarnung würde mir im Iran auch wenig nützen, und auch die Tatsache, dass ich für die NSA arbeitete, würde die Einwanderungsbehörde wohl kaum beeindrucken. Was für den Irak gegolten hat, gilt im Iran in verstärktem Maß: Ich muss unsichtbar bleiben.

Leider bin ich dadurch gezwungen, den Toyota Land Cruiser im Irak zurückzulassen und zu Fuß die Grenze zu überschreiten. Sobald ich im Land bin, muss ich ein geeignetes Transportmittel finden, das mich nach Tabriz bringt. Ein Fußmarsch ist ausgeschlossen.

Kurz vor Tagesanbruch fahre ich durch Rawanduz und dann in östlicher Richtung, bis ich etwa eineinhalb Kilometer von der Grenzstation entfernt bin. Dort biege ich in den ersten Feldweg ein, den ich sehe, und halte an. Sobald ich nochmals nachgeprüft habe, dass ich auch wirklich meine gesamte Ausrüstung bei mir habe, lasse ich den Wagen samt Schlüssel zurück. Irgendein Glückspilz wird gratis zu einem Geländewagen kommen! Ich meide die Landstraße und marschiere durch das zerklüftete Gelände bis ich in einiger Entfernung die Grenzstation erkennen kann. Von dem Hügel aus habe ich auch einen guten Blick auf die Landstraße. Auf irakischer Seite halten drei bewaffnete Wächter die Fahrzeuge aus beiden Richtungen an. Auf der anderen Seite der Grenze liegt der Kontrollposten der Iraner. Noch ist die Sonne nicht aufgegangen, aber mir bleibt nur etwa eine Stunde, bevor mir das Tageslicht jede Chance nimmt, die Grenze unbemerkt zu passieren.

Nachdem ich die Straßenkleidung abgelegt und im Rucksack verstaut habe, unter der mein Spezialanzug zum Vorschein kommt, steige ich den Hügel hinunter. Mit weiten Sprüngen haste ich von einem großen Busch, Baum oder Felsbrocken zum nächsten, und halte nach jedem Stellungswechsel inne, um sicherzugehen, dass man mich nicht entdeckt hat. Allerdings ist die Wahrscheinlichkeit gering. Mein Anzug ist dunkel und der Hügel nicht beleuchtet. Außerdem konzentrieren die Grenzwachen ihre Aufmerksamkeit auf die einreisenden und ausreisenden Fahrzeuge.

Fünfzehn Minuten später bin ich am Fuß des Hügels angelangt und verberge mich in einem Graben, aus dem nur mein Kopf hervorsteht, damit ich den Grenzposten beobachten kann. Die Wachen erwarten nicht, dass jemand zu Fuß versucht, die Grenze zu passieren. Wenn ich immer in Deckung bleibe und ein wenig nach Osten ausweiche, müsste es mir gelingen. Ich warte, bis sich ein Fahrzeug dem Grenzposten nähert und einer der Wächter mit dem Fahrer spricht.

Im Krabbengang durchquere ich auf allen vieren den Graben. Als ich mich eben direkt vor dem Grenzposten befinde, tritt einer der Wächter aus dem Gebäude, um eine Zigarette zu rauchen. Gemächlich schlendert er an der mir zugewendeten Seite des Gebäudes entlang und betrachtet den Nachthimmel. Weil ich nicht riskieren kann, dass er mich sieht, verharre ich unbeweglich.

Verdammt, jetzt spaziert er auch noch auf den Graben zu und zieht gedankenverloren an seiner Zigarette. Vermutlich denkt er darüber nach, was er heute zum Frühstück bekommt, sobald seine Schicht vorüber ist. Mittlerweile ist er mir schon so nahe, dass er mich vermutlich sieht, wenn ich mich bewege.

Dann ruft ihn einer seiner Kollegen. Der Wächter folgt dem Ruf, zieht ein letztes Mal an der Zigarette und schleudert dann die Kippe in meine Richtung. Noch immer glühend landet sie kaum dreißig Zentimeter vor meinem Gesicht. Glücklicherweise sieht der Wächter nicht nach, wohin seine Kippe gefallen ist, sondern kehrt zielstrebig zur Grenzstation zurück.

Diese Gelegenheit nütze ich, um die Kippe in der Erde auszudämpfen.

Wieder schiebe ich mich im Krabbengang weiter nach Osten. Jetzt muss ich schon auf zwei Grenzposten aufpassen. Zu dieser frühen Morgenstunde gibt es nur wenig Verkehr. Bisher hatte ich das großes Glück, dass wenigstens zwei Wagen meine Grenzüberquerung getarnt haben. Aber jetzt tut sich gar nichts. Auf der Straße herrscht Totenstille. Während sich die irakischen

Grenzwachen in ihren Wachtposten zurückziehen, steht ein einsamer iranischer Wächter vor seiner Hütte und blickt nach Westen, als würde sich eine ganze Schlange von Autos nähern, die er kontrollieren muss. Was soll das?

Schließlich ruft der Mann etwas zum irakischen Wachtposten hinüber, wartet dann ein paar Sekunden und ruft wieder. Es klingt wie ein Name. Einen Augenblick später taucht der Zigarette rauchende Iraker in der Tür auf, den ich schon zuvor gesehen habe. Er ruft etwas zurück, das ich nicht verstehe, weil es auf Farsi ist und ich diese Sprache nicht spreche. Mir fällt es wesentlich leichter, Farsi zu lesen, als zu sprechen, weil die geschriebenen Zeichen den arabischen sehr ähnlich sind. Dann nickt der Iraker, und die beiden Männer gehen aufeinander zu. Verdammt, was ist hier los? Sie treffen sich genau in der Mitte zwischen ihren Wachtposten. In dem Moment erkenne ich, dass ich nichts zu befürchten habe, denn der Iraker zieht lediglich ein Päckchen Zigaretten heraus und bietet dem Iraner eine an. Offenbar erzählen sie einander noch einen Scherz, denn beide lachen, und nach weiteren fünf Minuten schlendert jeder wieder zu seinem Wachtposten zurück.

Der Weg ist frei, und ich krieche buchstäblich auf allen vieren in den Iran hinein.

Im Schutz der Dunkelheit marschiere ich weiter, wobei ich mich immer noch von der Landstraße fern halte. Allmählich färbt sich der Himmel tieforange und rot. In wenigen Minuten wird die Sonne aufgehen. Jetzt gilt es, einen Ort zu finden, an dem ich mich während des Tages verstecken kann, und ich glaube, etwa eineinhalb Kilometer vor mir eine geeignete Stelle zu sehen, denn dort führt die Landstraße über eine Brücke.

Zehn Minuten später, genau in dem Augenblick, in dem die Sonne über den Hügeln vor mir hoch steigt, erreiche ich die Brücke. Sie quert an dieser Stelle eine etwa siebzig Meter tiefe Schlucht. Die Landschaft hier ist sehr hügelig und wird nach und nach in die vulkanischen Gebirgsketten der Berge Sabalan und Talesh übergehen.

Brücken gehören zu meinen häufigsten Hotels. Die Unterkunft entspricht nicht immer einem vier bis fünf Sterne-Standard, aber sie bietet mir üblicherweise genau das, was ich am meisten benötige – Privatsphäre.

Zunächst steige ich den Hügel hinunter bis zur Landstraße, um dann Schritt für Schritt den steilen Hang neben der Brücke abwärts zu klettern. Sobald ich den Stahlträger erreichen kann, steige ich an ihm hoch und schwinge mich in das Innere der Brücke. Von hier aus ist es einfach, an die Unterseite der Straße zu gelangen, an der sich ein Sims über die gesamte Länge der Brücke entlangzieht. Der Sims ist etwas mehr als einen Meter breit, bietet ausreichende Kopffreiheit und eignet sich dadurch hervorragend als Schlafplatz. Allerdings sollte ich es vermeiden, mich im Schlaf umzudrehen, denn dann würde ich vom Sims hinunterstürzen. Aber das ist noch nie passiert.

Bevor ich mich niederlege, um tagsüber zu schlafen, schicke ich über den OPSAT eine Textmeldung an Lambert. Ich informiere ihn, dass ich im Iran bin, und zwar auf dem Weg nach Tabriz. Anschließend esse ich noch ein recht nahrhaftes Fertigmenü. Man kann es beim besten Willen nicht als Gourmetmahlzeit bezeichnen, aber immerhin bekämpft es den quälenden Hunger und versetzt mich in angenehm schläfrige Stimmung, um die Augen zu schließen.

Unter dieser Brücke, mit der Überlandstraße in den Iran direkt über meinem ausgestreckten Körper, schlafe ich den Großteil des Tages.

Mein OPSAT weckt mich um neun Uhr abends, als die Sonne schon untergegangen ist. Der unablässige Lärm der Autos, die über die Brücke gerumpelt sind, hat mich nicht wach gehalten – im Gegenteil, er hat sogar wie ein einschläferndes Rauschen gewirkt, sodass ich wie ein Murmeltier geschlafen habe.

Vorsichtig schlüpfe ich aus meinem Versteck unter der Brücke, greife nach dem Träger und klettere an ihm auf die Erde hinunter. Um nicht bemerkt zu werden, entferne ich mich von der Straße und ziehe mich ins Unterholz zurück. Hinter einem Baum verborgen, kontrolliere ich meinen OPSAT. Lambert hat mir eine Nachricht geschickt:

REZA HAMADAN IM BAZAR VON TABRIZ KONTAKTIEREN – »TABRIZ CARPET COMPANY« – ER STEHT AUF UNSERER LOHNLISTE UND ERWARTET SIE

So weit, so gut. Die Schwierigkeit besteht lediglich darin, eine Fahrtmöglichkeit nach Tabriz ausfindig zu machen. Per Anhalter zu fahren, ist ausgeschlossen. So mache ich mich auf den langen Weg nach Mahabad, der nächstgelegenen Stadt, die immer noch etwa 45 Kilometer entfernt ist. Meiner Schätzung zufolge könnte ich es in sieben bis acht Stunden schaffen. Als zusätzlich erschwerend stellt sich das ständige Auf und Ab der Landschaft heraus, das meine Beine und Füße stark fordert. Im Stillen dankte ich Katja Loenstern für all die Beinübungen, die sie mit uns im Krav-Maga-Kurs gemacht hat. Das Gehen fällt schwer, und ich muss immer wieder anhalten, um mich auszurasten. Schließlich gestehe ich mir ein, dass ich für diese Strecke wesentlich länger brauchen werde, als ursprünglich angenommen. Zum Teufel, in meinem Berufsleben habe ich schon öfter harte Zeiten durchgemacht, und dieser Aufenthalt ist noch relativ harmlos im Vergleich zu manchen anderen.

Auf meinem Weg passiere ich mehrere scheinbar verlassene Dörfer. Während der Iran im Allgemeinen ein sehr modernes Land ist, haben sich in seinen ländlichen Gebieten Spuren der Vergangenheit gehalten. Die heutigen Schäfer tragen noch genau dieselbe Kleidung wie vor Jahrhunderten. Nicht jeder besitzt ein Auto. Sollte mir also etwas zustoßen, ich mich verletzen oder krank werden, bin ich ganz allein auf mich gestellt. An dieser Straße wird wohl kaum ein Notfallsspital auftauchen. Diese Gedanken schießen mir durch den Kopf, als ich in den tiefen Wäldern links von mir Wölfe heulen höre.

Es ist schon fast Morgen, als ich endlich Mahabad erreiche. Die Stadt ist nicht wirklich groß, aber immerhin größer als ein Dorf, und ihre ländliche Bevölkerung macht sich eben für den Tag bereit. Der Singsang der islamischen Morgengebete schwebt durch die Luft, was ich zugegebenermaßen als sehr angenehm empfinde. Während im gesamten Iran die persische Bevölkerung vorherrscht, leben in der Region, die ich nun besuche, vorwiegend Kurden und Aserbaidschaner. Die Perser sind direkte Nachfahren der Arier, die das Land vor viertausend Jahren besiedelten, und machen etwa die Hälfte der iranischen Bevölkerung aus. Fast alle Iraner sind Schiiten und gehören somit jener islamischen Richtung an, die das kulturelle, religiöse und politische Leben des Landes beeinflusst. Der Anteil der Sunniten beträgt kaum 10 Prozent. Interessanterweise gehört der Großteil der Muslime weltweit der sunnitischen Richtung an, während im Iran und weiten Teilen des Iraks die Schiiten vorherrschen.

Für die Stadt habe ich über den Spezialanzug meine übliche Straßenkleidung angezogen. Da es in dieser Bergregion nicht allzu heiß ist, fühle ich mich in dieser Kombination recht wohl. Die meisten Perser haben helle Haut und könnten ohne weiteres für Abendländer gehalten werden. Mit meinem etwas dunkleren Aussehen falle ich hier keinesfalls auf. Vermutlich sehe ich aus, als wäre ich eben mit dem Bus aus Teheran angekommen. Niemand sieht sich nach mir um. Solange ich nicht reden muss, ist alles in Ordnung.

Die meisten Männer tragen die traditionelle *Dschaballa*, ein knöchellanges Gewand, und viele einen Turban. In den größeren Städten sieht man häufiger Männer in westlicher Kleidung, wie Anzügen, normalen Hosen und Hemden. Die Frauen bedecken jedoch zumeist den Kopf mit einem *Hedschab.* Als angemessene Kleidung für Frauen auf dem Land betrachtet man üblicherweise den *Tschador*, einen zeltähnlichen Mantel, der Kopf, Arme und Beine lose umhüllt. Es ist untersagt, irgendetwas zu tragen, das die Form des Körpers erahnen lässt. Jedes Stückchen Haut, mit Ausnahme der Hände, Füße und des Gesichts oberhalb des Kinns und unterhalb des Haaransatzes, muss bedeckt sein. In den Städten kommen die Frauen gerade noch davon, wenn sie einen bodenlangen Rock oder eine Hose unter einem langen dunklen Mantel tragen, den man als *Rupusch* bezeichnet. Dort bedecken sie ihr Haar auch nur mit einem einfachen Schal. Hier ist man jedoch traditioneller und altmodischer.

Was ich suche, finde ich am Stadtrand. Eine kleine Raststätte für LKWs, die nach Norden reisen. Um nicht gesehen zu werden, schleiche ich mich an die Rückseite des Parkplatzes, setze mich auf den Boden und warte auf meine Mitfahrgelegenheit. Dreißig Minuten später trifft sie ein.

Es ist ein fünfachsiger LKW – wie gemacht für mich – auf dessen Seitenfläche die Worte »Tabriz Moving Company« in Farsi aufgemalt sind. Der richtige Augenblick für mich ist gekommen, sobald der Fahrer den Waschraum der Raststätte aufsucht. Schnell laufe ich an die Rückseite des Gefährts, bücke mich und krieche unter die heiße Ladefläche. Dann drehe ich meinen Gürtel so nach hinten, dass die Schnalle nun an meinem Rücken sitzt, und ziehe den Haken heraus. Nun muss ich nur noch meinen Körper mit dem Gesicht nach unten so über den Achsen platzieren, dass ich die Beine auf dem Fahrgestell auflegen und mich mit dem Haken sichern kann. Dies ist gewiss nicht die angenehmste Art, um mehrere hundert Kilometer weit zu fahren, aber ich habe es schon oft genug getan, und es ist gar nicht so unbequem, solange man bei wachem Verstand bleibt, nicht einschläft und nicht für einen einzigen Augenblick loslässt.

Fünf Minuten später kehrt der Fahrer in das Führerhaus zurück, startet den Motor, und los geht es. Während der nächsten drei Stunden genieße ich die liebliche Aussicht auf die Überlandstraße, deren Belag gerade einen Meter unter meinem Gesicht vorübersaust.

Tabriz, die größte Stadt im Nordiran, wird vorwiegend von Aserbaidschanern bewohnt. Sie scheint vor allem aus einer hässlichen Ansammlung von hoch aufragenden Wohnblöcken zu bestehen. In der Altstadt im Zentrum finden sich jedoch auch repräsentativere Bauten im traditionell iranischen Stil. Sobald ich unter dem LKW hervorgekrochen bin, mache ich mich auf den Weg zum Basar, der am Südufer des Mehran-Flusses liegt. Der hiesige Basar ist der älteste und größte im Iran und ist typisch für die labyrinthartigen Altstädte der meisten Länder im Mittleren Osten. Die Teehäuser sind voll von Männern, die Wasserpfeife rauchen oder über persischem Tee lebhafte Gespräche führen. Fliegende Händler schwirren überall umher und fordern jeden Passanten auf, in einem bestimmten Laden etwas zu kaufen. Die Atmosphäre ist allgemein wesentlich entspannter und angenehmer als im Irak.

Wie ein Tourist schlendere ich umher, bis ich die Tabriz Carpet Company finde, ein ungewöhnlich großes Geschäft, das sich nicht nur auf persische Teppiche sondern auch Seide und Gewürze spezialisiert hat. Kaum bin ich eingetreten, werde ich von einer Frau begrüßt, die begeistert nickt, sobald ich nach Reza Hamadan frage. Während sie durch einen Vorhang in ein Hinterzimmer verschwindet, betrachte ich die komplizierte Handwerkskunst der ausgestellten Teppiche. Mich fasziniert immer wieder die Kunstfertigkeit, die dabei angewendet wird. Teppiche dienen nicht nur als Bodenbedeckung, sondern sind in diesem Teil der Welt auch Symbol für Reichtum und integraler Bestandteil religiöser und kultureller Feste. Soweit ich sehen kann, ist Reza Hamadan ein wahrer Meister in der Kunst des Teppichknüpfens.

Der Mann, der aus dem Nebenraum kommt, trägt ein weites

weißes Hemd mit bauschigen Ärmeln, eine dunkle Hose und dazu Sandalen. Er ist etwa Mitte fünfzig, glatt rasiert bis auf ein Chaplin-artiges Bärtchen, hat tiefblaue sprühende Augen und strahlt Herzlichkeit aus.

»Ich bin Reza Hamadan«, sagt er, während er mir die Hand zum Gruß entgegenstreckt, die ich drücke.

»Sam Fisher.«

»Ich habe Sie schon erwartet, Mr Fisher. Willkommen in Tabriz«, sagt er in ausgezeichnetem Englisch.

»Danke.«

»Kommen Sie, wir wollen uns einen angenehmeren Ort suchen. Meine Frau wird sich um den Laden kümmern.« Er ruft die Frau, die ich zuvor gesehen habe. Lächelnd betritt sie den Verkaufsraum, nickt mir mit dem Kopf zu, und tritt dann zur Seite, sodass wir durch den Vorhang in den hinteren Teil des Geschäfts gehen können. Wie es scheint, führt mich Hamadan in sein Büro. Auch hier sind die Wände und der Boden mit prächtigen Teppichen bedeckt. Ein Mahagonischreibtisch im englischen Stil steht in einer Ecke, während in der Mitte des Raumes große Kissen liegen.

»Bitte setzen Sie sich. Hätten Sie gerne etwas Tee?«, fragt mein Gastgeber.

»Sehr gerne.«

»Bitte setzen Sie sich doch«, wiederholt er, indem er auf die Kissen deutet. Erst setze ich mich mit gekreuzten Beinen auf ein Kissen, doch dann erscheint es mir bequemer, mich seitlich zu lehnen. Wie gut es tut, endlich nicht mehr auf den Beinen zu sein. Hamadan verlässt den Raum und kehrt wenige Augenblicke später mit einem Tablett zurück. »Normalerweise würde uns meine Frau den Tee servieren, aber sie hat gerade einen Kunden.«

Wie ich vermutet habe, gießt er mir *Tschai* ein, das inoffizielle Nationalgetränk. Dieser starke Tee wird heiß und schwarz in einem kleinen Glas serviert. Im Allgemeinen bin ich kein großer

Fan dieses Getränks, aber in diesem Moment schmeckt es einfach paradiesisch. Nach all dem Staub, den ich auf meiner Fahrt von Mahabad hierher eingeatmet habe, wirkt der Tee Wunder, indem er meine Atemwege wieder von dem Staub befreit.

»Wie war Ihre Fahrt?«, erkundigt sich Hamadan.

»So angenehm wie möglich«, antworte ich taktvoll.

»Das freut mich zu hören. Jetzt, wo Sie hier sind, habe ich die Vollmacht, Ihnen ein Auto zu leihen. Es ist der Wagen meines Schwiegersohnes, der längere Zeit auf Geschäftsreise ist. Sie können ihn haben, so lange Sie ihn benötigen, und damit überall hinfahren, nur nicht in den Irak.«

»Das ist sehr freundlich, vielen Dank.«

»Ich vermute, dass Sie mir einige Fragen stellen wollen?«

»Das ist richtig. Aber bevor wir uns dem Geschäftlichen widmen, habe ich noch eine private Frage.«

»Fragen Sie mich nur.«

»Wie kam es dazu, dass Sie Spion für die CIA wurden?«

Hamadan grinste und enthüllte dabei eine breite Reihe blitzend weißer Zähne. »In den Siebzigerjahren, vor dem Sturz des Schahs, habe ich einige Zeit in den USA verbracht. Ich war damals Anfang zwanzig und studierte Politikwissenschaft und Englisch an einem kleinen College in West Texas, das auch andere iranische Studenten besuchten. Während dieser Zeit kamen Vertreter Ihrer Regierung, um mit uns zu sprechen. Die Sache war offensichtlich – sie wollten junge Männer rekrutieren, die im Iran für die USA spionierten. Sie boten gutes Geld, ich war jung und wusste es nicht besser. Also nahm ich an. Seitdem beziehe ich von der CIA ein Nebeneinkommen. Ich kann mich nicht beklagen.«

»Faszinierend«, sage ich. »Wie klein die Welt doch ist.«

»Und sie wird von Tag zu Tag kleiner. Und nun zurück zum aktuellen Geschäft.« Mit diesen Worten stellt Hamadan seine Teetasse ab und sieht mir direkt in die Augen. »Mr Fisher, ich habe in diesem Land und der umliegenden Region viele Verbindungen zur Unterwelt und zu staatlichen Behörden. Bevor mich jedoch Ihre Regierung kontaktiert hat, um Ihnen als Berater beizustehen, habe ich Ihren Namen schon gehört ... allerdings an anderen Orten.«

»Oh?«

»Mr Fisher, auf Ihren Kopf ist ein Preis ausgesetzt. Sie sind ein gezeichneter Mann.«

14

»Nun, das ist mir nicht neu«, sage ich.

Hamadan betrachtet mich, als wolle er mich einschätzen. »Ich stelle fest, dass Sie entweder ein sehr mutiger oder ein sehr dummer Mann sind, Mr Fisher.«

»Nennen Sie mich bitte Sam.«

»Sehr gerne, aber dann müssen Sie mich Reza nennen.«

»In Ordnung, Reza. Was genau wollen Sie mir sagen?«

»Offenbar nehmen Sie meine Worte nicht ernst.«

»O doch, das tue ich. Ich nehme alle Morddrohungen ernst.«

»Dann bitte ich um Verzeihung. Ich habe Ihr Selbstbewusstsein fälschlicherweise für Gleichgültigkeit gehalten.«

»Reza, ich bin schon sehr lang in diesem Job. Da erschüttert mich nicht so leicht etwas. Warum erzählen Sie mir nicht einfach, was Sie wissen?«

Hamadan nickt lächelnd. »Ich mag Sie jetzt schon, Sam. Sie haben ... wie sagt man? Selbstsicherheit.« Nach einem Schluck Tee fährt er fort. »Ich nehme an, Sie haben Mr Benton gekannt?«

»Nicht persönlich. Aber Rick Benton hat für dieselbe Organisation gearbeitet wie ich.«

»Ich hatte öfter mit Mr Benton zu tun, weil ich zu seinen Informanten gehörte. Auch ihn mochte ich sehr. Deshalb fällt es mir auch schwer zu glauben, dass er ermordet wurde. Er war ebenfalls ein sehr selbstsicherer Mann.«

»Sprechen Sie weiter.«

»Sie müssen wissen, dass Mr Benton versuchte, dem Shop auf die Spur zu kommen. Er wollte sein Hauptquartier, die Köpfe der Organisation und ihre Arbeitsweise auskundschaften. In den letzten Jahren war er geradezu besessen davon. Ich half ihm, so gut ich konnte, forschte das eine oder andere für ihn aus und führte ihn in bestimmte Richtungen. Vermutlich hat er zu früh seine Karten auf den Tisch gelegt, denn der Shop ist auf ihn aufmerksam geworden. Mr Benton hat es mir selbst gesagt, unmittelbar nachdem Ihr Mann im Fernen Osten ermordet wurde. Mr Lee?«

»Ja. Dan Lee. In Macao.«

»Richtig. Kurz danach erzählte mir Mr Benton, dass der Shop eine Liste mit den Namen möglicher Agenten der National Security Agency hätte. Er fürchtete, dass der Shop damit begonnen hatte, alle auf der Liste zu eliminieren.«

Ich denke einen Augenblick über das nach, was ich eben gehört habe. »Ich möchte nicht bezweifeln, dass Rick diesen Verdacht hatte, aber ich glaube, dass Sie beide den Shop ein wenig überschätzen. Ich kann mir beim besten Willen nicht vorstellen, wie er zu einer Namensliste gekommen sein soll.«

»Genau das hat Mr Benton auch gesagt. Das ist alles sehr mysteriös.«

»Ich werde mir darüber keine Sorgen machen«, sage ich, und ich meine, was ich sage, denn ich muss mich um wichtigere Dinge kümmern. Auf meinen Missionen wende ich genug Energie dafür auf, mir den Rücken freizuhalten. Das ist schon Routine. »Was können Sie mir über Ricks Erkundigungen sagen?«

»Mr Rick spürte einer Waffenversorgungslinie in den Irak nach. Er glaubte, die Waffen würden aus Aserbaidschan kommen, war sich dessen aber nicht ganz sicher. So weit stimme ich mit ihm überein. Wenn es stimmt, könnten die Waffen auf zwei Routen transportiert werden – eine führt durch den Iran, die andere durch Armenien und die Türkei. Ich werde Ihnen jetzt sagen, was ich glaube. Ich bin nicht davon überzeugt, dass die Waffen den Iran passieren, auch wenn uns der Shop diesen Eindruck vermitteln will. Es gibt zwar Waffen, die in den Iran transportiert werden, aber sie werden *nicht in meinem Land hergestellt.* Ich weiß mit absoluter Sicherheit, dass unsere Regierung alles daransetzt, um illegale Waffen aus dem Iran fern zu halten. Sie will nicht als Handlanger des internationalen Terrorismus angesehen werden, auch wenn wir auf der Weltbühne so dargestellt werden. Unsere Regierung ist vor allem besorgt über radikale Terrorgruppierungen, die Verbindungen zum Iran haben könnten.«

»Wie etwa die Shadows?«

Wieder lächelt Hamadan. »Sie sind sehr scharfsinnig, Sam.«

»Diese Terroristen werden auch für uns bald zu einem vorrangigen Ziel«, erkläre ich.

»Ja, das sollten sie auch. In den Medien, aber auch innerhalb unserer Regierung, vermutet man, dass das Hauptquartier der Shadows im Iran liegt. Ich kann nur hoffen, dass das nicht wahr ist. Auf jeden Fall glaube ich es nicht.«

»Reza, ich bin für jede Information dankbar.«

»Ich weiß selbst nicht sehr viel. Nur dass sich diese Gruppierung in letzter Zeit zu einer ganzen Menge von Attentaten bekennt. Wissen wir überhaupt, ob die Shadows tatsächlich existieren? Könnte es nicht sein, dass uns die Al-Kaida, oder eine andere etablierte Terrororganisation, nur verwirren will?«

»Nein, das glaube ich nicht. Ihre Methoden unterscheiden sich ein wenig, auch wenn das Ergebnis dasselbe ist. Ich bin sogar davon überzeugt, dass ich neulich in Arbil Mitglieder der Shadows getroffen habe.«

»Tatsächlich?«

»Ja. Das erinnert mich an etwas. Was wissen Sie über die Tabriz Container Company?«

Hamadan hebt die Braue. »Warum?«

»In Arbil wurde eine Ladung Waffen beschlagnahmt. Das Zeug war in Kisten der Tabriz Container Company verpackt.«

Hamadan zuckt die Achseln. »Das ist ein großes Unternehmen, das Schachteln, Kisten und Container herstellt ... Das Lagerhaus der Firma liegt draußen vor der Stadt.«

»Dann werde ich es mir einmal ansehen.«

»Das kann nie schaden, aber ich kann mir nicht vorstellen, dass dieses Unternehmen in illegale Geschäfte verwickelt ist. Sie verkaufen ihre Produkte an verschiedenste Kunden. Vielleicht kauft der Shop die Kisten durch einen Mittelsmann oder einen Strohmann.«

»Wäre möglich. Ich habe noch eine andere Frage an Sie. Haben Sie je den Namen Tarighian gehört?«

»Tarighian?«, wiederholt Hamadan überrascht. »*Nasir* Tarighian?«

»Seinen Vornamen kenne ich nicht.«

»Wenn Sie von Nasir Tarighian sprechen, dann sprechen Sie von einem iranischen Kriegshelden. Er wurde während des Iran-Irak-Kriegs zum Helden.«

»Erzählen Sie mir mehr über ihn.«

»Er war sehr reich, besaß mehrere Unternehmen, und war politisch überaus aktiv. Anfang der 1980er geriet er ein wenig in Schwierigkeiten, weil er sich gegen die islamische Revolution aussprach. Als der Krieg begann, erlebte er eine Tragödie – irakische Bomben zerstörten sein Haus und töteten mehrere seiner Verwandten. Nach diesem Vorfall schwor er dem Irak Rache. Er stellte eine antiirakische Miliztruppe auf – die man wohl eher als Terroristengruppe bezeichnen könnte. Diese Männer überfielen immer wieder Dörfer jenseits der Grenze. Sie waren gnadenlos, töteten unschuldige Zivilisten und hinterließen große Zerstörung. Tarighian wurde im Iran wie ein Held verehrt, nur die Regierung billigte seine Handlungen nicht. Sie wollte eben eingreifen, um ihn zu stoppen, aber bevor sie das tun konnte, lockte die irakische Armee Tarighian und seine kleine Miliztruppe in einen Hinterhalt. Tarighian wurde getötet und seine Miliztruppe vernichtet.«

»Tarighian ist tot?«

»Das ist die allgemeine Meinung. Seitdem hat niemand je wieder von ihm gehört. Allerdings darf ich hinzufügen, dass man nach der Schlacht keine Leichen geborgen hat.«

»Hm. In Arbil hat einer der Shadows diesen Namen genannt.«

»Ich werde Erkundigungen einholen«, sagt Hamadan. »Was den Anführer der Shadows betrifft, habe ich jedoch von einem Mann namens Ahmed Mohammed gehört. Sagt Ihnen der Name etwas?«

»Ja, auch diesen Namen habe ich in Arbil gehört, und ich erinnere mich, dass dieser Name auch in Berichten mehrmals vorgekommen ist«, antworte ich. »Ich bin sicher, dass er als gesuchter Terrorist auf der Fahndungsliste des FBI steht.«

»Mohammed ist ein bekannter iranischer Terrorist. Unsere Regierung verfolgt ihn wegen mehrerer Verbrechen. Meinen Quellen zufolge gehört er zu den Köpfen der Shadows. Vermutlich ist er nicht der oberste Anführer, aber mit ziemlicher Sicherheit plant er die Operationen und führt sie aus.«

»Dann werde ich nach ihm Ausschau halten.«

Hamadan erhebt sich, öffnet eine Lade seines Schreibtisches und nimmt eine Aktenmappe heraus, die er mir übergibt. »Das sind Mr Bentons Unterlagen. Manchmal hat er in einem Zimmer über unserem Laden geschlafen. Auch unmittelbar vor seiner Abreise nach Belgien war er hier und hat dieses Material zurückgelassen, das ich später in seinem Zimmer gefunden habe. Vielleicht können Sie etwas damit anfangen. Wenn Sie wollen, können Sie natürlich auch gerne hier schlafen, Sam.«

»Danke.« In der Mappe finde ich mehrere Papiere und Fotos. Ich nehme das erste Foto zur Hand und sehe es mir genauer an.

Es zeigt zwei Männer, von denen mir einer vage bekannt vorkommt. Er stammt offenbar aus dem Mittleren Osten, ist etwa Mitte fünfzig und dürfte ein Hautleiden haben. Den anderen Mann kenne ich nicht.

»Ja, da war noch etwas«, fährt Hamadan fort. »Mr Benton hat sich mit diesem Mann getroffen«, sagt er, während er auf den Kerl zeigt, der mir bekannt vorkommt. »Er heißt Namik Basaran und ist Türke. Mr Benton war der Meinung, dass Mr Basaran Insiderinformationen über die Shadows hat.«

»Namik Basaran. Ich glaube, von diesem Mann habe ich schon gehört.«

»Vielleicht haben Sie ihn im Fernsehen gesehen. Er besitzt ein großes Firmenkonglomerat namens Akdamar Enterprises in der türkischen Stadt Van. Kennen Sie das vielleicht?«

»Nein.«

»Basaran hat vorwiegend mit Bauindustrie, Ölproduktion und Stahl zu tun. Nebenbei leitet er die Wohlfahrtsorganisation Tirma, die Terroropfer auf der ganzen Welt unterstützt. Diese Organisation hat er mit eigenem Geld gegründet. Namik Basaran liebt die Öffentlichkeit, deshalb nützt er bei jedem Terroranschlag die Gelegenheit, sich in Nachrichtensendungen gegen den Terrorismus auszusprechen. Man weiß von ihm, dass er der türkischen Polizei bei der Suche nach Terroristen geholfen hat, und wie es scheint, hat er auch in den umliegenden Ländern Verbindungen.«

Diese Wohltätigkeitsorganisation kommt mir irgendwie bekannt vor. Vielleicht habe ich tatsächlich schon von diesem Mann gehört. »Haben Sie ihn je kennen gelernt?«, frage ich.

»Nicht persönlich, aber wir haben schon Geschäfte gemacht. Ich habe ihm einige Teppiche für seine Büros verkauft. Allerdings hoffe ich, ihn eines Tages zu treffen. Er ist ein sehr großzügiger Mann, wenn er auch vor allem daran interessiert zu sein scheint, sein Gesicht im Fernsehen zu sehen. Aber zumindest macht er Nägel mit Köpfen.«

»Wer ist der andere Mann auf dem Foto?« Er sieht eher osteuropäisch aus als arabisch oder persisch und ist ebenfalls Ende fünfzig oder Anfang sechzig.

»Ich weiß es nicht. Und Mr Benton wusste es auch nicht.«

»Woher hatte Rick das Foto?«

»Auch das weiß ich nicht.«

Mit einem Nicken lege ich das Foto wieder in die Mappe zurück. »Wie es aussieht, habe ich eine ganze Menge Hausaufgaben zu erledigen. Wenn es Ihnen nichts ausmacht, nehme ich Ihr Angebot wegen des Zimmers an, ruhe mich ein wenig aus, und sehe mir heute Nacht dieses Containerlager an.«

»Ausgezeichnet. Ich zeige Ihnen das Zimmer.«

Ich folge Hamadan aus dem Büro hinaus und eine Treppe hinauf in ein gemütliches kleines Zimmer, das mit einem Futon und dutzenden Kissen ausgestattet ist. Nebenan befindet sich sogar ein Badezimmer. Was mich betrifft, ist dies reiner Luxus. Nachdem ich mich bei Hamadan bedankt und mich mit ihm für das Abendessen verabredet habe, lege ich mich nieder, um ein wenig zu schlafen. Zuvor prüfe ich jedoch noch den OPSAT auf neue Nachrichten. Tatsächlich ist eine von Lambert eingetroffen, die nur aus zwei Worten besteht: »Sprechkontakt erbeten.«

Sofort drücke ich auf den implantierten Sender an meiner Kehle. »Colonel? Sind Sie da?«

Einen Augenblick später höre ich Lamberts Stimme in meinem Ohr. »Sam? Wo sind Sie?«

»In Tabriz. Im Haus von Reza Hamadan.«

»Gut, dann haben Sie es geschafft. Hören Sie zu, ich habe hässliche Nachrichten. Gestern ist wieder einer unserer Splinter-Cell-Agenten ermordet worden. Marcus Blaine.«

Blaine. Auch ihn kenne ich nicht persönlich, aber ich weiß, wer er war. Er war der Mann des Third Echelon in Israel.

»Was ist passiert?«, frage ich.

»Das wissen wir noch nicht. Die Informationen sind sehr lückenhaft. Ein erster Bericht verweist jedoch darauf, dass es dieselben sein könnten, die Rick Benton und Dan Lee erwischt haben.«

Von diesem Augenblick an nehme ich das, was mir Hamadan über den Shop gesagt hat, doch etwas ernster.

15

Andrej Zdrok sah von seinem Büro in der Swiss-Russian International Mercantile Bank auf die Straßen des Bankenviertels von Zürich hinaus. Seit Jahren war dies sein Zuhause, und er liebte es. Zürich war ein besonders teures Pflaster, aber er besaß die Mittel, um sich alles leisten zu können, was die Stadt zu bieten hatte. Sein Chateau am Ufer des Zürichsees war sein ganzer Stolz und seine Freude, und er verließ das Haus nur, um in die Bank zu fahren. Wenn er nicht arbeitete, gab er sich kostspieligen Hobbys hin. So besaß Zdrok sechs Autos, die als Sammlerstücke galten, einschließlich jenes Rolls Royce Baujahr 1933, den Paul von Hindenburg einst besessen hatte. Sein wertvollster Besitz war jedoch die Swan 46, eine elegante Jacht, die er erst kürzlich erworben hatte. Mit ihr segelte er gerne gemächlich entlang des gesamten Zürichsees und schlief auch auf ihr. Für Zdrok war sie ein kleines Stück Himmel auf Erden.

Der Shop hatte sich gut entwickelt. Von Georgien aus hatte das Unternehmen in bescheidenem Umfang begonnen. Gemeinsam mit Antipow hatte er die ersten Waffenverkäufe getätigt und später das Team um Prokofieff und Herzog erweitert. Allmählich war der Shop gewachsen und hatte an Einfluss gewonnen. Heute verkaufte er Waffen jeder Art an jeden Kunden, der den Preis bezahlen konnte. Zdrok wurde weder von politischem Ehrgeiz noch sonstigen Loyalitäten getrieben. Sein einziger Beweggrund war der allmächtige Dollar.

Während des Kriegs in Bosnien erlebte das Unternehmen eine echte Hochblüte. Aus Sicherheitsgründen verlegte Zdrok seine Operationsbasis in die aserbaidschanische Stadt Baku und eröffnete in Zürich die erste Swiss-Russian-Bank. Zwei Jahre später wurde eine Zweigstelle in Baku errichtet. Hinter der Fassade der beiden Banken gelang es Zdrok eine diskrete Maschinerie in Gang zu setzen, die sich um Marketing, Ankauf, Lieferung und das Weißwaschen der Gewinne kümmerte. Es hatte einige Zeit in Anspruch genommen, die richtigen Leute für die Fußarbeit zu finden, denn er musste absolut sicher sein, dass seine Männer loyal zu ihm standen. Das begann damit, dass er sie großzügig bezahlte, und ging so weit, sich ihre Bewunderung zu sichern. Die einfachen Fußsoldaten der Organisation wussten wenig über den eigentlichen Betrieb. Glücklicherweise hatten die Behörden bisher auch noch keinen seiner »Mitarbeiter« geschnappt, der tatsächlich über den Shop Bescheid gewusst hätte.

Andrej Zdrok fühlte sich berechtigt, sein Leben in Zürich zu genießen.

Im Augenblick bestand sein größtes Problem darin, die Versorgungslinien im Fernen Osten wiederzuerrichten. Der Handel in dieser Region war empfindlich gestört worden, aber nicht irreparabel. Da der Shop über eigene Spione verfügte, war sich Zdrok sicher, dass die amerikanische NSA für den Schaden verantwortlich war. Als es zu dem Zwischenfall in Macao kam, war die Operation »Säuberung« schon im Gang, deren Ziel es war, die westlichen Spione aufzuspüren und aus dem Weg zu räumen. Mittlerweile hatte diese Operation oberste Priorität.

Zdrok dachte darüber nach, wie man die Situation im Fernen Osten so zeit- und kostengünstig wie möglich in Ordnung bringen könnte. Man könnte den Anführer der chinesischen Triade der Lucky Dragons als weiteren Partner aufnehmen. Immerhin hatte der Shop schon oft mit ihm Geschäfte gemacht. Sein Name lautete Jon Ming, und er war vermutlich der mächtigste Unterweltboss Chinas. Seit mehreren Jahrzehnten war Hongkong das Hauptquartier seiner Triade, und auch als andere

Triadenclans nach der Übergabe die ehemalige britische Kolonie verließen, blieben Ming und seine Lucky Dragons. Er hatte wohl besondere Beziehungen zur chinesischen Regierung, denn es gelang ihm immer wieder, die richtigen Fäden zu ziehen und die Behörden von sich fern zu halten. Ja, Ming könnte die Antwort auf die Probleme des Shops sein. Allerdings war sich Zdrok nicht sicher, ob seinen Partnern der Gedanke gefiel, einen weiteren Mann an Bord zu nehmen.

Zusätzlich kannte er im Fernen Osten einen Amerikaner, der hilfreich sein könnte. Was diesen Amerikaner betraf, war sich Zdrok sogar sicher, dass seine Partner ihn ablehnen würden. Ihm selbst erschien diese Möglichkeit aber vorteilhaft. Immerhin war dieser Mann den amerikanischen Geheimdiensten bekannt. Sie vertrauten ihm sogar. Schließlich entschied sich Zdrok, dieses Problem auf Eis zu legen und sich später damit zu befassen. Das hatte Zeit.

Als das Telefon läutete, hob Zdrok ab und meldete sich mit seinem Namen. Dann hörte er sich den kurzen Bericht des Anrufers an und verabschiedete sich mit einem knappen »Danke«. Sobald er aufgelegt hatte, schwang er mit dem Stuhl herum und loggte sich in den Computer ein.

Der Leiter der technischen Abteilung hatte ihm versichert, dass die sensiblen Shop-Dateien so kompliziert verschlüsselt sind, dass sie nie gehackt werden können. Selbst wenn Rechnungsprüfer in die Bank kämen und die Festplatte konfiszierten, wären sie nicht imstande, an die Informationen zu gelangen. Aus diesem Grund bewahrte Zdrok alle Aufzeichnungen, Pläne und Operationsdaten des Shops in seinem Bürocomputer auf.

Sobald er die Datei mit dem Namen »Säuberung« gefunden hatte, öffnete er sie. Sie enthielt sämtliche Informationen für die Operation »Säuberung«, jene von ihm ins Leben gerufene Kampagne zur Beseitigung all derer, die dem Shop Schaden zufügen wollten. Sein Feind waren die Geheimdienstagenten ausländischer Mächte, die es sich zur Aufgabe gemacht hatten, Zdroks

Geldbeschaffungsmaschinerie zu zerschlagen. Hatte er nicht das Recht, seiner persönlichen Berufung zu folgen? Wer gab ihnen das Recht, ihm vorzuschreiben, mit welchen Gütern er nicht handeln durfte? Die Produzenten und Händler von Waffen töteten keine Menschen. Und was seine Kunden dann mit der Ware anfingen, war nicht seine Sache.

Auf seinem Bildschirm erschien eine Liste von Namen, von denen mehrere in Schwarz und zwei in Rot geschrieben waren. Zdrok markierte den ersten schwarzen Namen – Marcus Blaine – und änderte auf Rot. Wie die anderen beiden roten Namen Dan Lee und Rick Benton galt Blaine ab jetzt als »gelöscht«.

Nun verblieben noch zwei weitere Eintragungen in Schwarz. Zdrok klickte auf die erste, die zu einem Mann gehörte, dessen Name angeblich Sam Fisher lautete, und las nochmals die Informationen, die man über ihn gesammelt hatte: In den 1980ern hatte er angeblich als Spion für die CIA gearbeitet, war dann mit einer NSA-Agentin namens Regan verheiratet gewesen, arbeitete jetzt von der Region Washington/Baltimore aus, und war der erste Splinter-Cell-Agent des Third Echelon. Besonders wichtig war, dass er wahrscheinlich eine Tochter von etwa zwanzig Jahren hatte. Niemand wusste, wie Fisher aussah, aber die Informationen, die sie hatten, waren gut genug, um einen möglichen Verdächtigen ausfindig zu machen. Der Verbindungsmann des Shops in Israel hatte gute Arbeit geleistet.

Zdrok griff zum Telefon und wählte eine Nummer. Als sein Anruf angenommen wurde, sagte er: »In Ordnung. Ich bin überzeugt. Es ist Zeit, sich um Fisher zu kümmern. Findet heraus, wo er steckt. Aber wendet noch keine Gewalt an – das wird unser letztes Mittel sein. Vielleicht genügt psychischer Druck. Immerhin ist sie noch jung.«

16

Nachdem ich auf einer echten Futon-Matratze ausgiebig geschlafen habe, erwache ich erfrischt und widme mich nochmals dem Material in Rick Bentons Akte. Es ist nicht wirklich viel. Den Großteil seiner Aufzeichnungen muss er auf einem PC gespeichert haben, der jedoch nicht aufgefunden wurde, weder in Brüssel noch in seinem Haus, das von den Mitarbeitern der NSA gründlich durchsucht worden war. Allerdings gibt es einige Details, die es sich zu entschlüsseln lohnt.

Da ist zunächst ein Blatt mit Einzelnotizen. Benton hatte auf einem Papier mehrere Worte aufgeschrieben und zwischen den einzelnen Namen Pfeile gesetzt, als versuchte er, sie miteinander zu verbinden oder die Beziehungen zwischen ihnen aufzuzeigen. Die Worte lauten: »Shop«, »Shadows«, »Tarighian«, »K. Mohammed«, Zdrok« und »Mertens«. Die ersten beiden Begriffe sind mir selbstverständlich bekannt, und der dritte ist ein Name, den ich näher untersuchen will. Über »K. Mohammed« habe ich eben von Hamadan erfahren. Die anderen beiden sind für mich ein Rätsel. Der Shop scheint der dominanteste Name auf diesem behelfsmäßigen Diagramm zu sein. Ein Pfeil führt vom Shop zu den Shadows. Ein weiterer Pfeil führt von den Shadows zu K. Mohammed und noch ein punktierter Pfeil zu Tarighian. Neben diesem Namen steht auch ein großes, unterstrichenes Fragezeichen. Mertens ist ebenfalls mit einem Fragezeichen versehen, und ein Doppelpfeil verbindet ihn mit den Shadows. Das einzige frei schwebende Wort ist Zdrok, das mit einem Kreis rundum versehen ist.

Da ich keine Ahnung habe, was dieses Diagramm bedeutet, schreibe ich auf meinem OPSAT eine Textnachricht, fotografiere das Papier mit der eingebauten Kamera und schicke die Dateien an Lambert. Vielleicht erkennen er oder sein Team die Bedeutung dieser Aufzeichnung. Warum hat Benton dieses Material nicht sofort nach Washington weitergeleitet, sobald er es bekommen hat? Lambert hat Recht – Benton war tatsächlich unvorsichtig. Vielleicht wurde er etwas selbstherrlicher, als ihm gut tat, was in diesem Job mitunter vorkommt.

Ich kopiere auch das Foto von Namik Basaran und sende es mit der Anweisung nach Washington, den anderen Mann auf dem Foto zu identifizieren.

Was auch immer Benton über den Shop und die Shadows herausgefunden hat, genügte, um ihn zu ermorden. Ich habe das Gefühl, als würde ich in eine dunkle Pfütze steigen, in der noch Spuren seines Blutes kleben. Hoffentlich gelingt es mir, das Rätsel zu lösen, ehe dieselben Kräfte, die ihn eingeholt haben, auch meinen Weg kreuzen.

Sobald es Nacht wird, fahre ich mit Rezas zweitürigem Pazhan, einem im Iran hergestellten jeep-ähnlichen Geländewagen, aus Tabriz hinaus und zum Lagerhaus der Containerfabrik. Sie liegt in einem reinen Industriegebiet westlich der Stadtgrenze. Der Pazhan ist ein verrücktes altes Ding – vermutlich zwölf Jahre alt. Die iranische Regierung gestattet nur eine beschränkte Einfuhr ausländischer Autos. Deshalb sieht man zwar einige japanische Marken, aber sicher keine amerikanischen. Die im Iran hergestellten Autos sind zwar für ihre Umweltschädlichkeit bekannt, aber aufgrund der Einfuhrpolitik uneinholbarer Marktführer.

Das Lagerhaus der Tabriz Container Company ist ein lang gestrecktes, etwa dreißig bis vierzig Jahre altes Gebäude, das zu dieser Nachtstunde nur mäßig beleuchtet wird. Vermutlich gibt es nicht viel zu stehlen.

Nachdem ich den Pazhan etwa einen halben Kilometer entfernt abseits der Straße geparkt habe, kehre ich, ausgestattet mit Spezialanzug und Sichtgerät, zu Fuß zu dem Gebäude zurück. Rasch quere ich den leeren Parkplatz und drücke mich neben dem Personaleingang einen Augenblick lang mit dem Rücken gegen die Wand. Eine einsame Glühlampe hängt über der Tür. Ich lade mein SC-20K mit einem Ring-Airfoil-Projektil und ziele auf die Glühlampe. Getroffen – die Vorderseite des Lagerhauses ist in Dunkelheit gehüllt. Hoffentlich lockt das Splittern des Glases nicht die Sicherheitsleute an.

Durch das viereckige Fenster in der Tür kann ich ein paar Lichter im Inneren erkennen. Aber sie reichen nicht aus, um von hier aus die genaue Gliederung des Lagerhauses festzustellen. Mit Hilfe meiner Dietriche öffne ich die Tür und schlüpfe hinein.

Von einem leeren Vorraum aus führt eine mit einem Tastenschloss gesicherte Tür in den Hauptbereich des Lagerhauses. Es ist Zeit, das Sichtgerät aufzusetzen und auf Wärmebildmodus zu schalten. Ich habe Glück – vor kurzem ist jemand durch diese Tür gegangen. Wenn nicht allzu viel Zeit vergangen ist, strahlen die am häufigsten verwendeten Tasten immer noch Restwärme ab. Die Schwierigkeit liegt nun darin, die Tasten in der richtigen Reihenfolge zu drücken. Logischerweise müsste die Taste, die am wenigsten strahlt, die erste sein, und die mit der stärksten Wärmeabstrahlung die letzte. Besonders mühsam ist es jedoch, bei den drei dazwischenliegenden Tasten die Unterschiede in der Wärmeabstrahlung festzustellen.

Auf dieser Tastatur weisen nur vier Tasten Strahlungswärme auf. Das bedeutet, dass die Zahlenkombination entweder nur vierstellig ist, oder dass eine der Tasten zwei Mal gedrückt werden muss. Dafür benötige ich die Hilfe meines OPSAT. Rasch richte ich die eingebaute Kamera auf die Tastatur, mache ein Foto und verwende die Regler des OPSAT, um mit den Kontrasten des Bildes zu spielen. Auf diese Weise erhalte ich eine digitale Anzeige der jeweiligen Lumineszenz. Die »2« leuchtet am hellsten, sie ist also entweder zwei Mal gedrückt worden, oder als Letzte von vier Ziffern. Die »4« ist die zweithellste, gefolgt von der »8« und der »3«.

Ich versuche 3, 8, 4 und 2. Nichts passiert.

Nächster Versuch mit 2, 3, 8, 4 und 2. Nichts passiert.

Nächster Versuch mit 3, 2, 8, 4 und 2. Nichts passiert.

Jetzt versuche ich 3, 8, 2, 4, 2. Grünes Licht. Die Tür lässt sich öffnen. Glücklicherweise löst das System nach drei Fehlversuchen keinen Alarm aus, wie viele es tun.

Die Lagerhalle ist nur von einer Lichtquelle am Eingang erleuchtet. Neben der Tür steht ein Tisch, der vermutlich von einem Vorarbeiter oder Lagerleiter benützt wird. Auf dem Tisch liegt ein geöffnetes Buch mit dem Deckel nach oben. Schon die Wärmesignatur auf dem Tastenschloss hat mir gesagt, dass ich nicht allein hier bin.

Der übrige Teil der Lagerhalle ist voll von Behältern. Schachteln, Kisten, Fässern, Tonnen, Stapeln von flachen Kartons, die später zu Schachteln aufgefaltet werden, und sogar von Tupperware-ähnlichen Frischhaltedosen. Es ist erstaunlich.

Während ich eine Gasse zwischen den Behältern entlanggehe, stelle ich fest, dass alle mit demselben Stempel der »Tabriz Container Company« gekennzeichnet sind, den ich in Arbil gesehen habe. Als ich an einen der Behälter klopfe, höre ich ein hohles Echo – er ist leer. Für alle Fälle hole ich aus meinem Rucksack einen kleinen stabförmigen Metalldetektor, wie er auf Flughäfen verwendet wird, um einen Passagier nochmals unter den Achseln und zwischen den Beinen zu prüfen, wenn der große Metalldetektor Alarm geschlagen hat.

Im Vorübergehen kontrolliere ich sämtliche Behälter. Alle sind leer, bis ich über einen Gang in eine andere Abteilung wechsle. Diesmal summt der Metalldetektor – und für meinen Geschmack etwas zu laut. Mit meinem Nahkampfmesser breche ich die oberste Latte auf und spähe hinein. Maschinenteile – große Sache.

»Salaam?«

Augenblicklich erstarre ich. Da ist also die verschollene Person, die ihre Wärmesignatur auf den Tasten hinterlassen hat. Die Stimme kommt von der anderen Seite des Lagerraumes. Verdammt. Der Mann muss das Summen des Metalldetektors gehört haben.

»Salaam?«

Diesmal erklingt die Stimme näher. Er geht in meiner Richtung. Leichtfüßig haste ich den Weg zurück, den ich gekommen bin. Hoffentlich weiß er nicht genau, woher das Geräusch kam. Erst in einem dunkleren Gang halte ich kurz an, klettere an einem Regal hoch, steige auf die höchste Kiste und ziehe mich auf das oberste Regalbrett hoch. Um Waren in dieser Höhe einzuschlichten und herauszunehmen, bräuchte man einen Gabelstapler. Auf dem Bauch liegend warte ich.

Und tatsächlich sehe ich einen Augenblick später, wie der einsame ältliche Nachtwächter langsam meinen Gang entlanggeht. Er ist sich nicht sicher, was er gehört hat, oder ob er überhaupt etwas gehört hat. Auf jeden Fall sieht der arme Kerl so aus, als hätte er Angst. Das sagt mir, dass sich in diesem Lagerhaus nichts wirklich Interessantes befindet. Wären hier tatsächlich illegale Waffen versteckt, würde der Shop die Bewachung nicht einem einsamen, sechzigjährigen Großvater überlassen.

Schließlich gibt er auf und kehrt zu dem Schreibtisch an der Vorderseite der Lagerhalle zurück. Von meinem Liegeplatz aus kann ich ihn gut sehen. Kaum hat er sich gesetzt, schlägt er das Buch auf und beginnt zu lesen. Hin und wieder sieht er auf und lässt den Blick durch die Gänge streifen, die von seinem Stuhl aus einsichtig sind, nur um dann wieder zu seinem Buch zurückzukehren. Verdammt. Wie lange werde ich hier bleiben müssen?

Auch wenn es mir nicht gefällt, habe ich keine andere Wahl. Es ist ausgeschlossen, dass ich die ganze Nacht in diesem verfluchten Lagerhaus verbringe. Langsam ziehe ich das SC-20K von meiner Schulter und greife nach einem weiteren Ring-Airfoil-Projektil. Nachdem ich das Gewehr geladen habe, richte ich es auf den Kopf des alten Mannes. Auf diese Entfernung, sollte das Projektil nicht allzu viel Schaden anrichten. Es wird ihn lediglich für eine Weile ausschalten, und wenn er aufwacht, wird er grauenvolle Kopfschmerzen haben. Mehr wird es hoffentlich nicht sein.

Die Waffe auf seinen Hinterkopf gerichtet, drücke ich den Abzug. Perfekter Schuss. Der Wächter sinkt in sich zusammen, als wäre er über dem Buch eingeschlafen.

Sobald ich von meinem Liegeplatz in luftiger Höhe heruntergeklettert bin, schleiche ich mich an die Rückseite der Lagerhalle. Alles sieht ziemlich unschuldig aus. Aber als ich eben Feierabend machen will, entdecke ich das Büro. Es liegt in der rückwärtigen Ecke, ein abgeschlossener Raum mit Fenstern und einer Tür – und ist ebenfalls unversperrt.

Um kein Licht einschalten zu müssen, wähle ich den Nachtsichtmodus. Der Großteil der Papiere, die ich auf dem Tisch durchsuche, sagt mir gar nichts. Doch dann stoße ich auf ein leeres Frachtgutlisten-Formular, das sowohl auf Farsi als auch auf Englisch abgefasst ist. Wo es ein derartiges Formular gibt, muss es noch mehrere geben. Vorsichtig öffne ich den Aktenschrank und ziehe eine Lade nach der anderen heraus, bis ich eine finde, die voll ist von Frachtgutlisten – und diesmal sind sie ausgefüllt. Anhand des Datums suche ich den Ordner für die Lieferungen des letzten Monats. Wieder verstehe ich nicht sehr viel, aber ich erkenne die Namen bestimmter Städte und Länder.

Offenbar verkauft die Tabriz Container Company ihre Produkte in den gesamten Mittleren Osten. Wie ich sehe, haben sie Kunden im Irak, in der Türkei, im Libanon, in Syrien, Jordanien, Ägypten, Afghanistan, Saudi-Arabien, Kuwait und sogar in Israel. Sie haben aber auch Abnehmer in Russland, Aserbaidschan, Armenien, Georgien, der Tschechischen Republik und Polen.

Die Kisten, die ich in Arbil gesehen habe, können also wirklich von überall gekommen sein. Diese Spur führt also nirgendwohin.

Dann sehe ich etwas Interessantes. Ich finde eine Frachtgutliste für eine Lieferung an die Akdamar Enterprises in der türkischen Stadt Van. Von diesem Unternehmen hat Reza mir erzählt. Es gehört diesem humanitären Kerl, diesem Basaran. Aber es gibt auch Frachtgutlisten für Lieferungen an seine Wohltätigkeitsorganisation Tirma. Ein Zufall?

Nachdem ich alles wieder dorthin zurückgelegt habe, woher ich es genommen habe, verlasse ich das Büro. An der Vorderseite der Lagerhalle sehe ich, dass mein Freund, der Nachtwächter, immer noch Schäfchen zählt. Lautlos nähere ich mich ihm, bis ich feststellen kann, dass er ruhig und gleichmäßig atmet. Er wird schon wieder auf die Beine kommen. Dann verlasse ich die Lagerhalle durch den Vordereingang, gehe zu meinem Pazhan und fahre wieder in die Stadt zurück.

Bei Tagesanbruch werde ich mich auf den Weg in die Türkei machen. Ich glaube, es ist an der Zeit, mich mit diesem Namik Basaran zu treffen, um herauszufinden, was wirklich hinter ihm steckt. Ich werde Lambert einen Bericht schicken, mich von Reza verabschieden, und meinen Aufenthalt im Iran als lehrreich abhaken, auch wenn er letztendlich in eine Sackgasse geführt hat.

17

Sarah war bislang zwei Mal betrunken gewesen, und sie hatte diese beiden Gelegenheiten in unangenehmer Erinnerung. Das erste Mal war in der Highschool. Sie hatte mit Freundinnen eine Party besucht, auf die ein paar Jungs ein Fass Bier mitgenommen hatten. Da die Party ohne Aufsicht von Erwachsenen stattfand, hatten alle viel zu viel getrunken. Als die Eltern dahinterkamen, war am nächsten Tag in der Schule die Hölle los. Sarahs Vater war enttäuscht von ihr, legte ihr aber keine allzu harte Strafe auf. Allerdings sorgte er dafür, dass bei ihrer nächsten Party Erwachsene anwesend waren.

Das zweite Mal war etwa einen Monat, nachdem sie von zu Hause ausgezogen war, um in Evanston das College zu besuchen. Sie war bei einem Jungen eingeladen, mit dem sie erst ein paar Mal ausgegangen war. Als er an diesem Abend eine Flasche Jack Daniel's hervorholte, Whiskey-Cola mixte und ihr davon anbot, trank sie drei Glas. Zum Leidwesen des Jungen wurde ihr daraufhin fürchterlich schlecht.

Wer sagte: Aller guten Dinge sind drei? Dieser Gedanke schoss Sarah durch den Kopf, als sie an dem Glas Rotwein nippte. Rivka hatte bereits angekündigt, dass sie genug trinken werde, um einen »Schwips« zu bekommen, und die Jungs hatten erklärt, dass sie weit darüber hinausgehen würden. Sarah hatte für sich entschieden, dass sie gerade genug trinken würde, um ein wenig angeheitert zu sein. Auf jeden Fall wollte sie vermeiden, dass ihr übel wurde.

Noel hatte sie in eine Bar in der Neustadt gebracht, die er schon öfter besucht hatte und von der er wusste, dass man die Mädchen nicht nach ihren Ausweisen fragen würde. Was man auch tatsächlich nicht tat. Nachdem Noel und Eli zwei Flaschen Wein gekauft hatten, setzte sich das Quartett in eine Nische im hinteren Teil des verrauchten Lokals, wo man sie nicht so leicht sehen konnte. Die wenigen Gäste waren zu sehr damit beschäftigt, ihre eigenen Drinks zu genießen, als dass sie den lachenden jungen Leuten Beachtung geschenkt hätten.

Zunächst wirkte die Bar auf Sarah schmuddelig und bedrückend, doch Eli versicherte ihr, dass noch Leben in die Bude kommen würde. Nachdem sie die erste Flasche geleert hatten, waren die beiden Mädchen und Jungs in dem kleinen Hinterzimmer schon ziemlich guter Stimmung. Eli und Noel konnten sehr spaßig sein, vor allem wenn sie anrüchige Witze erzählten, sodass sich Sarah und Rivka köstlich unterhielten. Da störte es auch gar nicht, dass die jungen Männer ihren Mädchen immer wieder zwischen fröhlichem Gelächter einen Kuss gaben.

»Hey, ich habe eine tolle Idee«, sagte Eli schließlich mit einem Blick zu Noel hinüber. »Was meinst du, Noel? Ist es Zeit für irische Autobomben?«

Noel riss grinsend die Augen auf. »Jaaaa!«

»Was ist denn das?«, erkundigte sich Sarah.

»Irische Autobomben! Du wirst sie lieben«, versicherte ihr Noel.

»Irische Autobomben?«, fragte Rivka kichernd. »Wovon sprecht ihr?«

»Das ist ein Getränk, Dummerchen«, sagte Eli. »Ich bin gleich wieder da.« Damit sprang er auf und ging zur Bar.

»Wisst ihr denn nicht, dass wir hier in einem irischen Pub sind?«, fragte Noel.

»Das ist ein irisches Pub? In Jerusalem?«, fragte Sarah.

»Es sieht aber gar nicht aus wie ein irisches Pub«, meinte Rivka.

Einige Minuten später kehrte Eli mit einem Tablett mit vier Glas Bier und vier Schnapsgläsern zurück, die mit einer seltsamen, cremig braunen Flüssigkeit gefüllt waren.

Sobald er sich gesetzt hatte, deutete er auf eines der großen Gläser. »Das ist ein halbes Pint Guiness«, erklärte er. »Und das ist irischer Whiskey, gemischt mit Bailey's Irish Cream«, sagte er, wobei er auf die Schnapsgläser wies. Und dann nahm er ein Schnapsglas nach dem anderen und ließ das ganze Glas samt Inhalt in die Pint-Gläser sinken, sodass sich der Whiskey und die Irish Cream mit dem Guiness vermischten. Auf diese Weise vorbereitet, stellte er vor jede Person am Tisch eine vollständige »Autobombe«, griff nach seiner und stürzte sie in einem Zug hinunter, ohne zu atmen. Dann knallte er das leere Pint-Glas auf den Tisch, sodass das leere Schnapsglas im Inneren klirrte, und rülpste laut.

»Wow«, stieß Sarah hervor.

»Trinkt, bevor die Irish Cream gerinnt!«, forderte Noel die Mädchen auf, nahm sein Glas und stürzte die Mischung noch schneller hinunter als Eli.

»Kommt schon, Ladies. Jetzt seid ihr an der Reihe«, rief Eli.

Rivka nahm zögernd ihr Glas. »Soll ich tatsächlich alles auf einmal austrinken?«, fragte sie.

»Ganz richtig. In einem hinunter damit«, antwortete Noel.

»Eine Autobombe kannst du nicht langsam trinken«, fügte Eli hinzu.

»Okay, los geht's«, sagte sie, hob das Glas und begann zu trinken. Dadurch rutschte das Schnapsglas gegen ihre Nase, und sie hätte beinahe gelacht, hielt jedoch durch. »Weiter, weiter, weiter ...!«, riefen die Jungs. Als Rivka fertig war, knallte sie das Glas auf den Tisch, wie sie es von den beiden jungen Männern gesehen hatte.

»Wow, das war toll!«, stieß sie hervor.

»Jetzt bist du an der Reihe, Sarah«, sagte Eli.

»Ich weiß nicht«, erwiderte Sarah mit zögerndem Blick auf das Glas. »Ich habe noch nie einen Drink in einem ausgetrunken. Wahrscheinlich werde ich mich verschlucken.«

»Nein, wirst du nicht. Einfach immer weiter schlucken. Und hör nicht auf zu atmen. Aber tu es schnell.«

Sarah griff nach ihrem Glas und roch daran.

»Du sollst nicht riechen, sondern trinken!«, forderte Noel sie auf, während er spielerisch ihren Arm anstieß.

»Es schmeckt wirklich gut, Sarah«, bestätigte Rivka lächelnd.

Achselzuckend hob Sarah das Glas an die Lippen und begann, zu trinken und immer weiter und weiter zu trinken.

»Weiter, weiter, weiter, weiter!«

Als sie fertig war, knallte auch sie das Glas auf den Tisch.

»Yeah!«, riefen die anderen.

Sarah war stolz auf sich. »Lecker!«, sagte sie und wischte sich den Mund ab. Eli sah sie mit strahlendem Lächeln an, beugte sich dann zu ihr hinüber und gab ihr einen heißen hungrigen Kuss.

»Wow, Sarah!«, rief Rivka lachend aus. Auch Noel lachte. Und als sich die beiden endlich trennten, stimmte auch sie in das Lachen ein.

In dem Augenblick bemerkte Sarah, dass sich der Raum um sie drehte, was fünf Minuten zuvor noch nicht der Fall war. Sie fühlte sich benommen und ein wenig schwindlig.

»Ich glaube, ich bin bald betrunken«, sagte sie. Aber die Worte klangen nicht, als würden sie zu ihr gehören. Wieder lachte sie. Auch Rivka brach wieder in Lachen aus, umarmte ihre Freundin, und gemeinsam lachten sie so heftig, dass ihnen die Tränen über die Wangen liefen. Eli lehnte sich mit über der Brust verschränkten Armen zurück, betrachtete die Mädchen und warf dann einen Blick auf seine Uhr.

In zehn Minuten sollte es wirken, dachte er.

Dann füllte er die Gläser der Mädchen erneut mit Wein, während er sein und Noels Glas leer ließ.

»Noel, erzähle uns doch von deinem Onkel Martin«, forderte er seinen Freund auf.

Noel hob die Brauen und begann: »Oh. Ja. Das ist eine gute Geschichte.« Lächelnd sahen ihn die Mädchen an, denn sie erwarteten noch mehr ausgelassene Unterhaltung. »Ich habe also einen Onkel, der Martin heißt. Er wohnte im Keller eines Mietshauses und hatte ein etwas seltsames Hobby. Man glaubt es kaum, aber er sammelte Mäusekot. Kein Scherz. Wisst ihr, was er mit dem Mäusekot gemacht hat?«

»Was denn?«, fragte Eli. Die Mädchen verloren allmählich den Faden. Mit offenem Mund und halb geschlossenen Augen bemühten sie sich zu verstehen, was Noel sagte.

»Er hat daraus Kunstwerke gemacht. Dazu hat er den Kot mit Wasser gemischt und damit gemalt. Und wisst ihr, was er gemalt hat?«

»Was hat er denn gemalt, Noel?«, fragte Eli.

»Mäuse!«

Noel spann diese unsinnige Geschichte noch einige Minuten weiter, doch so sehr sich Sarah auch konzentrierte, verlor sie zwischendurch immer wieder den Faden. Es war wie in einem Wachtraum.

Die Worte hallten in ihrem Kopf weiter, bis sie kein einziges mehr verstand. Sie musste einfach die Augen schließen, nur für eine Minute.

Irgendwann hörte Noel zu reden auf.

Rivka war bereits an Sarahs Schulter eingeschlafen. Und auch Sarahs Lider flatterten und schlossen sich endgültig. Als sie in der Nische seitlich von der Bank zu gleiten drohte, fing Eli sie auf und hielt sie fest.

»Wow, das ist aber schnell gegangen«, sagte Noel.

»Wie immer«, bestätigte Eli.

»Ich bin ja froh, dass du ihnen die richtigen Gläser gegeben hast.«

»Komm. Wir müssen sie hier hinausschaffen.« Mit diesen

Worten zog er Sarah aus der Nische und lehnte ihren Körper gegen seinen.

»Was ist los?«, murmelte sie undeutlich.

»Sarah, ich bringe dich nach Hause. Du bist betrunken«, sagte Eli.

»Bin ich das?«

Noel half Rivka auf die Beine, die leise wimmerte. »Rivka, komm mit. Wir müssen jetzt nach Hause gehen«, sagte er.

»Mein Magen tut weh«, murmelte sie, während sie leise zu weinen begann.

»Komm jetzt«, forderte Noel sie auf.

Auf dem Weg hinaus legte Eli Geld auf die Bar. »Ich glaube, die Autobomben waren doch ein wenig zu stark«, meinte er augenzwinkernd zu dem Barkeeper.

Als die kühle Nachtluft Sarahs Gesicht traf, wurde sie sich bewusst, dass sie im Freien war. »Was ist los?«, fragte sie erneut. Ihre Stimme klang seltsam fern.

»Ich bringe dich in meine Wohnung.« Das musste Elis Stimme gewesen sein, dachte sie. Dieser nette Mann half ihr auch noch beim Gehen. Ich hätte nicht so viel trinken sollen. Immerhin wusste sie, dass ihr Alkohol nicht bekam. Sie fühlte sich einfach grauenvoll und wollte nichts, als so schnell wie möglich ins Bett kriechen.

Das Letzte, woran sie sich erinnern konnte, ehe sie endgültig das Bewusstsein verlor, war eine Autotür, die zugeschlagen wurde, sobald sie auf den Beifahrersitz gesunken war.

Eli fuhr seinen verbeulten Chevrolet Cavalier Baujahr 1995 aus der Neustadt hinaus nach Norden, in Richtung des Flughafens Atarot. Sarah schnarchte leise auf dem Beifahrersitz. Ehe er die Straße verlassen hatte, in der die Bar lag, hatte er beobachtet, wie Noel Rivka in seinem Wagen untergebracht hatte und davongefahren war.

Zum Glück musste er nicht tun, was Noel zu tun hatte.

Das Rohypnol wirkte erstaunlich schnell. Er hatte die beiden weißen Tabletten zerbrochen, je eine in ein Schnapsglas gegeben, und dann gewartet, bis sich das Pulver auflöste, ehe er die irischen Autobomben an den Tisch gebracht hatte. Sarah und Rivka hatten nicht erfahren, was sie getroffen hatte. Echte Autobomben.

Es war schon fast Mitternacht, als er von der Schnellstraße auf eine wenig befahrene Seitenstraße zum Industrieviertel der Stadt einbog. Dicht über sich hörte Eli Flugzeuge, die sich im Landeanflug auf den kleinen Flughafen befanden. Als er das Lagerhaus erstmals betrat, um es auf Sarahs Ankunft vorzubereiten, war er nicht sehr glücklich gewesen über die Lage. Ihm wäre es lieber gewesen, wenn es etwas weiter von Jerusalem entfernt und nicht so nahe beim Flughafen gelegen wäre. Aber Befehl war Befehl. Offenbar gehörte das Gebäude den Auftraggebern von Yuri und Vlad bereits. Ihm konnte es egal sein, solang man ihm bezahlte, was ihm zustand.

Das Ziel seiner Fahrt lag am Ende einer kurvenreichen Straße durch verfallene Lagerhäuser und heruntergekommene Bürogebäude. Vlad hatte gemeint, es wäre am Ende der Welt. So Unrecht hatte er damit nicht. Abgesehen von seiner Nähe zum Flughafen, schien das Lagerhaus mitten im Niemandsland zu stehen. Das Gebäude war dunkel und wirkte verlassen, bis auf die beiden Sportwagen, die davor geparkt waren. Für Elis Geschmack waren der Ferrari und der Jaguar ein wenig zu auffällig, aber was sollte er den beiden Männern sagen? Besorgt euch so hässliche Autos wie meines?

Er fuhr den Chevy neben den Jaguar und schaltete den Motor ab. Dann warf er einen Blick auf das schlafende Mädchen neben sich und sagte: »Tut mir Leid, Sarah.«

Schließlich stieg Eli aus und ging zur Vordertür des Gebäudes. Er klopfte und wartete, bis das kleine Fenster einen Spaltbreit geöffnet wurde. Dunkle Augen spähten vorsichtig heraus.

»Helft ihr mir?«, fragte Eli.

Die Tür wurde aufgeschlossen, geöffnet, und die beiden Russen traten heraus.

»Ist sie okay?«, fragte Yuri.

»Ja. Aber ihr ist kalt hier draußen«, sagte Eli.

»Dann sollten wir sie hineinbringen«, meinte Vlad.

Gemeinsam gingen sie zum Wagen hinüber.

»Hey, sie ist ja eine Schönheit!«, rief Vlad aus, sobald er Sarah sah. »Der Job wird ja noch viel interessanter, als ich geglaubt habe.«

»Schweig, du geiler Bock«, fuhr ihn Yuri an. »Hilf mir lieber.«

Die beiden Männer zogen das Mädchen aus dem Wagen und trugen sie in das Gebäude.

»Vorsichtig, lasst sie nicht fallen«, rief Eli.

»Keine Sorge, Kleiner«, sagte Yuri. »Sie ist Gold wert.«

Eli folgte den beiden Männern in das Lagerhaus und schloss die Tür ab. Während der mittlere Bereich des Raumes frei geräumt war, stapelten sich an beiden Seiten alte und zerbrochene Küchengeräte und Badezimmerapparaturen. Auf zwei Betonsäulen ragte ein eingeschobenes Obergeschoss bis zur Hälfte in die Lagerhalle hinein. Auch dieser Oberstock war voll von Gerümpel. Die beiden Männer trugen Sarah durch die staubige Lagerhalle und eine Tür an der Westseite in einen modrig riechenden Korridor, an dem drei Büros lagen. Sie brachten sie in das dritte Büro, das nur mit einem Feldbett mit Decken und einem Kissen, einem kleinen Tisch und einem Stuhl ausgestattet war. In dem angrenzenden Badezimmer befand sich eine Toilette, ein Spülbecken und eine Duschkabine.

Selbstverständlich gab es kein Fenster.

Nachdem Yuri und Vlad das bewusstlose Mädchen auf das Feldbett gelegt hatten, deckten sie es mit einer Decke zu und verließen den Raum. Vlad verschloss das Büro und bedeutete Eli, ihm in einen der anderen Räume zu folgen.

»Du hast deine Sache gut gemacht«, sagte er. »Ich habe dein Geld.«

Der mittlere Raum war zugleich Büro und Schlafzimmer, denn er enthielt ebenfalls ein Feldbett, aber auch einen Schreibtisch und ein Telefon. Von der Tür aus beobachtete Yuri, wie Vlad einen großen weißen Umschlag aus einer Schreibtischlade zog und ihn Eli zuwarf. Dieser öffnete ihn und spähte hinein.

»Es ist alles drin«, sagte Vlad. »Aber wenn du willst, kannst natürlich gerne nachzählen.«

Eli hätte tatsächlich gerne nachgezählt, aber vermutlich würden ihn die beiden Männer dann für einen Schwächling halten, und das wollte er gewiss nicht. »Ich bin sicher, dass es in Ordnung ist«, sagte er. »Wie ... Wie ist die andere Sache gelaufen?«

»Welche andere Sache?«

»Die mit diesem Kerl namens Blaine?«

»Ach, Blaine«, sagte Yuri. »Das ist ... das ist sehr gut gelaufen.«

Eli nickte. »Dann müssen eure Auftraggeber ja ziemlich glücklich sein. Ich glaube, dass alles, was ich über sie herausgefunden habe« – er deutete mit dem Kopf auf den Nebenraum – »stimmt. Ihr Vater ist tatsächlich der, den ihr sucht.«

Vlad sprach als Erster. »Wie ich schon gesagt habe, du hast deine Sache gut gemacht. Wir haben dir einen netten Schlafplatz oben hergerichtet. Tut mir Leid, aber hier unten war nichts mehr frei. Yuri schläft nebenan, ich hier, und unser Gast im dritten Zimmer.

»Ich weiß«, sagte Eli. »Ist schon in Ordnung.«

»Was ist mit der Freundin des Mädchens?«, erkundigte sich Yuri.

Eli zuckte die Achseln. »Keine Ahnung. Ich habe noch nicht mit Noel gesprochen. Er hat sie in den Wagen gesetzt und ist fortgefahren. Ich nehme an, alles ist in Ordnung. Übrigens, wollt ihr nicht eure Autos wegfahren?«

»Das wollten wir eben tun«, antwortete Yuri. »Wir stellen sie hinten ab und legen eine Plane darüber. Das solltest du auch tun.«

Nachdem die drei Männer die Autos hinter das Lagerhaus gefahren hatten, trafen sie einander wieder in dem kleinen Büro. »In Ordnung. Wir sollten jetzt ein wenig schlafen«, sagte Yuri schließlich, während er Eli die Hand schüttelte. Dann verabschiedete sich Eli mit einem Nicken von Vlad und ging durch den Korridor zurück in die Lagerhalle. Über die Holztreppe stieg er ins Obergeschoss hinauf, wo er in der hinteren Ecke einen Schlafsack fand.

Während er sich entkleidete und in den Schlafsack schlüpfte, fragte sich Eli, ob er in die Hölle kommen würde.

18

Der Südosten der Türkei ist landschaftlich wunderschön, aber durch sein stark zerklüftetes Gelände schwierig zu befahren. Ich fürchte, dass Rezas Pazhan nicht genug Power hat, um das ständige Auf und Ab der Bergstraßen zu überstehen. Bei den Anstiegen wird der Wagen immer beträchtlich langsamer. Der Nordosten des Iran ist bereits bergig, aber er kann sich in keiner Weise mit diesem Teil der Türkei messen. Der Kaukasus ist weitläufig und die Straßen nicht immer gut unterhalten. Glücklicherweise ist es nicht Winter, denn dann würde ich wirklich in Schwierigkeiten stecken. Von Dezember bis April kann es hier bitterkalt und stark verschneit sein, und ich fordere mein Glück heraus, indem ich Ende März hier bin. Auf den höheren Hängen liegt immer noch Schnee und Eis, und ich muss immer wieder die Temperatur meines Spezialanzugs nachstellen, um mich warm zu halten.

Diese Region unterscheidet sich jedoch auch durch eine weitere Eigenschaft vom übrigen Land, denn die Osttürkei ist eher asiatisch als europäisch. In diesem ehemaligen Teil von Mesopotamien sind sowohl im Land als auch bei den Menschen Spuren dieser längst verlorenen Kultur zu finden, was der Gegend eine wesentlich exotischere Atmosphäre verleiht als dem Rest der Türkei. Aus demselben Grund sind die Menschen hier konservativer, misstrauischer und Fremden gegenüber weniger aufgeschlossen als in der verwestlichten, europäischen Hälfte des Landes. Die Region wird auch von den Kurden dominiert, die insgesamt etwa ein Fünftel der Bevölkerung ausmachen.

In den letzten Jahrzehnten litt dieser Teil des Landes unter dem Terrorismus, der von der PKK – der Kurdischen Arbeiterpartei – gefördert wurde, die heute zu den gefährlichsten Terrorgruppen der Welt gezählt wird. Kürzlich änderte sie ihren Namen in KADEK, Freiheits- und Demokratiekongress Kurdistans, und ein weiteres Mal in KONGRA-GEL, Kurdischer Volkskongress, um den Eindruck zu verwischen, dass sie den Terrorismus unterstütze. Die Gerichte haben noch nicht geklärt, ob dieser Vorwurf gerechtfertigt ist oder nicht. Jedenfalls wimmelt es im Südosten von türkischer Polizei und Antiterrorkräften, sodass ich ständig bereit sein muss, ohne Vorwarnung angehalten zu werden.

Reza hat mich mit allen nötigen Identitätsausweisen und Visa ausgestattet. Jetzt bin ich wieder ein Schweizer Interpol-Agent. Die Einreise ist kein Problem, obwohl man mir eine Menge Fragen stellt. Ich bin jedoch ziemlich gut darin, diese alltägliche Auswahl an Polizisten zu bluffen. Nachdem sie mich streng gewarnt haben, nachts den Straßen fern zu bleiben, nicht mit Kurden zu sprechen, keine Gegenstände für sie zu transportieren und jede verdächtige Aktivität zu melden, lassen sie mich passieren.

Mein erstes Ziel ist Van. Diese mittelgroße Stadt liegt am Ostufer des Van-Sees, des größten Gewässers der Türkei, abgesehen vom Marmara-Meer bei Istanbul. In der Nähe erhebt sich der Berg Ararat, der nicht nur einen spektakulären Anblick bietet, sondern auch Standort einer türkischen Militäreinrichtung ist, die für Zivilisten verboten ist. Es wäre besser, mich in dieser Umgebung nicht blicken zu lassen.

Mit Hilfe des Navigationssystems des Third Echelon finde ich Akdamar Enterprises am Rand der Stadt, direkt am Ufer des riesigen Sees. Was für ein seltsamer Ort für ein Firmenkonglomerat, das sich mit Baukonstruktionen und Stahl befasst? Warum gerade Van? Vielleicht weil der Großteil der Kunden aus Kurden aus der Region besteht? Wer weiß. Mittlerweile weiß ich, dass das Unternehmen nach der Insel Akdamar benannt ist, einer der bedeutenderen Inseln des Sees. Zu den wenigen Touristenattraktionen von Van gehört die aus dem 10. Jahrhundert stammende Heiligkreuzkirche auf der Insel Akdamar.

Ich parke den Pazhan auf einem Hügel über dem ausgedehnten Firmenkomplex, um mir die Anlage aus der Vogelperspektive anzusehen. Durch das Spezialfernrohr des Third Echelon kann ich erkennen, dass das Anwesen von einem hohen Maschendrahtzaun umgeben ist. In der Mitte befindet sich ein offener Hof mit zwei Flaggenmasten an den jeweils gegenüberliegenden Ecken. Auf dem einen ist die türkische Fahne aufgezogen, während an dem anderen das Unternehmenslogo flattert. Eine große Raffinerie mit zwei hohen Schloten dominiert das Gelände wie ein Wahrzeichen. Vermutlich liegen dort die Stahlwerke. Am Ufer des Wassers lagern mehrere große Ölbehälter, und daneben stehen kleinere Bauwerke, die wahrscheinlich als Arbeiterquartiere und Büros dienen. Soweit ich feststellen kann, patrouillieren auf dem Gelände mehrere bewaffnete Wächter – sowohl am Zaun entlang als auch rund um die Gebäude. Als ausgezeichnetes Ziel für terroristische Anschläge werden die Ölbehälter besonders gut bewacht. Zusätzlich fahren Wächter in dreirädrigen Fahrzeugen durch das Gelände, die an Golfwagen erinnern und sich schneller fortbewegen als ein Mensch zu Fuß.

Besonders beeindruckend ist jedoch die Tatsache, dass die Anlage eine eigene Start- und Landebahn und einen eigenen Hangar besitzt. Ein Transportflugzeug mit dem Logo von Akdamar Enterprises macht sich eben zum Start bereit. Basarans Geschäfte müssen wirklich gut laufen.

Reza hat mir einen Empfehlungsbrief an Basaran mitgegeben. Obwohl die beiden Männer einander nicht persönlich kennen, sollten ihre Geschäftsbeziehungen genügen, um mir die Türen zu öffnen. Deshalb rechne ich fest damit, dass ich mit Hilfe dieses Briefs und meiner Interpol-Papiere die Anlage durch die Vordertür betreten werde können. Mir ist es wichtig,

Basaran persönlich zu treffen, um ein Gefühl dafür zu bekommen, welche Art von Mensch er ist. Wenn er Benton tatsächlich gekannt hat, ist er vielleicht auch imstande, mir Informationen zu geben.

Nachdem ich elegante Straßenkleidung mit Krawatte angelegt habe, verstaue ich den Rucksack im Auto und fahre hinunter auf den Besucherparkplatz. Dem Wächter am Eingang lege ich meine Papiere und den Brief vor und ersuche um ein Gespräch mit Basaran.

»Haben Sie einen Termin?«, fragt er auf Englisch mit starkem Akzent.

»Nein«, antworte ich. »Leider hatte ich keine Zeit, um etwas auszumachen. Ich bin eben erst im Land angekommen. Aber wenn Mr Basaran jetzt beschäftigt ist, kann ich vielleicht später wiederkommen ...?«

»Warten Sie hier«, sagt der Wächter, kehrt in seine Wächterkabine zurück und tätigt einen Anruf. Ich sehe, wie er Rezas Brief vorliest. Dann nickt er und wirft mir einen raschen Blick aus dem Augenwinkel zu. Schließlich kehrt er zurück und sagt: »Wenn es Ihnen nichts ausmacht, ein wenig zu warten, wird sich Mr Basaran für Sie Zeit nehmen, sobald er aus einer Besprechung kommt.« Er übergibt mir eine Karte der Anlage, deutet auf die Gruppe mit den kleineren Gebäuden am Ufer des Sees und fordert mich auf, dorthin zu fahren und auf dem Parkplatz daneben zu parken. Dann gibt er mir noch einen Besucherausweis und ermahnt mich, nicht auf dem übrigen Gelände herumzu fahren.

Die Aussicht am See ist spektakulär. Der Tag ist klar und das Wasser erstreckt sich bis zum Horizont. Der Anblick erinnert stark an den Lake Michigan, vom Stadtrand von Chicago aus betrachtet. Die modernen Gebäude hier beherbergen offenbar die Verwaltungsbüros, ein Angestelltenzentrum mit Schließfächern, Umkleideräumen, einer Sporthalle, einer Cafeteria und einem kleinen Laden, sowie das Hauptquartier der Wohlfahrtsorganisation Tirma. Übrigens hat mich Carly vom Third Echelon darauf hingewiesen, dass »Tirma« auf Farsi »Seide« bedeutet. Nun frage ich mich, warum auf Persisch, und nicht auf Türkisch?

Der Warteraum im Verwaltungshauptgebäude ist modern und bequem. Er ist genau so eingerichtet, wie man es von einem Empfangsraum erwartet. Außerdem bemerke ich die Überwachungskamera in der Ecke, die aufzeichnet, wer hier ein- und ausgeht. Hinter einem Glasfenster sitzt eine hübsche türkische Empfangsdame, die mir hin und wieder einen Blick zuwirft. Es ist erfrischend, in einem vorwiegend muslimischen Land zu sein, in dem die Regeln so weit gelockert sind, dass Frauen ihr Haar enthüllen und die Haut an Armen und Beinen zeigen dürfen.

Nachdem ich etwa zwanzig Minuten gewartet habe, holt mich eine weitere hübsche türkische – oder vielleicht auch kurdische – Frau ab und führt mich zu einer Tür rechts von der Empfangsdame, die mit einem Tastencode zu öffnen ist. Zu meiner Ausbildung beim Third Echelon gehörte es, mir die Ziffernabfolge zu merken, sobald jemand einen derartigen Code eingibt. Je nach Geschwindigkeit der Eingabe habe ich schließlich eine Erfolgsrate von achtundachtzig Prozent erzielt. So stelle ich mich neben die Frau und täusche genau in dem Augenblick einen Hustenanfall vor, in dem sie beginnt, die einzelnen Tasten zu drücken. Damit vermittle ich die Illusion, dass ich nicht zusehe. Hurtig tanzen ihre Finger über die Tastatur, aber es gelingt mir, die Abfolge zu erfassen: 8, 6, 0, 2, 5.

Sobald sich die Tür öffnet, führt sie mich durch einen Korridor, der mit Kunstwerken aus dem Mittleren Osten geschmückt ist. Während wir gehen, gebe ich den Code schnell in meinen OPSAT ein, damit ich ihn nicht vergesse. Als wir um eine weitere Ecke biegen, entdecke ich eine zweite Überwachungskamera an der Decke. Schließlich betreten wir das geräumige, sehr westlich eingerichtete Büro des Direktors. An der Wand hängt doch tatsächlich ein Picasso, während auf einem Tisch in der Ecke ein maßstabsgerechtes Modell eines ausgefallenen modernen Gebäudes steht.

Kaum betrete ich den Raum grüßt mich Namik Basaran mit breitem Lächeln an der Tür und streckt mir die Hand zum Gruß entgegen. Neben ihm steht ein riesenhafter Mann in Anzug und Turban, der mich aufmerksam beobachtet.

»Willkommen in der Türkei, Mr Fisher«, sagt Basaran in ausgezeichnetem Englisch. Während ich ihm die Hand schüttle und mich bedanke, bemerke ich, dass er mit der anderen Hand einen Gummiball drückt. »Das ist wegen meiner Sehnenscheidenentzündung«, erklärt er lächelnd. »Und außerdem ist es eine nervöse Angewohnheit!« Mit diesen Worten kehrt er zu seinem Schreibtisch zurück und lässt den Ball in eine Lade fallen. Dann wendet er sich an den Riesen. »Danke, Farid. Du kannst uns jetzt allein lassen.«

Der Riese nickt, wirft mir noch einen letzten Blick zu und verlässt dann den Raum.

»Mein Leibwächter«, erklärt Basaran. »Und mein Chauffeur und Sekretär. Ein Mann in meiner Position kann nicht vorsichtig genug sein. Armer Farid, ich habe ihn von der Straße in dieses Unternehmen gebracht. Er ist Iraner, ein Opfer des Regimes von Saddam Hussein. Farid kann nicht sprechen – man hat ihm während des Iran-Irak-Kriegs im Gefängnis von Abu Ghraib die Zunge herausgeschnitten. Nun gut. Darf ich Ihnen etwas zu trinken anbieten? Tee? Kaffee? Etwas Stärkeres?«

Ich zucke mit den Achseln und sage, dass ich dasselbe nehmen würde wie er.

»Zu dieser Tageszeit ziehe ich persönlich eine kleine Tasse Tschai vor. Wäre das etwas für Sie?«

Während ich innerlich zusammenzucke, antworte ich lächelnd: »Das wäre ausgezeichnet.«

Tschai ist ein türkischer Tee aus der Schwarzmeer-Region, der üblicherweise mit Unmengen an Zucker serviert wird.

Außerdem ist er ziemlich stark. Aber wenn es sein muss, kann ich ihn lächelnd ertragen. An seiner Bar gießt Basaran den Tee in kleine tulpenförmige Gläser und trägt sie auf den niedrigen Tisch unterhalb des Picasso, an dem wir in schwarzen Lederfauteuils Platz nehmen. Links von uns erstreckt sich ein Fenster, das die gesamte Wand einnimmt und einen prachtvollen Blick auf den See bietet.

Basarans Alter ist schwierig zu schätzen, aber ich vermute, dass er Anfang fünfzig ist. Er ist etwa mittelgroß, und hat im Gesicht und an den Händen schwere Hautprobleme, wie schon auf dem Foto zu sehen war. Für eine Hauttransplantation sind die Veränderungen nicht schwerwiegend genug, andererseits sieht es auch nicht nach einer Krankheit aus.

»Sie haben hier eine wirklich beeindruckende Anlage, Mr Basaran«, sage ich.

»Danke. Ich bin auch wirklich glücklich darüber, dass ich erreicht habe, was ich in meiner Jugend angestrebt habe, und dass ich noch jung genug bin, um diesen Erfolg zu genießen.«

»Vor allem hat mich die Start- und Landebahn beeindruckt. Wofür verwenden Sie sie?«

Er zuckt die Achseln. »Wir liefern unsere Produkte überallhin. Derzeit baue ich gerade ein kunstvolles Einkaufszentrum in Nordzypern. Dort auf dem Tisch steht ein Modell davon. Ist es nicht wunderschön? Wir fliegen tagtäglich Material auf die Insel. Wie Sie sich vorstellen können, bin ich ein starker Befürworter des türkischen Anspruchs auf Zypern. Meine Mithilfe besteht darin, Nordzypern aufzubauen und den Menschen modernere Infrastruktureinrichtungen und Attraktionen zu bieten. Dieses Einkaufszentrum wird das größte seiner Art im Nahen Osten.« Kopfschüttelnd trinkt er einen Schluck Tee. »Die unablässigen Auseinandersetzungen mit den griechischen Zyprioten sind eine wahre Tragödie. Warum können sie uns nicht einfach akzeptieren? Aber das führt uns zu einem ganz anderen Gespräch. Nun, was bringt Sie nach Van, Mr Fisher?

Wie ich Ihrem Empfehlungsschreiben von Mr Hamadan entnehmen kann, arbeiten Sie für die Interpol. Wie kann ich Ihnen helfen?«

Ich erzähle ihm die Story, dass ich Material für einen umfangreichen Bericht über den Terrorismus in dieser Region sammle. Die Interpol würde diesen Bericht veröffentlichen und an sämtliche Verbrechensbekämpfungsagenturen weltweit weiterleiten. Vor allem würde er jedoch dazu beitragen, dass der Terrorismus hier im Nahen Osten selbst bekämpft würde. »Mr Hamadan hat mir empfohlen, mit Ihnen zu sprechen, da Sie ein Experte für den Terrorismus in der Osttürkei sind«, sage ich. Ein wenig Schmeichelei hat schon oft geholfen.

»Sie überschätzen mich«, wehrt Basaran ab. Sein Lächeln zeigt jedoch, dass er das Kompliment genießt. »Ich würde mich nicht als Experten bezeichnen. Das ist einfach lächerlich. Aber ich weiß schon das eine oder andere. Immerhin beobachte ich die verschiedenen Gruppen dieser Region seit vielen Jahren und habe mich sogar mit den Anführern einiger Gruppierungen getroffen. Das heißt nicht, dass sie meine Freunde sind. Als türkischer Unternehmer – und vor allem als erfolgreicher türkischer Unternehmer – bin ich ihnen vermutlich ebenso verhasst wie jeder andere in der Türkei, der einen westlichen Lebensstil bevorzugt. Ich könnte wirklich stundenlang über Terrorismus sprechen, aber wenn Sie keine spezifischen Fragen haben, wäre es vielleicht besser, unser Gespräch auf einen späteren Zeitpunkt zu verschieben, denn ich bin heute sehr beschäftigt.«

Ich entschließe mich, einen weiteren Namen einzuwerfen. »Ich verstehe. Rick Benton hat ebenfalls gesagt, dass Sie sehr hilfreich sind.«

Mir entgeht nicht, dass seine Augen kurz aufblitzen. »Sie kennen Mr Benton?«, fragt er.

»Nur durch seine Arbeit«, antworte ich. »Ich habe Mr Benton leider nicht mehr kennen gelernt.«

Basaran starrt mich mit leicht geöffnetem Mund an. »Leider nicht mehr kennen gelernt? Wollen Sie sagen, dass er ...?«

»Ja«, antworte ich, »er wurde letzte Woche in Brüssel ermordet.«

»Wie tragisch! Das tut mir Leid zu hören. Weiß man, wer es getan hat?«

»Nein, das ist nach wie vor ein Rätsel.«

Basaran trinkt wieder einen Schluck Tee. »Ich habe ihn einmal getroffen. Wie Sie hat auch er mir Fragen über die Terroristengruppen gestellt, die in diesem Teil des Landes aktiv sind. Ich versichere Ihnen, dass ich mich in jedem öffentlichen Forum gegen Terrorismus ausspreche. Das ist sowohl für mich als auch für meine Familie sehr wichtig.«

Auch wenn ich gerne mehr über seine Familie erfahren würde, entscheide ich, dass dies nicht der geeignete Augenblick ist.

»Kennen Sie meine Wohlfahrtsorganisation Tirma?«, erkundigt sich Basaran.

»Ja, auch wegen dieser Organisation wollte ich Sie treffen.«

»Tirma ist mein persönliches Projekt. Ich widme einen großen Teil meines Einkommens der Terrorismusbekämpfung, und Tirma gestattet mir, etwas zu bewegen – auch wenn es nur ein kleiner Beitrag ist.«

»Die Organisation ist nicht gewinnorientiert, richtig?«

»Richtig. Und ich darf hinzufügen, dass auch alle Mitarbeiter freiwillig ihre Arbeit leisten. Wenn Sie also bei der Interpol kündigen und kostenlos für uns arbeiten wollen, sind Sie uns herzlich willkommen!«, erklärte er mit schallendem Lachen.

Ich stimme kurz in sein Lachen ein, ehe ich das Gespräch wieder auf das ursprüngliche Thema zurückbringe. »Da Ihre Zeit knapp ist, werde ich mich auf ein paar spezifische Fragen beschränken.«

»Schießen Sie los.«

»Was wissen Sie über den Shop, und was wissen Sie über die Shadows?«

Basaran nickt, als hätte er die Frage erwartet. »Mr Benton hat mir dieselbe Frage gestellt. Diese beiden Gruppierungen stehen heute auf jeder Liste an oberster Stelle. Was die Shadows betrifft, hat unser Freund Tarighian dem Wort ›geheimnisvoll‹ eine ganz neue Dimension verliehen.«

»Tarighian?«, wiederhole ich, als wäre mir dieser Name nicht bekannt.

»Nasir Tarighian«, erklärt Basaran. »Er ist die Geldquelle der Shadows. Haben Sie das nicht gewusst?«

»Ich habe geglaubt, Nasir Tarighian ist in den 1980ern gestorben.«

»Das wollte er allen weismachen. Aber er lebt, finanziert und leitet die Operationen der Shadows mit fester Hand. Leider weiß niemand, wo er sich aufhält. Auch weiß niemand etwas über sein Privatleben. Er ist ein sehr geheimnisvoller Mann, und dasselbe gilt für seine Organisation. Man sagt, Tarighian lebt wie ein Nomade, etwa so wie Osama Bin Laden. Angeblich zieht er mit seiner Bande fröhlicher Terroristen immer von einem Ort zum anderen, um nicht gefasst zu werden. Ich vermute, dass sie irgendwo in den Bergen in Höhlen leben.«

»Irgendwelche Vermutungen, wo sie sich am häufigsten aufhalten?«

»Ich nehme an in Armenien, Georgien oder Aserbaidschan, denn dort ist es für sie sicherer. In der Türkei würde man sie vermutlich schnappen. Im Iran würde man sie wohl auch fassen, und im Irak würde man sie sogar ganz sicher fassen. Aber ich weiß es wirklich nicht. Vielleicht ziehen sie auch periodisch von einem Land in das nächste.«

»Kennen Sie Ahmed Mohammed?«, frage ich.

»Ja, natürlich. Er ist der sichtbare Anführer der Shadows. Wobei ›Anführer‹ nicht das richtige Wort ist. Er erhält von Tarighian Anweisungen und Geld und kümmert sich nur darum, dass die Dinge auch ausgeführt werden. Er ist ein viel gesuchter Terrorist, und bei ihm bin ich sicher, dass er tatsächlich immer auf der Flucht ist. Dieser Mann ist eine Schlange.«

»Irgendeine Ahnung, wo er stecken könnte?«

»Nein. Überall und nirgendwo. Wie Tarighian.«

In diesem Augenblick wird an die Tür geklopft.

»Entschuldigen Sie mich für einen Augenblick«, sagt Basaran. »Herein!«

Ein hagerer Mann mit ungekämmtem blonden Haar betritt den Raum. Er scheint Ende vierzig oder Anfang fünfzig zu sein. »Darf ich Sie einen Moment sprechen?«, fragt er Basaran. Ich kann seinen Akzent nicht einordnen, aber er ist sicher europäisch.

»Professor, wie oft pro Tag wollen Sie mich eigentlich unterbrechen?«, erwidert Basaran, während er sich erhebt. »Der Professor ist ein wahrer Pedant in seiner Arbeit«, erklärt er mit einer viel sagenden Handbewegung. »Wenn Sie mich bitte für ein paar Minuten entschuldigen. Ich bin gleich zurück.«

Rasch greife ich in meine Jackentasche und ziehe drei Miniaturhaftwanzen heraus. Sie weisen große Ähnlichkeit mit den Haftkameras auf, die ich verwende, bis darauf, dass sie ausschließlich Audiosignale übertragen. In Sekundenschnelle platziere ich eine an der Unterseite von Basarans Schreibtisch, hoch oben an einem Bein, wo niemand sie allzu leicht bemerkt. Dann eile ich zu dem Maßstabsmodell und befestige eine weitere Wanze an der Unterseite des Tisches. Schließlich klebe ich die dritte Wanze unter den kleinen Tisch, an dem wir eben gesessen sind. Dann nehme ich wieder meinen Platz ein und greife nach meiner Teetasse. Als Basaran zurückkehrt, hebe ich die Tasse eben an die Lippen.

»Ich muss mich für die Unterbrechung entschuldigen«, sagt er. »Leider kann ich unser Gespräch jetzt nicht weiterführen, denn eine dringende Angelegenheit fordert meine Aufmerksamkeit. Aber wenn Sie heute Abend Zeit hätten, würde es mich freuen, mit Ihnen zu Abend zu essen und an unser Gespräch anzuknüpfen.«

»Es ist mir ein Vergnügen«, antworte ich, während ich mich erhebe. »Sagen Sie mir nur wann und wo.«

Er gibt mir die Adresse eines Restaurants in der Hafengegend, und wir vereinbaren, uns dort am Abend um acht Uhr zu treffen. Nachdem er mir die Hand gegeben hat, werde ich aus dem Gebäude hinausbegleitet.

Sobald ich die Anlage verlassen habe, fahre ich auf den Hügel, auf dem ich zuvor angehalten habe, und schalte meinen OPSAT auf die Frequenz der kleinen Wanzen, die ich in Basarans Büro zurückgelassen habe. Der Empfang ist gut, aber ich weiß, dass die Qualität nachlassen wird, je weiter ich mich entferne. Basarans Stimme ist ausgezeichnet zu verstehen, als er mit einem anderen Mann auf Englisch spricht. Der andere Mann klingt nicht wie der Professor, den ich eben kurz gesehen habe.

»Wie lautet ihre Antwort?«, fragt Basaran.

»Der Lieferant weigert sich, uns das Geld für die erste Ladung zurückzuzahlen. Die Ware wurde im Irak konfisziert und war zu diesem Zeitpunkt bereits in unseren Händen. Deshalb tragen wir die Verantwortung dafür, sagt er.«

»Zur Hölle mit ihnen«, knurrt Basaran. »Was mit der Ladung passiert ist, war nicht unsere Schuld, und das wissen sie. Mistkerle.«

»Nicht nur das. Die Zahlung für die Ersatzlieferung ist in zwei Tagen fällig«, sagt er andere Mann.

»Das ist Straßenräuberei, nicht mehr und nicht weniger. Verdammter Zdrok! In Ordnung, tu, was du tun musst. Bereite die Zahlung vor. Und sag Professor Mertens, dass er mich in zwanzig Minuten in seinem Labor erwarten kann.«

Mertens? Ich erinnere mich, dass Rick Benton diesen Namen auf seiner Aufstellung notiert hatte. War das der »Professor«, den ich in Basarans Büro gesehen habe?

Dann höre ich, wie die Tür geöffnet und wieder geschlossen wird. Nachdem es eine Weile still war, höre ich, wie Basaran erneut einen Fluch murmelt: »Verdammter Zdrok«. Danach wird die Tür nochmals geöffnet und geschlossen, doch diesmal bleibt es still im Raum.

Tarighian. Mertens. Zdrok. Allmählich fügt sich alles zusammen.

19

Lieutenant Colonel Petlow wusste, dass die konfiszierten Waffen einen ausgezeichneten Lockvogel für die Shadows abgeben würden.

Nachdem er den Bericht von Sam Fisher aus Arbil erhalten hatte, ergriff die amerikanische Armee die Initiative, die Waffenlieferung sicherzustellen, die bis dahin auf einer Polizeiwache gelagert wurde, und sie an einen nicht näher bezeichneten Ort zu transportieren. Da die Shadows deutlich gezeigt hatten, wie begierig sie waren, die Lieferung zurückzubekommen, wurde ein Plan ausgearbeitet, um die Terroristen aus ihrem Versteck zu locken. Auch die irakische Polizei stand unter Druck. Sie musste die Verantwortlichen für die Ermordung ihrer Kollegen finden und den missglückten Einsatz vor der Polizeiwache von Arbil wettmachen. Das Debakel war für die irakische Polizei wesentlich peinlicher gewesen als für die amerikanische Armee. Tatsächlich hatte das Pentagon die irakische Regierung sogar beschuldigt, durch die mangelhafte Ausbildung ihrer Polizei für den Tod von vier amerikanischen Soldaten verantwortlich zu sein, die offiziell nur als Beobachter an der Razzia teilgenommen hatten. Auf diese Weise kam es zu dem einzigartigen Beispiel einer Zusammenarbeit zwischen amerikanischem Militär und einheimischer Polizei, die gemeinsam einen Plan ausarbeiteten, um die entkommenen Terroristen zu fassen.

Eine positive Folge hatte die politische Veränderung im Land. Seit der Irak im Sommer 2004 eine eigene Regierung bekam, arbeiteten Informanten bereitwilliger mit der irakischen Polizei, dem Geheimdienst und dem Militär zusammen. Diese Personen, bei denen es sich vorwiegend um Zivilisten, aber auch ehemalige irakische Milizangehörige handelte, waren nicht nur daran interessiert, dass ihre Bemühungen finanziell abgegolten wurden, sondern auch an vorteilhaften Beziehungen zu den neuen Machthabern. Mitunter erhielt ein vertrauenswürdiger Informant einen besonderen Posten oder auch handfeste Werte wie ein Stück Land. In einem Land wie dem Irak, das noch immer darum kämpfte, den wirtschaftlichen Status wiederzuerlangen, den es vor dem Krieg gehabt hatte, griffen viele nach der Chance voranzukommen.

In diesem Fall zahlte man die Informanten, um in Arbil das Gerücht zu verbreiten, dass die von den Shadows konfiszierten Waffen in einer Höhle aufbewahrt wurden, die von einem kurdischen Militärzug bewacht wurde. Außerdem seien diese Kurden unerfahren und undiszipliniert.

Tatsächlich befanden sich die Waffen nie auch nur in der Nähe dieser Höhle. Die amerikanische Armee positionierte zwei Armeezüge vor Ort. Sollten die Shadows nicht innerhalb von zwei Wochen versuchen, die Waffen zurückzuerobern, würden diese Soldaten durch andere abgelöst werden. Petlow war davon überzeugt, dass die Ergreifung der Terroristen diesen Einsatz von Zeit, Geld und Soldaten wert war.

Einem vertrauenswürdigen Informanten namens Ali Bazan gelang es, die Nachricht an den Mann zu bringen. Als ehemalige rechte Hand des militanten schiitischen Klerus, der im Frühjahr 2004 einen Guerrilla-Krieg gegen die USA führte, arbeitete er nun mit der neuen irakischen Regierung und deren Polizeikräften zusammen. Bazan stellte Kontakt mit den mutmaßlichen Terroristen her, die darauf brannten, die Waffen wieder in ihren Besitz zu bekommen. Er ließ sie glauben, dass er auf ihrer Seite wäre und ihnen helfen würde, ihr Ziel zu erreichen. Törichterweise vertrauten sie ihm ihren Plan an, dass sie den kurdischen Militärzug an einem bestimmten Morgen überfallen wollten.

In den frühen Morgenstunden jenes Tages, als Sam Fisher vom Iran aus in die Türkei fuhr, belagerten zwanzig terroristische Kämpfer die Höhle. Sie waren mit Kalaschnikows und verschiedensten Pistolen ausgerüstet. Die amerikanischen Soldaten waren mit ihren Standardwaffen ausgerüstet: Sturmgewehren vom Typ M16A2, Kommando-Sturmgewehren vom Typ M4A1, M203-Granatwerfern, M67-Splittergranaten und M84-Blendgranaten. Ein ausgeglichener Kampf war somit nicht zu erwarten.

Die Terroristen setzten mit sechs Mann, die aus vollen Rohren feuerten, zum Sturmangriff auf die Höhle an. Sobald die Shadows auf die Männer im Inneren stießen, erkannten sie, dass sie es nicht mit Kurden zu tun hatten. Die amerikanische Feuerkraft überwältigte die Angreifer, und die sechs Männer wurden augenblicklich getötet. Als die übrigen Terroristen vorwärts stürmen wollten, wurden sie von den amerikanischen Soldaten überrascht, die plötzlich links und rechts von ihnen auftauchten. Die Amerikaner hatten sich in Unterständen verborgen, die mit Erde, Steinen und Zweigen getarnt waren.

Das Feuergefecht dauerte zweiundzwanzig Minuten. Dreizehn Terroristen starben, die übrigen wurden festgenommen. Die USA verloren zwei Mann. Die sieben Gefangenen brachte man in ein provisorisches Armeelager außerhalb von Arbil, wo sie sich vor Petlows Hauptquartier in einer Reihe aufstellen mussten.

Sam Fisher hatte die Fotos aus den Akten von Arbil kopiert und an Petlow weitergeleitet. Gemeinsam mit Vertretern der irakischen Polizei hatte sich der amerikanische Offizier zunächst die Toten angesehen, um festzustellen, ob sie zu den Männern gehörten, die Fisher in jener Nacht gesehen hatte. Dann nahm sich Petlow die sieben Gefangenen der Reihe nach vor. Es war eine verwahrloste Horde, denn die Männer hatten schon mehrere Monate im Unterholz gelebt, um der Verfolgung durch die Behörden zu entgehen.

Keiner sah bekannt aus. Während Petlow einen Mann nach dem anderen verhörte – wobei ihm der irakische Polizist als Übersetzer zur Seite stand – machte sich in ihm Enttäuschung breit. Wie es aussah, hatten sie keinen der Männer gefasst, nach denen sie suchten. Als er jedoch den Vierten verhörte, fiel ihm etwas wieder ein.

»Mund auf«, befahl Petlow dem Gefangenen. Als der Mann der Aufforderung nachkam, sah Petlow, dass ihm mehrere Zähne fehlten. Das war der Kerl, den Fisher als den »Zahnlosen« bezeichnet hatte und der für den Tod der vier amerikanischen Soldaten verantwortlich war.

Petlow ersuchte den irakischen Polizisten, seine Worte zu übersetzen: »Selbstverständlich stehen alle unter Arrest, aber dieser Mann wird angeklagt wegen des Mordes an den Polizisten von Arbil und an unseren Soldaten. Wir werden ihn heute Nachmittag eingehend verhören. Sagen Sie ihm aber jetzt schon, dass er tief in der Scheiße steckt.«

Sarah schlief fast sechzehn Stunden. Beim Aufwachen war sie verständlicherweise verwirrt und wusste nicht, wo sie sich befand. Als sie sich zu rasch aufsetzte, überkam sie eine Welle der Übelkeit. Augenblicklich verbreitete sich eine sengende Hitze in ihrem Körper, sodass ihr der Schweiß ausbrach. Da Sarah wusste, dass sie sich gleich übergeben würde, geriet sie in Panik. Aus dem Augenwinkel entdeckte sie die Tür zum Badezimmer und stürmte auf sie zu. Gerade noch rechtzeitig erreichte sie die Toilette.

Als es vorüber war, blieb Sarah noch ein wenig auf dem schmutzigen Boden neben der Toilette sitzen, ehe sie versuchte aufzustehen.

Wo zum Teufel war sie hier? Was war das für ein Ort? Und vor allem, wo waren Eli und Rivka?

Vorsichtig zog sie sich an der Toilette hoch. Aus dem schmutzigen, zerbrochenen Spiegel über dem Waschtisch sah ihr ein blasses, verängstigtes Mädchen von zwanzig Jahren entgegen. Sie sah grauenvoll aus.

Am Rand des Waschtisches lagen ein Waschlappen und ein Handtuch. Sie drehte das kalte Wasser auf und ließ es eine Weile laufen. Zumindest war es nicht braun wie in Elis Apartment. Nachdem sie sich mit dem kühlen Wasser das Gesicht gewaschen hatte, ließ sie es auch über ihren Nacken rinnen. Ein herrliches Gefühl. So durstig sie auch war, zögerte sie, das Wasser aus dem Hahn zu trinken.

Mit vorsichtigen Schritten kehrte sie in den anderen Raum zurück und sah sich um. Außer dem Feldbett, auf dem sie geschlafen hatte, entdeckte sie nur ihre Handtasche, die auf dem Boden neben dem Feldbett stand. Schließlich ging sie zur Tür und drehte an dem Knopf. Sie war verschlossen.

»Hallo?«, rief sie. »Eli?« Jenseits der Tür blieb es gespenstisch still. »Rivka? Ist sonst jemand hier?« Während sie erneut gegen die Tür schlug, fühlte sie, wie Panik in ihr hochstieg.

Dann hörte sie Schritte auf der anderen Seite und rückte von der Tür ab, um Eli hereinzulassen.

Aber der Mann, der die Tür aufschloss und zu ihr hereinsah, war nicht Eli. Er wirkte kalt und grausam und grinste sie lüstern an.

»Guten Morgen, Prinzessin«, sagte er. »Sie haben aber lang geschlafen. Wie fühlen Sie sich?«

»Wer sind Sie?«, fragte sie. »Wo bin ich?« Erneut überfielen sie Angst und Verwirrung. Benommen schwankte sie und wäre zu Boden gestürzt, wenn der Mann sie nicht aufgefangen und zu dem Feldbett geführt hätte.

»Wow, Miss, kommen Sie, setzen Sie sich.«

»Wer sind Sie?«, fragte sie nochmals mit leiser Stimme, während sie auf das Kissen sank.

»Ich heiße Vlad. Aber ich glaube, Sie brauchen noch ein wenig Schlaf.«

»Wo bin ich hier?«

»Schlafen Sie«, wiederholte er, ehe er sich zum Gehen wendete.

»Warten Sie!«

Aber er hatte den Raum schon verlassen, und sie hörte nur noch, wie er die Tür abschloss.

Was zum Teufel ging hier vor? Wer war der Mann? Wo waren ihre Freunde?

Über sich hörte sie ein Flugzeug. Befand sie sich in der Nähe des Flughafens? Wenn sie darüber nachdachte, hatte sie tatsächlich von Flugzeugen geträumt. Sie erinnerte sich an einen unangenehmen Bewusstseinszustand, von dem sie nicht wusste, ob er real war oder nur Teil ihres Schlafes. Ihr war, als hätten mehrere Männer sie irgendwohin getragen und dabei ihre Handgelenke und Knöchel zu fest umklammert. Selbst wenn sie die Arme jetzt berührte, schmerzten die Gelenke noch. Außerdem erinnerte sie sich, dass sie sich wie im Fieber hin und her gewälzt hatte – ob das hier auf dem Feldbett geschehen war? – und dass sie über sich den dröhnenden Lärm von Flugzeugen gehört hatte.

Eli würde sicher bald kommen und ihr erklären, was hier los war. Im Augenblick fühlte sie sich zu benommen und verwirrt, um sich Sorgen zu machen. Vielleicht sollte sie wirklich versuchen, noch ein wenig zu schlafen. Wenn das ein Kater war, würde sie nie wieder etwas trinken.

Ehrlicherweise musste sie sich eingestehen, dass sie sich während ihres Aufenthalts in Israel mit ihren zwanzig Jahren nicht gerade vorbildlich verhalten hatte. Sie hatte mehrmals Sex gehabt, hatte Alkohol getrunken und in der Wohnung eines jungen Mannes übernachtet ... was wohl ihr Vater dazu sagen würde?

Ihr Vater! Sie konnte ihn anrufen! Er hatte ihr doch diese spezielle Nummer gegeben, über die sie ihm von ihrem Mobiltelefon aus eine Nachricht übersenden konnte. Auch wenn sie nicht wusste, wo er war, würde er sie sicher erhalten. Rasch griff

Sarah nach ihrer Handtasche auf dem Boden und durchsuchte sie nach ihrem Mobiltelefon.

Selbstverständlich war es nicht da, genauso wenig wie ihr Adressbuch. Verdammt, dachte sie. Was jetzt?

Wieder klirrte ein Schlüssel im Schloss. Diesmal erschien tatsächlich Eli in der Tür.

»Eli! Himmel, was ... wo sind wir hier?«

Wortlos schloss er die Tür hinter sich und stellte eine Wasserflasche auf den Boden. Der Ausdruck auf seinem Gesicht gefiel ihr gar nicht, als er nun in ihrer Nähe stehen blieb.

»Was ist los, Eli? Was für ein Ort ist das?«

»Sarah, solange du mit ihnen zusammenarbeitest, werden sie dir nichts tun«, sagte er.

Sie war nicht sicher, ob sie richtig verstanden hatte, was er gesagt hatte. »Was meinst du? Wo bin ich hier? Und wo ist Rivka?«

»Sei still«, fuhr er sie an. »Hör mir jetzt zu. Du bist eine Geisel. Du bist ganz allein. Du kannst nicht fliehen, also versuch es erst gar nicht. Es hat auch keinen Sinn, um Hilfe zu rufen. Niemand wird dich hier hören. Wir sind kilometerweit von jeder Menschenseele entfernt.«

Sarah konnte nicht glauben, was sie hörte. »Was ist los, Eli?«

»Es tut mir Leid, Sarah. So ist es nun einmal.«

»Bist du ... wer war der Kerl, der vorhin hereingekommen ist? Der, der gesagt hat, dass er Vlad heißt.«

»Du hörst mir nicht zu, Sarah«, stieß Eli eindringlich hervor. »Du bist eine *Geisel*!«

Sarah rang nach Atem. Dies war kein Scherz. Er meinte, was er sagte. Nie zuvor hatte sie diesen Ausdruck auf seinem Gesicht gesehen. Das war nicht der Eli, den sie kannte. Das war nicht der lustige Eli, der sie einst zärtlich geliebt hatte. Das war ein Mann, der ihr Angst machte.

»Was geschieht hier, Eli? Warum tust du das?«, fragte sie.

»Wir wollen wissen, wo dein Vater ist.«

Als Sarah das ganze Ausmaß dessen begriff, was er eben gesagt hatte, schwindelte ihr. Sie musste erst tief Atem holen, ehe sie sprechen konnte. »Also darum geht es. Um meinen Vater.« Kopfschüttelnd wandte sie sich von ihm ab.

»Wenn du uns sagst, wo er ist, wird dir nichts geschehen. Wenn du es nicht tust, dann ... Nun, ich bin nicht verantwortlich für das, was Vlad und Yuri dann mit dir tun werden.«

»Vlad und Yuri? Und was ist mit dem, was du mir schon angetan hast, Eli! Fahr zur Hölle!«

Eli wirkte unbeeindruckt. Als jemand an der Tür klopfte, sagte er: »Ja?«

Es war Noel.

»Noel!« rief Sarah. »Was zum Teufel ist hier los? Wo ist Rivka?«

Noel sah zu Eli hinüber, der den Kopf schüttelte.

»Noel? Wo ist Rivka?«, wiederholte Sarah beharrlich.

Noel zuckte nur die Achseln, warf Eli nochmals einen Blick zu und verschwand durch die Tür.

Um Gottes willen, dachte Sarah. Ihrer Freundin musste etwas Grauenvolles zugestoßen sein. Sie wusste es. Sie fühlte es tief in ihrem Inneren.

Eli wollte Noel folgen, drehte sich dann aber nochmals um. »Dein Vater arbeitet als Splinter-Cell-Agent für die amerikanische Regierung, und du wirst uns helfen, ihn zu finden«, sagte er. »Wir haben dein Mobiltelefon und dein Adressbuch. Und wenn wir darin keinen Hinweis finden, wie wir mit ihm in Kontakt treten können, kommen wir auf dich zurück. Wenn du also weißt, wie wir ihn erreichen können, wäre es besser, du würdest es uns sagen. Ich würde es nicht gern sehen, wenn sie ... wenn sie dir wehtun.«

Sarah starrte den jungen Mann ungläubig an, mit dem sie sich noch vor kurzem eine gemeinsame Zukunft hatte vorstellen können.

»Denk gut darüber nach«, forderte er sie auf. »Ich werde bald wiederkommen. Da hast du Wasser. Ich werde dir auch noch etwas zu essen bringen. Aber dies hier ist kein Hotel, also erwarte keinen Zimmerservice, wann immer du willst.«

Damit öffnete er die Tür und verschwand. Krachend fiel die Tür hinter ihm ins Schloss. Das Klirren des Schlüssels hallte in dem kleinen Raum wider.

In ihrer privaten Zelle.

General Prokofieff schaffte es nicht zu der Besprechung. Er hatte geschäftlich in Moskau zu tun und würde mit einem wichtigen Instrument zurückkehren, das ausschließlich für den Shop bestimmt war. Als hochrangiger russischer Armeeoffizier hatte Prokofieff Zugang zu einer geradezu erstaunlichen Menge an Kriegsmaterial. Wenn etwas verloren ging, oder sonst wie abhanden kam, war er dafür verantwortlich – und er würde seinen Vorgesetzten sicher nicht Meldung machen. Dieser Methode verdankte der Shop einen Großteil seiner Produkte.

Andrej Zdrok verbrachte zwanzig Minuten damit, die Verkäufe des letzten Monats zu besprechen und den Gewinn des Shops zu umreißen. Ebenso listete er die Verluste des Unternehmens auf und verwies darauf, was diese für den Shop bedeuteten.

»Wenn es uns nicht gelingt, unsere Position im Fernen Osten innerhalb von zwei Monaten wieder zu festigen, wird der Shop 6,3 Millionen Dollar verlieren«, erläuterte er. »Meine Herren, ich will mein Chateau am Zürichsee nicht aufgeben. Wenn wir also einen neuen Partner aufnehmen müssen, werden wir es tun. Jon Ming hat mehrmals sein Interesse zum Ausdruck gebracht. Was haltet ihr von der Idee, einen chinesischen Partner aufzunehmen?«

Herzog zuckte die Achseln. »Wenn wir es tun müssen, um das Unternehmen zu retten, soll es mir recht sein. Aber zuvor sollten wir versuchen, die Schäden im Fernen Osten selbst zu beheben.«

»Nie und nimmer«, wehrte Antipow ab. »Ich hasse diese Chinesen.«

Zdrok musste angesichts der fanatischen Ablehnung seines Partners beinahe lächeln. »Zumindest bist du ehrlich, Anton.« Dann wechselte er zu einem weiteren wichtigen Thema und verkündete: »Es ist mir eine Freude, euch mitzuteilen, dass uns die Identität eines weiteren Splinter-Cell-Agenten auf unserer Liste bekannt ist. Sein Name lautet Sam Fisher. Er lebt in der amerikanischen Stadt Baltimore und ist keinem bestimmten Gebiet zugeordnet. Die NSA entsendet ihn immer auf Spezialmissionen – er ist ihr Mann für besonders schwierige Aufträge. Wir glauben, dass er für den Tod von Kim Wei Lo in Macao verantwortlich ist und für den Schaden, der unseren dortigen Interessen entstanden ist. Dadurch, dass wir jetzt seine Identität kennen, bietet sich uns auch die Gelegenheit, ihn auszulöschen. Eine Person aus seiner direkten Umgebung befindet sich zurzeit in unserer Kontrolle und wird uns hoffentlich zu ihm führen ... oder besser gesagt, ihn zu uns führen.«

Antipow und Herzog nickten.

»Mr Fisher ist kein gewöhnlicher Feind. Vermutlich ist er der gefürchtetste Gegner mit der besten Ausbildung, den wir je hatten. Im Vergleich zu Fisher waren die anderen Splinter-Cell-Agenten Kleinkinder.«

»Was sollen wir tun?«, fragte Antipow.

»Nichts«, antwortete Zdrok. »Ich habe unsere Spezialabteilung auf ihn angesetzt.«

Wieder nickten die beiden Männer. Diese Entscheidung war ihnen nur recht.

»Anton, ich will, dass du dich um diese Sache mit den Shadows kümmerst«, wendete sich Zdrok jetzt direkt an Antipow. »Die Angelegenheit ist vollständig außer Kontrolle geraten.

»Wie soll ich in dieser Sache vorgehen, Andrej?«, erkundigte sich der ehemalige KGB-Offizier. »Soll ich alles unternehmen, um die Angelegenheit in Ordnung zu bringen, oder soll ich alles tun, um unsere Firmenpolitik durchzusetzen?«

»Lass es mich so ausdrücken«, erklärte Zdrok. »Wenn uns deren Management nicht in allem zustimmt, sollen sie zum Teufel gehen. Wir brauchen sie nicht. Mir ist auch egal, wer sie sind. Ich habe nur das Gefühl, dass sie auf ihrem derzeitigen Weg in ernsthafte Schwierigkeiten geraten werden. Ihr neues Projekt ergibt für mich keinen Sinn. Aber ich bin auch kein fundamentalistischer Moslem.«

»Das heißt, ich soll ...?«, begann Antipow.

»Mach kurzen Prozess mit ihnen«, fiel ihm Zdrok ins Wort. »Wenn sie uns auch nur die geringsten Schwierigkeiten machen wegen des Geldes, der Ersatzlieferung, eines Kredits, oder sonst irgendeines Kleinkrams, dann mach mit ihnen kurzen Prozess.«

Antipow nickte, obwohl er in dieser Sache offensichtlich nicht mit seinem Boss übereinstimmte.

Zdrok ignorierte ihn, denn er wusste, dass Antipow seinen Job verlässlich und gnadenlos erfüllen würde. Als er tief Atem holte, kam ihm ein weiterer Gedanke.

»Wenn ich nochmals darüber nachdenke, könnten wir uns vielleicht auch an Mr Mohammed wenden«, sagte er.

»Ahmed Mohammed?«, fragte Antipow.

»Ja. Er ist der wahre Kopf der Shadows. Warum sollten wir ihm nicht mitteilen, dass wir *ihn* unterstützen würden, falls der Führungsanspruch innerhalb der Shadows je in Frage gestellt werden sollte?«

»Das halte ich für eine großartige Idee«, stimmte Antipow zu. Herzog nickte ebenfalls.

»Gut. Ich fliege jetzt nach Baku. Wir bleiben in Kontakt. Wenn ihr mich braucht, wisst ihr, wo ihr mich findet«, sagte Zdrok abschließend.

Mit diesen Worten erhob er sich und verließ den Raum. Antipow und Herzog warfen einander einen Blick zu, zuckten die Achseln und standen ebenfalls auf.

Der Shop besaß ein einzigartiges Führungsquartett. Jeder hatte spezielle Aufgaben und Pflichten und leitete eine Legion von Untergebenen. Und jeder der vier Partner verfügte über ungeheuren Reichtum und Macht.

Aber es gab nicht den geringsten Zweifel darüber, wer der eigentliche Anführer war.

20

Abends treffe ich pünktlich zu meiner Verabredung mit Namik Basaran im Restaurant ein. Es ist ein kleines Lokal an einem von Touristen besuchten Platz am Hafen, von dem aus man eine prachtvolle Aussicht auf den Van-See hat. Den Platz säumen mehrere Bootsverleihe, ein Reisebüro, mehrere Souvenirshops, zwei Hotels und verschiedene Restaurants. Zudem liegt er nicht weit entfernt von Akdamar Enterprises.

Basaran und sein Leibwächter erwarten mich im Restaurant. Wieder wirft mir der Riese einen finsteren Blick zu, zieht sich aber augenblicklich zurück, als ihm sein Arbeitgeber einen Wink gibt. Basaran trägt denselben Anzug wie bei unserem Treffen vor ein paar Stunden, während ich eine andere Krawatte zum selben Sakko gewählt habe. In meinem Rucksack ist nicht mehr Platz für Zivilkleidung. Darunter trage ich meinen Spezialanzug, einerseits aus praktischen Gründen und andererseits, weil die Luft hier in den Bergen nachts recht kühl ist. Vom See weht eine Brise herüber, die mir einen Schauer über den Rücken jagt.

Der Oberkellner grüßt Basaran herzlich und spricht ihn mit seinem Namen an. Als Basaran um einen Tisch am Fenster bittet, führt er uns zu dem gewünschten Platz. Ich liebe türkisches Essen. Wie in vielen europäischen und asiatischen Ländern versteht man es auch in der Türkei, ein Abendessen zu zelebrieren, sodass es gut und gern auch mehrere Stunden dauern kann. Allerdings glaube ich nicht, dass dies heute der Fall sein wird, denn Basaran ist ein viel beschäftigter Mann.

Basaran bestellt einen trockenen Rotwein aus der Region und dazu Raki, einen Anisschnaps, der an den griechischen Ouzo und den arabischen Arak erinnert und wundervoll in der Kehle brennt. Wir beginnen mit Vorspeisen – *mezeler* –, die aus fein geschnittenem Salat, gegrillter, pürierter Aubergine und eingelegten Paprikaschoten besteht. Danach folgt eine Linsensuppe, die mit Minze und Paprika verfeinert ist. Und als Hauptgericht wird eine Lamm-Pfanne serviert aus gerösteten Fleischwürfeln, grünen Bohnen, Tomaten, Auberginen, Zucchini, Paprikaschoten und reichlich Knoblauch. Die türkische Küche lässt sich mit dem Wort »herzhaft« ausgezeichnet beschreiben.

Basaran beginnt das Gespräch mit den Worten: »Ich habe eben in den Nachrichten gehört, dass es schon wieder einen Bombenanschlag gibt, der den Shadows zugeschrieben wird.«

»Oh?« Ich habe nichts dergleichen gehört.

»Wieder im Irak. Eine Wagenkolonne mit zwei Mitgliedern der irakischen Regierung wurde angegriffen. Beide wurden getötet.«

»Genau aus diesem Grund müssen sämtliche Länder der Welt zusammenhalten«, sage ich kopfschüttelnd.

Basaran sieht mich skeptisch an. »Aber Mr Fisher, Sie sind doch aus der Schweiz? Ist nicht gerade die Schweiz dafür bekannt, sich neutral zu verhalten, wenn es um die Probleme der Welt geht?«

»Ich fürchte, das ist ein Missverständnis«, antworte ich. »Nur weil wir uns nicht an Kriegen beteiligen, heißt das nicht, dass uns weltweite Probleme egal sind.«

»Was halten Sie von der amerikanischen Politik im Mittleren Osten?«

Jetzt muss ich vorsichtig sein. Immerhin will ich in ihm nicht den Verdacht wecken, dass ich kein Schweizer bin. »Ich fürchte, ich muss sie als ... enttäuschend bezeichnen«, erwidere ich. So ungern ich es mir auch eingestehe, ist dies tatsächlich meine Meinung.

»Ha!«, ruft er laut aus. »Enttäuschend ist noch untertrieben. Hören Sie, ich war sicher kein Bewunderer von Saddam Hussein, und im Iran-Irak-Krieg galten meine Sympathien dem Iran, aber was die USA im Irak getan haben, ist ungeheuerlich. Wie stabil wird das Land ab jetzt sein? Es wird immer wieder Aufständische geben, die das Land zu zerrütten versuchen, nur um der Welt zu zeigen, dass die USA einen großen Fehler begangen haben. Mitunter erfordert es die Kultur eines Landes, dass man der Bevölkerung sagt, was sie tun soll. Demokratie funktioniert nicht immer und überall.«

»Die USA hätten diese Lektion eigentlich schon in Vietnam lernen sollen«, meine ich.

»Bah. Sie lernen einfach nicht dazu. Oder wenn sie doch etwas daraus gelernt haben, haben sie es wieder vergessen. Sind Sie nicht auch der Meinung, dass die USA mit ihrer Politik im Mittleren Osten viele ehemalige Freunde gegen sich aufgebracht haben? Die Araber hassen sie. Die Türken, nun, ich kann wohl sagen, dass viele von ihnen Amerika hassen. Nicht alle. Aber die Moslems auf der ganzen Welt haben den Eindruck gewonnen, dass die USA nur darauf aus sind, ihre Religion auszulöschen.«

»Wir wissen beide, dass das nicht wahr ist«, werfe ich ein. Allmählich werde ich wütend.

»Wissen wir das? Dann geht es also tatsächlich nur um das *Öl*? Richtig?«

Nun gilt es, meine Worte sorgfältig zu wählen. »Öl ist ein sehr wertvoller Rohstoff, nicht nur in den USA, sondern auf der ganzen Welt. Stabile Verhältnisse im Mittleren Osten sind also für alle wichtig, nicht nur für die Amerikaner mit ihren Autobahnen und Sportwagen.«

Basaran zuckt die Achseln. »Vermutlich haben Sie Recht. Dennoch fürchte ich, dass die arabische Meinung über die USA so grundlegend beschädigt ist, dass eine Besserung des Verhältnisses unmöglich ist.«

Auch wenn ich dieser Aussage grundsätzlich zustimme, erscheint es mir sinnvoll, das Thema zu wechseln. »Wie sind Sie überhaupt dazu gekommen, sich für die Terrorismusbekämpfung zu interessieren? Besser gesagt, den Terroropfern Hilfe zu bieten?«

»Hat nicht jeder von uns eine Leidenschaft? Meine ist es, den Opfern von Übeltätern zu helfen. Ich habe aus nächster Nähe erfahren, welche Tragödie über eine Familie hereinbricht, wenn geliebte Menschen durch Terror ums Leben kommen, sei es bei einem Selbstmordattentat, durch eine Landmine oder durch ein gekapertes Flugzeug, das in ein Gebäude gesteuert wird.«

»Verzeihen Sie meine offene Frage, aber habe ich Sie richtig verstanden, dass Sie auch persönlich betroffen waren?«

Einen Moment lang verdunkeln sich Basarans Augen. Ich habe einen Nerv getroffen, und ich weiß es. »Betrifft Terrorismus nicht jeden von uns persönlich?«, versucht er, meiner Frage auszuweichen.

»Allerdings erreichen Terroristen mit ihren Taten nie, was sie erreichen wollen«, antworte ich.

»Wie meinen Sie das?«, fragt er.

»Regierungen ändern üblicherweise ihre Politik nicht aufgrund von Terrorismus.«

»Das stimmt nicht ganz«, wehrt er ab. »Sehen Sie sich doch nur an, was in Spanien passiert ist nach dem Anschlag auf den Zug in Madrid. Die Bevölkerung hat die herrschende Regierung abgewählt. Täuschen Sie sich nicht – Terrorismus erreicht auf vielfache Weise sein Ziel. Heute fürchten sich die Menschen vor nichts mehr als vor Terrorismus. Betrachten Sie den Irak. So kann es nicht mehr lange weitergehen. Schon bald wird es zu einem Zusammenbruch kommen, und dann werden die Terroristen auch dort siegen.«

»Glauben Sie das wirklich?«

Basaran schlägt so unvermutet mit der Faust auf den Tisch, dass die Restaurantgäste rundum aufschrecken und auch ich ihn überrascht ansehe. »Der Irak wird nochmals zusammenbrechen! Ich weiß es. Der Irak wird fallen, und die amerikanischen Interessen in der Region werden in Gefahr sein. Warten Sie nur ab!« Rasch gewinnt er seine Fassung wieder. »Verzeihen Sie. Manchmal lasse ich mich hinreißen.«

Der Ausbruch scheint aus dem Nichts gekommen zu sein. Hegt Namik Basaran eine Abneigung gegen den Irak? Dass er mit der amerikanischen Politik im Mittleren Osten nicht einverstanden ist, hat er deutlich zum Ausdruck gebracht. Aber da ist noch etwas. Vermutlich ist es sinnvoll, das Gespräch vorerst in eine andere Richtung zu lenken.

»Mr Basaran, wir haben vorhin über die Shadows gesprochen, aber wir sind nicht dazu gekommen, auch über den Shop zu sprechen. Können Sie mir irgendetwas über diese Organisation sagen?«

Basaran scheint sich wegen seines Gefühlsausbruchs zu schämen. Mehrere Sekunden lang nippt er bloß an seinem Raki, als müsse er überlegen, welche Informationen er preisgeben soll.

»Der Shop ist verabscheuungswürdig«, beginnt er langsam, wobei er jedes Wort sorgfältig abwägt. »Soweit ich sehen kann, sind die Leute dahinter ausschließlich daran interessiert, Geld zu machen. Ob und wem sie dabei Schaden zufügen, ist ihnen egal. Politische, religiöse oder soziale Beweggründe kümmern sie nicht. Sie bieten einen Service, in dem sie wirklich gut sind. Es hat immer schon auf dieser Welt illegale Waffenhändler gegeben, aber keiner war so schändlich und gut organisiert wie der Shop.«

»Wer steckt dahinter? Wie ist ihre Führungsstruktur?«, frage ich.

»Das weiß niemand. Aber es läuft wie in einer Mafiafamilie. An der Spitze steht ein Boss mit seinen Vertrauten, und jedem dieser Vertrauten untersteht eine Mannschaft, die sich wie ein Stammbaum verzweigt. Sie haben ihre Finger überall, nicht nur im Mittleren Osten. Ich kann mir vorstellen, dass sie auch einen Zweig in der Schweiz haben, mein Freund.«

»Daran zweifle ich nicht.«

»Und was die Führung anbelangt, so heißt es, dass der Shop von einer kleinen Gruppe reicher Banker, ehemaliger Armeeoffiziere und Vorstandsvorsitzenden aus Russland und den ehemaligen sowjetischen Republiken geleitet wird.«

»Russland. Daran habe ich auch schon gedacht. Irgendeine Ahnung, wer der oberste Boss ist?«

Basaran wirft einen Blick um sich, um sicherzugehen, dass niemand lauscht, beugt sich dann vor und flüstert. »Ich habe einen Namen gehört, weiß aber nicht, ob er stimmt. Ist Ihnen jemals der Name ›Zdrok‹ untergekommen?«

Interessant. Diesen Namen hatte Rick Benton ebenfalls auf sein Diagramm geschrieben, und wenige Stunden zuvor habe ich über meine Wanzen mitangehört, wie Basaran selbst diesen Namen wütend ausgestoßen hat.

»Vielleicht habe ich ihn irgendwo schon gehört«, sage ich. »Wer ist dieser Mann?«

»Andrej Zdrok. Ich glaube, er stammt aus Georgien. Ziemlich reicher Fianzier. Wenn er nicht der oberste Anführer des Shops ist, dann nimmt er zumindest einen hohen Rang ein.«

»Haben Sie ihn je kennen gelernt?«

Basaran schüttelt den Kopf. »Natürlich nicht. Wie schon gesagt, weiß ich nicht einmal, ob er wirklich existiert. Das ist bloß ein Name, über den ich gestolpert bin. Möglicherweise hat er überhaupt keine Bedeutung.«

Das bezweifle ich. Nachdenklich lehne ich mich zurück. Basaran hat mich eben belogen. Er hätte diesen Zdork nicht verflucht, wenn er nicht existierte. Jetzt weiß ich also, dass ich Namik Basaran ebenso wenig vertrauen kann wie diesem zahnlosen Terroristen. Nach Sonnenuntergang werde ich mir Akdamar Enterprises wohl näher ansehen müssen.

Als Nachspeise serviert man uns starken Kaffee – *kahve* – mit Baklawa. Danach bietet mir Basaran eine türkische Zigarre an, die wir schweigend genießen, während wir aus dem Fenster auf den dunklen See hinausblicken. Türkischer Tabak produziert einen beißend riechenden, dichten Rauch, und obwohl ich mich bemühe, möglichst viel Aufhebens um die Zigarre zu machen, versuche ich, nicht zu inhalieren.

»Ich liebe diesen Ort hier«, sagt Basaran. »Vor allem der Sonnenuntergang über dem See ist wirklich ein lohnender Anblick.«

»Kommen Sie ursprünglich von hier?«, frage ich.

»Nein, ich komme aus einem kleinen Dorf am Fuß des Berg Ararat namens Dogubayazit. Kennen Sie es vielleicht?«

»Ich fürchte nein.«

»Langweiliges Kaff. Ich war froh, dort wegzukommen, sobald ich alt genug war.«

»Sie haben sich ein sehr erfolgreiches Leben aufgebaut.«

Basaran schwenkt seine Zigarre. »Das war Glück. Ein wenig Glück und einige kluge Investitionen. Das ist alles. Für echte Arbeit bin ich nicht qualifiziert. Ich bin nur gut darin, ein Unternehmen zu leiten. Vermutlich ist es sehr nützlich, Visionen zu haben. Es brauchte auch Visionen, um sich das Einkaufszentrum in Nordzypern auszudenken. Das ist wirklich ein Projekt, das von Herzen kommt.«

»Wann soll das Einkaufszentrum fertig sein?«

»Es ist schon fast fertig! Seit drei Jahren wird daran gebaut. Die Eröffnung wird wohl in ein paar Wochen erfolgen, aber ich hoffe, dass wir schon in den kommenden Tagen die Fertigstellung feiern können.«

»Meinen Glückwunsch.«

»Danke.«

»Und was sagt die Republik Zypern dazu?«

Wieder schwenkt er seine Zigarre. »Diese verdammten griechischen Zyprioten sollen sich aufhängen. Sie werden eine

Weile wütend sein, aber dann werden sie sich schon beruhigen. In Zypern laufen die Dinge immer so. Erst heizt sich die Stimmung für einige Zeit auf, dann kühlt sie sich wieder ab. Dadurch bleiben alle immer wachsam. Die Eröffnung des Einkaufszentrums ist aber vor allem wichtig, um der Welt zu zeigen, dass die Türken in Zypern bleiben werden.«

Dass sich der Süden so leicht beschwichtigen lassen wird, bezweifle ich. Für einen Mann, der angeblich so viel Geld, Zeit und Energie für die Bekämpfung des Terrorismus aufwendet, hat Basaran sehr eigenwillige politische Ansichten, wie mich Reza vorgewarnt hat.

Als der Kellner die Rechnung bringt, greift Basaran danach und schwenkt erneut abwehrend die Zigarre. »Keine Einwände. Es ist mir ein Vergnügen«, sagt er und wirft einen Blick auf die Uhr. »Leider muss ich unseren angenehmen gemeinsamen Abend jetzt beenden. Ich wünsche Ihnen viel Glück mit Ihrem Interpol-Bericht, Mr Fisher, und hoffe, dass ich ein Exemplar davon bekomme, sobald er veröffentlicht ist.«

»Gewiss. Vielen Dank für das Abendessen.«

Nachdem Basaran mehrere Geldscheine auf dem Tisch zurückgelassen hat, erheben wir uns, verabschieden uns vom Oberkellner und treten in die kühle Nachtluft hinaus. Augenblicklich tritt der riesenhafte Leibwächter aus der Dunkelheit an die Seite seines Herrn. »Gute Nacht, Mr Fisher. Angenehme Reise«, sagt Basaran und drückt mir die Hand.

»Vielen Dank.«

Um zu meinem Wagen zu gelangen, muss ich die überraschend verkehrsreiche Straße überqueren, die den Platz durchschneidet. Während ich warte, bis fünf Autos vorbei sind, werfe ich einen beiläufigen Blick zum Restaurant zurück. Basaran und der Leibwächter stehen noch immer davor und beobachten mich. Ich winke ihnen knapp zu, und Basaran winkt zurück. Als ich mich wieder der Straße zuwende, sehe ich aus dem Augenwinkel in einiger Entfernung die Scheinwerfer eines sechsten Autos. Immer noch Zeit genug, um auf die andere Straßenseite zu gelangen, denke ich. Doch sobald ich auf die Fahrbahn steige, beschleunigt das Fahrzeug mit quietschenden Reifen und rast auf mich zu.

Zum ersten Mal in meinem Leben erstarre ich. Selbst während es geschieht, bin ich mir bewusst, dass ich mich nicht bewegen kann und dass ich nicht weiß, warum. Normalerweise wäre ich instinktiv zur Seite gesprungen, aber aus irgendeinem mir unbekannten Grund weiß ich nicht, was ich tun muss. Ich bin wie ein Reh, das im Scheinwerferlicht gefangen ist.

Irgendetwas veranlasst mich, zu Basaran zurückzusehen. Auch er scheint festgefroren zu sein, den Blick unbeirrt auf mich gerichtet. Warum bewegt er sich nicht? Sollte er nicht etwas wie »Vorsicht, Mr Fisher!« rufen?

Diese Beobachtung bringt meine Sinne augenblicklich in Schwung. Die Tatsache, dass er in keiner Weise auf das reagiert, was geschieht, reißt mich aus meiner Starre. Die Scheinwerferlichter sind nur noch wenige Autolängen von mir entfernt und rasen mit gut hundertvierzig Stundenkilometern auf mich zu. Augenblicklich springe ich zur Seite, stütze mich mit den Händen ab und rolle mich rückwärts, während das Auto an mir vorüberprescht. Es ist ein alter Citroën. Einen halben Block entfernt hält der Wagen quietschend an, und ich kann die Silhouetten von drei Männern im Inneren erkennen. Namik Basaran und der Leibwächter stehen immer noch regungslos vor dem Restaurant.

Der Fahrer des Citroëns legt den Rückwärtsgang ein und rollt mit hoher Geschwindigkeit erneut auf mich zu. Der Mann vom Beifahrersitz steckt den Oberkörper aus dem Fenster und beugt sich über das Dach – in den Händen hält er eine Kalaschnikow. Sofort springe ich auf, um in Deckung zu gehen, aber hinter mir gibt es nichts als eine Reihe von Geschäften. Als der Mann zu feuern beginnt, verwandelt sich die Straße in ein dröhnendes Kriegsgebiet. Ich werfe mich zu Boden und schlage genau in dem Augenblick auf dem Asphalt auf, als die Kugeln über meinen Kopf hinwegfegen. Hinter mir splittern die Fenster des Reisebüros, und irgendjemand schreit auf. Erneut bremst der Citroën quietschend ab und macht sich für den nächsten Durchgang bereit. Der Lärm hat viele Zivilisten aus den Restaurants und Geschäften angelockt.

Als der nächste Kugelhagel losbricht, laufen die Umstehenden kreischend in alle Richtungen. Durch meinen Kopf schießt ein einziger Gedanke: Ich muss die Killer von den Fußgängern ablenken. Und so tue ich etwas, das man als tollkühn betrachten könnte. Ich springe auf und laufe in die Mitte der Straße, sodass ich direkt hinter dem Citroën stehe, der weiterfährt. Die Männer scheinen mich aus den Augen verloren zu haben. Soll ich zu meinem Wagen laufen? Er steht etwa fünfzig Meter entfernt auf einem kleinen Parkplatz auf der gegenüberliegenden Seite des Platzes. Nein, zu riskant. Bis ich dort bin, haben sie mich eingeholt. Und der Pazhan würde nie einer Salve aus einer Kalaschnikow standhalten.

Der Schütze gestikuliert und sagt etwas zu dem Fahrer. Offenbar haben sie mich wieder entdeckt. Augenblicklich macht der Citroën kehrt und beschleunigt, während er auf mich zurast. Mit weiten Schritten springe ich an die andere Seite des Platzes, wo der Jachthafen beginnt. Dort trennt eine niedrige Ziegelmauer den Platz von einem kleinen Parkplatz, auf dem sieben oder acht Autos abgestellt sind. Gerade als ich über die Mauer hechte, fliegen wieder die ersten Kugeln. Steinsplitter von der Mauer sausen wie Granatsplitter durch die Luft, sodass ich mich fest auf den Boden drücke. Ich höre, wie der Wagen vorüberrast, quietschend abbremst, zurückfährt und sich in einem Bogen dem Straßenrand nähert.

Diesmal lässt mich mein Instinkt nicht im Stich. Wie ein Baumstamm rolle ich auf die geparkten Autos zu und robbe zwischen einen Chevrolet-Pick-up und einen Volkswagen. Der Mann vom Beifahrersitz bedeckt die gesamte Seite der Straße mit einem Kugelhagel und durchsiebt die beiden Fahrzeuge mit dutzenden Projektilen. Windschutzscheiben und Scheinwerfer zersplittern, Reifen platzen. Während nur wenige Zentimeter von meinem Körper entfernt rundum Kugeln aufprallen, schiebe ich mich unter den Pick-up. Der ohrenbetäubende Lärm muss die lokale Polizei herbeirufen. Zumindest hoffe ich, dass er die lokale Polizei herbeiruft!

Auf dem Bauch krieche ich an der Vorderseite des Pick-ups hervor, sodass der Kleinlaster zwischen mich und die Angreifer kommt. In gebückter Haltung laufe ich auf den Kai zu, wo mehrere Dutzend kleine Boote vertäut liegen. Das Feuer wird eingestellt, dafür höre ich, wie die Tür des Citroën aufgemacht und wieder zugeschlagen wird. Jetzt sind sie zu Fuß hinter mir her.

Am Kai angelangt, wäge ich meine Möglichkeiten ab. Einerseits könnte ich ins Wasser springen und schwimmen. Andererseits könnte ich in eines der Segelboote links und rechts von mir klettern, aber bis ich es losgemacht und vom Kai abgestoßen hätte, wären meine Verfolger schon bei mir im Boot. Als letzte Zuflucht könnte ich meine Five-Seven aus dem Halfter auf meinem Rücken ziehen und zurückschießen. Allerdings könnte mich das mit den örtlichen Behörden in Konflikt bringen, und meine Mission ist zu heikel, um mich in einem fremden Land in rechtliche Schwierigkeiten zu stürzen. Außerdem gefällt mir der Gedanke gar nicht, den Rest meines Lebens in einem türkischen Gefängnis zuzubringen.

Kaum erreicht der Schütze das andere Ende des Docks, hebt er die Kalaschnikow und feuert. Während das Holz unter meinen Füßen in Millionen Splitter zerfetzt wird, tauche ich in das kalte, trübe Wasser.

Die Kälte trifft mich wie ein Schock. Zum Glück trage ich den Spezialanzug, sonst würde ich jetzt frieren. Absolute Dunkelheit umfängt mich, aber ich wage nicht, die Leuchtdiode meines OPSAT einzuschalten, weil man sie von der Oberfläche sehen könnte.

Während ich vom Ufer wegschwimme, schlagen rund um mich Kugeln im Wasser ein und erzeugen jenen außerirdischen Zeitlupeneffekt, den man erhält, wenn man mit einer Waffe ins Wasser schießt. Selbst in dieser absoluten Dunkelheit kann ich die Spuren der Kugeln sehen, die rund um mich Linien durch das Wasser schneiden. Eine kommt meinem Ohr gefährlich nahe, und ich spüre schon die Hitze, die von dem Geschoss ausgeht, während es stöhnend an mir vorüberzieht. Rasch ändere ich unter Wasser meine Richtung und schwimme wieder zurück zum Kai in der Hoffnung, dass mich die Angreifer nicht sehen können. Dem Krav-Maga-Training verdanke ich, dass ich meinen Atem sehr lange anhalten kann. Denn die Ausbildung zielt darauf ab, das eigene Durchhaltevermögen zu stärken und sich gegen Schmerz abzuhärten. Meine Lungen sind auch wirklich kräftig – die letzte Messung ergab, dass ich fast vier Minuten lang die Luft anhalten kann. Katja Loenstern hatte mich angestachelt, mehr als drei Minuten anzustreben. Ich darf nicht vergessen, etwas netter zu ihr zu sein, sobald ich wieder in Baltimore bin.

Unter Wasser steuere ich auf die Segelboote an dieser Seite des Docks zu. Sobald ich den ersten Rumpf spüre, tauche ich an ihm vorüber zum zweiten und dritten. Vermutlich bin ich schon mehr als zwei Minuten unter Wasser, denn meine Lungen brennen. Als ich es nicht länger ertrage, tauche ich vorsichtig zwischen den Booten auf, um Luft zu holen. Während ich mich an dem schwankenden Boot festhalte, höre ich auf dem Steg über mir zwei Männer sprechen. Sie sind etwa zehn Meter von mir entfernt und scheinen zu streiten. Obwohl ich die Sprache nicht deutlich verstehen kann, erkenne ich, dass es nicht Türkisch ist. Vielmehr klingt es nach Farsi, aber ich bin nicht sicher.

Plötzlich feuert der Mann mit der Kalaschnikow eine weitere Salve ins Wasser, worauf ihn der andere anbrüllt, dass er damit aufhören soll. Der Streit geht weiter. Schließlich höre ich, wie die Männer zum Ufer zurückgehen. Ihre Stiefel hallen auf dem Holz über mir wider. Augenblicklich tauche ich unter das Segelboot und warte. Weitere Salven durchschneiden das Wasser zwischen den Booten, aber ich bin in Sicherheit.

Wo zum Teufel bleibt die Polizei? Dieses eine Mal hätte ich nichts gegen ihre Intervention einzuwenden.

Nach einer weiteren Minute spüre ich den Druck in der Brust. Aber obwohl der Kugelhagel stoppt und ich dringend Atem holen muss, wage ich nicht, mich zu bewegen. Ich warte noch weitere dreißig Sekunden – auch wenn ich glaube, ersticken zu müssen – und tauche erst dann auf. Endlich an der Wasseroberfläche, atme ich so leise wie möglich und lausche. Nichts zu hören. Sie sind weg. Vielleicht glauben sie, dass ich tot bin.

Nachdem ich weitere drei Minuten gewartet habe, ziehe ich mich am Dock hoch und kehre auf den Platz zurück. In der Ferne höre ich Polizeisirenen, die sich rasch nähern. Der Citroën ist verschwunden und die Straße menschenleer. Laufend erreiche ich den Pazhan. Obwohl ich vollkommen durchnässt bin, steige ich ein. Im nächsten Augenblick starte ich den Wagen, schiebe rückwärts aus der Parklücke und fahre aus der Stadt hinaus, noch ehe die Polizei eintrifft.

Mit einem letzten Blick überzeuge ich mich, dass Namik Basaran und sein Leibwächter nicht mehr vor dem Restaurant stehen.

21

Nach Mitternacht parke ich den Pazhan auf dem Hügel oberhalb des Firmengeländes von Akdamar Enterprises und mustere die Anlage. Zahlreiche Flutlichter erhellen den Komplex, und zusätzlich patrouillieren eine Hand voll Sicherheitswachen auf dem Gelände. Das wird keine leichte Sache.

Zunächst stelle ich den Empfänger auf die Wanzen in Basarans Büro ein. Da der OPSAT still bleibt, weiß ich, dass der Raum leer ist. Meine Zivilkleidung lasse ich im Wagen zurück, dafür hänge ich mir das SC-20K über die Schulter, setze mein Sichtgerät auf, reguliere die Temperatur in meiner Uniform, und schon bin ich bereit.

Am Fuß des Hügels kauere ich mich in der Nähe des Maschendrahtes hinter einen großen Busch, um die Lage einzuschätzen. Direkt gegenüber, auf der anderen Seite des Zaunes, stehen zwei Hütten – eine ausgezeichnete Ausgangsbasis für mein Unterfangen. Nun warte ich, bis der Wächter zwischen den Hütten und dem Zaun hindurch auf das Eingangstor zugeht. Wie es aussieht, geht dieser Wächter regelmäßig die gesamte Länge der Anlage ab, deshalb schätze ich, dass er in weniger als zehn Minuten wiederkehrt.

Ausgestattet mit einem starken Drahtschneider, durchtrenne ich den Zaun so, dass ich den losen Teil weit genug herausbiegen kann, um hindurchzuschlüpfen. Dann schließe ich diese »Geheimtür« wieder hinter mir, wobei ich sorgsam darauf achte, dass sich die durchtrennten Drahtenden auch wieder treffen, sodass der Zaun vollkommen normal wirkt, sofern man ihn nicht wirklich eingehend untersucht.

Rasch verberge ich mich in dem schmalen Spalt zwischen den beiden Hütten. Jetzt ist es Zeit, mir einen Angriffsplan zurechtzulegen. Einerseits will ich mir das Verwaltungsgebäude ansehen, und vor allem Basarans Büro, andererseits will ich auch einen Blick in das Büro von Tirma werfen, um zu sehen, was ich dort finde. Schließlich vermute ich, dass auch das große Lagerhaus und das Stahlwalzwerk Geheimnisse bergen. Das wird eine arbeitsreiche Nacht.

Ich entschließe mich, beim Ufer mit dem Tirma-Gebäude und Basarans Büro zu beginnen und mich dann zu meinem jetzigen Standpunkt zurückzuarbeiten. Vor allem muss ich stets im Schatten bleiben. Mein Anzug ist mit Lichtsensoren ausgestattet, die mir immer sagen, wie viel Licht auf mich fällt. Auf dem Messgerät auf meinem OPSAT kann ich ablesen, wie unsichtbar ich wirklich bin. Derzeit liege ich im Bereich von zweiunddreißig Prozent. Das gesamte Gelände ist hell erleuchtet, und mein einziger Sichtschutz sind die breiten Schatten, die die vom Flutlicht angestrahlten Gebäude werfen. Die Fußwege zwischen den Bauwerken sind taghell erleuchtet.

Wieder erweist sich mein Eckperiskop als nützliches Hilfsmittel. Damit stelle ich fest, dass der Fußweg auf der anderen Seite der Hütte frei ist. Nachdem ich mich überzeugt habe, dass auf dem Lichtmast keine Kameras montiert sind, starte ich.

Ich laufe über den Fußweg und halte mit dem Rücken zur Wand am nächsten Gebäude an. Dann schiebe ich mich vorsichtig um die nächste Ecke und wiederhole den Vorgang. Sechs Bauwerke liegen zwischen mir und meinem Ziel. Alles geht glatt, bis ich das fünfte Gebäude erreiche. Das Eckperiskop zeigt mir zwei Sicherheitsleute, die auf dem Verbindungsweg zwischen den Gebäuden stehen und rauchend plaudern. Ich muss sie irgendwie ablenken. Dazu nehme ich mein SC-20K von der Schulter und lade es mit einer Ablenkungskamera. Selbstverständlich könnte ich die Kamera auch so einstellen, dass sie CS-Gas verströmt. Aber da ich keine Spuren meiner Anwesenheit hinterlassen will, werde ich es nur tun, wenn es unbedingt notwendig ist. Jetzt geht es lediglich darum, den Weg frei zu machen.

Sobald ich mein Gewehr geladen habe, visiere ich ein Gebäude etwa fünfzig Meter vor mir an. Ich prüfe nochmals, ob der Schalldämpfer gut sitzt, ziele und drücke den Abzug. Das sanfte *Pfff* geht in der nächtlichen Brise unter, ohne dass es meinen beiden Freunden auffällt. Durch das Fernrohr sehe ich, dass die Haftkamera im oberen Bereich der Seitenwand des Gebäudes klebt – etwas tief –, aber das muss reichen. Mit dem Gewehr wieder quer über den Rücken drücke ich den OPSAT, um die Ablenkungskamera zu aktivieren. Im Menü stehen unterschiedlichste Geräusche zur Verfügung, von Tierlauten bis zu einer Aufnahme von »Alexander's Ragtime Band«. Ich entschließe mich für ein statisches Rauschen, das gerade laut genug ist, damit die beiden Männer es hören. Sie werden es für eine Funktionsstörung in einem Lautsprecher halten und nachsehen gehen. Zumindest hoffe ich das.

Die beiden Wächter sehen sofort zu dem Geräusch hinüber, besprechen sich halblaut und gehen dann in die Richtung davon, aus der das Rauschen kommt. Ausgezeichnet. Das ist meine Chance. Kaum schiebe ich mich um die Ecke steigt der Lichtmesser meines OPSAT in die Gefahrenzone. Ich bin vollkommen sichtbar. Etwa acht Sekunden bin ich auf diese Weise ausgesetzt, während ich zum sechsten Gebäude auf meiner Route hinüber laufe. Ungefähr zur selben Zeit haben die Wächter vermutlich die Ablenkungskamera erreicht und fragen sich verwundert, was das sein soll.

Der Weg über die Straße und den kleinen Parkplatz vor dem Gebäude von Tirma ist frei. Dieses zweigeschossige Bauwerk unterscheidet sich stark von allen anderen des Komplexes. Es ist einem amerikanischen Kolonialhaus nachempfunden, wie man sie häufig in den Stadtvierteln der Mittelklasse in Neuengland sieht. Die Holzfassade ist weiß gestrichen und links und rechts der Eingangstür erhebt sich eine mächtige Säule. Statt einer Hausnummer steht das Wort »Tirma« auf einem Schild über der Tür. Sehr seltsam.

Um nicht entdeckt zu werden, schleiche ich mich auf die Rückseite des Gebäudes, die glücklicherweise nicht so hell erleuchtet ist. Von hier aus hat man einen Ausblick auf den Van-See und hinüber zu dem Platz am Hafen, der etwa eineinhalb Kilometer entfernt ist. Vom See weht ein eisiger Wind landeinwärts.

Neben einer Hintertür, die vermutlich als Notausgang dient, gibt es an der Rückseite zwei Fenster im Erdgeschoss. Zunächst versuche ich es bei diesen Fenstern, aber beide sind verschlossen. Also muss es die Tür sein. Wieder einmal erweisen sich meine Dietriche als überaus nützlich. Innerhalb von sechs Sekunden gelingt es mir, das einfache Zylinderschloss zu öffnen.

Der Raum, den ich nun betrete, wird offenbar dazu verwendet, all das zu verstauen, was sonst nirgendwo Platz hat. Ich sehe eine Vielzahl stapelbarer Stühle, wie sie für große Versammlungen verwendet werden. Mehrere Regale sind voll mit Büromaterial und zahlreichen Kisten. Auch ein Getränkeautomat ist hier abgestellt.

Von diesem Raum aus führt ein Gang bis zur Vordertür an der anderen Seite des Gebäudes. Kein Laut ist zu hören, und ich entdeckte auch keinen anderen Hinweis auf die Anwesenheit von Menschen. An den Gang schließt ein weitläufiger Konferenzraum an, der mit einem großen Fernsehschirm und einer kompletten Audio- und Video-Anlage ausgestattet ist. Daneben liegt eine Art Salon, in dem vermutlich die Cocktail-Soireen der Spendenaktionen stattfinden. Der größte Raum auf dieser Etage enthält Beispiele all jener Güter, die Tirma als Nothilfe versendet. Vermutlich wird der gesamte Bestand in einem anderen Gebäude auf dem Gelände gelagert. Diese Nothilfepakete bestehen aus medizinischen Versorgungsgütern, Trockennahrung, Wasserflaschen, Getreide und Bekleidung. Da sich außer zwei modernen Waschräumen keine weiteren Räumlichkeiten im Erdgeschoss befinden, steige ich leise die Treppe in den ersten Stock hinauf. Das gesamte Gebäude, sogar die Treppe, ist mit dicken Teppichen ausgelegt, was mir erlaubt, mich unhörbar zu bewegen. Nur hin und wieder knarrt der Holzboden unter dem Teppich, aber dagegen kann ich nichts tun.

Im Obergeschoss befinden sich mehrere Büros. Eines davon dient offenbar als Sekretariat. Es ist mit drei Schreibtischen, mehreren Computern, Aktenschränken und einem Kopiergerät ausgestattet – einfach mit allem, was man üblicherweise in einem Büro findet. Die übrigen drei sind vermutlich für die Verwaltungsangestellten der Wohlfahrtsorganisation bestimmt. In einem finde ich eine Menge an Flugblättern und Prospekten in verschiedenen Sprachen, die das Ziel und die Absichten von Tirma erklären. Nachdem ich eine Hand voll in Englisch, Farsi, Türkisch und Arabisch in meinem Rucksack verstaut habe, fahre ich mit meiner Erkundigung fort.

Die letzten beiden Räume sind wohl die Büros der Vorstandsmitglieder. In beiden schalte ich die Computer ein und beschäftige mich eine Weile mit ihnen. Ich benötige kein Passwort und kann mich problemlos in den einzelnen Dateien umsehen. Selbst als ich nach den Namen »Tarighian«, »Mohammed«, »Mertens« und »Zdrok« suche, entdecke ich nichts Verdächtiges.

Allen meinen Bemühungen zum Trotz scheint Tirma tatsächlich eine legale Wohlfahrtsorganisation zu sein.

Ich verlasse das Haus durch dieselbe Tür, durch die ich es betreten habe. Mein nächstes Ziel ist Basarans Büro, das einige Gebäude weiter liegt. Diesmal muss ich mit größeren Schwierigkeiten rechnen. Das Bauwerk ist besser beleuchtet und verfügt vermutlich über schärfere Sicherheitsmaßnahmen. Vielleicht befinden sich auch noch Menschen in den Büros. Ich halte mich weiter an der Rückseite der Gebäudereihe und sprinte zum nächsten Haus – der Cafeteria für die Belegschaft – und weiter zum nächsten ... bis ich das Hauptverwaltungsgebäude erreiche, in dem ich Basaran heute getroffen habe. An der Rückseite entdecke ich keine Wachen, aber ich weiß, dass zumindest ein Sicherheitsmann an der Vorderseite patrouilliert.

Die Hintertür ist mit einem Tastenschloss versehen. Da ich vermute, dass derselbe Code im gesamten Gebäude verwendet wird, rufe ich auf meinem OPSAT die Ziffernfolge ab, die ich bei meinem ersten Besuch hier notiert habe. Sobald ich 8, 6, 0, 2, 5 drücke, öffnet sich die Tür. Von meinem Treffen mit Basaran weiß ich auch, dass überall im Haus Überwachungskameras platziert sind. Deshalb öffne ich die Tür auch nur einen Spalt und benütze das Eckperiskop, um hineinzusehen. Selbstverständlich entdecke ich eine Kamera, die direkt auf die Tür gerichtet ist.

Ich könnte die Kamera mit meiner Five-Seven unschädlich machen, aber damit würde ich nur darauf aufmerksam machen, dass jemand das Gebäude betreten hat. Wie es aussieht, handelt es sich um eine standardmäßige Kamera, die zwar kontinuierlich alles aufzeichnet, aber nur bei ausreichender Beleuchtung brauchbare Bilder liefert. Irgendwo neben der Tür muss ein Lichtschalter sein. Mit Hilfe des Periskops finde ich den Schalter, stecke rasch die Hand durch die Tür und knipse das Licht aus. Sobald das geschehen ist, trete ich ein und schließe die Tür hinter mir. Während die Kamera nichts als Dunkelheit aufzeichnet, sehe ich dank meines Nachtsichtgeräts ausgezeichnet.

Von diesem Raum aus spähe ich durch einen Torbogen in die Vorhalle, die hell erleuchtet ist. Durch die großen Glasfenster an der Vorderseite sehe ich den Wächter, der mit dem Rücken zu mir zum Parkplatz hinübersieht. Er ist dick eingemummt, raucht eine Zigarette und verflucht vermutlich jeden Augenblick seiner Schicht. Mein Blick streift über die Decke, die Wände und die Ecken, und tatsächlich entdecke ich eine weitere Überwachungskamera, die direkt auf die Vordertür gerichtet ist. An dieser komme ich leicht vorbei, denn ich bin schon im Gebäude. Während der Wächter in die andere Richtung sieht, quere ich die Vorhalle und schleiche durch die hölzerne Doppeltür in den Empfangsraum. Glücklicherweise ist hier das Licht bereits ausgeschaltet.

Wieder gebe ich den Code in das Tastenschloss neben der Tür ein, die zu Basarans Büro führt, und trete in den Korridor. Hier ist das Licht eingeschaltet, und ich finde keine Möglichkeit, es auszuschalten. Da ich weiß, dass mich um die Ecke eine weitere Überwachungskamera erwartet, benützte ich das Periskop, um sie mir genauer anzusehen. Es handelt sich um eine Bewegungskamera, die einen weiten Bogen bestreicht. In der Mitte des Bogens liegt Basarans Büro. Seine Tür ist mit keinem zusätzlichen Tastenschloss versehen. Offenbar darf man sich hier frei bewegen, sobald man sich an der Rezeption im Empfangsraum gemeldet hat.

Mir bleibt keine andere Wahl, als die Kamera abzulenken. Dafür nehme ich meinen Kamerastörsender aus dem Rucksack und schalte ihn ein. Das kleine Gerät vibriert ein wenig, was mir sagt, dass es funktioniert. Selbstverständlich kann ich die Mikrowellen nicht sehen, die es aussendet. Aber ich kann seine Wirkung steigern, indem ich mich mit dem Gerät bewege. Deshalb halte ich den Störsender vor mich, während ich rasch um die Ecke und den Gang entlanggehe. Ich höre, wie die Kameralinse verwirrt vor- und zurückzoomt, um sich auf den Gegenstand einzustellen, den sie entdeckt zu haben glaubt. Erst als ich Basarans Tür öffne und hineinschlüpfe, gewinnt sie ihre Funktionalität zurück.

Die Deckenbeleuchtung ist ausgeschaltet, nur hinter der Bar, um den Tisch und hier bei der Tür ist das dämmrige Stimmungslicht an. Glücklicherweise sind an der riesigen Glaswand auf der Seeseite die Gardinen zugezogen.

Zunächst untersuche ich den Schreibtisch und seinen Inhalt. In den Laden finde ich nichts Interessantes – nur eine Menge persönlicher Gegenstände, Kreditkartenrechnungen, Telefonnummern von Mitarbeitern und andere Unternehmenspapiere. Auch das Handübungsgerät, dieser kleine Gummiball, den Basaran bei unserem ersten Treffen ständig drückte, liegt in einer der Laden. Als ich den Computer einschalte, verlangt er ein Passwort. Verdammt. Wenn ich jetzt nur Carly St. Johns Fachkenntnis hätte. Selbstverständlich hatte ich Lambert informiert, dass ich heute Nacht hier sein würde, aber Carly hatte nicht genug Informationen, um sich in den Server von Akdamar Enterprises zu hacken. Da lässt sich nichts machen.

Während ich den Computer wieder abschalte, bemerkte ich zum ersten Mal ein gerahmtes Foto auf dem Schreibtisch. Es zeigt eine verschleierte Frau mit zwei Mädchen im Alter zwischen sechs und acht Jahren. Ist das Basarans Familie? Aber sie wirkt keineswegs türkisch. Die meisten türkischen Frauen tragen, selbst wenn sie streng religiös sind, keinen Schleier, wie es etwa im Irak oder im Iran üblich ist. Rasch schieße ich mit dem OPSAT ein Foto und wende mich dann den Aktenschränken zu.

Mit Hilfe der Dietriche gelingt es mir rasch, die Aktenschränke zu öffnen, und ich entdecke weitere Dokumente von Akdamar Enterprises – Akten über die einzelnen Mitarbeiter, Kassenbücher und andere langweilige Dinge. Eine Lade enthält jedoch Ordner, die mit dem Wort »Zypern« gekennzeichnet sind. Während ich einen nach dem anderen herausziehe und durchblättere, stoße ich auf Aufzeichnungen, die mit dem Einkaufszentrum zusammenhängen, das Basaran in Zypern baut: Kostenaufstellungen, Terminpläne, Presseartikel und interne Unternehmensnotizen. Das Einkaufszentrum liegt in der Nähe der Stadt Famagusta, einem Seehafen in Nordzypern, der nach Lefkosia das strategisch wichtigste städtische Zentrum dieses Teils der Insel darstellt.

Ganz hinten in der Lade liegt eine Dokumentenmappe, die mit Bindfaden zugebunden ist. Ich löse die Verschnürung und sehe hinein. Die Mappe ist voll von verkleinerten Plänen, die Teile von etwas zeigen, das wie eine Maschine aussieht – da gibt es mehrere Ansichten einer Basis, eine Maschine, die von verschiedenen Seiten gezeigt wird, und eine Serie zylindrischer Objekte, die ineinander passen. Ich will verdammt sein, wenn das keine Waffe ist.

Als Konstrukteur dieser Maschine wird »Albert Mertens« genannt, und dieser Name findet sich auch auf jedem einzelnen Plan. Das muss derselbe Mertens sein, den ich bei meinem Besuch heute gesehen habe. Sicherheitshalber mache ich ein paar Fotos von den Plänen.

Nachdem ich alles wieder so verstaut habe, wie ich es vorgefunden habe, nähere ich mich der Tür. Dieser verdammte Störsender verbraucht so viel Energie, dass sie nur für eine Richtung reicht. Danach muss der Sender neu aufgeladen werden. Da ich es nicht riskieren will, ihn nochmals zu verwenden, stellt sich die Frage, wie ich nun ungesehen das Büro verlassen kann. Nach kurzem Nachdenken kommt mir eine Idee. Schnell gehe ich zu Basarans Schreibtisch, fische den Gummiball aus der Lade, öffne die Tür einen Spalt und rolle den Ball in die dem Ausgang entgegengesetzte Richtung. Während die Kamera herumschwenkt, um dem Ball zu folgen, schlüpfe ich aus der Tür, schließe sie hinter mir und eile zum Ausgang. Morgen wird man sich lediglich fragen, wie der Ball in den Korridor gekommen ist.

Auf dem Weg in die Vorhalle gibt es keine weiteren Hindernisse. Der Wächter steht nicht mehr vor dem Gebäude, und so verschwinde ich ungesehen in dem Gang, der zur Hintertür führt. Da das Licht immer noch ausgeschaltet ist, bin ich in Sicherheit. Nachdem ich vorsichtig die Tür geöffnet und hinausgespäht habe, verlasse ich das Gebäude.

Diese Erkundung war längst nicht so schwierig, wie ich erwartet hatte.

Jetzt muss ich nur noch im Zickzackkurs bis an das andere Ende des Komplexes, um mir das Stahlwerk und die Lagerhalle genauer anzusehen. Indem ich immer dem grellen Schein der Flutlichter ausweiche und von Gebäude zu Gebäude sprinte, kehre ich auf meinen eigenen Spuren zurück, bis ich zu der Lagerhalle gelange, die unmittelbar an dem Platz in der Mitte des Geländes steht. Nun wird es schwierig. Der Platz ist nicht nur besonders hell beleuchtet, sondern auf den hohen Flaggenmasten sind auch noch zusätzliche Überwachungskameras montiert, und wenn das noch nicht genug wäre, stehen zwei Wächter träge neben den beiden Masten. Die große Lagerhalle befindet sich auf der anderen Seite des Platzes. Ich könnte also den langen Weg wählen, und mich rund um den Platz von Gebäude zu Gebäude vorarbeiten, wodurch das Risiko steigt, dass ich doch entdeckt werde.

Während ich über dieses Problem nachdenke, höre ich Motorenlärm, der sich nähert. Offenbar ist ein Auto durch das Haupttor auf das Gelände gefahren und kommt nun geradewegs auf den Platz zu. Im Schutz der Schatten lege ich mich neben einer Lagerhalle ins Gras und beobachte den Wagen, der nun bei einem der Wächter hält.

Es ist derselbe Citroën, der mich vorhin verfolgt hat! Und wie vorhin sitzen auch jetzt drei Männer im Wagen. Verdammte Mistkerle. Ein weiterer Beweis, dass Basaran etwas mit dem Zwischenfall im Hafen zu tun hat. Kein Wunder, dass er regungslos zugesehen hat. Ist meine Tarnung aufgeflogen? Weiß er, wer ich bin? Und die wichtigste Frage überhaupt – warum hat er es getan? Sollte Basaran nicht auf *unserer* Seite stehen?

Was, wenn ich mich irre? Diese Kerle in dem Citroën können auch unabhängig von Basaran gehandelt haben. Vielleicht hat Basaran Feinde innerhalb seiner eigenen Organisation. Das wäre gut möglich.

Dann geschieht etwas Seltsames. Die beiden Wächter steigen ebenfalls in den Citroën und fahren in Richtung des Flugfelds davon, das am anderen Ende des Geländes liegt. Jetzt ist der Platz leer. Allerdings ist damit noch immer nicht das Problem gelöst, wie ich auf die andere Seite komme, ohne dass mich die Kameras sehen. Soll ich es wagen, sie einfach durch gezielte Schüsse auszuschalten?

Die passende Antwort finde ich, als ich in einem Schuppen links von mir jene dreirädrigen Golfwagen entdecke, in denen zuvor die Wächter umhergefahren sind. Rasch laufe ich zu dem Schuppen und klettere in einen der Miniwagen. Weil diese Fahrzeuge mit elektrischem Strom fahren, benötige ich nicht einmal einen Schlüssel. Wenn ich mich ein wenig zusammenkauere, können mich die Kameras unter dem Baldachin über dem Fahrersitz vermutlich nicht ausmachen, sodass ich auf dem Video wie jeder andere Wächter aussehe. Ich entschließe mich, es zu riskieren.

Der Miniwagen startet problemlos. Sobald ich ihn auf den Platz fahre, höre ich, wie sich die Kameras bewegen, um ihn zu verfolgen, aber das kümmert mich nicht. Gemächlich rolle ich vorwärts, als wäre ich bloß ein weiterer Wächter, der träge seine Runden zieht. Um echt zu wirken, halte ich einmal sogar an und täusche vor, etwas am Boden des Fahrzeugs zu suchen, ehe ich weiterfahre.

Sobald ich den Platz hinter mich gebracht habe, steige ich aus dem Miniwagen und untersuche die Seiten der großen Lagerhalle. Der Haupteingang und die Ladetüren sind geschlossen, versperrt und dem Flutlicht direkt ausgesetzt. Auf der Rückseite steht jedoch direkt unter einem offenen Fenster ein Müllcontainer, auf den ich hinaufklettere, um in die Halle zu spähen.

Der Großteil der weitläufigen Halle liegt im Dunklen. Nur hie und da brennt eine Lampe. Vorsichtig klettere ich durch das Fenster und lande wie eine Katze auf Händen und Füßen auf dem Boden. Lambert hat mir einmal das Kompliment gemacht, dass ich ein ziemlich guter Fassadenkletterer sein müsse, wenn ich mich auf diese berufliche Tätigkeit spezialisiere. Ich ließ ihn in dem Glauben, dass ich es einmal war.

Dies hier ist ein typisches Stahlwerk mit einem riesigen Hochofen, Fließbändern, Arbeitstischen, Laufkatzen, Gabelstaplern und allem, was zu einer echten Stahlerzeugungsanlage dazugehört. Während ich das Werk genauer erforsche, gelange ich allmählich zu der Überzeugung, dass ich nur meine Zeit vergeude. Hier gibt es nichts Außergewöhnliches zu entdecken. Als ich eben aufgeben will, und mich frage, wie ich hier so schnell wie möglich wieder hinauskomme, erspähe ich um eine Ecke einen einsamen Wächter, der vor einer schweren, auf Rollen beweglichen Stahltür sitzt. Er hält eine Kalaschnikow in den Händen und starrt ziellos ins Leere, als würde er die Minuten zählen, bis seine Schicht zu Ende ist. Ich frage mich, was er wohl bewacht.

Diesmal entscheide ich mich für den direkten Weg. Ich lade mein SC-20K mit einem Ring-Airfoil-Projektil, ziele auf den Kopf des Wächters und drücke ab. *Zapp* – und schon fällt der Wächter bewusstlos vornüber. Im nächsten Augenblick bin ich bei ihm, sammle das Projektil ein und verstaue es in meinem Rucksack. Der Mann wird nicht wissen, was ihm zugestoßen ist. Nur wird er beim Aufwachen eine ziemliche Beule am Kopf haben.

Vorsichtig lasse ich den Bolzen zurückgleiten, schiebe die Tür auf und trete in eine große Lagerhalle, die mit Dutzenden Kisten und Schachteln gefüllt ist, die den Stempel der Tabriz Container Company tragen. *Bingo.* Mit meinem verlässlichen Nahkampfmesser breche ich den Deckel einer Kiste auf. Gewehre. Kalaschnikows. Ich breche eine weitere Kiste auf – Hakims. Sprengstoff. Einzelteile für Bomben. Pistolen. Weitere Gewehre. Munition.

Was zum Teufel fängt Akdamar Enterprises mit einer Ladung Waffen an?

Während ich eine Kiste nach der anderen untersuche und sie wieder sorgfältig verschließe, entdecke ich schließlich außen an einer Kiste einen Lieferschein. Als Ursprungsort wird eine Adresse in der Stadt Baku in Aserbaidschan genannt, die ich sofort in meinem OPSAT notiere. Was mich betrifft, habe ich genug gesehen. Ich mache noch ein paar Fotos von den aufgestapelten Kisten, schlüpfe durch das schwere Rolltor und lege wieder den Bolzen vor. Der Wächter ist immer noch im Land der Träume.

Während ich zu dem Fenster hinübereile, durch das ich eingestiegen bin, höre ich, wie das Haupttor mit quietschenden Angeln geöffnet wird. Ich müsste noch einen breiten Gang queren, aber das wäre jetzt wohl keine gute Idee. Denn wer auch immer die Halle betreten hat, könnte mich sehen, wenn ich diesem Weg weiterhin folge. Ein einzelner Mann nähert sich mir mit langsamem Schritt. Ich habe gerade noch Zeit, mich hinter einer Säule zu verbergen und regungslos zu verharren.

Als der Mann den bewusstlosen Wächter entdeckt, stößt er einen Knurrlaut aus, der mir vertraut vorkommt, sodass ich es riskiere, hinter der Säule hervor zu spähen. Bei dem Neuankömmling handelt es sich um keinen anderen als Farid, Basarans riesenhaften Leibwächter. Jetzt gilt es, das Gebäude schnell zu verlassen, ehe der Riese Alarm schlägt. Mir bleibt kein anderer Fluchtweg als auf den Antriebsmechanismus des Förderbands hinaufzuklettern und mich zu einem Rohr hinüberzuschwingen, das in einer Höhe von etwa fünfzehn Metern durch die gesamte Halle läuft. Während sich Farid über den Wächter beugt und versucht, ihn wieder ins Bewusstsein zurückzuholen, sprinte ich über den Gang, steige auf das Fundament des Antriebsmechanismus und klettere wie ein Affe an verschiedenen Kurbeln hinauf, die ich wie Tritteisen verwende. Die Maschine gleicht einer riesigen altmodischen Jukebox, aus deren »Mund« das Fließband kommt. Es ist nicht leicht, an dem Mechanismus emporzuklettern. Vor allem im oberen Bereich wird es schwierig, weil er abgerundet ist. Nach zwei Fehlversuchen gelingt es mir, einen Handgriff an der Oberseite der Maschine zu erreichen und mich hochzuziehen. Um nicht wieder hinabzurutschen, was eine Katastrophe wäre, halte ich einen Moment inne, bis ich wieder zu Atem komme.

Ein Blick hinunter zeigt mir, dass Farid noch immer bei dem Wächter steht, der sich mittlerweile aufgesetzt hat und den Kopf reibt. Jetzt ist keine Zeit zu verlieren. Von hier aus ist es leicht, das Rohr zu ergreifen. Während mein Körper gefährlich hoch über dem Betonboden baumelt, setze ich Hand vor Hand, um die Halle zu queren.

Peng! Der Schuss ist von unten gekommen. Verdammt, Farid hat mich gesehen. Während ich mich an dem Rohr hängend vorwärts bewege, schießt der Leibwächter aufs Geratewohl mit seiner Pistole auf mich. Zum Glück ist er kein guter Schütze. Sobald ich das Ende des Rohres an der Rückseite der Halle erreiche, von wo aus ich leicht auf den Boden hinunter klettern könnte, hören die Schüsse auf. Vermutlich ist ihm mittlerweile eingefallen, dass er mich hier treffen könnte, und tatsächlich erwartet er mich schon unten.

Ich kann nur hoffen, dass er mich mit dem Helm und der Schutzbrille nicht erkennt. Außerdem bin ich hoch über ihm. Von unten höre ich Knurrlaute. Zusätzlich bedeutet er mir, hinunterzusteigen. Offenbar erwartet er von mir, dass ich hinunterklettere und meine Strafe wie ein Mann entgegennehme. Was soll ich tun? Schnell entschlossen nehme ich die Hände vom Rohr und lasse mich aus etwa fünfzehn Meter Höhe direkt auf ihn fallen.

Gemeinsam schlagen wir auf dem harten Boden auf, und sofort spüre ich einen scharfen Schmerz in meiner Schulter. Glücklicherweise ist Farid ein wahrer Riese, sonst hätte ich wohl wesentlich mehr Schaden genommen. Er hat sich wirklich ausgezeichnet als Auffangkissen gemacht. So schnell ich kann, springe ich auf die Beine, um es mit dem Riesen aufzunehmen – doch der liegt ausgestreckt auf dem Rücken, ohne sich zu bewegen. Sein Arm ragt in einem unnatürlichen Winkel unter seinem Rücken hervor. Offenbar ist er gebrochen.

Auch gut. Das erspart es mir, ihn zu töten. Bevor der andere Wächter herüberlaufen kann, um nachzusehen, was passiert ist, haste ich zu der Stelle, an der ich hereingekommen bin, klettere auf ein paar Kisten und zwänge mich durch das Fenster.

Draußen steige ich wieder in den dreirädrigen Miniwagen, fahre um das Gebäude herum und quer über den Platz. Niemand ist zu sehen. Acht Minuten später parke ich das Elektrofahrzeug in der Nähe des Zauns und sprinte im Schutz der Schatten bis zu der von mir zu Beginn dieses Abenteuers in den Maschendraht geschnittenen Geheimtür. Rasch ziehe ich sie auf und krieche hindurch.

Meine Schulter schmerzt heftig. Vermutlich ist sie gestaucht, wenn auch nicht allzu schwer. Im Lauf meines Berufslebens habe ich schon so manchen harten Schlag einstecken müssen, dagegen ist das nichts.

Sobald der Industriekomplex hinter mir liegt und ich wieder im Pazhan sitze, schicke ich Lambert eine Nachricht: DRINGEND – ALLES AUSFORSCHEN ÜBER NAMIK BASARAN, ALBERT MERTENS UND ANDREJ ZDROK.

22

Lieutenant Colonel Petlow war müde. Seit fast 24 Stunden überwachte er das Verhör der Gefangenen. Nach dem Skandal wegen der Misshandlung irakischer Gefangener, der die Welt einige Monate zuvor erschüttert hatte, achtete die amerikanische Regierung besonders sorgsam darauf, was während eines Verhörs zulässig war und was nicht. Dadurch wurden Verhöre zu einer Angelegenheit, die viel Zeit kostete. Unendlich viel Zeit.

Petlow war vor allem an dem zahnlosen Gefangenen interessiert, dessen richtiger Name angeblich Ali Al-Sheyab lautete.

Zunächst war es niemandem aufgefallen, dass der Zahnlose während seiner Gefangennahme verwundet worden war. Eine Kugel hatte ihn in die Seite getroffen, ohne jedoch ein lebenswichtiges Organ zu verletzen. Das Projektil war glatt eingedrungen und wieder ausgetreten, und hatte nur ein blutiges Loch hinterlassen, das erst bemerkt wurde, als der Zahnlose nach seiner Festnahme in der Zelle zusammenbrach. Man brachte ihn dann in ein mobiles Feldlazarett, um ihn wieder zusammenzuflicken. Dabei stellte der Arzt fest, dass der Gefangene bereits fieberte und an einer schweren Lungenentzündung litt. Dieser Gefahr setzte man sich nun einmal aus, wenn man in einem instabilen Land als Nomade lebte.

Petlow hoffte, dass sich die körperliche Verfassung des Zahnlosen positiv auf das Verhör auswirken würde. Der Mann war bis obenhin voll gepumpt mit Medikamenten und hatte es wesentlich bequemer als in den letzten Monaten. Nachdem Petlow vom Zentralkommando die neue Anweisung erhalten hatte, die Identität bestimmter Personen auszuforschen, entschloss er sich, dem Zahnlosen vor dem Schlafengehen noch eine Chance zu geben.

Das Feldlazarett war in einem transportablen Container mit Klimaanlage und sauberem Fließwasser untergebracht. Seit Vietnam, als in einem Feldlazarett noch ebenso viele Bakterien zu finden waren wie im Dschungel selbst, hatte sich einiges verbessert. Je nach der Schwere der Verwundung konnte es für einen verwundeten Soldaten oder Gefangenen heute durchaus angenehm sein, einige Zeit in einem Lazarett zu verbringen.

All dies war Petlow bewusst, als er gemeinsam mit einem Übersetzer das Spital betrat. Nachdem er die nötigen Papiere ausgefüllt hatte, ersuchte er den Dienst habenden Sergeant um etwas mehr Privatsphäre für den Gefangenen. Nach Rücksprache mit dem Arzt schirmte man das Bett des Zahnlosen durch einen Wandschirm von den übrigen Patienten ab.

»Erkennen Sie mich wieder, Mr Al-Sheyab?« fragte Petlow, nachdem er hinter der Trennwand Platz genommen hatte. Der Übersetzer an seiner Seite gab die Fragen und Antworten der beiden Männer unmittelbar weiter.

Der Zahnlose nickte grinsend. Wieder zeigte sich, dass man ihn nicht umsonst als den Zahnlosen bezeichnete.

»Ich werde Ihnen einige Fragen stellen. Sind Sie bereit, mir zu antworten?«

Der Zahnlose grinste breit, schüttelte aber verneinend den Kopf.

»Warum nicht?«

Statt einer Antwort fluchte der Zahnlose in einer Sprache, die Petlow nicht verstand. Das war nicht Arabisch. Vielleicht Farsi? Der Übersetzer überließ die Worte des Gefangenen Petlows Fantasie.

»Mr Al-Sheyab, wir haben Ihnen das Leben gerettet. Ohne uns wären Sie gestorben. Sie haben eine Lungenentzündung, und Sie haben eine Schusswunde. Ist es hier nicht wirklich bequem?«

Der Zahnlose zuckte die Achseln.

»Offenbar geht es Ihnen wieder gut genug. Dann können wir Sie ja wieder in den Gefangenentrakt zurückbringen«, meinte Petlow.

Mit aufgerissenen Augen schüttelte der Zahnlose abwehrend den Kopf.

»Warum nicht? Wie es scheint, geht es Ihnen schon viel besser. Ich werde den Arzt ersuchen, dass er Sie entlässt, damit wir Sie korrekt verhören können.«

»Nein«, antwortete der Gefangene schließlich. »Mir geht es grauenvoll, und ich habe entsetzliche Schmerzen. Ich will nicht verlegt werden. Was wollen Sie von mir wissen?«

Nur mit Mühe unterdrückte Petlow ein Lächeln. »In Ordnung. Ich will, dass Sie sich ein paar Fotos ansehen und mir jeweils eine bestimmte Person zeigen. Werden Sie das tun?«

Der Gefangene starrte Petlow wütend an und knurrte etwas, aber er sagte nicht Nein.

Unbeeindruckt öffnete Petlow eine Aktenmappe, die mehrere Schwarzweißfotos von verschiedenen Männern aus dem Mittleren Osten enthielt. »Sagt Ihnen der Name Ahmed Mohammed etwas?«

Wieder grinste der Zahnlose.

»Wie ich gehört habe, ist Ahmed Mohammed einer der Anführer Ihrer Organisation. Stimmt das?«

Der Zahnlose zuckte leicht die Schultern. Petlow fasste das als Ja auf.

»Wie steht es mit Nasir Tarighian?«, fragte Petlow weiter. »Kennen Sie Nasir Tarighian?«

Augenblicklich verschwand das Lächeln vom Gesicht des Gefangenen. Stattdessen riss er die Augen auf und schüttelte verneinend den Kopf.

»Stimmt es, dass Nasir Tarighian die Shadows mit Geld versorgt?«

Der Zahnlose verweigerte die Antwort.

»Sie kennen ihn doch, oder? Ich meine Nasir Tarighian? Nun, wir wissen, dass Tarighian der Geldgeber einer Gruppe von Terroristen ist, die sich selbst Shadows nennen. Soweit ich gehört habe, haben Sie bei Ihrer Festnahme behauptet, zu den Shadows zu gehören.«

»Ich bin stolz darauf, ein Shadow zu sein«, begann der Zahnlose in monotonem Ton. »Wir werden den Mittleren Osten von der Unterdrückung durch den Westen befreien und ihm seine islamischen Wurzeln zurückgeben.« Er sprach die Worte, als wiederholte er ein Mantra.

»Mr Al-Sheyab, ich glaube Ihnen nicht, dass Sie ein Shadow sind«, sagte Petlow.

Die Augen des Zahnlosen blitzten wütend auf. Niemand sollte es wagen, ihn einen Lügner zu nennen. »Wie meinen Sie das?«, fragte er.

»Ich meine, wenn Sie nicht wissen, ob Tarighian Ihr Anführer ist oder nicht, dann können Sie kein Shadow sein.«

»Aber ich bin ein Shadow! Ich bin stolz darauf, ein Shadow zu sein! Wir werden den Mittleren Osten von der Unterdrückung durch den Westen befreien und ihm seine islamischen Wurzeln zurückgeben!«

Petlow zeigte dem Gefangenen das erste Foto. »Sie können mir sicher nicht sagen, ob dieser Mann Nasir Tarighian ist, richtig?«

Der Zahnlose starrte finster auf das Foto. »Das ist er nicht! Sie wissen ja gar nicht, wovon Sie sprechen.«

Petlow griff zum nächsten Foto. »Wir glauben, dass dieser Mann Tarighian ist. Was sagen Sie?«

»Nein! Ihr törichten Amerikaner erkennt einen großen Mann nicht einmal, wenn ihr ihn direkt vor eurer Nase habt. Das ist Ahmed Mohammed.« Das wusste Petlow. Mohammeds Gesicht war den Behörden seit längerem bekannt.

Nächstes Foto. »Dann ist das wohl auch nicht Tarighian.«

»Nein, das ist er nicht.«

Die nächsten sieben Fotos erbrachten ebenfalls ein negatives Resultat. »Nun, von diesem Mann wissen wir, dass er es nicht ist«, behauptete Petlow vom achten Foto.

Augenblicklich hob der Zahnlose die Hand. In seinem Gesicht vollzog sich eine sichtliche Veränderung, als hätte er eben seinen Herrn und Erlöser erblickt.

»Nasir Tarighian«, flüsterte er ehrfürchtig.

Petlow nickte und kennzeichnete das Foto auf der Rückseite.

»Danke, Mr Al-Sheyab. Jetzt können Sie sich wieder ein wenig ausruhen«, sagte Petlow.

Der Zahnlose starrte Petlow verwirrt an. Er wusste, dass man ihn mit einem Trick dazu gebracht hatte, etwas zu verraten, und dass sein vernebelter Geist es zugelassen hatte. Als sich Petlow und der Übersetzer zum Gehen wandten, schrie ihnen der Gefangene nochmals wütend nach: »Ich bin ein Shadow! Ich bin stolz darauf, ein Shadow zu sein! Wir werden den Mittleren Osten von der Unterdrückung durch den Westen befreien und ihm seine islamischen Wurzeln zurückgeben!«

Eilig verließ Petlow das Lazarett und kehrte im Laufschritt in sein Büro zurück. Diese Information musste er so schnell wie möglich nach Washington weiterleiten.

Sarahs Magen knurrte nun zum sechsten Mal, seit sie begonnen hatte, die Geräusche zu zählen. Allerdings kümmerte es sie nicht, denn sie war entschlossen, ihren Hungerstreik weiterzuführen. Egal wie sehr sie der Hunger quälen und schwächen würde, sie würde keinen Bissen von dem anrühren, was man ihr zu essen brachte, solange man sie nicht freiließ. Die Männer hatten sich aber auch als beharrlich erwiesen. Obwohl sie nichts aß, brachten sie ihr regelmäßig eine eigene Mahlzeit zum Frühstück, Mittagessen und Abendessen. Zum Teufel mit ihnen.

Wenn man sie als wertvolle Geisel betrachtete, würde sie ihnen tot wohl wenig nützen.

Meist kam einer dieser unheimlichen Russen, die sich Vlad und Yuri nannten. Vermutlich waren die Namen falsch, denn aus welchem Grund sollten sie ihre echten Namen verraten? Außer natürlich, wenn sie vorhatten, sie zu töten, sobald sie bekommen hatten, was sie wollten. Dieser Gedankengang motivierte Sarah, an ihrem Hungerstreik festzuhalten.

Nach zwei Nächten, die sie nun schon in diesem kleinen Raum zugebracht hatte, begann heute der dritte Tag. Einmal hatte sie gefragt, ob sie kurz im Freien Luft schnappen dürfe, aber sie hatten abgelehnt. Mittlerweile roch es im Zimmer nach ihrem Schweiß. Auch aus dem Bad stank es, weil der Abfluss nicht richtig funktionierte. Um sich wohler zu fühlen, hatte sie täglich geduscht. Der letzte halbe Tag war jedoch nicht leicht gewesen. Allmählich spürte sie die Folgen der Nahrungsverweigerung. Jetzt wollte sie nur noch auf dem Feldbett liegen und schlafen.

In ihren Tagträumen erinnerte sie sich an ein asiatisches Barbecue-Restaurant in Evanston, das sie mit Rivka gerne besucht hatte. Schon bei dem bloßen Gedanken daran, lief ihr das Wasser im Mund zusammen, und als dann auch noch ihr Magen knurrte, zwang sie sich, nicht mehr daran zu denken. Das war leichter gesagt als getan. Zusätzlich litt sie entsetzlich an Heimweh und hätte nichts lieber getan, als Israel augenblicklich zu verlassen.

Das Klirren des Schlüssels im Schloss ließ sie wie immer hochfahren. Normalerweise war es hier totenstill, bis der verdammte Schlüssel klirrte.

Sobald sich die Tür öffnete, spähte Vlad mit eisigem Gesicht herein.

»Gehen Sie weg«, sagte sie.

»Ich bringe dein Frühstück«, antwortete er, während er mit einem Tablett hereinkam. Der Teller war mit einem Deckel verschlossen, sodass sie nicht sehen konnte, was es war. Aber es roch nach einer gekochten Speise, was es ihr noch schwerer machte, standhaft zu bleiben.

Vlad stellte das Tablett auf dem Boden neben dem Feldbett ab und setzte sich in den Stuhl. »Du solltest etwas essen, Prinzessin. Allmählich verlieren wir die Geduld.«

»Gehen Sie zum Teufel«, murmelte sie.

»Immer noch dasselbe Temperament, Prinzessin?«, kicherte Vlad. »Selbst nach so vielen Stunden ohne Essen? Wie lang ist es jetzt schon, zwei Tage? Warte nur, wie du dich nach einer Woche fühlst. Ich habe mit Yuri gewettet, wie lang du durchhältst. Er sagt, dass du schon morgen wieder essen wirst. Ich glaube, dass du mehr Willensstärke hast und noch zwei Tage länger aushältst. Was glaubst du? Wer wird gewinnen, Yuri oder ich?«

»Nehmen Sie das Tablett, und verschwinden Sie. Ich werde nichts essen«, sagte sie.

»Weißt du, Prinzessin. Ich glaube, du brauchst nur etwas mehr Aufmunterung«, sagte Vlad, während er den Stuhl näher an das Feldbett schob. Entsetzt und erschreckt starrte sie ihn an. »Aber, aber«, beschwichtigte er. »Wer wird sich den vor Vlad fürchten. Ich werde dir nichts tun. Du wirst dich sogar richtig wohl fühlen. Ich habe ein Talent für Frauen. Alle sagen das.« Dabei streckte er die Hand aus und strich über ihr Haar.

»Nehmen Sie Ihre dreckigen Hände von mir!«, stieß sie wütend hervor, während sie aufsprang und von ihm abrückte.

Das machte Vlad wütend. »Du kleines Miststück!«, brüllte er, fasste sie an den Schultern und stieß sie zurück auf das Feldbett. Sie wehrte sich, konnte jedoch nicht verhindern, dass er sich mit seinem schweren Körper auf sie legte. Sein kratziges, unrasiertes Gesicht rieb an ihrer Wange, während er seine Lippen gegen ihren Hals presste. Sarah versuchte, ihn abzuwerfen, aber sie war seinem Gewicht und seinem Umfang nicht gewachsen. Als sie seine feuchte Zunge in ihrem Ohr fühlte, verlor sie die Beherrschung.

»Nein!«, schrie sie. »Hilfe!«

Sofort legte Vlad seine derbe Hand über ihren Mund. »Schweig!«, befahl er. »Es ist Zeit, dass du lernst, deinen Herren zu gehorchen!«

Dann spürte sie, wie seine andere Hand zwischen ihre Beine glitt. Verzweifelt versuchte sie, ihn zu treten.

Gütiger Gott, dachte sie. *Das* sollte also mit ihr geschehen. Darauf lief es also hinaus. Mit geschlossenen Augen bereitete sie sich auf die Qual vor, die ihr bevorstand.

»Was zum Teufel tust du da?«, rief plötzlich eine wütende Stimme von der Tür herüber.

Abrupt verschwand die entsetzliche schwere Last von ihrem Körper, und sie konnte wieder atmen. Als Nächstes nahm sie wahr, dass im Raum gekämpft wurde.

Eli war gekommen und hatte Vlad hochgezogen. Der ältere Mann war auf das Frühstückstablett gestiegen, sodass sich dessen Inhalt über den gesamten Boden verstreut hatte. Jetzt kämpften die beiden Männer miteinander. Vlad versuchte, Eli einen Haken zu versetzen, aber der junge Mann war schneller und wendiger. Er tauchte unter dem Haken weg und landete selbst einen Treffer auf Vlads Nase.

»Du verdammter Bastard!«, schrie Vlad, während er sich über das Gesicht wischte und Blut auf seine Oberlippe schmierte. »Ich bringe dich um!«

Wieder ging die Tür auf, und Yuri trat ein.

»Aufhören!«, brüllte er. »Sofort aufhören!« Dabei zog er seine Pistole vom Typ Heckler & Koch hervor und richtete sie auf Vlad. »Zurück, Vlad! Sofort!«

Eli und Vlad hielten inne und ließen die Fäuste sinken. Die Kleidung beider Männer war mit Haferbrei befleckt, der Boden ein einziges Chaos.

Vlad sah seinen Partner an, als hätte Yuri ihn verraten.

»Ich wollte nur ein wenig Spaß haben. Hier werde ich noch verrückt. Auf eine Geisel aufzupassen ist nicht das, was wir üblicherweise tun. Und das weißt du.«

Yuri richtete die Waffe unbeirrt auf ihn. »Wir tun, was man uns befohlen hat, weil man uns dafür gut bezahlt. Vergiss das nicht.« Dann sah er zu Eli hinüber. »Und du, wage es nie wieder, ihn anzugreifen. Wenn er ausrastet, was hin und wieder vorkommt, dann rufst du mich.«

Heftig atmend behauptete Eli seine Stellung. »Dann sorg dafür, dass er sie in Ruhe lässt«, forderte er.

Yuri schwenkte die Waffe von Vlad zu Eli hinüber. Die VP70 wirkte riesig in seiner Hand. »Wage es nicht, mir einen Befehl zu erteilen. Nie wieder«, sagte er.

»In Ordnung«, lenkte Eli ein.

Einen Augenblick lang starrten die Männer einander an. »Du bleibst hier und räumst dieses Durcheinander auf«, sagte Yuri schließlich. »Komm, Vlad. Wir gehen.« Knurrend verließ Vlad den Raum. Den Blick noch immer auf Eli gerichtet, folgte Yuri seinem Partner und warf hinter sich die Tür ins Schloss.

»Es tut mir Leid«, sagte Eli, während er sich neben Sarah auf das Feldbett setzte.

Blitzschnell wirbelte Sarah herum und versetzte ihm einen Schlag ins Gesicht. »Verschwinde und nimm das Tablett mit!«, rief sie.

Eli stand auf und rieb sich die Wange. »Vermutlich habe ich das verdient. Aber ich muss noch sauber machen.«

»Lass es, wie es ist. Es macht mir nichts aus, wenn meine Zelle ein Schweinestall ist. Sie war schon ein Schweinestall, bevor das Frühstück überall klebte«, sagte sie.

»Hör zu, Sarah«, begann Eli. »Du machst es dir nur selbst schwer. Ich muss nicht nett zu dir sein.«

»Ach wirklich? Du musst nicht *nett* zu mir sein? Du musstest mich auch nicht *entführen*!«

»Verdammt, Sarah, wir wollen doch nur wissen, wie wir deinen Vater erreichen können. Ich weiß, dass du die Möglichkeit hast, ihn zu erreichen. Wenn du es uns nicht erzählst, wirst du dafür leiden. Das kann ich nicht verhindern. Vlad hat seine eigene Methode, mit dir umzugehen. Ich werde ihn nicht davon abhalten können. Und wenn Yuri dich in die Mangel nimmt, wird es wehtun. Diese Kerle sind Experten, Sarah. Bisher haben sie nicht den Befehl bekommen, dir Schmerzen zuzufügen, aber wenn sie diesen Befehl bekommen, werden sie nicht zögern. Also sag mir, ist dein Vater hier im Mittleren Osten?«

Sarah verschränkte die Arme vor dem Körper. Sie zitterte immer noch am ganzen Leib von dem, was sie eben erlebt hatte. Elis Worte machten ihr Angst, aber sie wusste nicht, was sie tun sollte.

»Sarah, sprich mit mir. Ist er im Mittleren Osten? Wir haben Grund zu der Annahme, dass er sich derzeit in der Türkei aufhält.«

Sarah zog die Knie bis zum Kinn hoch und verbarg ihr Gesicht. Ungehindert liefen ihr die Tränen über die Wangen.

»Ich verstehe«, sagte Eli. »Dickköpfig bis zum Schluss. In Ordnung. Dann denk nochmals darüber nach. Übrigens habe ich dir etwas zu lesen mitgebracht. Vielleicht hilft es dir, eine Entscheidung zu treffen.« Damit griff er in die hintere Hosentasche, zog eine zusammengefaltete Zeitung heraus und warf sie neben das Mädchen auf das Feldbett. Dann griff er nach dem Tablett und den Tellern und verließ den Raum, ohne sich um den verschütteten Haferbrei am Boden zu kümmern.

Sobald Sarah den Schlüssel im Schloss hörte, griff sie nach der Zeitung. Sie war auf Englisch – und auf der Titelseite war ein Foto von Rivka. Mit vor Entsetzen rasendem Herzen las sie die Überschrift: ISRAELIN TOT IN OSTJERUSALEM AUFGEFUNDEN. In dem Artikel hieß es, dass eine einundzwanzigjährige Frau erwürgt aufgefunden worden war. Ihre Leiche lag auf einem Müllhaufen in einer Gasse. Die Polizei vermutete, dass die Gräueltat von militanten Palästinensern begangen worden war, die Untersuchung sei jedoch noch im Gange.

Am Ende der Seite befand sich ein Foto von Rivka und Sarah, das Rivkas Eltern zu Beginn der Woche aufgenommen hatten, wie Sarah wusste. Die Bildunterschrift lautete: VERMISSTE AMERIKANERIN ZULETZT GESEHEN MIT ERMORDETER ISRAELIN.

23

Der Kaukasus. Kein Wunder dass die sowjetische Elite die kleinen Republiken Georgien, Armenien und Aserbaidschan als Urlaubsparadies betrachtet. Hier gibt es alles: sonnige Strände, schneebedeckte Berge, luxuriöse Obstgärten und einige der besten Weine Osteuropas. Oder Asiens? Schwer zu sagen. In dieser Region scheinen sich Asien und Europa zu verbinden. Daraus ergibt sich eine Mischung, die kulturelle Elemente beider Kontinente enthält. Seit es die Sowjetunion nicht mehr gibt und diese Länder mehr oder weniger unabhängig sind, hört man lediglich von den ethnischen Konflikten, die dieses Gebiet erschüttern. Ich selbst habe hier nie Probleme gehabt. Um ehrlich zu sein, gefällt es mir hier sogar.

Auf der Fahrt aus der Türkei hinaus macht mir der Pazhan allmählich Sorgen. Immer wieder hustet und röchelt der Motor. Ich kann nur hoffen, dass er es bis Baku schafft. Selbst für die stärksten Autos bilden die hiesigen Bergstraßen eine beträchtliche Herausforderung.

Meine Reise führt mich zunächst nach Norden. Etwas westlich von Jerewan überschreite ich problemlos die Grenze nach Armenien. Mein Interpol-Ausweis genügt, und es erweist sich auch als hilfreich, dass man hier Fremden gegenüber wesentlich weniger misstrauisch ist, als in den anderen Ländern, die ich im Zuge dieser Mission bereits besucht habe. Um auf die bessere Überlandstraße in Richtung Osten nach Aserbaidschan zu gelangen, muss ich die Berge nördlich des Sewan-Sees überqueren. In Kilometern gemessen ist die Strecke nicht besonders lang, das ständige Auf und Ab in der gebirgigen Landschaft kostet jedoch unverhältnismäßig viel Zeit. Dennoch versuche ich, mich zu entspannen und die prachtvolle Szenerie zu genießen.

Kurz nach Einbruch der Dunkelheit erreiche ich Baku, die größte Stadt im Kaukasus. In Amerika bezeichnet man Chicago als »Stadt der Winde«, aber Baku steht ihr in nichts nach. Sogar der Name »Baku« leitet sich von einem persischen Ausdruck ab, der »Stadt der Winde« bedeutet. Aufgrund ihrer Lage direkt am Ufer des Kaspischen Meeres wird Baku immer wieder von starken Stürmen heimgesucht. Die weitläufigen Gas- und Ölfelder in der Umgebung verleihen der Stadt zusätzlich ein ganz besonderes Aussehen. Da Öl das Hauptprodukt des Landes ist, widmet man sich im ausgedehnten Industrieviertel Bakus vorwiegend der Weiterverarbeitung der riesigen Ölvorkommen. In einigen Regionen tritt das Gas direkt aus dem Boden aus und verbrennt an der Luft, sodass man die Region um Baku auch als »Land des Feuers« bezeichnet. Aufgrund dieses ungewöhnlichen Naturschauspiels entstanden in der griechischen Antike viele Mythen über die Gegend rund um Baku.

Baku selbst ist keine besonders attraktive Stadt. Vor allem in den Außenbezirken herrscht eine starke Luftverschmutzung, aber vermutlich ist das ein Erbe der ehemaligen Sowjetherrschaft. Die Innenstadt und die Gegend um den Hafen wurden in den letzten Jahren neu ausgebaut, um mehr Touristen anzulocken. Man ist bemüht, der Stadt einen kosmopolitischen Anstrich zu verleihen, auch wenn sie in Wirklichkeit etwas konservativer ist als zum Beispiel Istanbul.

Wenn ich wollte, könnte ich in einem Vier-Sterne-Hotel absteigen, aber das ist nicht mein Stil. Ich bevorzuge Hotels, in denen man den Gästen nicht so viel Aufmerksamkeit schenkt. Eine derartige Unterkunft finde ich an Bord einer ehemaligen Fähre über das Kaspische Meer, die neben dem Hafenbüro in der so genannten »Boom Town« vertäut liegt. Das Schiff selbst ist ein Schrotthaufen, aber die Kabinen verfügen über Warmwasser und genau das richtige Maß an Privatsphäre. Außerdem beabsichtige ich, nicht lang zu bleiben.

Nach einer erholsamen Nacht, wache ich erfrischt und bereit für meinen Auftrag auf. In einem Teehaus in der Nähe meines so genannten Hotels genieße ich ein Frühstück, das aus Brot mit Honig und Jogurt besteht, und spaziere dann durch ein im Aufschwung befindliches Stadtviertel zu der Adresse, die ich auf dem Lieferschein in der Lagerhalle von Akdamar Enterprises gefunden habe. Diese Waffen wurden eindeutig aus Aserbaidschan verschickt, und wer auch immer an dieser Adresse zu finden ist, hat etwas damit zu tun.

Wie sich herausstellt, handelt es sich um eine Bank, die direkt am Brunnenplatz liegt, dem Zentrum aller Schaulustigen in Baku. Da die Wasserspiele in Betrieb sind, herrscht in den Terrassencafés reges Leben. In meinem sportlichen Sakko mit passender Hose falle ich in keiner Weise auf. Bis auf den Wächter an der Tür bemerkt niemand den leger gekleideten Geschäftsmann, der die Swiss-Russian International Mercantile Bank betritt. Und dieser Wächter selbst wirkt eher wie ein Hotelportier, der darauf wartet, seinen Gästen ein Taxi zu rufen. An der Tür entdecke ich einen Netzhautscanner, der mir den Zutritt zur Bank außerhalb der Öffnungszeiten wohl beträchtlich erschweren wird. Darüber werde ich noch nachdenken müssen.

Sobald ich die Tür öffne, nickt mir der Wächter grüßend zu und fragt mich etwas auf Aseri, der aserbaidschanischen Landessprache. Ich lächle bloß, deute auf den Informationsschalter und betrete die Bank. Die Kassenhalle ist sehr klein und umfasst bloß zwei Kassenschalter und zwei Schreibtische. Eine Gittertür führt zu einem durch eine Wand abgetrennten Bereich, in dem ich die Büros, den Tresorraum und möglicherweise Privatbanksafes vermute. An einem der Kassenschalter nehme ich eine Informationsbroschüre, die ich angeblich intensiv studiere, während ich in Wirklichkeit die örtlichen Gegebenheiten auskundschafte. In den Ecken sind zwei Überwachungskameras montiert, die offenbar die gesamte Kassenhalle abdecken. Hinter dem Glasfenster des einzigen besetzten Kassenschalters steht eine etwa 30-jährige Aserbaidschanerin, die Banknoten in Manat zählt, der hiesigen Landeswährung. Da hinter dem Schalter nur wenig Platz ist, vermute ich, dass sich die kostbaren Güter der Bank hinter der Gittertür befinden.

Während ich mir die Halle genau ansehe, betritt ein Mann von der Straße aus die Bank, spricht leise mit dem Wächter und geht dann auf den Kassenschalter zu. Augenblicklich erkenne ich ihn als den Begleiter von Namik Basaran auf dem Foto in Rick Bentons Akte. Er ist tadellos gekleidet, trägt einen teuren Anzug und hat das Auftreten eines Königs. Deshalb vermute ich in ihm den Manager der Bank.

Nachdem er einen Augenblick mit der Kassiererin gesprochen hat, geht er auf die Gittertür zu. Er schließt sie mit seinem eigenen Schlüssel auf, geht hinein, schließt sie wieder ab und verschwindet im Gang. Mir hat er nicht einen einzigen Blick zugeworfen.

Schon seltsam, wie all die kleinen Puzzlestücke auf ihren Platz fallen. Wer auch immer dieser Mann ist, sein Verhältnis zu Basaran dürfte sehr freundschaftlich sein. Auf dem Foto wirken die beiden Männer wie gute alte Freunde, die eine lange Geschäftsbeziehung miteinander verbindet. Selbstverständlich könnte der Mann auch einfach nur Basarans Banker sein. Aber das wird sich noch herausstellen.

Nachdem ich mehrere Flugblätter und Broschüren genommen habe, verlasse ich die Kassenhalle wieder. Ich gehe an dem Wächter vorüber, ohne ihn anzusehen. Stattdessen studiere ich eingehend die Informationsbroschüre, als würde ich überlegen, ob ich die Dienstleistungen dieser Bank in Anspruch nehmen soll. Als er etwas sagt, das vermutlich »Einen schönen Tag, Sir« bedeutet, brumme ich nur zustimmend, ohne aufzublicken.

Auf der Straße wende ich mich nach Süden und spaziere in Richtung Altstadt. Dieses Labyrinth von engen Gassen sollte vermutlich beeindruckender wirken, als es tatsächlich ist. Neben einigen wirklich interessanten mittelalterlichen Denkmälern, die über das gesamte Viertel verstreut sind, findet man vorwiegend Bauwerke aus der Zeit des Ölbooms im 19. Jahrhundert und Mietshäuser aus der Sowjetära. Im Hafen finde ich ein *restoran*, ein einfaches Speiselokal für Grillspezialitäten, und setze mich an einen Tisch im Freien. Der Kellner bringt mir das aserbaidschanische Standardgericht – Grillhuhn und *Schaschlik*, die hiesige Form eines marinierten Lamm-Kebabs. Das »Fastfood« in dieser Stadt schmeckt besser also so manches Menü in einem gehobenen Restaurant.

Sobald ich gegessen habe, spaziere ich am Hafen entlang und kontaktiere Lambert über mein Implantat.

»Colonel, sind Sie wach?«, frage ich. »Colonel?«

»Sam?«, antwortet er nach etwa zwanzig Sekunden.

»Ich bin's, Colonel. Habe ich Sie geweckt?«

»Ja, aber das ist in Ordnung. Wir haben schon lange nicht mehr miteinander gesprochen. Sind Sie an einem sicheren Ort?«

»Ich spaziere in Baku am Hafen entlang. Rundum ist niemand zu sehen. Ich dachte, ich sollte einmal nachfragen, ob Sie Neuigkeiten haben, denn ich habe welche.«

»Ja, habe ich, aber Sie zuerst«, erwidert Lambert.

»Erinnern Sie sich an die Adresse, die ich auf der Waffenkiste in Akdamar Enterprises gefunden habe?«

»Ja?«

»Sie gehört zu einer Bank. Der Swiss-Russian International Mercantile Bank in der Nähe des Brunnenplatzes in Baku.« Lambert kichert. »Was ist so lustig daran?«, frage ich.

»So ein Zufall. Wir haben uns größte Mühe gegeben, Informationen über die Männer zu sammeln, die Sie uns durchgegeben haben. Einen Augenblick bitte, ich hole nur meinen tragbaren Sender ...« Mehrere Sekunden vergehen. Vermutlich muss er erst aus dem Bett steigen und in sein Büro gehen. Schließlich höre ich ihn wieder in der Tiefe meines Ohrs. »Ich schicke Ihnen ein Foto, das Sie sich ansehen sollten.«

Einen Augenblick später zeigt mein OPSAT das Gesicht jenes Mannes, den ich eben in der Bank gesehen habe und der auf dem Foto mit Namik Basaran abgebildet war. »Hab es«, sage ich.

»Das ist Andrej Zdrok.«

»Kein Scherz?«

»Nein, das ist er tatsächlich.«

»Sie werden es nicht glauben, aber er ist hier. Ich habe ihn gerade in der Bank gesehen. Er ist hineinspaziert, als würde ihm der Laden gehören, und dann ist er in den rückwärtigen Büros verschwunden.«

»Nun, der Laden gehört ihm tatsächlich«, sagt Lambert. »Leider gibt es bei ihm nicht viel auszugraben, aber was wir gefunden haben, ist sehr interessant. Zdrok ist ein russischer Banker – um genau zu sein, stammt er aus Georgien – und er ist der *Präsident* der Swiss-Russian International Mercantile Bank. Er wohnt in Zürich, wo sich auch das Stammhaus seiner Bank befindet. Die einzige andere Niederlassung ist die in Baku.«

»Okay.«

»Unsere Leute vom Geheimdienst vermuten, dass Zdrok Verbindungen zur organisierten Kriminalität hat, allerdings konnte ihm nie etwas bewiesen werden. Gegen ihn wurde noch nie Anklage erhoben, und er ist auch sonst noch nie mit dem Gesetz in Konflikt gekommen. Trotzdem steht er auf einer Beobachtungsliste. Die russische Regierung verdächtigt ihn, einer der ganz Großen auf dem Schwarzmarkt zu sein.«

»Colonel, ich habe Grund zu der Annahme, dass er einer der ganz großen Fische des Shops ist«, sage ich. »Rick Benton hat offenbar genauso gedacht. Haben Sie sich sein Diagramm angesehen?«

»Ich bin auf dieselbe Verbindung gekommen, Sam. Für mich steht der Kerl für russische Mafia.«

»Ich werde mir heute Nacht die Bank von innen ansehen. Was ich finden werde, weiß ich nicht.«

»In der Zwischenzeit werden wir uns bemühen, noch mehr auszugraben.«

»Und vergessen Sie nicht, dass es auch irgendeine Verbindung zu Namik Basaran gibt. Die beiden Männer kennen einander, und Basaran hat mich in Bezug auf Zdrok belogen. Basaran hat Dreck am Stecken, Colonel. Mir ist egal, welches Wohltätigkeitsunternehmen er leitet, der Mann ist ein Schwindler.«

»Soweit wir bisher feststellen konnten, ist er aber sauber, Sam«, entgegnet Lambert. »Die türkische Regierung hält ihn sogar für so etwas wie einen Heiligen.«

»Was ist mit seiner Vergangenheit? Wissen wir irgendetwas über seine Herkunft? Der Mann hat Leichen im Keller, das weiß ich genau. In seinem Büro stand ein Foto von einer Frau mit zwei Mädchen. Ich wette, das war seine Familie. Aber wo ist sie jetzt?«

»Wir sind noch immer auf der Suche. Aber ich fürchte, dass es vor den Neunzigerjahren kaum Informationen über den Kerl gibt.«

»Das allein macht mich schon misstrauisch. Ein vierzigjähriger Mann taucht nicht einfach ohne persönliche Geschichte auf magische Weise in einem Land auf. Sie müssen sie finden, Colonel.«

»Wir geben unser Bestes. Aha, ich sehe hier gerade einen Bericht ... es ist eine Aktennotiz von einem türkischen Geheimdienstagenten, die von seinen Vorgesetzten offenbar angefochten wurde. Aber dieser Agent behauptet, dass Basaran in Wirklichkeit gar nicht aus der Türkei stammt.«

»Ich würde gerne mit diesem Agenten sprechen. Wo ist er?«

»Leider ist er tot. Hier steht allerdings nicht, wie oder wann er gestorben ist ... nur dass er gestorben ist.«

»Verdammt.«

»Jetzt zu dem anderen Mann, über den Sie Informationen haben wollten ...«

»Mertens?«

»Ja, Albert Mertens. Dr. Albert Mertens war Gerard Bulls rechte Hand während der Jahre, in denen Bull als Waffenkonstrukteur und -händler tätig war. Mertens gehörte zu den Spitzenphysikern, die die berühmte Babylon-Superwaffe entwickelten. Erinnern Sie sich daran?«

»Sicher. Schon als wir in Washington über Gerard Bull geredet haben, habe ich mich an sie erinnert. Diese Superwaffe sollte ein Ziel in mehreren tausend Kilometer Entfernung treffen. Saddam Hussein hat Bull den Auftrag gegeben, eine solche Superwaffe zu bauen, um ohne teure Cruise-Missiles seine Nachbarstaaten angreifen zu können. Konnte man mit dieser Superwaffe neben konventionellen Sprengköpfen nicht auch biologische, chemische und sogar nukleare Sprengköpfe verwenden?«

»Ganz richtig, Sam. Glücklicherweise wurde die Waffe nie fertig gestellt.«

»Welche Art von Arbeit leistet Professor Mertens dann für Basaran?«

»Ich weiß es nicht, aber wir machen uns deshalb große Sorgen. Mertens hat immerhin wegen illegalen Waffenhandels sieben Jahre in einem belgischen Gefängnis zugebracht. Den Informationen zufolge, die wir bekommen haben, wurde Mertens im siebenten Jahr seiner Haftstrafe in eine psychiatrische Anstalt überstellt. Der Mann ist ein gefährlicher Irrer. Vor fünf Jahren ist er plötzlich aus der Klinik verschwunden. Entweder er ist von selbst geflüchtet, oder man hat ihm geholfen auszubrechen. Wir wissen es nicht. Seitdem ist die belgische Polizei hinter ihm her.«

»Was hat Basaran vor?«, frage ich. »Soll Mertens für ihn eine Superwaffe bauen? Und wenn ja, warum? Basaran steht angeblich auf unserer Seite, obwohl es immer mehr danach aussieht, als würde das nicht stimmen.«

»Gehen Sie einfach Ihren Weg weiter, Sam. Sie leisten großartige Arbeit.«

»Hatten Sie Glück wegen Nasir Tarighian?«

»Noch nicht. Unser Forschungsteam hat eine Spur, über die es vielleicht an ein Foto des Mannes gelangen kann. Sobald wir es haben, werden Sie der Erste sein, der es zu sehen bekommt.«

»In Ordnung. Und sobald ich mich in der Bank umgesehen habe, erstatte ich Bericht.«

»Seien Sie besonders vorsichtig, Sam. Wenn dieser Zdrok tatsächlich zum Shop gehört, verspeist er Ihre Eingeweide zum Abendessen, wenn er Sie zu fassen bekommt«, warnt Lambert.

»Keine Sorge, ich habe nicht die Absicht, auf seiner Speisekarte zu landen.«

24

Kurz nach Mitternacht mache ich mich auf den Weg zur Bank. Ich halte mich immer im Schatten und bleibe hin und wieder stehen, um sicherzugehen, dass mir niemand folgt. Nicht nur das, was vor mir liegt, ist wichtig, sondern ich muss auch im Hinterkopf Augen haben.

Einige verspätete Nachtvögel treiben sich noch auf dem Brunnenplatz herum. Warum sie so spät noch hier sind, ist mir ein Rätsel, denn es ist bitterkalt durch den Wind, der vom Kaspischen Meer hereinbläst. Um dem Platz auszuweichen, nähere ich mich der Bank durch Seitenstraßen. Wie erwartet, steht ein einsamer Wächter direkt unter einer Lampe vor der Bank. Er ist dick vermummt und reibt sich die Arme, um sich warm zu halten. Ich sehe, wie ihm der Atem als weiße Wolke aus Mund und Nase strömt. Unglücklicherweise wird es auch für mich gefährlich, wenn es kalt ist. Mein Atem lässt sich dann kaum verbergen. In diesem Fall gilt es, immer im Dunklen zu bleiben und Licht zu meiden.

Um meinen Plan ausführen zu können, muss ich rasch handeln. Der Wächter darf mich nicht kommen sehen. Deshalb wähle ich eine dunkle Stelle an der Straße und sprinte dann auf die andere Seite, wo der Wächter steht. Tief gebückt ziehe ich meine Five-Seven. Nur noch knapp zehn Meter trennen mich von dem Mann, der mich immer noch nicht entdeckt hat. Leichtfüßig und geräuschlos wie eine Katze nähere ich mich ihm von hinten und halte ihm den Lauf der Pistole an die Schläfe.

Erst nach einigen Sekunden begreift er, was eben passiert ist. Ohne den Kopf zu drehen, versucht er, mich aus den Augenwinkeln anzusehen. Mit meiner freien Hand ziehe ich die Glock aus seinem Halfter und schleudere sie fort. Der Wächter fragt mich etwas, das wohl »Was willst du?« bedeuten soll. Statt einer Antwort drehe ich ihn herum und deute auf den Netzhautscanner. Er versteht mich, schüttelt jedoch zunächst den Kopf. Erst als ich ihm nochmals mit dem Lauf der Pistole anstoße, beugt er sich langsam vor und sieht in den Scanner.

Ich höre, wie sich das Schloss der Tür entriegelt.

Noch während er sich über den Scanner beugt, versetze ich ihm einen harten Schlag auf den Druckpunkt an der Schädelbasis. Augenblicklich sinkt er in sich zusammen wie ein Sack aserbaidschanische Rüben. Mit festem Griff fasse ich ihn unter den Armen und ziehe ihn in die Dunkelheit der Schatten. Als Zugabe versetze ich seiner Pistole einen Fußtritt, sodass sie im Abwasserkanal verschwindet.

Bevor ich die Tür zur Bank öffne, setze ich mein Sichtgerät auf und schalte auf Nachtsichtmodus. Innerhalb von zwei Sekunden kauere ich mich auf den Boden und schieße mit der Five-Seven die beiden Deckenlichter aus – *eins, zwei.* Erst dann schließe ich die Tür. Nun ist es dunkel in der Kassenhalle, und die Überwachungskameras können mich nicht sehen.

Ohne mich um die Schalter zu kümmern, gehe ich direkt auf die Gittertür zu, die ich mit meinen Dietrichen öffne. Jenseits der Tür befindet sich links ein kleiner Raum, der einige wenige Privatbanksafes enthält. Gegenüber davon liegt ein Büro – das von Zdrok, wie ich vermute. Am Ende des Ganges ist der Tresorraum. Mich interessiert Zdroks Büro.

Sein Computer ist eingeschaltet, nur der Monitor ist abgedreht. Ich schalte ihn ein und untersuche die Festplatte. Seine E-Mail-Adresse ist leicht aufzufinden, und ich notiere sie sogleich in meinem OPSAT. Mit dieser Information kann sich Carly St. John in seinen Server hacken und jede Nachricht abrufen, die er gesendet oder erhalten hat, sofern sie nicht gelöscht wurde. Bei den übrigen Dateien handelt es sich um Excel- und Word-Dokumente, die offenbar zu seinen legalen Bankgeschäften gehören. Als ich einen verschlüsselten Ordner finde, wende ich alle grundlegenden Hackertricks an, um hinein zu gelangen, aber ohne Erfolg. Mir gelingt es auch nicht, die Datei auf meinen OPSAT zu kopieren. Was auch immer dieser Ordner enthält, Zdrok hat sichergestellt, dass nur er Zugang zu diesen Informationen bekommt. Schließlich kopiere ich die Eigenschaften des Ordners, um sie an Carly zu senden.

Eine rasche Durchsuchung des Schreibtischs und der Aktenschränke erbringt nichts Interessantes. Allmählich habe ich das Gefühl, in einer Sackgasse gelandet zu sein. Vielleicht bewahrt Zdrok all die wichtigen Dinge in Zürich auf. Für einen Augenblick setze ich mich in seinen Bürostuhl und sehe mich um. Manchmal hilft mir das, um auf neue Ideen zu kommen. Zdroks Innenarchitekt hat die Wände mit polierten Mahagonipaneelen ausgekleidet, die er in einem kunstvollen geometrischen Muster angeordnet hat. Die Paneele stehen ein wenig hervor, sodass sie wie geprägt wirken. Um sie mir näher anzusehen, stehe ich auf und quere den Raum. Aus einer Laune heraus schalte ich mein Sichtgerät auf Fluoreszenzmodus. In diesem Modus sehe ich, dass die Oberkanten der Paneele sehr staubig sind.

Nun untersuche ich auch die Paneele auf der anderen Seite. Hier wurde die Staubschicht durch irgendetwas verändert. Als hätte jemand die Paneele gepackt und unabsichtlich an mehreren Stellen die Oberkante sauber gewischt. Vorsichtig packe ich die Paneele und ziehe daran. Man glaubt es kaum, aber die Holztafel löst sich tatsächlich auf einer Seite, schwingt an einer Angel auf und enthüllt einen kleinen Safe. Aus der Tasche an meinem Oberschenkel ziehe ich einen Einwegdietrich hervor und stelle die gewünschte Kraft der Mikroexplosion ein. Um einen Safe zu öffnen, braucht man maximale Kraft. Selbstverständlich kann es ein wenig laut werden, ganz zu schweigen von dem Durcheinander.

Zum Teufel, sie werden ohnehin erfahren, dass ich hier war.

Ich lade die Minibombe und platziere sie direkt neben dem Knopf. Sobald ich davon überzeugt bin, dass sie an der richtigen Stelle sitzt, trete ich einen Schritt zurück, konzentriere mich und drücke auf den Auslöser an der Seite der Bombe.

Die Explosion fühlt sich an wie drei jener Feuerwerkskörper, die ich als Kind am 4. Juli immer abgeschossen habe. Allerdings ist der Schaden um einiges größer. Jetzt gähnt ein Loch in der Vorderseite des Safes. Es ist groß genug, um problemlos hineinzugreifen, die Schalter umzulegen und die Tür zu öffnen. Jedes Mal, wenn ich diese Minibomben verwende, staune ich wieder darüber, dass der Inhalt des Safes vollkommen intakt bleibt.

Im Safe liegt ein Stapel Papiere mit der Vorderseite nach unten. Einige sind zusammengeklammert, andere übereinander gestapelt, wieder andere lose oder in Aktenmappen verstaut. Bei näherer Durchsicht erkenne ich, dass es sich offenbar um Aufzeichnungen von Geldüberweisungen auf ein Schweizer Nummernkonto handelt – was nichts anderes bedeutet, als dass es privat und sicher ist. Die überwiesenen Geldbeträge bewegen sich in der Höhe von mehreren Millionen Dollar. Mir fällt auf, dass sie von verschiedensten Organisationen und Einzelpersonen stammen, wobei nie die Adresse des Einzahlenden genannt wird. Manchmal sind es überhaupt nur Zahlen – eine Überweisung von einem Nummernkonto auf das andere. Es wird nicht einfach sein, diese Konten zu ihren Eigentümern zurückzuverfolgen, sofern dies überhaupt möglich sein wird. Trotzdem fotografiere ich mehrere dieser Überweisungsscheine. Mal sehen, was das Third Echelon daraus machen kann.

Auf dem jüngsten Dokument – das als Letztes zuoberst in den Safe gelegt wurde – steht der Name des Kunden. Das Geld stammt von Tirma, und der Betrag lautet auf acht Millionen Dollar. Als Überweisungsdatum ist der morgige Tag angeführt, und in den Anmerkungen steht »Ersatz«. Verdammt, wofür gibt eine angebliche Wohltätigkeitsorganisation acht Millionen Dollar aus? Sie haben doch eben erst jede Menge Zeug gekauft. Dies ist nur ein weiterer Beweis dafür, dass Namik Basaran nicht ist, was er zu sein vorgibt.

Viele der Überweisungsscheine weisen als Empfänger eine andere Adresse in Aserbaidschan auf. Ich kenne sie zwar nicht, glaube aber, dass sie irgendwo in den Vororten von Baku liegt. Nachdem ich diese Adresse notiert habe, fotografiere ich das Dokument, lege es wieder ordentlich in den Safe – auch wenn die Explosion ein Loch in die Tür gerissen hat – und sehe mich im Raum um. Dann nehme ich zwei Haftkameras aus meinem Rucksack und klettere auf den Tisch, um zu dem Lüftungsgitter darüber zu gelangen. Ohne große Mühe gelingt es mir, das Gitter abzuheben und die Kamera so zu befestigen, dass sie auf den Schreibtisch zielt. Die zweite Kamera platziere ich links im Bücherregal auf einem großen Buch. Niemand wird sie entdecken, solange er nicht gerade dieses Buch herauszieht, oder direkt vor dem Regal steht und aufmerksam die Bücher untersucht. Schließlich klemme ich noch eine Audiowanze unter Zdroks Schreibtisch.

Jetzt bin ich bereit zu gehen. Doch als ich aus dem Büro in den Gang trete, geht der Alarm los. Er ist so laut und aggressiv, dass ich fast aus der Haut fahre. Vorsichtig schiebe ich mich bis an das Ende des Ganges bei der Gittertür. Von draußen höre ich aufgeregte Stimmen. Pech für mich. Irgendjemand muss den bewusstlosen Wächter gefunden haben, den ich draußen zurückgelassen habe. Vielleicht ist er aber auch früher zu sich gekommen, als ich erwartet habe.

Offenbar werde ich die Bank nicht auf demselben Weg verlassen können, auf dem ich sie betreten habe. Die Vordertür wird genau in dem Augenblick aufgestoßen, als ich durch den Gang zurückhaste auf der Suche nach einem Notausgang. Ohne mich darum zu kümmern, wer hinter mir her ist, werfe ich eine

Rauchgranate hinter mich und renne. In Sekundenschnelle explodiert sie und füllt die Kassenhalle und den Gang mit dichtem Rauch. Aus der Halle rufen mir Männer nach, obwohl ich ziemlich sicher bin, dass sie mich noch gar nicht gesehen haben.

An der Hinterseite des Gebäudes, in der Nähe der Waschräume, finde ich tatsächlich einen Notausgang. Überall hängen Warnschilder, dass der Alarm losgehen wird, sobald ich die Tür öffne. Um mir darüber Sorgen zu machen, ist es wohl zu spät.

Sobald ich den Riegel an der Tür drücke und sie aufstoße, werde ich von einer weiteren Sirene begrüßt, die durch das ganze Gebäude hallt. Mit einem weiten Sprung schnelle ich mich in die Gasse hinaus und lande in der Hocke. Keine 20 Meter entfernt stehen zwei Polizisten mit der Pistole in der Hand. Einer stößt einen Schrei aus, hebt die Pistole und feuert! Was ist aus dem guten alten »Stehen bleiben, oder ich schieße« geworden? Zum Teufel damit, er hat mich ohnehin verfehlt. Blitzartig springe ich auf und laufe in die entgegengesetzte Richtung davon. Im nächsten Augenblick bemerke ich, dass dies wohl keine kluge Entscheidung war, denn vor mir erhebt sich eine fünf Meter hohe Mauer. Eine verfluchte Sackgasse.

Ich habe mich noch nie durch etwas so Unbedeutendes wie eine Wand stoppen lassen. Zunächst muss ich aber die beiden Plagegeister loswerden, die auf mich schießen. Dazu ziehe ich die Five-Seven, knie nieder, drehe mich um, ziele und feuere zwei Kugeln auf jeden der beiden Männer ab. Es sieht aus, als hätte jemand die zwei mit einem unsichtbaren Vorschlaghammer in die Brust geschlagen. Vermutlich tragen sie kugelsichere Westen. Aber selbst mit einer solchen Weste genügt die Wucht des Aufpralls, um von den Beinen gerissen zu werden.

Das gibt mir Zeit, um die Zigarrenspitze aus der Tasche an meiner linken Wade zu ziehen. Ich nenne dieses Gerät Zigarrenspitze, weil es ein langes zylindrisches Rohr ist – allerdings dient es verschiedensten Zwecken. Dann hole ich aus dem Rucksack ein Seil heraus, das ich für Notfälle wie diesen bei mir trage, und befestige das Seil an der Zigarrenspitze. Mit einem Druck auf den Knopf springen vier Stahlzacken aus der Zigarrenspitze, und schon habe ich einen tragbaren Enterhaken.

Nachdem ich den Haken zwei Mal im Kreis geschwungen habe, werfe ich ihn über die Wand. Der Enterhaken verfängt sich an den Ziegelsteinen. Zur Sicherheit ziehe ich noch zwei Mal kräftig an dem Seil, um zu prüfen, ob es mein Gewicht aushalten wird. Nun geht es nur noch darum, an der Wand hinaufzuturnen, den Haken zu lösen und auf der anderen Seite hinunterzuspringen.

Ich lande in einer Straße um die Ecke der Bank. Da die Sirenen immer noch heulen, kann ich nicht einfach bleiben und das aufgeregte Treiben beobachten. So laufe ich quer über die Straße zum nächstgelegenen Gebäude und drücke mich in den Schatten an der Wand. Ich brauche einen Augenblick, um mich zu orientieren. Von hier aus kann ich die Vorderseite der Bank sehen. Drei Polizeiautos sind mit blinkenden Lichtern aufgefahren. Der Wächter, den ich niedergeschlagen habe, lehnt an der Wand und reibt sich den Hinterkopf. Wie viele Polizisten in der Bank nach mir suchen, kann ich nicht sagen, aber sobald sie herausfinden, dass ich zwei ihrer Kameraden in der Gasse auf der Rückseite ausgeschaltet habe, werden sie mich jagen wie wütende Bienen.

Ehe ich in der Dunkelheit untertauchen kann, biegt ein Polizist um die Ecke der Straße und sieht mich. Er ruft mich an und zieht die Waffe. Augenblicklich drehe ich mich um und laufe in die andere Richtung davon. Durch seine Schüsse werden auch weitere Polizisten aufmerksam auf mich. Als ich um die Ecke biege, bin ich plötzlich wieder am Brunnenplatz, wo noch immer eine Hand voll Jugendlicher in dicken Mänteln eng zusammengekauert Zigaretten raucht und Wodka trinkt. Um zu dieser nächtlichen Stunde und bei diesem eisigen Wind im Freien auszuharren, muss man wirklich hartgesotten sein. Allerdings habe ich keine Zeit, um anzuhalten und ein wenig zu plaudern. Gerade als ich über den Platz eile, tauchen zwei meiner Verfolger auf. Ein weiterer Schuss beweist mir, dass sich die Polizisten von Baku wenig um unschuldige Passanten kümmern. Die jungen Leute schreien auf und stürmen zu meinem Glück in alle Richtungen davon. Plötzlich gibt es auf dem Platz viele bewegliche Ziele, die meine Verfolger hoffentlich verwirren.

Während weitere Schüsse auf mich abgefeuert werden, gelingt es mir, den Platz zu überqueren und in eine dunkle Gasse zu tauchen. Noch immer hängt der Enterhaken über meiner Schulter. Wenn ich nur einen Augenblick Zeit hätte, ihn zu verwenden, würde ich auf die Dächer hinaufsteigen. Aber erst muss ich mich um die beiden Komiker hinter mir kümmern.

Als ich eine Nische in der Wand finde, die tief genug ist, um mich zu verbergen, halte ich an, schlüpfe in den Spalt und warte, bis ich höre, dass die beiden Polizisten in die Gasse einbiegen. Sobald sie mich nicht mehr vor sich sehen, wie sie erwartet haben, bleiben sie stehen und sprechen mit leiser Stimme miteinander. Einer scheint davon überzeugt zu sein, dass ich tatsächlich in diese Richtung gelaufen bin, während der andere nicht so sicher ist. Mit der Pistole in der Hand gehen sie langsam auf mein Versteck zu. Jetzt gilt es, den Überraschungseffekt ins Spiel zu bringen, deshalb halte ich mich so lange zurück, bis der richtige Moment gekommen ist. Sobald die beiden Männer an mir vorüber sind, trete ich aus der Nische heraus und stelle mich hinter sie. Im selben Augenblick fasse ich die beiden am Kragen und schlage sie gegeneinander. Dabei löst sich ein Schuss, worauf der Eigentümer die Waffe erschrocken fallen lässt. Die beiden Polizisten sind zwar etwas benommen, aber immer noch zäh genug, um sich umzudrehen und sich mir zu stellen. Indem ich die Krav-Maga-Technik des offensiven Vorstoßes anwende und mich in den toten Winkel meines Gegners stelle, verhindere ich, dass der bewaffnete Polizist auf mich schießt. Der »tote Winkel« ist die »Außenseite«

eines Gegners. Wenn ich vor einem Gegner stehe, der seinen linken Fuß vorgesetzt hat, muss ich eine Vorwärtsbewegung nach rechts machen. Dadurch gelange ich in eine Position, in der mich mein Gegner weder mit Händen noch mit Füßen erreichen kann, weil ich neben ihm stehe. Gleichzeitig kann ich ihm ungehindert einen Schlag versetzen, weil er sich an meiner »Innenseite« befindet. Genau das tue ich jetzt. Ein schneller Schlag auf seinen Arm bewirkt, dass er seine Pistole fallen lässt. Aus einer Rechtsdrehung heraus hebe ich den Fuß und ramme ihm den Stiefel in die Brust. Er geht zu Boden. Der zweite Polizist ist zu geschockt, um sich bewegen zu können. Rasch trete ich an ihn heran, versetze ihm einen harten Schlag in die Magengrube und einen weiteren Hieb in den Nacken, sobald er sich vor Schmerzen zusammenkrümmt.

In der Gasse ist es wieder still.

Nun nehme ich das Seil und den Enterhaken von der Schulter, schwinge ihn wie ein Lasso über dem Kopf und werfe ihn auf das Dach des nächststehenden Hauses. Vom Platz höre ich Rufe und die Schritte von Laufenden. Ich habe keine Zeit zu verlieren. An der Wand hinaufzuturnen, ist kein Problem, und sobald ich oben bin, kann ich die Altstadt aus der Vogelperspektive sehen. Unter mir biegen drei weitere Polizisten in die Gasse und versuchen, ihre bewusstlosen Kameraden aufzuwecken. Von der anderen Seite des Daches aus kann ich den Brunnenplatz und die Bank dahinter erkennen. Mittlerweile haben sich noch mehr Polizeiwagen vor der Bank versammelt, um die rege Aktivität herrscht.

Immer im Schutz der Schatten bewege ich mich über die Dächer in nordöstlicher Richtung auf den Hafen zu.

25

Das Hauptquartier des Third Echelon liegt nicht in der Nähe der National Security Agency, die an der Savage Road in Fort Meade in Maryland untergebracht ist, also auf halbem Weg zwischen Baltimore und Washington DC, sondern in einem kleinen unscheinbaren Gebäude nicht weit vom Weißen Haus in Washington entfernt. Der Grund für diese Trennung liegt darin, dass das Third Echelon genau genommen gar nicht existiert. Die meisten Mitarbeiter der NSA haben noch nie davon gehört. Da es sich um eine jener Organisationen handelt, die strengster Geheimhaltung unterliegen, wissen nur jene von dieser Abteilung, die »unbedingt davon wissen müssen«.

Die Aufgabe des Third Echelon besteht darin, individuell operierende Agenten – die Splinter-Cell-Agenten – an genau definierten Zielorten einzusetzen, damit sie Informationen beurteilen und beschaffen, die für die Sicherheit der USA lebenswichtig sind. Das Third Echelon ist weder die CIA noch der FBI. Während Männer wie Sam Fisher die Lizenz haben zu töten, wenn es ihre Mission erfordert, ist es niemals ihr Ziel. Deshalb ist es besonders wichtig, dass die Experten des Third Echelon in Washington so genaue und aktuelle Informationen wie möglich an die Splinter-Cell-Agenten weiterleiten. Oft entscheiden diese Informationen darüber, ob eine Mission mit oder ohne Blutvergießen erfolgreich beendet wird.

Colonel Irving Lambert und sein Team hatten die gesamte Nacht über Satellitenaufnahmen der NSA vom Mittleren Osten betrachtet und verschiedene Berichte ausgewertet, die mit

Fishers Mission in Zusammenhang standen. Nachdem Lambert die neuesten Informationen über Namik Basaran studiert und über die Möglichkeit nachgedacht hatte, dass der Mann vielleicht nicht war, wofür er sich ausgab, hatte er seinem Team den Auftrag gegeben, sich die Baustelle von Akdamar Enterprises in Nordzypern genauer anzusehen.

Carl Bruford, der Leiter der Abteilung für Forschung und Analyse innerhalb des Third Echelon, saß neben Lambert am Leuchtpult und untersuchte die Fotos mit einem Vergrößerungsglas. Der 31-jährige Mann aus Illinois galt als Experte, wenn es darum ging, in Geheimdienstberichten zwischen den Zeilen zu lesen und kryptische Botschaften zu entziffern.

»Ich will verdammt sein, wenn ich hier irgendetwas Seltsames entdecke«, sagte Bruford. »Die Baustelle sieht nach einem Einkaufszentrum aus – genau wie Basaran gesagt hat. Allem Anschein nach sind die Arbeiten abgeschlossen. Allerdings glaube ich nicht, dass das Einkaufszentrum schon eröffnet ist. Dazu fahren zu viele Baufahrzeuge ein und aus, während der Parkplatz leer ist.«

Lambert rieb sich stirnrunzelnd den Kopf. »Das gefällt mir gar nicht«, sagte er. »Suchen Sie weiter. Inzwischen werde ich diese Info an Sam weiterleiten.«

»In Ordnung. Chef, mir kommt da noch eine Idee, über die Sie vielleicht nachdenken sollten.«

»Worum geht es, Carl?«

»Fisher hat doch eine Tochter, oder?«

»Ja. Sie studiert in Illinois.«

»An der Northwestern University, richtig?«

»Ja. Warum?«

»Ich weiß nicht. Ich habe nur so ein Gefühl, dass wir einmal nach ihr sehen sollten. Ich meine nur, weil Fisher außer Landes ist ... und weil drei von unseren Splinter-Cell-Agenten tot sind.«

Lambert schnitt eine Grimasse und rieb sich wieder den Kopf.

»Glauben Sie, dass unsere Agenten nach einer Abschussliste getötet werden?«

»Genau das, Colonel.«

»Und Sie glauben, Sam könnte auch auf dieser Liste stehen?«

»Sie etwa nicht?«

Lambert wandte den Blick ab, und doch glaubte Bruford sehen zu können, wie sich die Rädchen im Gehirn des Mannes drehten. Schließlich wandte sich der Colonel wieder Bruford zu und sagte: »In Ordnung, tun Sie es. Aber seien Sie diskret. Wir wollen sie nicht verschrecken.«

»Wird gemacht.«

Der Colonel ging in den nächsten Raum, in dem Carly St. John eifrig damit beschäftigt war, sich in Basarans Server zu hacken. Carly St. John war vermutlich das wertvollste Mitglied im Expertenteam des Third Echelon, eine Computerprogrammiererin der Sonderklasse, die die kompliziertesten Codes knacken und sie nach ihrem Wunsch wieder zusammensetzen konnte. Mit achtundzwanzig Jahren war sie die Jüngste im Team, zählte jedoch zu den Dienstältesten und hatte bereits die Position des Technischen Direktors inne. Und während sie sich selbst nicht besonders hübsch fand, gab es genug Männer, die sich auf den ersten Blick in sie verliebten. Sie war klein – gerade 1,55 Meter groß –, trug einen braunen Bubikopf und hatte strahlend blaue Augen. Viel zu oft hatte man sie schon als »Elfe« bezeichnet.

»Wie geht es voran?«, erkundigte sich Lambert.

»Ich komme der Sache schon näher«, antwortete sie. »Der Code ist ziemlich kompliziert, aber ich glaube, ich habe einen ersten Anhaltspunkt. Basarans Bankkonto habe ich schon gehackt, jetzt arbeite ich nur noch an seinem Schweizer Konto.«

»Sam sagt, dass er morgen das Geld überweisen wird. Ich würde diese telegrafische Geldüberweisung gerne sabotieren.«

»Ich weiß, Chef«, sagte St. John. »Geben Sie mir noch ein paar Stunden, in Ordnung?«

Lambert drückte ihre Schulter und ging wieder zurück in den Kontrollraum, wo Bruford telefonierte.

»In Sarah Fishers Apartment in Evanston geht niemand ans Telefon«, meldete er.

»Ich habe geglaubt, dass sie in einem Studentenheim wohnt.«

»Das war letztes Jahr. Jetzt ist sie im vorletzten Studienjahr und wohnt in einem eigenen Apartment.«

Lambert rollte die Augen. »Kaum zu glauben, wie die Zeit verfliegt! Versuchen Sie es weiter, aber kontaktieren Sie auch unseren Mann in Chicago, damit er einmal nachsieht. Vermutlich hat er ohnehin nichts zu tun.«

Kichernd griff Bruford wieder zum Telefon. »In Ordnung.«

Lambert kehrte in sein Privatbüro zurück, einen kleinen Raum, der es ihm gestattete, für wenige Minuten das geschäftige Treiben hinter sich zu lassen. Erschöpft sank er in seinen Drehstuhl, warf einen Blick in seinen E-Mail-Eingang und nahm einen Schluck von seinem mittlerweile kalten Kaffee. Er verzog das Gesicht und dachte einen Augenblick daran, sich einen Becher frischen Kaffee zu holen. Aber dann entschied er sich dafür, lieber doch für eine Weile die Augen zu schließen. Er war wirklich todmüde. Schlaflose Nächte waren etwas für College-Studenten.

Sobald er jedoch die Augen schloss, begann das Faxgerät zu rattern. Ein Blick auf das Deckblatt zeigte ihm, dass die Nachricht von Lieutenant Colonel Petlow aus Bagdad kam. Vielleicht sollte er sich jetzt doch einen frischen, heißen Kaffee holen – bis er zurück war, würde auch das Fax fertig sein. Vier Minuten später kehrte er mit einem Becher dampfenden Javakaffees zurück. Jetzt war er bereit, Petlows Fax zu lesen.

AN: Colonel Irving Lambert
VON: Lieutenant Colonel Dan Petlow
BETRIFFT: Nasir Tarighian
Lieber Colonel,

entsprechend Ihren Anweisungen haben meine Geheimdienstleute Tag und Nacht an der Tarighian-Sache gearbeitet. Jetzt gibt es etwas zu berichten:

Nasir Tarighian war bzw. ist ein wohlhabender Iraner, der während des Iran-Irak-Kriegs politisch tätig war. 1983 wurde sein Haus in Teheran von einer Bombe zerstört. Seine Frau und seine beiden Kinder kamen dabei ums Leben. Er stellte eine radikale anti-irakische Terroristentruppe auf, die sich häufig jenseits der Grenze im Irak aufhielt und unschuldige irakische Zivilisten auf grausame Weise überfiel. Im Iran und in Teilen des Irak wurde Tarighians Terroristentruppe allmählich bekannt unter dem Namen »Shadows«. Die iranische Regierung lehnte Tarighians Methoden ab und zwang ihn, ins Exil zu gehen. Im Volk wird er jedoch als Kriegsheld und eine Art Rächer des iranischen Volkes betrachtet. Im November 1984 lockten irakische Soldaten die Shadows auf irakischem Hoheitsgebiet in einen Hinterhalt. Die Truppe wurde ausgelöscht, und Tarighian selbst soll bei einer schweren Explosion verbrannt sein. Allerdings fand man keine Überreste. Die Shadows haben sich bis heute gehalten. In den letzten fünf bis zehn Jahren haben sie sich neu formiert. Auch ihr Management und ihre Finanzierung haben sich gebessert. Der Terrorist Ahmed Mohammed hat sich der Terrorgruppe angeschlossen und leitet vermutlich auch die Operationen im Feld. Vor vier Jahren kam das Gerücht auf, dass Nasir Tarighian noch am Leben sei und die Shadows nach wie vor von einem Ort außerhalb des Irans leite. Da niemand Tarighian persönlich gesehen hat, ist er heute eine mythische Figur, halb aufrechter Krieger, halb Geist. Einer von unseren Gefangenen scheint ein hochrangiger Anführer der Shadows zu sein, der Mohammed persönlich kennt. Wir glauben, dass er in den

1980er Jahren auch Tarighian gekannt hat. Im Zuge eines langen Verhörs hat er einen Mann auf einem Foto identifiziert, den wir für Nasir Tarighian halten. Ich füge dieses Foto zur weiteren Verwendung bei.

Dan

Als Lambert zu dem Foto weiterblätterte, begann sein Herz zu rasen. Sam Fisher und er hatten also instinktiv richtig vermutet.

Der Mann auf dem Foto war Namik Basaran. Daran bestand kein Zweifel. Auch wenn dieser Mann einen arabischen Umhang und einen Turban trug und das Foto um 1984 irgendwo im Freien aufgenommen worden war.

Zum Vergleich öffnete Lambert seine Akte und studierte das jüngere Foto von Basaran mit Andrej Zdrok. Ja, das war ein und derselbe Mann. Basaran hatte sich offenbar einer Hauttransplantation und anderen kosmetischen Operationen unterzogen, sodass sein Gesicht heute aussah, als hätte er ein Hautleiden.

Jetzt war alles klar. Nasir Tarighian hatte sich als Namik Basaran neu erfunden, die türkische Staatsbürgerschaft erworben und seinen bereits angehäuften Reichtum dazu verwendet, in der Türkei das Firmenkonglomerat Akdamar Enterprises zu errichten. Kein Wunder, dass man vor den 1990ern nichts über Basaran fand! Hinter der Fassade von Akdamar Enterprises und vor allem von seiner »Wohlfahrtsorganisation« Tirma hatte Tarighian alias Basaran seit Jahren die Shadows finanziert und strategisch geleitet. Vermutlich führte er die Shadows nicht persönlich an, aber er versorgte sie mit dem, was sie am dringendsten brauchten – mit Geld.

Plötzlich war Lambert hellwach.

26

Von den beiden großen Hafenstädten der türkischen Republik Nordzypern, Kyrenia und Famagusta, hat die Letztgenannte die farbenprächtigere Geschichte. An der Ostküste der Insel gelegen, wurde diese mit einer Mauer umgebene Stadt über Jahrhunderte hinweg von verschiedensten Regenten als hervorragender strategischer Stützpunkt für die Herrschaft über das Mittelmeer verwendet. Heute wird der Hafen vorwiegend von der Handelsschifffahrt genützt, während Kyrenia als Passagierhafen dient. Die Regierung der türkischen Republik Nordzyperns hatte Namik Basaran gefragt, warum er das Einkaufszentrum außerhalb von Famagusta baue. Wäre Kyrenia als Standort nicht sinnvoller? In Kyrenia gebe es mehr Menschen und mehr Verkehr. Basaran blieb bei seiner Entscheidung und erklärte, dass Famagusta die historisch wichtigste Stadt in Nordzypern sei. Immerhin stehe hier Othellos Zitadelle, die Shakespeare zu seinem berühmten Stück inspiriert habe. Außerdem müsse Famagusta dringend ausgebaut und herausgeputzt werden, behauptete er. Die einst stolze Hafenstadt Famagusta hatte ihr Ansehen eingebüßt, und er, Basaran, hätte es sich zum Ziel gesetzt, dies zu ändern.

Um einen so wertvollen Förderer der Republik nicht zu verärgern, hatte die Regierung schließlich seinem Bauvorhaben zugestimmt.

Drei Jahre später war das Famagusta Center fertig gestellt, und Basaran ging bereits daran, die einzelnen Verkaufslokale zu vermieten. Noch einige abschließende Handgriffe und dann würde das Einkaufszentrum der Welt vorgestellt werden.

Selbstverständlich hatte Namik Basaran, auch bekannt als Nasir Tarighian, nie die Absicht gehabt, das Bauwerk tatsächlich als Einkaufszentrum zu nutzen. Die Nähe zu Famagusta und die Lage an der Ostküste hatte er aus rein strategischen Überlegungen gewählt. Auch fühlte er sich in keiner Weise verpflichtet, den Türken bei der Errichtung ihrer neuen Republik zu helfen. All dies war Teil eines Plans, den er seit zehn Jahren verfolgte, um genau an diesen jetzigen Moment zu gelangen.

Gemeinsam mit seinem obersten Waffenkonstrukteur, Albert Mertens, schritt er über das Gelände und inspizierte die gewaltige Anlage, die ebenso viel Raum benötigte wie ein ganzes Sportstadion. Aufgrund der reflektierenden Kuppel hätte man das Bauwerk für ein Planetarium oder Observatorium halten können, wären nicht auf den Flaggenmasten die Fahnen der Türkischen Republik Nordzyperns und der Türkei aufgezogen gewesen und hätten nicht die Schriftzüge von McDonald's und Virgin Megastore auf riesigen Neonanzeigetafeln geleuchtet.

»Ist es nicht wunderschön, Professor?«, fragte Tarighian seufzend. »Der Architekt hat bei diesem Gebäude wirklich gute Arbeit geleistet. Meinen Sie nicht auch?«

»Ja, wirklich«, stimmte Mertens zu, ohne zu lächeln.

»Sind Sie sicher, dass der Phönix in zwei Tagen bereit sein wird?«

»Sofern keine unvorhergesehenen Probleme auftauchen, ja.«

»Eigentlich ist es eine Schande, dass das Einkaufszentrum nie eröffnet wird. Wir hätten noch mit Big Macs ein wenig Geld verdienen können.«

Auch diesmal lachte Mertens nicht.

»Was ist los, Professor?«, erkundigte sich Tarighian. »In letzter Zeit wirken Sie etwas unglücklich.«

»Ich habe Ihnen schon einmal gesagt, dass ich nicht einverstanden bin mit ... mit Ihrem Plan«, sagte er.

Tarighian blieb stehen und hob gereizt die Hände. »Müssen wir das alles nochmals durchgehen?«

Mertens wendete sich seinem Auftraggeber zu und richtete den Finger auf ihn. »Sie wissen ganz genau, dass wir nur einen einzigen Abschuss haben. Warum wollen Sie den für den Irak vergeuden? Warum machen Sie nicht die stärkste Aussage, die Sie überhaupt machen können?«

»Genug, Professor!« Die Kraft in Tarighians Stimme brachte den Physiker augenblicklich zum Schweigen. »Ich habe meine Entscheidung getroffen. Es hat also keinen Sinn, das Thema nochmal anzuschneiden. Wir sollten jetzt hineingehen, sie warten schon auf uns.«

Mertens nickte resigniert.

»Professor, Sie sind ein genialer Physiker«, sagte Tarighian. »Ohne Sie hätte ich all dies nie geschafft. Aber tun Sie mir den Gefallen, und bleiben Sie bei den Dingen, von denen Sie wirklich etwas verstehen, und überlassen Sie die strategischen und militärischen Entscheidungen mir.«

»In Ordnung.«

»Gut«, sagte Tarighian und klopfte Mertens auf den Rücken. »Kommen Sie.«

Die fünf Männer, die sich im Inneren des Einkaufszentrums versammelten, waren Nasir Tarighians engste Mitarbeiter und oberste Anführer. Jeder war für einen eigenen Bereich innerhalb der Operationen der Shadows verantwortlich. Der Iraner Ahmed Mohammed war für das Politische Komitee verantwortlich, das die *Fatwas* verkündete, das sind Erlasse, die angeblich auf dem islamischen Gesetz basieren und sogar Aufforderungen zu Mordanschlägen beinhalten. Er war die inoffizielle Nummer Zwei in der Organisation, der Mann, der dafür verantwortlich war, dass die Operationen im Feld auch richtig durchgeführt wurden. Der Saudi Nadir Omar leitete das Militärische Komitee, das Ziele vorschlug, Operationen unterstützte und die Trainingscamps führte. Der Iraner Hani Yousef leitete das Finanzkomitee, das gemeinsam mit Tarighian Spendenaktionen durchführte und für finanzielle Unterstützung sorgte. Der Marokkaner Ali Babarah stand dem Informationskomitee vor, das für die Propaganda und Anwerbung von neuen Anhängern verantwortlich war. Der Iraner Ziad Adhari schließlich führte das Beschaffungskomitee, das sich um den Erwerb von Waffen, Sprengstoff und anderen Ausrüstungsgegenständen kümmerte. Aus Sicherheitsgründen trafen diese fünf Männer nur selten zusammen.

Tarighian und Albert Mertens stießen in dem kleinen Konferenzraum im Erdgeschoss mit den anderen zusammen. Farid, der seinen gebrochenen Arm in einem Gipsverband trug, stand an der Tür. Wie erwartet nahm Tarighian am Kopfende des Tisches Platz. Mertens setzte sich neben seinen Stellvertreter, den deutschen Physiker Heinrich Eisler. Er war froh, in dem zehn Jahre jüngeren Eisler einen Verbündeten zu haben. Denn trotz ihrer unterschiedlichen Herkunft und des Altersunterschieds stimmten sie in ihren Ideologien überein. Außerdem waren sie einst Zimmergenossen in einer psychiatrischen Anstalt in Brüssel. Eisler hatte die seltsame Angewohnheit mit einem Nachkampfmesser aus Edelstahl 420, dessen Klinge vier Zentimeter breit und drei Millimeter dick war, an einem kleinen Stück Holz herumzuschnitzen. Mertens wusste, dass Eisler nicht nur ein hervorragender Physiker war, sondern auch überaus geschickt mit der Klinge. In der psychiatrischen Anstalt hatte man Eisler nicht gestattet, ein Messer bei sich zu haben. Seit seiner »Entlassung« hatte man Eisler nie ohne Messer gesehen.

Tarighian, den die Welt als Namik Basaran kannte, erhob sich und wendete sich an die Anwesenden: »Meine Herren, ich danke euch, dass ihr für dieses Treffen nach Zypern gekommen seid. Wir danken Allah, dass er euch sicher hierher gebracht hat und dass er euch ebenso sicher auf eure Posten zurückbringen wird. Es erschien mir wichtig, dass ihr persönlich anwesend seid, wenn ich meine Pläne vorstelle, die für mich die Erfüllung eines Traums darstellen. Dieser Traum, der mich nun schon seit zwanzig Jahren begleitet, wird jetzt endlich Wirklichkeit.«

Er machte eine Pause, um sicherzustellen, dass ihm alle ihre volle Aufmerksamkeit schenkten.

»Der Phönix ist vollendet. Er ist bereit, dank des Genies von Professor Mertens«, fuhr Tarighian fort und deutete mit ausladender Geste auf den Physiker. Die übrigen Männer wandten sich ihm zu und nickten, ohne zu applaudieren. Für diese Art von unsinniger Selbstbeweihräucherung waren die Männer viel zu ernsthaft. Auch Mertens verzog keine Miene.

»Vermutlich habt ihr euch gefragt, was ich mit dem Phönix vorhabe«, sprach Tarighian weiter. »Das will ich euch heute sagen.« Wieder hielt er inne und sah jeden der Männer direkt an, ehe er verkündete: »Es ist Zeit, dass der Irak für das zahlt, was er dem Iran in den 1990ern angetan hat.«

Sämtliche Komiteeleiter rutschten in ihren Sitzen herum. Drei von ihnen beugten sich mit gespanntem Interesse vor.

»Ich werde Bagdad zerstören«, erklärte Tarighian leise. »Und die Zerstörung wird so gewaltig sein, dass die Stadt nicht wieder zu erkennen sein wird. Die Rache des Iran am Irak wird schnell und vollständig sein.«

Nadir Omar räusperte sich. »Bei allem gebührenden Respekt ...«

»Ja, Nadir?«, wandte sich Tarighian an den Leiter des Militärischen Komitees.

»Was werden wir damit erreichen?«

»Kannst du das nicht sehen?«, rief Tarighian mit weit ausgebreiteten Armen aus. »Durch die Unruhen, die daraufhin im Irak und im gesamten Mittleren Osten ausbrechen werden, wird sich die ganze Region gegen den Westen – und vor allem gegen die USA – erheben, weil sie den Irak nicht vor dem Terrorismus ›schützt‹. Wie wir alle wissen, besteht die irakische Regierung nur aus Marionetten. Die ganze Welt weiß das. Die USA kontrollieren auch weiterhin das Land und beeinflussen jede

Entscheidung, die von der irakischen Führungsspitze getroffen wird. Das muss ein für alle Mal aufhören. Wenn sich unter amerikanischer Beobachtung eine solche Katastrophe im Irak ereignet, wird die gesamte islamische Welt reagieren. Man wird die Amerikaner aus dem Irak hinausjagen und vielleicht sogar aus dem gesamten Mittleren Osten. Und wenn das passiert ... wird der Iran den Platz der USA einnehmen.«

Zwei Komiteeleiter werfen einander einen Blick zu.

»Und die iranische Regierung weiß davon?«, fragte Ahmed Mohammed.

»Noch nicht. Aber wenn die Tat vollbracht ist, werde ich mich der Welt zu erkennen geben. Stellt euch nur die Überschriften in Teheran vor: ›Nasir Tarighian ist am Leben‹. Meine Anhänger im Iran werden mich sicher unterstützen. Sie werden die Regierung zwingen, das zu tun, was sie seit zwei Jahrzehnten tun will, aber wozu sie nicht den Mut hatte. Der Iran wird den Irak erobern, weil der Irak schwach ist und unter westlicher Kontrolle steht! Der Westen hat versucht, den Irak zu einer Demokratie nach westlichem Vorbild zu machen, aber das hat nicht funktioniert und wird nie funktionieren. Niemand außer den Moslems selbst soll über die islamische Welt herrschen. Die mir loyalen Armeen im Iran und in den benachbarten Ländern warten nur auf diese Kraftprobe, und die Shadows werden sie in den Irak führen. Und wir werden siegen!«

Mertens stieß Eisler unter dem Tisch an.

Ahmed Mohammed räusperte sich, ehe er sprach: »Wenn ich etwas sagen darf?«

»Ja, Ahmed?«, forderte ihn Tarighian auf zu sprechen.

»Ich glaube kaum, dass die Männer, die als Shadows dem Islam dienen wollen, damit einverstanden sein werden, dass die Hauptstadt eines vorwiegend islamischen Landes zerstört wird. Deshalb lehne ich die ganze Sache ab.«

Tarighian verschränkte die Arme vor der Brust. Einen Moment lang herrschte gespannte Stille, während er zu Farid hinüberblickte, der bereit schien, gegen den Aufrührer einzuschreiten. Schließlich lächelte Tarighian bloß und sagte: »Ich weiß deine Offenheit zu schätzen, Ahmed. Dein Einwand wird notiert. Jetzt möchte ich mich gerne mit Ahmed und Nadir besprechen, um die nächsten Schritte abzuklären. Die Übrigen sind eingeladen zu bleiben und meine Gastfreundschaft zu genießen. Ich bin sicher, Professor Mertens wäre es eine Freude, euch den fertigen Phönix zu zeigen.« Bei diesen Worten öffnete Farid mit seiner gesunden Hand die Tür des Konferenzraums und deutete an, dass die Besprechung zu Ende war.

Tarighian bemerkte nicht, dass Mertens und Ahmed Mohammed einen Blick wechselten, den nur sie verstanden.

Drei Stunden später schloss sich Nasir Tarighian in seinem Privatbüro ein und sah in den Spiegel an der Wand. Normalerweise hasste er Spiegel, aber seit er sich zu diesem Projekt entschlossen hatte, das den Irak in die Knie zwingen sollte, wollte er sich täglich daran erinnern, warum er es tat.

Er hatte nie den verhängnisvollen Tag vergessen, an dem die Bomben auf Teheran niedergingen. Die heulenden Sirenen bei Fliegeralarm erschreckten seine Töchter. An diesem Morgen war der Unterricht abgesagt worden, sodass die Kinder bei ihrer Mutter zu Hause waren. Tarighian nahm an einer politischen Versammlung gegen den Krieg und die strengen religiösen Regeln der damaligen Regierung teil. Als der Bombenangriff begann, verließ er die Versammlung und eilte auf direktem Weg nach Hause. Er lief die beinahe zehn Kilometer bis zu seiner Familie zu Fuß. Im Geist stellte er sich vor, wie glücklich seine Frau sein würde, ihn zu sehen, wenn er durch die Tür ihres hübschen zweigeschossigen Hauses treten würde. Um seiner Familie ein solches Haus bieten zu können, hatte er schwer gearbeitet. Nasir Tarighian gehörte zu den glücklichen Iranern, die am Reichtum des ehemaligen Schahs teilhatten, indem er ihm als Berater in verschiedenen politischen Fragen diente. Da erübrigt es sich, darauf hinzuweisen, dass Tarighian kein Anhänger der islamischen Revolution und des neu entdeckten religiösen Eifers im Iran war. Dennoch war er ein loyaler Iraner und hasste die Iraker für das, was sie seinem Land antaten.

Während er lief, erinnerte sich Tarighian an die vorige Nacht, als er seine Frau und seine Kinder umarmt und ihnen gesagt hatte, dass sie sich keine Sorgen machen müssten. Allah werde sie schützen. Die Bomben würden ihr Haus nicht treffen. Sie seien in Sicherheit.

Aber er hatte Unrecht gehabt.

Die Bombe traf sein Haus, unmittelbar bevor er es erreichte. Er spürte noch die gewaltige Hitzewelle, und der ohrenbetäubende Lärm sollte ihn für den Rest seines Lebens in seinen Träumen verfolgen. Er erinnerte sich auch an die Flammen und den Rauch, an die umherfliegenden Trümmer und die Schreie.

Und er erinnerte sich daran, wie er die verkohlten Leichen seiner Familie in dem Schutthaufen fand.

Tarighian betrachtete im Spiegel sein narbiges Gesicht und betete zu Allah. Er bekannte seinem Gott, dass er kein guter Moslem war, denn er betete nicht fünf Mal am Tag, er war nie nach Mekka gepilgert, und er verzichtete auf die strengeren Rituale des Islams, um den Anschein zu wahren, dass er Türke sei. Seit zwanzig Jahren lebte er eine Lüge, aber er hatte sich geschworen, auf die Knie zu fallen, Allah seine Sünden zu beichten und seine Strafe willig entgegenzunehmen – sobald er Rache genommen hatte.

Bei der Besprechung heute hatte er die Gesichter seiner Vertrauten betrachtet. Sie hielten ihn für verrückt. Sie glaubten, dass sein Weg in eine Katastrophe führen würde. Er konnte den Aufruhr innerhalb der Ränge förmlich riechen. Aber passierte das nicht allen Anführern an einen gewissen Punkt in ihrer Amtszeit?

Da war es auch nicht gerade hilfreich, dass ein Eindringling seinem Unternehmen in Van einen Besuch abgestattet hatte.

Farid sagte, dass es sich um einen einzelnen Mann gehandelt hatte, aber niemand hatte sein Gesicht gesehen. Außerdem war nicht klar, ob er sich noch anderswo als im Stahlwerk herumgetrieben hatte. Die Überwachungskameras hatten nichts Ungewöhnliches aufgezeichnet. Rätselhaft war nur, wie Tarighians Trainingsball aus Gummi in den Gang vor seinem Büro gelangt war. War dies ein Scherz des Eindringlings? Konnte es der Amerikaner sein, der sich als Schweizer Interpol-Agent ausgegeben hatte? Aber der Mann, der sich Sam Fisher nannte, war tot. Seine Leute hatten ihm versichert, dass der Amerikaner den Van-See nicht verlassen hatte.

Genug, sagte sich Tarighian. Denk an die Dinge, die jetzt zu erledigen sind. Sollte er etwas gegen die negative Stimmung innerhalb seiner Organisation unternehmen? Was blieb ihm zu diesem Zeitpunkt anderes übrig, als seinen Weg weiterzugehen? Nein, er sollte sich wirklich keine Sorgen machen wegen seiner eigenen Männer. Sie würden ihm auch weiterhin gehorchen, das wusste er. Sie würden loyal zu ihm stehen. Er hatte ihnen Ehrfurcht vor seiner Person beigebracht. Immerhin war er die Geldquelle der Shadows, ihr Lebensnerv. Er war Nasir Tarighian, und sie betrachteten ihn als Propheten. Er würde auch der Mann sein, der das islamische Volk aus tiefstem Elend in eine gehobene Position auf der Weltbühne führen würde.

Das war sein Schicksal.

Nachdem Mertens und Eisler die Führung durch die Anlage beendet hatten, beobachteten sie die Leiter der einzelnen Komitees, wie sie augenblicklich zu ihren Mobiltelefonen griffen, um mit ihren unmittelbaren Untergebenen in den jeweiligen Basen zu sprechen. Mertens zog Eisler zur Seite. »Ich habe es dir doch gesagt. Er ist wirklich wahnsinnig.«

»Bis heute habe ich es nicht geglaubt«, antwortete Eisler. »Was tun wir jetzt?«

Mertens schüttelte den Kopf. »Ich werfe es Tarighian gar nicht vor, dass er sich am Irak rächen will. Aber das ist eine persönliche Fehde. Er will den Tod seiner Frau und seiner Kinder rächen. Das hat nichts mit dem Iran zu tun. Außerdem täuscht er sich, wenn er glaubt, dass er im Iran Unterstützung findet. Er ist vor so vielen Jahren ins Exil gegangen, wie kann er da noch auf Hilfe aus dem Volk hoffen? Nur weil er ein Volksheld ist, ein sagenumwobener Krieger? Er ist wahnsinnig.«

»Hast du einen Plan?«

Mertens legte Eisler die Hand um die Schulter. »Ja, ich habe einen Plan«, verkündete er. »Und Ahmed Mohammed hat auch einen Plan.«

27

Ausgestattet mit den neuesten Informationen des Third Echelon über Namik Basaran, fahre ich in dem Pazhan aus Baku hinaus und zu der Adresse, die ich in Zdroks Safe gefunden habe. Das in meinen OPSAT eingebaute Navigationssystem führt mich in eine Schwerindustriezone südlich der Stadt auf der Halbinsel Abscheron. Vermutlich herrscht hier aufgrund der dichten Ansammlung von petrochemischen Anlagen und Ölraffinerien die stärkste Umweltverschmutzung des Landes. Die Region ist eine Halbwüste, die Erde überzogen von verbranntem Öl, und die verfallenen Öltürme erheben sich wie vergessene Wachposten aus diesem Panorama tiefster Zerstörung. Der Anblick lässt an eine bizarre postapokalyptische Hölle auf Erden denken.

Die Sonne geht gerade unter, als ich mein Ziel erreiche. Überrascht stelle ich fest, dass es sich bei dem Gebäudekomplex um eine Windelfabrik mit Lagerhalle handelt. Soll das ein Scherz sein? Ich habe ja schon von tödlichen Massenvernichtungswaffen gehört, aber das ist wirklich lächerlich.

Erst will ich warten, bis es vollständig dunkel ist, aber durch die Feuer der umliegenden Raffinerien scheint der Nachthimmel beständig zu glühen. Mir bleibt keine andere Wahl, als das Beste zu hoffen, und so steige ich in meinem Spezialanzug aus dem Pazhan. An der Rückseite des Gebäudes finde ich eine Ladestation mit geneigter Rampe, eine große Stahlflügeltür und einen Eingang für die Arbeiter. Eine weite ebene Fläche von etwa einhundert Metern Länge schließt an das Bauwerk an.

Verwundert frage ich mich, warum kein Gebäude darauf errichtet worden ist. Aber jetzt ist nicht die Zeit, um mir darüber Gedanken zu machen.

Die Dietriche erfüllen ihren Zweck an der Eingangstür für die Arbeiter, und es gibt auch keinen Einbruchsalarm. Die Sache läuft zu einfach. Mit Hilfe des Eckperiskops spähe ich durch die Tür, ehe ich sie weiter öffne. Dieser Teil des Gebäudes wird als Lagerhalle genutzt. Er ist voll mit Kisten und Schachteln, die das Logo der Windelfirma tragen. Für meinen Geschmack erhellt das Arbeitslicht die Halle viel zu sehr. Als ich die Decke und die Ecken absuche, entdecke ich im Spiegel eine einsame Überwachungskamera, die auf die Eingangstür gerichtet ist. Ich habe keine Chance hineinzukommen, ohne gesehen zu werden, selbst wenn ich sie mit meiner Five-Seven ausschieße. Mir muss etwas anderes einfallen.

An der Seite des Gebäudes habe ich Glück. In etwa fünf Meter Höhe stehen zwei Klappfenster ein wenig offen. Während ich mich nach etwas umsehe, auf das ich steigen könnte, erinnere ich mich, dass ich bei der Ladestation eine leere Öltonne gesehen habe. Ich hole die Tonne, rolle sie auf die richtige Position, klettere hinauf und ziehe mich am Fenster hoch. Mit weichem Sprung lande ich im Inneren auf dem Boden.

Dieser Teil des Gebäudes gehört immer noch zur Lagerhalle. Neben der Ladetür stehen mehrere versiegelte Fässer, die vermutlich Benzin für den Lastwagen auf dem Abstellplatz neben der Ladestation enthalten. In meinem ganzen Leben habe ich noch nie so viele Windeln gesehen, sofern die Schachteln tatsächlich mit Windeln gefüllt sind. In der Mitte der Halle befindet sich eine große freie Fläche. Vermutlich werden hier die Windeln abgestellt, ehe sie verladen werden. Aber die Fläche ist wirklich groß, sicher dreißig mal dreißig Meter.

Während ich die Halle erkunde, kann ich keine weiteren Kameras entdecken. Die einzige Kamera im Raum ist auf den Arbeitereingang gerichtet. Ausgezeichnet. Rasch gehe ich zu einer

Kiste in der Nähe und öffne sie mit meinem Messer. Die Kiste ist voll mit ... Windeln. Ich wiederhole den Vorgang mit der nächsten Kiste. Noch mehr Windeln.

Dann sehe ich mir den Lastwagen genauer an. Mit seinen acht Metern Länge kann er eine ganze Menge Windeln fassen. Mit den Dietrichen öffne ich das Vorhängschloss der Ladeklappe. Der Wagen ist vollständig leer.

Eine vertikale Stahlfalttür trennt die Lagerhalle vom Produktionsbereich. Vermutlich wird die Tür hochgezogen, um mit Hilfe von Gabelstaplern die Windelschachteln von einer Seite der Halle zur anderen zu transportieren. Ein erster Blick in den Produktionsbereich zeigt mir die schweren Maschinen, die zur Windelerzeugung verwendet werden. Bevor ich jedoch diesen Teil genauer unter die Lupe nehme, will ich mich noch im übrigen Gebäude umsehen. An der Vorderseite der Lagerhalle entdecke ich eine Tür, die zu den weiteren Räumlichkeiten führt, und öffne sie vorsichtig. Der Gang dahinter ist dunkel und leer. Nachdem ich mein Sichtgerät auf Nachtsichtmodus geschaltet habe, trete ich ein. Wie erwartet finde ich mehrere Büros, einen Aufenthaltsraum für die Mitarbeiter mit Getränkeautomaten, eine Abstellkammer und einen Schaltraum, den ich mir genauer ansehe. Neben den Schaltern für das Lagerhaus und die Produktionshalle befinden sich noch einige andere Schalter, die keine Kennzeichnung tragen. Wofür sind diese Schaltkreise?

Um dieses Rätsel zu lösen, kehre ich in die Lagerhalle zurück, stelle mich auf die freie Fläche und überlege, was mir fehlt. Hier muss es irgendetwas geben, und das können nicht bloß Windeln sein. Direkt vor mir befindet sich die große vertikale Stahlfalttür, die geöffnet wird, sobald die Laderampe verwendet wird. Plötzlich fällt mir auf, dass die Kisten und Schachteln in sauberen Reihen an drei Seiten rund um mich aufgestapelt sind. Fast wirkt es, als gäbe es auf dem Boden einen unsichtbaren Platz, auf dem keine Kisten und Schachteln abgestellt werden dürfen.

Ist es möglich, dass diese Fläche aus einem bestimmten Grund freigehalten wird?

Mit Hilfe des Fluoreszenzmodus meines Sichtgeräts suche ich den Boden ab und entdecke schließlich einen unendlich leichten Umriss rund um die freie Fläche. Dann sehe ich Reifenspuren, die von der Tür bis zu dem Umriss führen.

Wäre es möglich ...?

Ich springe kraftvoll hoch und lande mit Wucht. Aus der Tiefe hallt ein Echo wider. Ich fasse es nicht, der Boden ist hohl ... es ist eine Falltür. Unter der Lagerhalle befindet sich eine weitere Etage. Dafür sind also die zusätzlichen Stromschalter.

Ohne mich der Überwachungskamera zu zeigen, betrete ich das kleine Büro des Vorarbeiters in der Nähe des Eingangs und untersuche den Schreibtisch und die Wände. Und tatsächlich entdecke ich ein versperrtes Fach in der Wand, das wie eine Telefonanschlussbox aussieht. Rasch versuche ich, sie mit den Dietrichen zu öffnen, aber das Schloss ist zu kompliziert und würde mich mit konventionellen Mitteln zu viel Zeit kosten. Deshalb greife ich zu einem Einwegdietrich, stelle die Ladung ein und sprenge ein Loch in die Box. Jetzt ist sie offen und enthüllt einen schweren Schalter. Ich schlage alle Vorsichtsmaßnahmen in den Wind und lege den Schalter um.

Wie ein Aufzug senkt sich die große freie Fläche im Lagerhaus ab.

Mit wenigen Schritten gelange ich aus dem kleinen Büro an die Öffnung im Boden. Lichtschein dringt von unten herauf, und ich höre Bewegung. Sofort ziehe ich das SC-20K von der Schulter, kontrolliere, ob es mit Patronen geladen ist, und warte.

Sobald sich die Plattform vollständig abgesenkt hat, treten zwei Männer in Dschaballa und Turban auf den Lift. Obwohl über ihren Schultern Kalaschnikows hängen, bewegen sie sich völlig ungezwungen. Offenbar glauben sie, dass hier oben ein Freund wartet.

Erst als mich einer der beiden auf Arabisch anruft, bemerkt er, dass ich nicht der bin, für den er mich gehalten hat. Der andere schreit erschreckt auf. Noch während die beiden Männer nach den Gewehren auf dem Rücken greifen, drücke ich zwei Mal ab. Die Kugeln treffen sie direkt in die Brust, sodass sie die Waffen fallen lassen und zu Boden stürzen. Blut verteilt sich über ihre Gewänder.

Aufmerksam lausche ich, ob ich noch jemanden höre. Als es still bleibt, weiß ich, dass die Lage sicher ist. Bis zum Boden sind es gut dreizehn Meter. Aus dem Seil und dem Enterhaken fertige ich einen Seillift, an dem ich mich hinunterlasse.

Im Raum riecht es nach Treibstoff – Flugzeugtreibstoff.

Dann fällt mir auf, dass rund um die bewegliche Plattform Lichter im Boden eingelassen sind, die mit der Oberfläche genau abschließen. Etwas weiter an der Seite sehe ich Bremsklötze, wie man sie auf Flughäfen verwendet, um die Räder eines Flugzeugs am Rollen zu hindern. Außerdem gibt es einen Treibstofftank mit extralangem Einfüllstutzen, wie man sie zum Betanken eines Flugzeuges einsetzt, und in der Nähe steht noch ein Feuerlöscher.

Ich befinde mich in einem voll funktionsfähigen, aber leeren Hangar. Die ebene Betonfläche hinter dem Gebäude dient als Start-und-Landebahn. Das Flugzeug rollt über die Rampe und die Ladestation in die Lagerhalle, wo es in den unterirdischen Hangar abgesenkt wird. Ich wette, die Plattform lässt sich sogar drehen, damit das Flugzeug für den nächsten Start gleich in die richtige Richtung weist.

Ein geheimer Flugzeughangar unter einer Lagerhalle für Windeln? Das sieht dem Shop ähnlich. Aber wo ist das Flugzeug?

Ohne Vorwarnung höre ich einen Schuss und fühle, wie eine Kugel heiß an meinem Gesicht vorübersaust. Instinktiv lasse ich mich auf die Plattform fallen und rolle mich zu einer der Leichen hinüber. Wie ein Blitz durchzuckt mich der Schmerz in meiner Schulter bei diesem Manöver, aber ich beiße die Zähne zusammen und ignoriere ihn. Der Schuss kam aus dem Teil des Untergeschosses, der direkt unter der Produktionshalle liegt. Indem ich den Toten als Deckung verwende, spähe ich über ihn hinweg. Ich entdecke weitere Kisten und Container, von denen viele das vertraute Logo der »Tabriz Container Company« tragen. Dann bemerke ich eine Bewegung hinter einer der Kisten. Wie viele Kerle sind es?

Weitere Schüsse. Obwohl sie nur den toten Araber treffen, befürchte ich, dass die Kugeln ihn durchschlagen und mich verletzen könnten. Deshalb riskiere ich es, das SC-20K von der Schulter zu ziehen, wodurch ich mehrere Sekunden lang in die Schusslinie gerate. Im nächsten Augenblick lasse ich mich bäuchlings auf den Boden fallen, setze die Schutzbrille auf und richte das Gewehr auf den Scharfschützen. Eine Kugel des Scharfschützen schlägt jedoch direkt vor meinem Gesicht in der Plattform ein, und die umherfliegenden Betonsplitter zerschneiden mir Wangen und Lippen. Die Verletzungen brennen höllisch. Glücklicherweise trage ich die Schutzbrille, deren hoch verdichtetes Plexiglas nahezu unzerbrechlich ist. Die Betonsplitter hätten mich ganz bestimmt das Sehvermögen gekostet.

Mit dem rechten Ärmel wische ich mir das Gesicht ab. Aber auch wenn der Ärmel über und über mit Blut verschmiert ist, vermute ich, dass die Wunden selbst nicht allzu schwerwiegend sind. Hoffentlich sind sie nur wie Rasierschnitte, die eine Weile bluten, ehe sie verkrusten. Jetzt gilt es, den Schmerz auszublenden und mich ganz auf meinen Gegner zu konzentrieren. Und dann sehe ich ihn. Es ist ein weiterer Araber, und allem Anschein nach ist er allein. Wahrscheinlich hat er gesehen, wie seine Kameraden getötet wurden, und sich entschlossen, so lange in seinem Versteck zu bleiben, bis ich herunterkomme. Ich ziele erneut und drücke ab. Daneben. Seine Deckung ist gut, aber dann sehe ich, dass er zu einer anderen Kiste wechselt.

Jetzt habe ich ihn. Was auch immer in der Kiste ist, meine Kugel wird sie glatt durchschlagen.

Ich drücke den Abzug. Gütiger Himmel! Eine mächtige Explosion erschüttert seine Seite des Untergeschosses! Ich weiß zwar nicht, was ich getroffen habe, aber es muss ziemlich grauenvolles Zeug gewesen sein. Sogleich füllt sich der Raum mit dichtem schwarzen Rauch. Das habe ich nun wirklich nicht gewollt, denn ich bin hier unten noch nicht fertig.

Rasch ergreife ich den Feuerlöscher, den ich vorhin gesehen habe, und laufe zu dem Brandherd. Zum Glück beschränkt sich das Feuer auf eine kleine Stelle, auf die ich den Feuerlöscher richte und den Hebel drücke.

Nach etwa einer Minute ist der Brand gelöscht. Als sich der Rauch hebt, entdecke ich die verkohlten Überreste des Scharfschützen. Der Kerl ist vollkommen zerfetzt. Kein hübscher Anblick. Die Kiste, hinter der er sich verborgen hat, ist ganz und gar vernichtet, aber immerhin ist es mir gelungen, das übrige Lager vor Schaden zu bewahren.

Durch die Öffnung in der Decke zieht der Rauch rasch ab, sodass ich nun die anderen Kisten und Container untersuchen kann. Ich weiß schon im Vorhinein, was ich finden werde, dennoch öffne ich eine Kiste, nur um mir sagen zu können: »Ich habe es gewusst«.

Waffen. Sprengstoff. Militärgerät. Stinger. Uniformen. Überwachungsinstrumente. Nicht zu fassen, das hier ist ein Supermarkt für Terroristen. Offenbar habe ich ein Hauptlager des Shops entdeckt. Sobald der Auftrag durch die Swiss-Russian International Mercantile Bank hereinkommt, wird die Ware von hier aus verfrachtet. Vielleicht verwenden sie das Flugzeug, um die Waffen zu transportieren. Vielleicht ist es eben zu einem Kunden unterwegs.

Nachdem ich mit dem OPSAT ein paar Fotos von der Anlage gemacht habe, überlege ich, was ich tun soll. Ich könnte es der Armee überlassen, das Gelände in Schutt und Asche zu legen, oder ich könnte die Sache vorsorglich selbst in die Hand nehmen. Als ich zu den beiden toten arabischen Wächtern hinübersehe, kommt mir eine Idee. Ich kehre zu den Kisten mit militärischer Ausrüstung zurück und sehe in den Schachteln nach, in denen ich die Uniformen gefunden habe. Hier gibt es kugelsichere Westen, Tarnanzüge und traditionelle arabische Bekleidung wie Dschaballas und Turbane. Ich greife nach einer Dschaballa, aber wie man einen Turban wickelt, weiß ich wirklich nicht. Deshalb »leihe« ich mir die Kopfbedeckung von einem meiner toten Freunde. Ohne sie aufzuwickeln, probiere ich sie und stelle erfreut fest, dass sie ausgezeichnet passt.

Aus meinem Rucksack nehme ich eine Splittergranate, stelle sie auf händische Zündung – damit kann ich sie aus einiger Entfernung über einen Knopf auf meinem OPSAT zünden – und lege sie unter den Treibstofftank des Hangars. Zur Sicherheit platziere ich eine weitere Splittergranate auf der Schalttafel für die Plattform. Ehe ich an dem Seil zum Erdgeschoss emporklettere, schiebe ich die beiden toten Wächter von der Plattform. Sobald ich oben bin, verstaue ich das Seil im Rucksack und kehre in das Büro des Vorarbeiters zurück. Hier lege ich den Schalter um, sodass sich die Plattform wieder hebt, und warte, bis sie wieder ihre ursprüngliche Position einnimmt.

Nachdem ich das Gebäude auf demselben Weg verlassen habe, auf dem ich gekommen bin, suche ich das Gelände nochmals gründlich ab, um sicherzustellen, dass ich allein bin. Dann laufe ich zum Pazhan zurück und kleide mich um. Ich lege die Dschaballa an und bemühe mich, den Turban richtig aufzusetzen. Als Araber verkleidet, schlendere ich gemächlich zum Fabrikgebäude zurück.

Diesmal öffne ich den Arbeitereingang mit einem Dietrich und trete ein, ohne mich darum zu kümmern, dass mich die Überwachungskamera genau im Blickfeld hat. Sie wird einen gewöhnlichen Araber aufzeichnen, der in die Lagerhalle geht. Aus Basarans Niederlassung in der Türkei – ich sollte wohl *Ta-*

righianis Niederlassung sagen – habe ich mehrere Flugblätter von Tirma mitgenommen, von denen ich nun eines hier zu Boden fallen lasse. Dann verteile ich in der gesamten Halle Splittergranaten, wobei ich den Treibstofftanks besondere Aufmerksamkeit schenke, und verstreue gleichzeitig weitere Tirma-Flugblätter.

Sobald ich fertig bin und das Gebäude verlasse, streue ich die letzten Tirma-Flugblätter auf der Ladestation, der Rampe und dem Rollfeld aus. Die Ermittler werden gewiss Fetzen dieser Flugblätter entdecken, die durch das kommende Feuerwerk nicht zerstört worden sind.

Beim Pazhan lege ich Dschaballa und Turban ab, setze mich in den Wagen und aktiviere den Auslöser des OPSAT. Die Windelfabrik geht in einem gewaltigen Feuerball hoch, der den Nachthimmel in Orange- und Gelbtöne taucht. Der ohrenbetäubende Knall der Explosion ist sicher noch in einer Distanz von mehreren Kilometern zu hören.

Während ich mich vom Ort der Katastrophe entferne, kann ich ein Lächeln nicht unterdrücken. Wie gerne wäre ich dabei, wenn Andrej Zdrok die Nachricht erhält, dass sein Supermarkt für Terroristen ins Jenseits befördert worden ist. Und durch die »Beweise«, die ich zurückgelassen habe, wird er hoffentlich glauben, dass die Shadows für den Anschlag verantwortlich sind. Wundervoll.

Als ich mich der Stadtgrenze von Baku nähere, erhalte ich über meinen OPSAT eine Botschaft von Carly St. John. Ich lache laut auf, als ich sie lese, denn sie kommt meinem kleinen Plan gerade recht:

HALLO SAM. WOLLTE DICH NUR WISSEN LASSEN, DASS ES MIR GELUNGEN IST, TARIGHIANS GELDÜBERWEISUNG AUF EIN TEMPORÄRES GEHEIMKONTO IN UNSERER ÜBERSEEBANK UMZULEITEN. DIESE EINE ZAHLUNG WIRD DER SHOP NICHT BEKOMMEN. – CARLY

28

Auf dem Gebiet der Tarnkappentechnologie hinkte die russische Armee lang hinter den USA her, und erst kürzlich hat sie mit einer aggressiven Verbesserung und Modernisierung ihrer Luftabwehr begonnen. Diese Entwicklung wurde beträchtlich beschleunigt, als ein 1999 im Krieg gegen Serbien abgeschossener F-117A Tarnkappenbomber der US Air Force von den Serben geborgen und angeblich direkt an Russland verkauft wurde. Seit diesem Zeitpunkt verwendete der russische Flugzeughersteller Suchoi die S-37 Berkut, die auch unter dem Namen »Königsadler« bekannt ist, als Ausgangsbasis für die nächste Generation militärischer Flugzeuge. So entwickelte sich aus der S-37 schließlich die moderne Su-47.

Westlichen Geheimdiensten zufolge könnte es sich bei der neuen Su-47 um ein Tarnkappenflugzeug handeln. Großbritannien und die USA kennen die Wahrheit noch nicht, während russische Militärexperten selbstverständlich über den Stand der Dinge unterrichtet sind. So viel steht fest: Das Tarnkappenflugzeug existiert, wenn auch vielleicht nur als Prototyp, und es wurde so konstruiert, dass es gegen die F-117A antreten kann.

Von ihrem Design her beeindruckt die Su-47 durch ihre negativ gepfeilten Tragflächen, die in ihrer Form an die S-27-Serie erinnern. Diese Konfiguration bringt mehrere Vorteile mit sich, wie etwa eine bessere Aerodynamik im Überschallbereich und einen höheren Anstellungswinkel. Die Entenflügel sind dreieckig ausgelegt und ungewöhnlich weit vom Cockpit und nahe den Tragflächen montiert. Die Hecktragflächen sind schmal und fremdartig in ihrem Design. Die Maschine ist mit zwei gewöhnlich aussehenden D-30F6-Triebwerken und einem Zielverfolgungsgerät auf Infrarot-Basis ausgestattet, das an der Vorderseite der Kanzelhaube montiert ist. Mit einer Spannweite von siebzehn Metern und einer Gesamtlänge von 22,5 Metern hat die Su-47 ideale Maße für ein Tarnkappenflugzeug.

General Stefan Prokofieff gelang es, dem Shop einen Prototyp dieses Flugzeugs zur Verfügung zu stellen. Er war Leiter des Entwicklungsteams, das als Bindeglied zwischen Suchoi und der russischen Armee diente. Sobald mehrere Prototypen die Fabrik verließen, stellte Prokofieff sicher, dass einer während eines Testflugs »verschwand«. In Wirklichkeit wurde er gestohlen und in einen der geheimen Hangars des Shops im Süden Russlands umgeleitet.

Andrej Zdroks einziger Trost angesichts der Katastrophe in der Windelfabrik in Aserbaidschan war die Tatsache, dass die Su-47 in einem anderen Hangar in Südrussland in Sicherheit war. Vermutlich wäre es extrem schwierig bis unmöglich gewesen, dieses Flugzeug zu ersetzen. An einen Verlust des Flugzeugs wollte Zdrok gar nicht denken. Es war schlimm genug, Waffen und Ausrüstungsgegenstände in einem Wert von dreiundzwanzig Millionen Dollar zu verlieren – ganz zu schweigen von der Anlage in Baku selbst.

Zdrok war wütend.

In den letzten Tagen waren zu viele seltsame Dinge geschehen. Das konnte kein Zufall sein. Erst war jemand in die Bank eingebrochen und hatte ein Loch in seinen Safe gesprengt. Und obwohl nichts entwendet worden war, war der Schaden beträchtlich. Außerdem war Zdrok davon überzeugt, dass die Dokumente fotografiert worden waren.

Und jetzt war auch noch das Lager in der Fabrik in die Luft gejagt worden. Wer hatte das getan? Den ersten Berichten seiner Ermittler zufolge konnten die Shadows etwas damit zu tun haben. Überall auf dem Gelände fand man Flugblätter von

Tirma. War das unabsichtlich geschehen, oder wollte man bewusst dagegen protestieren, dass sich der Shop geweigert hatte, das Geld für die verloren gegangene Lieferung an die Shadows rückzuerstatten?

Ein Klopfen an der Tür riss Zdrok aus seinen Gedanken.

»Herein«, sagte er.

Antipow trat ein, stieg über die Trümmer, die immer noch am Boden lagen, und schloss die Tür hinter sich. »Den beiden Polizisten geht es gut«, informierte er. »Die kugelsicheren Westen haben die Patronen gestoppt. Der Nachtwächter beharrt darauf, dass der Mann, der ihn gezwungen hat, den Netzhautscanner zu verwenden, eindeutig Amerikaner war.« Dann übergab er Zdrok eine CD. »Das stammt aus der Kamera im Lagerhaus. Zumindest ist es das, was davon übrig ist. Ich glaube, es wird dich interessieren.«

Zdrok nahm die CD und legte sie in seinen Computer. Gemeinsam sahen sie sich die Aufzeichnungen an.

Ein Mann in *Dschaballa* und Turban betrat die Halle durch den Hintereingang ... er platzierte Granaten ... er verteilte Flugblätter ... und dann verließ er das Gebäude.

»Wer ist dieser Mann?«, fragte Zdrok. »Das ist doch kein Amerikaner.«

»Wer weiß? Vermutlich ein militanter Araber. Er hat das Tirma-Zeug absichtlich zurückgelassen. Das ist eine Botschaft, Andrej. Tarighian sendet uns eine Botschaft.«

»Was will er? Will er Krieg?«, schäumte Zdrok, während er die CD heraus nahm und sie Antipow zurückgab. »Ich werde den Bastard anrufen.«

Er griff zum Telefon, sah im Verzeichnis in seinem Computer nach und wählte schließlich eine Nummer in Zypern.

»Ja«, meldete sich Tarighian, auch bekannt als Basaran.

»Ich bin es«, sagte Zdrok.

»Hast du eine sichere Leitung?«

»Selbstverständlich.«

»Wie geht es dir, Andrej?«, erkundigte sich Tarighian seufzend. Er klang müde und gestresst.

»Könnte besser sein.«

»Warum, was ist los?«

»Was los ist? Weißt du das nicht?«

»Was soll ich wissen?«

»Gestern Nacht wurde unsere Anlage südlich von Baku zerstört. Von einem deiner Männer!«

»Was?«

»Wir haben ihn auf Band. Er hat überall Tirma-Flugblätter verstreut, deshalb wissen wir, dass du dahintersteckst.«

»Das glaube ich einfach nicht! Worüber zum Teufel sprichst du? Willst du etwa *mich* beschuldigen?« Tarighian klang etwas zu beleidigt. Zdrok roch den Braten. Der Mann war ein Schauspieler – immerhin spielte er seit zwanzig Jahren eine Rolle.

»Nur eine Hand voll Leute weiß überhaupt von dieser Anlage«, sagte Zdrok. »Und jedem Einzelnen von ihnen würde ich mein Leben anvertrauen. Mit Ausnahme von dir.«

»Was willst du damit sagen? Dass ich irgendwie dafür verantwortlich bin?«

»Mein Freund, wenn du glaubst, dass du damit davonkommst, hast du dich getäuscht.«

»Andrej, für mich klingt das, als hätte uns jemand hereingelegt. Ich schwöre, ich war es nicht.«

»Oh? Vielleicht der amerikanische Agent, von dem du mir erzählt hast? Ist er auch in unsere Bank in Baku eingedrungen?«

»In deine Bank in Baku? Davon weiß ich nichts!«

»Wir glauben, dass vorige Nacht ein Amerikaner in die Bank eingebrochen ist.«

»Ich glaube nicht, dass es derselbe Mann war, der hier war. Meine Männer haben mir gesagt, dass sie ihn umgelegt haben. Er ist im Van-See ertrunken. Allerdings muss ich dir sagen, dass in derselben Nacht auch in unsere Anlage in Van eingebrochen wurde. Mein Leibwächter wurde dabei verletzt. Ein einzelner Mann wurde im Stahlwerk entdeckt, aber er entkam.«

Zdrok war bestürzt. »Tarighian, wenn dieser Mann ein CIA- oder NSA-Agent war und durch dich geheime Informationen über uns bekommen hat, dann wirst du und deine Organisation bitter dafür zahlen.«

»Um Allahs willen, Andrej, wir stehen auf *eurer* Seite!«

»Wir stehen auf keiner Seite außer auf unserer eigenen. Und das weißt du. Mich interessiert dein verdammter *Dschihad* nicht. Was du mit den Waffen vorhast, die wir dir in den letzten drei Jahren verkauft haben, ist blanker Unsinn. Ich würde mich nicht wundern, wenn sich deine eigenen Leute gegen dich erheben. Mich interessiert nur das Geschäft. Und wenn wir schon davon sprechen, warum haben wir noch keine Zahlung für die Ersatzlieferung erhalten, die wir euch geschickt haben? Wenn du dich erinnerst, hätte das Geld heute Morgen auf dem Konto sein sollen.«

»Was?« Jetzt klang Tarighian wirklich besorgt. »Das Geld ist überwiesen worden. Ich habe persönlich den Auftrag dazu gegeben.«

»Es ist nicht hier.«

»Das ist seltsam. Ich werde ...«

»Das ist mehr als *seltsam*, Tarighian. Ich schlage vor, du lässt alles stehen und liegen und kümmerst dich augenblicklich um diese Sache.«

»Andrej, wir versuchen, unser Projekt zum Abschluss zu bringen. Du weißt doch, dass ich große Pläne habe.«

»Ja, das weiß ich. Und ich kann mir auch vorstellen, dass du derzeit Bargeldprobleme hast. Aber das interessiert mich nicht. Beweise mir, dass du es nicht warst, der mir diese grauenvolle Sache angetan hat, und zahle, was du mir schuldest.«

Zdrok legte auf, ohne Tarighian eine Chance zu geben zu antworten. »Er glaubt also, dass der Amerikaner tot ist?«, sagte er mit einem Blick zu Antipow hinüber. »Das Mädchen in Israel hat immer noch nicht geplaudert. Ich vermute, es ist Zeit, dass wir sie dazu überreden. Wenn er wirklich tot ist, werden wir es in Kürze mit Sicherheit wissen.« Wieder griff er zum Telefon, doch diesmal wählte er eine Nummer in Jerusalem.

»Verdammter Zdrok«, sagte Tarighian zu Mertens, nachdem er aufgelegt hatte.

Die beiden Männer befanden sich in Tarighians Privatbüro im Einkaufszentrum in Zypern.

»Was ist es diesmal?«, erkundigte sich Mertens.

»Sie wollen uns hereinlegen«, antwortete Tarighian, der bereits eine andere Nummer gewählt hatte und wartete. »Hallo, Hani?«

Am anderen Ende der Leitung meldete sich der Leiter von Tarighians Finanzabteilung. »Ja?«

»Ist die Zahlung an den Shop überwiesen worden?«

»Ja, gestern.«

»Sind Sie sicher?«

»Selbstverständlich bin ich sicher. Ich habe sie persönlich vorgenommen.«

»Sie sagen, sie haben nichts erhalten.«

»Das ist unmöglich.«

»Prüfen Sie es nach. Ich habe ohnehin schon genug Probleme.«

»Wird gemacht.«

Tarighian legte auf und starrte Mertens düster an. »Ich vermute, Sie wollen mir wieder sagen, wie verrückt dieser Plan ist.«

Mertens zuckte die Achseln. »Um ehrlich zu sein ...«

»In Ordnung, Professor. Wenn Ihnen Bagdad nicht gefällt, welches Ziel wäre dann geeignet? Wollen Sie wieder Israel sagen?«

»Selbstverständlich! Ich kann nicht glauben, wie blind Sie sind. Tel Aviv oder Jerusalem sollten das Ziel sein, denn Israel ist der Schlüssel zum Mittleren Osten. Wenn Sie Jerusalem zerstören, wird tatsächlich Chaos herrschen. Und außerdem wäre es die Rache für die Ermordung von Gerard Bull.«

»*Darum* geht es also? Um Ihren früheren Chef?«

»Er war weit mehr als mein Chef. Er war mein Mentor. Er war wie ein Vater zu mir.«

»Es gibt keine Beweise dafür, dass Israel für seine Ermordung verantwortlich ist.«

»Alles weist darauf hin, dass der Mossad verantwortlich war. Ich war dabei. Ich habe mit Gerard zusammengearbeitet, als es geschah. Und ich habe damals geschworen, dass ich sein Leben rächen werde, und das habe ich auch vor.«

»Aber nicht mit meinem Geld«, erklärte Tarighian entschlossen. »Nur weil Sie Gerard Bulls rechte Hand waren, haben Sie noch lange nicht das Recht, meine Motive in Frage zu stellen. Professor, Sie haben mit dem Phönix großartige Arbeit geleistet, aber, bei Allah, ich werde keinen Ungehorsam dulden. Außerdem kann ich jetzt, wo der Phönix fertig ist, gut auf Sie verzichten. Das sollten Sie nicht vergessen.«

Tarighian durchbohrte Mertens mit seinen Blicken aus kalten, braunen Augen. Und nicht zum ersten Mal erkannte der belgische Physiker, warum viele Männer diesen Mann respektierten und fürchteten. Tarighian besaß jene seltene Gabe, die man Charisma nennt. Quer durch alle Zeitalter hatten große Männer ihr Charisma verwendet, um andere zum Guten oder zum Bösen zu beeinflussen, und Tarighian machte darin keine Ausnahme. Vor langer Zeit hatte er Mertens verführt. Er hatte den Belgier überredet, sein Leben der Entwicklung und dem Bau einer Waffe für die Shadows zu widmen. Das Geld war dabei nur ein zusätzlicher Anreiz, ebenso wie der Schutz vor den belgischen Behörden, die seit seiner Flucht aus der psychiatrischen Anstalt nach ihm suchten.

Aber das Geld allein wäre für Mertens nicht Grund genug gewesen. Durch die Arbeit an Tarighians Projekt hatte Mertens sein Ziel erreicht. Er hatte die Träume von Gerard Bull verwirklicht, von jenem Mann, der Mertens alles gelehrt hatte, was er wusste. Mertens war kein Moslem, und es war ihm egal, dass die Shadows die westlichen Mächte aus dem Mittleren Osten vertreiben und den Irak erobern wollten. Er fühlte sich weder den Juden, noch den Moslems, noch den Christen verpflichtet. Seine Hingabe gehörte Bull und dem Genie dieses Mannes. Mertens schuldete es Bull, dessen Prophezeiung zu erfüllen.

»In Ordnung. Ich entschuldige mich«, sagte Mertens. »Aber Sie sollten wissen, dass Ihr Plan vielen Ihrer eigenen Männer ganz und gar nicht gefällt. Sie sind nicht mit Ihrer Entscheidung einverstanden, eine Stadt in einem islamischen Land anzugreifen.«

»Sprechen Sie zufällig von Ahmed Mohammed?«, knurrte Tarighian. »Zu gegebener Zeit werde ich mich um ihn kümmern. Ahmed ist seit über zwanzig Jahren mein Freund und Verbündeter. Wenn er jetzt verstimmt ist, wird er es überwinden. Aber jetzt zurück zur Arbeit. Ich will nichts mehr davon hören. Ich erwarte, dass der Phönix morgen voll funktionsfähig ist, damit wir nachmittags mit den Tests beginnen können. Habe ich mich klar ausgedrückt?«

Mertens beugte leicht den Kopf. »Absolut klar.« Damit stand er auf und verließ den Raum.

Durch den dunklen, leeren Gang ging er zurück in sein Büro, in dem Heinrich Eisler auf ihn wartete. Wie üblich schnitzte er an einem Stück Holz.

»Nun?«, fragte Eisler.

»Ich habe genug von Nasir Tarighian und den Shadows«, sagte Mertens. »Es ist Zeit, die Sache selbst in die Hand zu nehmen. Ich werde Mohammed anrufen.«

29

Sarah wischte sich die Tränen von den Wangen, erhob sich langsam und ging mit unsicheren Schritten ins Badezimmer. Aus dem schmutzigen Spiegel starrte ihr ein verängstigtes Mädchen entgegen. Ihre Augen waren blutunterlaufen, das Haar strähnig, und das Make-up war längst weggewischt. Seit Tagen hatte Sarah nicht mehr geduscht. Wofür auch? Mittlerweile quälte sie der Hunger nicht mehr, dafür fühlte sie sich unendlich schwach. Jetzt war es nur noch eine Frage von Zeit, wie lange sie noch normal funktionieren würde.

Jahrelang hatte sie auf CNN oder in den Zeitungen von Entführungen im Nahen Osten gehört. Immer wieder wurden Amerikaner gekidnappt, während sie ihren Job erledigten oder in der Armee dienten. Manchmal wurden die Geiseln gerettet ... öfter jedoch nicht.

Was würden diese Mistkerle ihr schließlich antun? Bisher hatten sie sie nicht körperlich misshandelt, auch wenn dieses Scheusal namens Vlad dem schon recht nahe gekommen war. Obwohl sie Eli mittlerweile hasste, hatte er sie doch in vielfacher Weise beschützt. Niemand wusste, was die beiden Russen mit ihr getan hätten, wenn Eli nicht hier gewesen wäre.

Mehrmals war sie in Versuchung gewesen, den Männern zu sagen, wie sie ihren Vater kontaktieren konnten. Einerseits widerstrebte es Sarah, ihn in die Sache hineinzuziehen, andererseits vermutete sie, dass er sie vielleicht aus ihrer jetzigen Situation befreien könnte. Wenn Eli Recht hatte, und ihr Vater tatsächlich etwas wie ein Spion für die Regierung war, dann hatte er gewiss die Mittel, um sie zu retten. Vielleicht konnte er die Armee hinzuziehen, damit sie die Kidnapper zur Hölle schickte.

Andererseits wollten die Kidnapper ihren Vater aus einem ganz bestimmten Grund, und das war gewiss kein guter. Sarah sah den Hass in ihren Augen und hörte die schneidende Schärfe in ihren Stimmen, wenn sie von ihm sprachen. Sie war sicher, dass die Männer ihren Vater töten wollten, und verstand auch, dass sie als Lockvogel diente, um ihn zu fassen zu kriegen. Das durfte nicht geschehen.

Wie viele Tage schon vergangen waren, wusste sie nicht. Vermutlich hätte sie das tun sollen, was Gefangene in Filmen immer taten – mit irgendetwas einen Strich in die Wand zu ritzen für jeden Tag, der vergangen ist. Sie wusste nur, dass sie weniger als eine Woche aber länger als vier Tage schon hier war. Wäre sie nicht entführt worden, wäre sie längst zu Hause. Sie hätte sich von Rivka und ihrer Familie verabschiedet und ...

Oh, Rivka.

Was mit ihrer Freundin geschehen war, verfolgte Sarah Tag und Nacht und zerriss ihr das Herz. Es war allein ihre Schuld. Wäre sie nicht Rivkas Freundin gewesen, wäre sie immer noch am Leben. Bei einem von Elis häufigen Besuchen in ihrem Zimmer hatte Sarah gefragt, was mit Rivka geschehen war. Wie war sie gestorben? Eli weigerte sich, es ihr zu sagen. Er sagte, dass er es nicht wisse – er wüsste nur, dass sie tot sei. Als Sarah fragte, ob Noel dafür verantwortlich war, zuckte Eli bloß die Schultern. Wie konnte er nur so kalt sein? Wie hatten sie so etwas überhaupt tun können? Rivka und sie hatten den jungen Männern ihre Körper, ihre Liebe und ihre Hingabe geschenkt. Eli hatte mit ihr darüber gesprochen, dass sie in New York zusammenleben und vielleicht eines Tages heiraten wollten. Hatten Rivka und Noel ähnliche Pläne gemacht? Hatte auch Noel seine Freundin auf diese Weise dazu gebracht, ihm zu vertrauen und sich auf eine gemeinsame Zukunft mit ihm zu freuen?

Elende Schweine.

Sobald Sarah im Badezimmer fertig war, kehrte sie schwerfällig zu ihrem Feldbett zurück und legte sich nieder. Kurz darauf hörte sie ein vertrautes Klopfen an der Tür. Schon wieder Eli. Der Schlüssel wurde im Schloss gedreht, und die Tür ging auf. Ohne ihn anzusehen, fühlte sie seine Anwesenheit, während er sich über sie beugte.

»Willst du jetzt etwas essen?«, fragte er.

Sie antwortete nicht.

»Komm schon, Sarah. Du solltest wirklich etwas essen. Du ... du wirst deine Kraft brauchen.«

Sarah weigerte sich anzuerkennen, dass er überhaupt hier war.

»Hör zu, Sarah, wir haben neue Befehle bekommen. Vlad und Yuri – sie haben das Okay, um ... um etwas aggressiver vorzugehen. Das ist deine letzte Chance. Du musst uns sagen, was wir wissen wollen. Wo ist dein Vater? Wie können wir ihm eine Botschaft schicken?«

Sarahs Schweigen machte Eli schließlich wütend. Mit festem Griff fasste er sie am Haar und zog ihren Kopf hoch. Sie schrie auf. »Verdammt, Sarah! Sprich mit mir«, brüllte er. »Ich will nicht für das verantwortlich sein, was sie mit dir tun werden!«

Als ihr Tränen in die Augen stiegen, presste sie die Lider fest zusammen. Auf diese Weise würde sie ihn nicht ansehen.

Schließlich ließ er sie los, und sie vergrub sich schluchzend in den Decken und barg ihr Gesicht im Kissen.

»Sarah«, sagte er etwas sanfter. »Vlad und Yuri ... sie werden hierher kommen und dich zum Reden bringen. Ich schwöre dir, dass es ihnen gelingen wird. Deshalb sag uns bitte, was wir wissen wollen.«

Sie murmelte etwas.

»Was?«, fragte er.

Nun hob Sarah den Kopf. »Geh zum Teufel«, sagte sie mit klarer Stimme.

Seufzend ging Eli zur Tür. »Es tut mir Leid, Sarah«, murmelte er.

Jetzt hatte Sarah wirklich Angst. Was würden die beiden Männer mit ihr tun? Gütiger Gott, nur keine Vergewaltigung. Alles, nur das nicht.

Im nächsten Augenblick fühlte Sarah eine Bewegung im Zimmer und hörte, wie die Tür zugeschlagen wurde. Als sie aufblickte, sah sie, dass Vlad und Yuri neben ihrem Feldbett standen. Vlad hielt ein aufgerolltes Seil in der Hand und Yuri einen Werkzeugsatz.

»Hallo, Prinzessin«, sagte Vlad. »Willst du dich nicht ein wenig mit uns vergnügen?«

Adrenalin tobte durch Sarahs Körper, während sie von ihrem Feldbett aufsprang und zum Badezimmer rannte. Vlad bekam sie jedoch um die Taille zu fassen und schleuderte sie auf das Feldbett zurück. Sie stürzte mit solcher Wucht auf das Bett, dass es zusammenbrach.

Vlad wickelte das Seil ab.

Nachdem Carly St. John zwei Tage ohne Unterbrechung darauf verwendet hatte, sich in Tarighians und Zdroks Bankkonten zu hacken, hatte sie endlich wieder eine Nacht durchgeschlafen. Mittlerweile arbeitete sie an einem neuen Auftrag, der ebenso dringend war. Lambert hatte ihr Digitalaufnahmen eines Telefongesprächs gegeben, die Sam Fisher in der Türkei aufgezeichnet hatte, und erwartete von ihr einen Neuschnitt. Das bedeutete, dass sie Teile des Gesprächs auseinander schneiden und sie so zusammenfügen sollte, dass sich daraus ein ganz anderer Sinn ergab als im Original.

Die Gesprächspartner waren Nasir Tarighian alias Namik Basaran und ein unbekannter Untergebener von ihm. Die Männer sprachen auf Farsi, nicht auf Türkisch. Nachdem der beste Übersetzer des Third Echelon den Dialog auf Englisch übertragen hatte, hörte Carly ein Gespräch, das im Original folgendermaßen lautete:

MANN: »Aber der Shop erkennt doch sicher, dass wir es nicht waren?«

TARIGHIAN: »Nein, der Shop sieht es nicht. Zdrok sieht nichts außer seine kleine Welt.«

MANN: »Nochmals im Klartext. Die Windelfabrik wurde angegriffen von einem Mann ...«

TARIGHIAN: »Von einem Araber.«

MANN: »... von einem Araber, der das ganze Bauwerk in die Luft gejagt hat.«

TARIGHIAN: »Und dann musste er noch überall Tirma-Flugblätter verstreuen.«

MANN: »Offenbar will irgendjemand einen Keil zwischen dich und den Shop treiben.«

TARIGHIAN: »Die Kluft war schon da. Sie haben sie nur größer gemacht.«

MANN: »Dann solltest du ihm sagen, dass es ein Job von außen war. Dass irgendjemand versucht, dir die Schuld in die Schuhe zu schieben.«

TARIGHIAN: »Das habe ich ihm schon gesagt, aber er hat nicht zugehört. Jetzt nimmt er meine Anrufe gar nicht mehr entgegen. Verdammt, er weiß wohl nicht, wer ich bin?«

MANN: »Hat Hani herausgefunden, was mit der Geldüberweisung passiert ist?«

TARIGHIAN: »Nein. Wir haben das Geld überwiesen. Und laut Hanis Aufzeichnungen ist es auch sicher auf Zdroks Schweizer Bankkonto gelandet. Zdrok behauptet aber, dass er es nicht bekommen hat.«

MANN: »Aber du hast doch sicher den Auftrag gegeben, das Geld zu überweisen?«

TARIGHIAN: »Natürlich habe ich den Auftrag gegeben!«

MANN: »Warum lügt er dann?«

TARIGHIAN: »Er ist wütend darüber, dass die erste Waffenlieferung im Irak konfisziert wurde. Die irakische Polizei hat die Männer auf frischer Tat ertappt. Ahmed und seine Leute haben versucht, die Waffen zurückzubekommen, aber die Operation ist gescheitert. Wir mussten in den sauren Apfel beißen und für eine neue Lieferung zahlen. Jetzt behauptet Zdrok, dass er das Geld nicht bekommen hat.«

MANN: »Er hat geliefert, ohne vorher das Geld zu haben, richtig?«

TARIGHIAN: »Ja. Das war aber auch seine einzige Samaritertat. Jetzt will er sein Geld auf der Stelle haben.«

MANN: »Vermutlich glaubt er, dass du versuchst, ihn aus dem Geschäft zu drängen.«

TARIGHIAN: »Ja, wahrscheinlich denkt er das.«

MANN: »Die aserbaidschanische Polizei wird sicher jemanden wegen dieses Verbrechens festnehmen.«

TARIGHIAN: »Sicher nicht, du Narr. In den Medien werden schon die Shadows dafür verantwortlich gemacht. Ali hat schon jede Verantwortung zurückgewiesen, aber du weißt, wie wenig das bringt.«

MANN: »Was jetzt?«

TARIGHIAN: »Der Mann sollte sich für sein Verhalten entschuldigen und uns von dem Verbrechen freisprechen. Außerdem sollte er uns nichts für die neue Lieferung verrechnen. Immerhin hat er Milliarden, er kann es abschreiben.«

Carly hörte ein Klopfen an der Tür.

TARIGHIAN: »Herein.«

ZWEITER MANN: »Sie werden im Kontrollraum gebraucht.«

TARIGHIAN: »Ich komme gleich.«

Und das war das Ende. Eine zweite Aufzeichnung enthielt den folgenden kurzen Wortwechsel zwischen Tarighian und demselben Mann.

TARIGHIAN: »Die Filipinos verhalten sich, als wären sie im Westen. Diese gottlose Horde.«

MANN: »Der Einfluss der Shadows auf sie wird die Dinge ändern.«

TARIGHIAN: »Die Behörden können nicht ableugnen, dass der Islam im Fernen Osten wächst. Unsere Zellen auf den Philippinen und in Indonesien werden schon bald losschlagen, aber nicht bevor ...« (unverständlich).

MANN: (unverständlich) »... und die USA werden dann nachgeben.«

TARIGHIAN: »Geld ist das Einzige, das sie interessiert. Ich habe sie getroffen, wo es wehtut, und ich werde das auch weiterhin tun. Aber Schluss jetzt, um den Fernen Osten kümmern wir uns, sobald das Phönix-Projekt abgeschlossen ist.«

Damit endete die zweite Aufzeichnung.

Als die Gegensprechanlage summte, drückte sie auf die SPRECHEN-Taste: »Ja?«

»Was halten Sie davon?«, fragte Lambert.

»Die Sache erscheint mir nicht allzu schwierig«, antwortete sie. »Immerhin habe ich eine ganze Menge Material.«

»Es muss aber überzeugend klingen. Ich kann auch Sam sagen, dass wir mehr brauchen, falls Sie nichts daraus machen können, das ...«

»Keine Sorge, Chef, ich schaffe es. Ist die Pizza schon da?«

Lambert lachte. »Für so eine zierliche Person essen Sie aber eine ganze Menge.«

»Meine Gehirnzellen brauchen Nahrung. Sie saugen alles auf.«

»Die Pizza sollte in etwa fünf Minuten hier sein.«

»Sagen Sie's mir, wenn sie da ist. Ich verhungere schon.«

Carly schaltete die Gegensprechanlage ab und kehrte an ihren Computer zurück. Oft genug hatte sie so viel Arbeit, dass sie gar nicht nach Hause kam. Für diese Fälle hatte sie schon ihren Schlafsack ins Büro mitgebracht. Es gab Zeiten, da fühlte sie sich zurückversetzt in ihre Studentenzeit in Harvard. Sie erinnerte sich noch gut an durchwachte Nächte, in denen sie kaum ein oder zwei Stunden geschlafen hatte, ehe sie sich wieder an die Bücher setzte. Während der Abschlussprüfungen verließ sie ihr Zimmer überhaupt nicht.

Ihre Mutter beklagte sich immer darüber, dass sie nicht verheiratet war und nicht einmal ausging. Wenn ihre Mutter wüsste, dass Carly damit beschäftigt war, das Land zu retten, und einfach keine Zeit hatte für Verabredungen, würde sie sie vielleicht in Ruhe lassen. Wie Carly ihre Mutter kannte, würde sie vermutlich behaupten, »heiraten und Kinder kriegen« sei wesentlich wichtiger. Nein danke. Carly war zufrieden mit ihrem zölibatären Lebensstil und den Bergen an Arbeit. Und wenn sich doch einmal menschliche Sehnsüchte meldeten, suchte sie sich einfach einen netten Kerl für eine Nacht. Eine Beziehung kam für sie nicht in Frage.

Als die Pizza kam, nahm sie sich mehrere Stücke auf einem Teller in ihr Büro mit. Sie setzte sich nie zu ihren Kollegen im Aufenthaltsraum. Dass man sie deshalb für arrogant hielt, kümmerte sie nicht. Lambert wusste es besser, und das war das Einzige, was zählte.

Carly begann damit, das gesamte Gespräch in einzelne Phrasen zu zerlegen. Wenn sie ein Wort oder eine Phrase häufiger benötigte, kopierte sie diesen Teil und speicherte ihn in einer eigenen Datei. In kurzer Zeit hatte sie all die Puzzleteile, die sie für das Bild brauchte.

Vier Stunden später rief sie Lambert in seinem Büro an. Er kam sofort, setzte sich und rieb sich den Kopf.

»Hören Sie sich das an«, sagte sie, während sie die Maus bewegte und etwas in ihrem Computer anklickte.

TARIGHIAN: »Zdrok sieht nichts außer seine kleine Welt. Er ist wütend darüber, dass die erste Waffenlieferung im Irak konfisziert wurde. Die irakische Polizei hat die Männer auf frischer Tat ertappt. Ahmed und seine Leute haben versucht, die Waffen zurückzubekommen, aber die Operation ist gescheitert. Wir mussten in den sauren Apfel beißen und für eine neue Lieferung zahlen. Jetzt behauptet Zdrok, dass er das Geld nicht bekommen hat.«

MANN: »Vermutlich glaubt er, dass du versuchst, ihn aus dem Geschäft zu drängen.«

TARIGHIAN: »Ja, wahrscheinlich denkt er das.«

MANN: »Aber du hast doch sicher den Auftrag gegeben, das Geld zu überweisen?«

TARIGHIAN: »Sicher nicht, du Narr.«

MANN: »Der Einfluss der Shadows auf sie wird die Dinge ändern.«

TARIGHIAN: »Die Leute vom Shop verhalten sich, als wären sie im Westen. Diese gottlose Horde. Geld ist das Einzige, das sie interessiert. Ich habe sie getroffen, wo es wehtut, und ich werde das auch weiterhin tun.«

MANN: »Nochmals im Klartext. Die Windelfabrik wurde angegriffen ...«

TARIGHIAN: »Die Kluft war schon da. Wir haben sie nur größer gemacht.«

MANN: »... von einem Araber ...«

TARIGHIAN: (unverständlich) »... habe ich den Auftrag gegeben ...« (unverständlich) »... überall Tirma-Flugblätter verstreuen.«

Hier brach die Aufzeichnung ab. Carly sah erwartungsvoll zu Lambert hinüber. »Nun?«

Lambert lächelte. »Ich glaube, es wird funktionieren. Schicken Sie die Datei an Sam.«

30

Das Gespräch, das Carly zwischen Tarighian und einem seiner Handlanger zusammen gebastelt hat, ist großartig. In einer zweiten Datei hat sie mir auch die englische Übersetzung dazu geschickt. Die Leute vom Third Echelon verstehen ihren Job wirklich. Es muss extrem schwierig gewesen sein, ein Gespräch zu rekonstruieren, ohne die Sprache zu beherrschen. Aber Carly St. John ist nun einmal brillant. Ich gestehe, dass ich sie auch attraktiv finde. Ein kleines zartes Ding mit einem messerscharfen Verstand. Allerdings habe ich mich nie an sie herangemacht. Einmal abgesehen davon, dass ich Frauen gegenüber im Allgemeinen zurückhaltend bin, wäre es möglicherweise sogar in Ordnung, sich mit jemandem aus derselben Organisation zu treffen. Immerhin würde sie meine Arbeit verstehen, und ich würde sie nicht in Gefahr bringen, nur weil sie mich kennt.

Vielleicht sollte ich einmal darüber nachdenken.

Jetzt muss ich aber Andrej Zdrok mein kleines Geschenk überbringen. Überrascht stelle ich fest, dass direkt gegenüber von Zdroks Bank in Baku eine Bagel-Bäckerei liegt. Ein ausgezeichneter Platz für eine Überwachung. Ich wähle einen Ecktisch am Fenster, bestelle ein Frühstück und lese die Zeitung, wobei ich sie so halte, dass ich unbemerkt durch das Fenster auf die Straße sehen kann. Die Besitzer scheint es nicht zu kümmern, dass ich länger bleibe, solange ich einen Kaffee nach dem anderen bestelle. Kurz nach zehn Uhr sehe ich schließlich, wie Zdrok vor der Bank aus einem Mercedes steigt. Er ist so gut gekleidet wie immer. Doch als der Mercedes wegfährt, betritt er nicht die Bank, sondern wendet sich um, sieht in meine Richtung und geht über die Straße auf die Bagel-Bäckerei zu. Verdammt. Was, wenn Zdrok weiß, wie ich aussehe? Bei meinem ersten Besuch in Tarighians Büro haben die Kameras sicher mein Gesicht aufgezeichnet. Der Mann hätte mein Foto an Zdrok schicken können.

Ich stehe auf und schlendere auf den Waschraum zu. Gerade als ich durch die Tür gehe, betritt Zdrok den Laden. Nachdem ich ein paar Minuten in einer Kabine gewartet habe, bis ich ziemlich sicher bin, dass Zdrok seine Bestellung bekommen hat, schleiche ich zur Tür und öffne sie einen Spalt breit.

Verdammt, der Mann kommt auf mich zu! Ich kann nichts anderes tun, als mich zum Waschbecken zu drehen und meine Hände zu waschen. Im selben Augenblick schwingt die Tür auf und Zdrok kommt herein. In einer Hand hält er ein klebriges Gebäck, das er mit großen Bissen hinunterschlingt, während er sich neben mich stellt. Offenbar wartet er darauf, dass ich fertig werde, damit er sich die Hände waschen kann.

Ohne ihm in die Augen zu sehen, nicke ich lächelnd und trete vom Waschbecken zurück. Während er sich unter fließendem Wasser die Hände wäscht, greife ich zu ein paar Papiertüchern. Ich fühle, dass er mich im Spiegel betrachtet – nein, er starrt mich geradezu an. Ich muss hier so schnell wie möglich hinaus. Sobald ich meine Hände getrocknet habe, gehe ich auf die Badezimmertür zu.

»Kenne ich Sie?«, fragt er auf Russisch.

Ich halte an. Mein Russisch ist keineswegs perfekt, aber ich komme ganz gut zurecht. »Wie bitte?«

»Waren Sie neulich in meiner Bank?«, fragt er.

Was meint er damit? »Was meinen Sie?«

»Habe ich Sie nicht in der Bank gesehen? Hier gegenüber, auf der anderen Straßenseite. Sie waren doch unlängst da, am Informationsschalter.«

Puh. Darum geht es also. »Ja, richtig.«

Zdrok lächelt. »Ich bin Andrej Zdrok, der Direktor der Bank. Lassen Sie es mich wissen, wenn ich Ihnen in irgendeiner Weise behilflich sein kann.«

Ich nicke, sage: »Danke«, und gehe dann, als wäre ich ein wenig verlegen. Ohne weitere Verzögerung verlasse ich die Bagel-Bäckerei durch die Vordertür und wende mich bewusst nach links, um von der Bank wegzukommen in der Hoffnung, dass mir Zdrok nicht folgt. Es ist zwar unwahrscheinlich, aber ich will kein Risiko eingehen.

Bei einem Zeitungsstand halte ich an und blättere durch die Zeitschriften, wobei ich aus dem Augenwinkel die Bagel-Bäckerei beobachte. Kurz darauf kommt Zdrok heraus und geht über die Straße in die Bank. Er sieht nicht in meine Richtung. Vermutlich hat er die Begegnung längst vergessen. Zumindest hoffe ich es.

Sobald er im Gebäude verschwunden ist, spaziere ich die Straße zurück und betrete eine altmodische Telefonzelle. Kabinen dieser Art gehören in den USA der Vergangenheit an, in Europa hingegen findet man sie immer noch.

Während ich den Telefonhörer zwischen Kopf und Schulter klemme, aktiviere ich den OPSAT. Solange ich ungestörten Satellitenempfang habe, kann ich mit diesem Gerät überall auf der Welt eine E-Mail verschicken. Am besten funktioniert es im Freien, aber in einigen Gebäuden klappt es auch recht gut. Diesmal will ich aber absolut sichergehen, dass Zdrok die E-Mail auch wirklich erhält.

Da ich seine Adresse im OPSAT gespeichert habe, ist es eine Kleinigkeit, ihm Carlys Datei zu schicken. Als Botschaft schreibe ich auf Russisch: »Ich dachte, das beigefügte Gespräch könnte Sie interessieren.« Dann unterschreibe ich mit »Ein Freund« und verschicke die E-Mail.

Sobald ich aus der Telefonkabine getreten bin, spaziere ich die zwei Häuserblocks bis zu meinem Pazhan. Im Wagen setze ich meine Kopfhörer auf und höre die Wanze in Zdroks Büro ab.

Erst vernehme ich nichts als statisches Rauschen. Nach einigen Minuten höre ich, wie jemand in den Raum kommt und kurz darauf ein Knarren, als sich diese Person in den Stuhl setzt.

Jetzt greift jemand nach dem Telefon und macht einen Anruf: »Iwan, finde heraus, wo sich General Prokofieff aufhält. Ich will mit ihm sprechen«, sagt Zdrok. Sehr gut, er ist es. Sobald er aufgelegt hat, höre ich, wie er etwas auf seiner Tastatur tippt. Ausgezeichnet. Vielleicht prüft er seine E-Mails. Nach einigen Minuten Stille höre ich Carlys Datei laut und klar über die Lautsprecher des Computers.

TARIGHIAN: »Zdrok sieht nichts außer seine kleine Welt. Er ist wütend darüber, dass die erste Waffenlieferung im Irak konfisziert wurde. Die irakische Polizei hat die Männer auf frischer Tat ertappt. Ahmed und seine Leute haben versucht, die Waffen zurückzubekommen, aber die Operation ist gescheitert. Wir mussten in den sauren Apfel beißen und für eine neue Lieferung zahlen. Jetzt behauptet Zdrok, dass er das Geld nicht bekommen hat.«

MANN: »Vermutlich glaubt er, dass du versuchst, ihn aus dem Geschäft zu drängen.«

TARIGHIAN: »Ja, wahrscheinlich denkt er das.«

MANN: »Aber du hast doch sicher Auftrag gegeben, das Geld zu überweisen?«

TARIGHIAN: »Sicher nicht, du Narr.«

MANN: »Der Einfluss der Shadows auf sie wird die Dinge ändern.«

TARIGHIAN: »Die Leute vom Shop verhalten sich, als wären sie im Westen. Diese gottlose Horde. Geld ist das Einzige, das sie interessiert. Ich habe sie getroffen, wo es wehtut, und ich werde das auch weiterhin tun.«

MANN: »Nochmals im Klartext. Die Windelfabrik wurde angegriffen ...«

TARIGHIAN: »Die Kluft war schon da. Wir haben sie nur größer gemacht.«

MANN: »... von einem Araber ...«

TARIGHIAN: (unverständlich) »... habe ich den Auftrag gegeben ...« (unverständlich) »... überall Tirma-Flugblätter verstreuen.«

Ich wünschte, ich könnte Zdroks Gesicht jetzt sehen. Vermutlich steht ihm der Mund weit offen. Im Raum ist es totenstill. Keine Bewegung zu hören. Der Schlag hat gesessen. Nach einer Minute spielt er die Datei nochmals ab. Danach herrscht wieder Stille. Nachdem er die Aufnahme ein drittes Mal abgespielt hat, greift er zum Telefon.

»Iwan, hast du General Prokofieff schon gefunden? Beeil dich!« Er legt auf und tippt etwas. Vielleicht schickt er die Datei an all seine Kumpel in Russland, oder wo immer sie sich auch herumtreiben mögen.

Eine Minute später läutet das Telefon. Er antwortet mit »Ja?« Ich schalte meinen OPSAT auf »Aufnahme« und höre zu.

»General, wo zum Teufel stecken Sie?«, fragt er. »Ich verstehe. Wo ist das Flugzeug? Ja, natürlich *unser* Flugzeug, was haben Sie denn geglaubt ...? Ja. Ich verstehe. Hören Sie gut zu, Sie sollen Folgendes tun: Ich will, dass Sie Akdamar Enterprises in der Stadt Van in der Türkei aus der Luft angreifen. Ja, ich weiß, was ich tue. Ich habe den Beweis, dass die Shadows uns betrügen. Sie haben uns nie das Geld geschickt und auch gar nicht die Absicht, es zu tun. Und ich weiß jetzt auch, dass sie für das verantwortlich sind, was mit dem Hangar in Baku geschehen ist. Ja. Ich habe Ihnen eben eine E-Mail geschickt, haben Sie sie bekommen? Dann sehen Sie verdammt noch mal nach. Ja, ich warte.«

Einige Augenblicke lang bleibt es still, und ich höre nur Zdroks heftige Atemzüge. Vermutlich ist sein Blutdruck gewaltig in die Höhe geschossen.

»Ja, ich bin noch dran«, sagt er. »Haben Sie es? Hören Sie sich die Aufzeichnung an. Ich warte.«

Wieder heftige Atemzüge. Dann ein Husten.

»Nun? Haben Sie es gehört? Nein, nein, ich will es, General – darüber gibt es keine Diskussion. Das ist ein Befehl. Schicken Sie das Flugzeug in die Türkei, und legen Sie die Anlage in Schutt und Asche. Ich will, dass es heute noch geschieht. Richtig. Halten Sie mich auf dem Laufenden. Danke, General.«

Nachdem Zdrok aufgelegt hat, höre ich, wie er aufsteht und den Raum verlässt.

Ich beende die Aufnahme und spiele die Aufzeichnung nochmals ab. Seine Stimme ist klar und deutlich zu vernehmen, und er sagt genau die richtigen Dinge. Ausgezeichnet. Offenbar erwartet Tarighians Leute heute noch ein Feuerwerk. Schade, dass der Big Boss nicht dabei ist. Wie ich weiß, hält er sich derzeit in Zypern auf. Für Carly war es ein Leichtes, sich seine E-Mail-Adresse zu besorgen, und so bereite ich dieselbe Datei vor, nur dass ich diesmal die Botschaft auf Russisch schreibe: »Ich dachte, das beigefügte Gespräch könnte Sie interessieren.« Wieder unterschreibe ich mit »Ein Freund« und verschicke die E-Mail an Tarighian.

Während ich vom Brunnenplatz zu meinem schwimmenden Hotel fahre, höre ich Lamberts leise Stimme in meinem Ohr.

»Sam? Sind Sie da?«

Ich drücke auf das Implantat an meiner Kehle und antworte: »Ja, ich bin hier, Colonel.«

»Sie sind fertig in Aserbaidschan, Sam«, sagt er. »Mit all den Fotos, die Sie gemacht haben, haben wir genug Beweise, um gegen den Shop vorzugehen. Wir knöpfen uns die Swiss-Russian Bank in Baku und in Zürich vor. Gleichzeitig treffen wir bereits Vorbereitungen, um gegen Nasir Tarighian vorzugehen. Gute Arbeit!«

Ich informiere Lambert über Zdroks Gespräch, das ich eben aufgezeichnet habe. »Er wird Tarighians Organisation in der Türkei einen kräftigen Schlag versetzen, und zwar schon bald«, sage ich. »Vielleicht sollten Sie die türkische Luftwaffe informieren, damit sie Ausschau halten nach einem kleinen Flugzeug, das Bomben abwerfen kann. Damit würde man zwei Fliegen auf einen Schlag treffen. Erst soll der Shop Tarighians Unternehmen in die Luft jagen, und dann holen wir sein Flugzeug vom Himmel.«

»Gute Idee, wird gemacht. Hören Sie, Sam. Ich will, dass Sie nach Zypern reisen. Wir müssen in Erfahrung bringen, was Tarighian vorhat. Wir wissen nur, dass er im Norden ein Einkaufszentrum baut, aber da ist irgendetwas, das er verbirgt.«

»Da stimme ich Ihnen zu.«

»Gehen Sie zur amerikanischen Botschaft auf dem Azadliq Prospekt in Baku. Kontaktieren Sie unseren Mann George Tootelian, er wird sich um Ihren Transport aus dem Land kümmern. Wir werden Sie nach Tel Aviv fliegen, und von dort aus werden Sie nach Zypern fahren. Tootelian erwartet Sie. Wir sprechen uns wieder, sobald Sie in Tel Aviv sind. Gute Reise.«

»Danke, Colonel.«

Kaum hat sich Lambert abgemeldet, treffe ich bei meinem Hotel ein. Eigentlich sollte ich auschecken und mich auf den Weg zur Botschaft machen, aber ich habe Hunger und will erst noch etwas essen. So effizient wie unsere Botschaften in Übersee arbeiten, muss ich befürchten, dass sie mich so schnell in ein Flugzeug setzen, dass mir keine Zeit bleibt, meinen Bauch zu füllen.

Mein OPSAT meldet durch einen Piepton, dass ich eine Nachricht bekommen habe. Da sie verschlüsselt ist, weiß ich ... Himmel, dass sie von Sarah ist! Das ist das erste Mal, dass sie diese private Nummer verwendet, um mich zu erreichen.

Als die Worte auf dem Display erscheinen, stockt mein Herz. Angst ergreift mich und droht, sich zu echter Panik zu steigern. Am liebsten würde ich den OPSAT packen und in das Kaspische Meer schleudern. Ich möchte laut aufschreien vor Wut und Verzweiflung über das, was geschehen ist.

Die Botschaft lautet: »WIR HABEN IHRE TOCHTER. SIE HABEN 72 STUNDEN ZEIT, NACH JERUSALEM ZU KOMMEN, WO IMMER

SIE AUCH SIND.« Die Nachricht geht noch weiter, und ich bekomme genaue Anweisungen, welche Telefonnummer ich anrufen soll, sobald ich angekommen bin. Sie endet mit den Worten: »KEINE TRICKS, WENN SIE IHRE TOCHTER LEBENDIG WIEDERSEHEN WOLLEN.«

31

Für den Shop war es ein großer Vorteil, einen russischen General in bedeutender Verwaltungsposition in seinen Reihen zu haben, der je nach Notwendigkeit militärisches Gerät herbeischaffen oder verändern konnte. Als man Andrej Zdrok den Prototyp des Su-47-Tarnkappenbombers übergab, befand er sich noch in einem Entwicklungsstadium, in dem Designänderungen möglich waren. Ursprünglich war das Flugzeug dafür vorgesehen, Luft-Luft-Raketen vom Typ R-73 (AA-11 »Archer«) oder R-77 (AA-12 »Adder«) zu tragen. Für die Ziele des Shops erschienen Zdrok jedoch Luft-Boden-Raketen sinnvoller, sodass er General Prokofieff ersuchte, die Su-47 für den Abschuss von taktischen ASMs umzurüsten.

In der Entwicklung von Luft-Boden-Raketen hinkten die Sowjets hinterher. Erst Ende der 1960er wurde die Kh-66 Grom eingeführt, eine funkgelenkte Festbrennstoff-Rakete, die in ihrem allgemeinen Aussehen der amerikanischen Bullpup-A glich. In den 1980ern folgten die Kh-25-Serien, bei denen es sich um modulare Raketen handelte, die im Feld mit verschiedenen Lenkköpfen ausgestattet werden konnten wie etwa mit Funklenkungs- und Lasersuchsystemen. Die Kh-25 machte der größeren Kh-29 Platz, einer weiteren Festbrennstoff-Luft-Boden-Rakete. Die von Molnija hergestellte Rakete trägt die NATO-Bezeichnung AS-14 »Kedge«. Die Kh-29 wurde für kleine und mittlere Kampfflugzeuge wie die MiG-27, die Su-17, die Su-24 und die MiG-29 gebaut und zwar speziell für den Einsatz gegen härtere Ziele. Sie besitzt eine verstärkte Spitze und der

Sprengkopf wiegt beinahe die Hälfte des Gesamtgewichts der Rakete. Heute wird sie in drei Versionen geliefert – als lasergelenkte Kh-29L, als TV-gelenkte Kh-29T und als fire-and-forget infrarotgelenkte Kh-29D. Alle drei Modelle wurden in großem Umfang exportiert und finden sich heute nahezu auf der ganzen Welt.

General Prokofieff war der Ansicht, dass sich der Tarnkappenbomber des Shops am leichtesten für die Kh-29L adaptieren ließ mit ihrem semiaktiv lasergelenkten Sprengkopf 24N1. Bei einem Gewicht von etwa 657 kg hat die Rakete eine Minimumreichweite von eintausend Metern und eine Maximalreichweite von achttausend Metern. Mit einer Geschwindigkeit von dreitausend Metern pro Minute ist sie schnell und tödlich.

Der Shop unterhielt drei geheime Hangar für die Su-47: einen in Baku, der nun zerstört war, einen südlich von Moskau in der kleinen Ortschaft Volovo, und einen südlich von Kiew in einem kleinen Dorf namens Obukhov. Als der Befehl zum Angriff auf Akdamar Enterprises kam, befand sich der Tarnkappenbomber gerade im Hangar von Obukhov. Dimitri Mazur, der hervorragende Pilot des Shops, lebte und atmete mit dem Flugzeug. Um immer zum Abflug bereit zu sein, hatte er in jedem der drei Orte ein Apartment. In den Zeiten zwischen seinen Einsätzen kümmerte er sich liebevoll um das Flugzeug.

Drei Stunden nachdem Zdrok den Befehl erteilt hatte, die Shadows anzugreifen, hob Mazur mit der SU-47 ab und stieg auf eine Höhe von dreitausenddreihundert Metern auf, die er beibehalten würde, bis er die Region von Kiew hinter sich gelassen haben würde. Dann stieg das Flugzeug innerhalb von zehn Minuten auf zehntausend Meter auf und wandte sich in Richtung südöstliche Türkei. Während des Flugs blieb Mazur mit dem Kontrollzentrum von Obukhov in Kontakt, im Grunde handelte er jedoch selbständig. Mazur hielt sich an den Flugplan, den er vor dem Start vorbereitet hatte und fungierte als sein eigener Navigator. Sein Auftrag lautete: Sollte er in Schwierigkeiten geraten, musste er das Flugzeug zerstören, indem er den Selbstzerstörungsmechanismus aktivierte. Prokofieff hatte zu diesem Zweck verschiedene Sprengsätze im Flugzeug angebracht, weil er es sich nicht leisten konnte, dass die Su-47 der russischen Regierung unversehrt in die Hände fiel. Mazur wusste, was zu tun war, wenn sich etwas ereignete, das ihn zum Aussteigen zwang. Er wusste jedoch nicht, dass Prokofieff das System so eingestellt hatte, dass der Pilot gar keine Chance hatte auszusteigen – er würde das Schicksal seines Flugzeuges teilen. Diese Vorsichtsmaßnahme hatte man getroffen, um den Shop und seine Führungskräfte zu schützen. Sollte die russische Regierung Bruchstücke des Flugzeugs entdecken, würde man dies als eine der vielen rätselhaften bürokratischen Ungereimtheiten deklarieren, wie sie nun einmal während des Zerfalls der Sowjetunion passierten.

Glücklicherweise hatte die Su-47 ihre Aufgabe bisher ausgezeichnet erfüllt. Die meisten Missionen dienten dazu, kleine Mengen von Waffen zu transportieren. Erst einmal war sie für einen Angriff eingesetzt worden, um das Haus und das Lager eines rivalisierenden Waffenhändlers zu zerstören, der sich weigerte, mit dem Shop zusammenzuarbeiten.

Mazur hielt es für unklug, das Flugzeug tagsüber zu fliegen, aber es stand ihm nicht zu, Befehle in Frage zu stellen. Außerdem freute er sich darauf, die Muskeln des Flugzeugs spielen zu lassen. Er liebte es, den Rückstoß zu fühlen, wenn die Raketen abgeschossen wurden, und genoss die Druckwelle des Einschlags. Sein wahrer Traum war es jedoch, einmal eine Atombombe abzuwerfen. Er würde das Flugzeug über das Ziel steuern, die ASM abwerfen und ungesehen davonstürmen. Der Shop hatte noch keine Atombombe angekauft, dafür waren die Kh-29 mächtig und in reichlichem Ausmaß vorhanden. Üblicherweise war die Su-47 mit vierzehn Luft-Luft-Raketen ausgestattet, seit ihrem Umbau betrug ihre Kapazität jedoch zehn ASMs. Das genügte, um ein kleines Dorf zu zerstören.

Als das Flugzeug die Grenze zum türkischen Luftraum überschritt, informierte Mazur das Kontrollzentrum in Obukhov, dass das Zielgebiet innerhalb von einer halben Stunde in Sicht sein würde. Die türkische Luftwaffe flog häufig Patrouille über dem Osten des Landes, einerseits weil dieses Gebiet an der Grenze zum Irak lag und andererseits, um die Aktivitäten der PKK zu stören. Da auch ein Tarnkappenbomber nicht vollkommen unsichtbar war, musste Mazur extrem aufpassen und den Flugmustern anderer Flugzeuge ausweichen. Ziel der Tarnkappentechnologie ist es, ein Flugzeug für das Radar unsichtbar zu machen. Dies kann auf zweifache Weise geschehen: das Flugzeug kann durch seine Form Radarstrahlen so ablenken, dass sie nicht wieder zum Sender zurückgeworfen werden, oder man beschichtet das Flugzeug mit einem Material, das Radarsignale absorbiert. Die meisten konventionellen Flugzeuge weisen eine runde Form auf. Diese Form macht sie aerodynamisch, wirkt jedoch auch als ausgezeichneter Reflektor für Radarsignale. Aufgrund der Rundungen wird ein Teil des Radarsignals zurückgeworfen, wo auch immer es auf das Flugzeug auftrifft. Ein Tarnkappenbomber hingegen besteht ausschließlich aus ebenen Flächen und sehr scharfen Kanten. Sobald ein Radarsignal auf einen Tarnkappenbomber auftrifft, wird es in einem anderen Winkel abgelenkt. Zusätzlich kann man die Oberfläche von Tarnkappenbombern so behandeln, dass sie die Radarenergie aufnehmen. Insgesamt bewirken diese beiden Methoden, dass ein Tarnkappenbomber eher die Radarsignatur eines kleinen Vogels hat als die eines Flugzeuges. Einzige Ausnahme, wenn ein Tarnkappenbomber in Schräglage fliegt. In diesem Fall kann es vorkommen, dass eine der Flächen des Flugzeuges das Radarsignal doch zur Antenne zurückwirft.

Beim Anflug auf Van sank Mazur erst auf siebentausend und dann auf dreitausendfünfhundert Meter Höhe. Er steuerte das Flugzeug über den See und sank nochmals um tausendsiebenhundert Meter. Jetzt war er vom Boden aus zu sehen, was auch immer er tat. Er würde die Ladung aber so schnell abwerfen, dass er längst weg wäre, ehe jemand reagieren könnte.

Die Su-47 flog nun so tief über Akdamar Enterprises, dass Mazur das große Stahlwerk mit den Schloten, das Flugfeld und die zahllosen kleineren Gebäude erkennen konnte, die wie Insekten aussahen. Mazur visierte zunächst das große Gebäude an und schoss zwei Kh-29 ab, erst eine, dann die zweite. Der Rückstoß war im Cockpit deutlich zu spüren. Die Raketen trafen ihr Ziel – wie hätten sie es auch verfehlen können? – und das Flugzeug zog schon wieder hoch, während die Explosionen das Gelände einhüllten.

Mazur zog eine Kurve und kehrte für einen weiteren Durchgang zurück. Diesmal zielte er auf das Verwaltungsgebäude am Ufer. Sobald der Computer das Ziel erfasst hatte, gab Mazur die Rakete frei. Sie traf genau und verwandelte Tarighians Bürogebäude in ein Durcheinander aus Flammen und Trümmern. Das Tirma-Gebäude stand als Nächstes auf der Liste. Mazur hatte strikte Anweisung, das weiße Haus im Kolonialstil auch wirklich zu zerstören. Nach einer Schleife über dem See näherte sich das Flugzeug dem Ziel von der Rückseite des Gebäudes. Die vierte Rakete wurde gezündet und traf das Hauptquartier von Tirma mitten ins Zentrum.

Mazur konnte Dutzende Menschen sehen, die am Boden umherliefen und sich auf dem Platz in der Mitte versammelten. Ihm war es einerlei, ob sie Soldaten oder Zivilisten waren. Er schoss die fünfte Rakete direkt auf den Platz ab und reduzierte die Lohnliste von Akdamar Enterprises um zumindest vierzig Prozent.

Die sechste Rakete landete in einem Teil des riesigen Stahlwerks, das bisher vom Feuer verschont geblieben war. Jetzt war das gesamte Bauwerk zerstört, ein einziger, in sich zusammenstürzender glühender Haufen geschwärzten Metalls. Die siebente Rakete steuerte Mazur in eine Reihe kleinerer Schuppen, worauf ein Feuer ausbrach, das sich rasch über die offene Rasenfläche des Geländes verbreitete. Die achte Rakete jagte das

Haupttor und das Wächterhaus in die Luft, während mehrere Wächter versuchten, das Flugzeug mit jämmerlichen Pistolen vom Himmel zu holen.

Obwohl ihm noch zwei Raketen blieben, betrachtete Mazur seinen Auftrag als beendet. Der gesamte Komplex war in dichten Rauch gehüllt. Selbst wenn er gewollt hätte, hätte er keine weiteren Ziele auswählen können. So kontaktierte er die Basis und erklärte die Mission für erfüllt.

Ehe Mazur nach Norden abdrehen konnte, meldete sich das Passivradar mit einem Warnsignal – irgendetwas war in der Luft mit ihm. Seinem Bildschirm zufolge näherten sich vier Flugzeuge dem Gelände von Westen.

Was zum Teufel war das?

Erneut flog Mazur über dem See eine Schleife und kehrte zurück, um zu sehen, was hier los war.

F-16C-Jäger der türkischen Luftwaffe – der Taktik Hava Kuvvetleri Komutanligi – steuerten direkt auf ihn zu. Das Hauptquartier der türkischen Luftwaffe in Diyarbakir war informiert worden, dass sich ein unidentifiziertes Flugzeug in feindlicher Absicht im türkischen Luftraum über der Stadt Van aufhalten würde. Leider verfügte der Stützpunkt am Berg Ararat nur über Hubschrauber, sodass die Kampfflugzeuge von der nächstgelegenen Basis aufsteigen mussten. Bis die Befehle weitergeleitet und die Abfangjäger startklar gemacht waren, war es bereits um einige Minuten zu spät – aber nicht zu spät, um den Feind an der Flucht zu hindern.

Mazur holte scharf Atem und zog die Maschine hoch, um von seinen Verfolgern loszukommen. Er stieg hoch auf und schoss wie ein Pfeil über den See nach Norden, aber die Kampfflugzeuge blieben ihm auf den Fersen. Auf so eine Situation war der Pilot nicht vorbereitet. Zum ersten Mal in seinem Leben hatte er Angst.

Zwei Warnsignale ertönten gleichzeitig. Die Abfangjäger hatten zwei AIM-9X Sidewinder abgefeuert.

Ausweichmanöver! Ausweichmanöver! Mazur versuchte verzweifelt, ruhig zu bleiben und sich daran zu erinnern, was er im Notfall tun sollte, aber die Alarmsignale waren einfach zu laut. Er konnte sich nicht konzentrieren. Panik übermannte ihn, als er das Flugzeug zwang abzutauchen, in der Hoffnung, die Raketen austricksen zu können und sie in den See zu lenken. Die Su-47 stürzte gefährlich tief ab, bis auf etwa dreihundert Meter über der Wasseroberfläche, ehe Mazur sie hochzog und wieder ausglich. Die Sidewinder versuchten, ihre Flugbahn zu korrigieren, aber ohne Erfolg. Wie Meteore stürzten sie in den See und explodierten beim Kontakt mit dem Wasser. Zwei gewaltige geysirähnliche Wasserfontänen erhoben sich in den Himmel, ohne jedoch dem Feind der Abfangjäger zu schaden.

Mazur stieg erneut auf. Jetzt ging es nur darum, den Abfangjägern zu entkommen. Bevor er jedoch auf vollen Schub gehen und vorwärts schießen konnte, ertönte wieder der Alarm. Diesmal durchschnitten zwei weitere AIM-9Xs auf Kollisionskurs mit dem Flugzeug die Luft. Durch einen Schwenk gelang es Mazur, unter der ersten Rakete durchzutauchen, allerdings flog er damit genau in die Flugbahn der zweiten.

Leider war die Su-47 ein in Entwicklung stehender Prototyp, dessen Abwärmeunterdrückung noch nicht perfektioniert war. Ein Tarnkappenbomber mit dieser Fähigkeit hätte eine wärmegelenkte Rakete täuschen können. Die neuen AIM-9X übertrafen jedoch die Fähigkeiten der älteren AIM-9-Modelle, indem sie mit einem neuen Infrarotsucher mit Bilderkennungssoftware und einem neuen Signalprozessor für den Sucher beziehungsweise Sensor ausgestattet waren. Die Su-47 war erledigt.

Der Aufprall traf Mazur hart, und er hörte die Explosion tief in seinen Innenohren. Dann fühlte er, wie das Flugzeug dramatisch an Höhe verlor, und sah, wie der Himmel hinter seiner Frontscheibe verschwamm. Rund um ihn gingen Alarmsignale los und blinkten Warnlampen auf, die ihm alle dasselbe sagten: Das Flugzeug war verloren.

Aussteigen! Jetzt sofort aussteigen! Blindlings griff Mazur auf das Schaltpult, löste die Schutzverriegelung und drückte auf den Knopf für den Schleudersitz.

Nichts geschah.

Fluchend und schreiend kämpfte er mit dem Mechanismus. Warum funktionierte er nicht? Hatte ihn jemand sabotiert?

Mazur bemerkte nicht einmal, dass eine weitere Sidewinder auf das Flugzeug abgefeuert worden war, das sich tollkühn auf den Van-See hinabstürzte. In einer gigantischen Explosion wurden die Su-47 und ihr Pilot in hunderttausend brennende Teilchen zerrissen, die langsam auf das Wasser niederschwebten.

Tarighian war die letzten drei Stunden nicht in seinem Büro gewesen, weil er den Einbau verschiedener Ersatzteile in den Phönix überwacht hatte. Albert Mertens hatte in der Früh das Zielsystem geprüft und festgestellt, dass die Waffe eine Abweichung von sechs Grad aufwies. Das war einfach unakzeptabel. Mertens schwor, dass er das Problem innerhalb von sechs Stunden lösen könne. Als Tarighian nun in sein Privatbüro zurückkehrte, wo er ungestört fluchen und schimpfen konnte, wollte er eigentlich nichts anderes tun, als sich zu beruhigen und zu entspannen. Die Woche war außergewöhnlich anstrengend gewesen. Außerdem hatte er ein schlechtes Gefühl, was Mertens anbelangte, und beabsichtigte keineswegs, seine Drohung zurückzunehmen. Im Gegenteil hielt es Tarighian sogar für das Beste, Mertens zu eliminieren, sobald der Phönix seine Aufgabe erfüllt hatte.

An seinem Schreibtisch sitzend, sah er auf den Monitor. Ein kleiner Icon wies darauf hin, dass er seit gestern ein Dutzend E-Mails bekommen hatte, die er noch nicht gelesen hatte. Ein Blick in den E-Mail-Eingang zeigte ihm, dass die Nachrichten vorwiegend von seinen Komiteemitgliedern stammten. Nur wenige Personen kannten seine E-Mail-Adresse.

Eine E-Mail stach jedoch hervor. Sie kam von »einem Freund«. Tarighian öffnete sie in der Erwartung, dass es sich um eine unerwünschte Werbe-E-Mail handle, in der man ihm ein Mittel zur Penisverlängerung oder eine Bezugsquelle für rezeptpflichtige Medikamente nennen würde. Was er jedoch stattdessen sah, ließ all seine Sorgen wegen des Phönix sofort in den Hintergrund treten. Ein Gespräch, dass ihn »interessieren« könnte? Was konnte das sein? Er öffnete die angehängte Datei und hörte sich die Aufzeichnung an. Augenblicklich erkannte er die Stimme von Andrej Zdrok.

»General, wo zum Teufel stecken Sie? Ich verstehe. Wo ist das Flugzeug? Ja, natürlich *unser* Flugzeug, was haben Sie denn geglaubt ...? Ja. Ich verstehe. Hören Sie gut zu, Sie sollen Folgendes tun: Ich will, dass Sie Akdamar Enterprises in der Stadt Van in der Türkei aus der Luft angreifen. Ja, ich weiß, was ich tue. Ich habe den Beweis, dass die Shadows uns betrügen. Sie haben uns nie das Geld geschickt und auch gar nicht die Absicht, es zu tun. Und ich weiß jetzt auch, dass sie für das verantwortlich sind, was mit dem Hangar in Baku geschehen ist. Ja. Ich habe Ihnen eben eine E-Mail geschickt, haben Sie sie bekommen? Dann sehen Sie verdammt noch mal nach. Ja, ich warte.«

Danach folgte eine Pause, ehe die Stimme weitersprach: Ja, ich bin noch dran. Haben Sie es? Hören Sie sich die Aufzeichnung an. Ich warte.« Wieder eine Pause und ein Husten. Danach ging es weiter: »Nun? Haben Sie es gehört? Nein, nein, ich will es, General – darüber gibt es keine Diskussion. Das ist ein Befehl. Schicken Sie das Flugzeug in die Türkei, und legen Sie die Anlage in Schutt und Asche. Ich will, dass es heute noch geschieht. Richtig. Halten Sie mich auf dem Laufenden. Danke, General.«

Tarighian hatte das Gefühl, als würde sein Blut kochen. Nur um ganz sicherzugehen, dass er nicht träumte, spielte er die Aufzeichnung nochmals ab.

Wie auf ein Stichwort läutete das Telefon. Er hörte, dass seine Stimme beim Sprechen zitterte, aber er konnte nichts dagegen tun.

»Hallo.«

»Ich bin es«, meldete sich Nadir Omar, der Leiter seines militärischen Komitees.

»Nadir, ich freue mich, dass du anrufst. Ich habe eben etwas sehr Seltsames ...«

»Sitzt du?« Es war absolut ungewöhnlich, dass Omar Tarighian unterbrach.

»Ja.«

»Akdamar Enterprises ist zerstört worden.«

Omars Worte waren noch schlimmer als das aufgezeichnete Gespräch. Tarighian fühlte, wie alles Blut aus seinem Kopf wich.

»Bist du noch dran?«, fragte Omar.

Tarighian räusperte sich. »Ja.«

»Hast du gehört, was ich gesagt habe?«

»Ja. Ich ... Ich weiß es schon. Ich habe es eben gehört.«

»Wir wissen nicht, wer es getan hat oder warum. Aber die türkische Luftwaffe ...«

»Es war der Shop, Nadir. Ich habe den Beweis.«

»Was?«

»Der Shop. Sie haben es getan.«

»Nein. Das glaube ich nicht.«

Tarighian öffnete eine neue E-Mail, adressierte sie an Omar, fügte die Datei mit dem Gespräch bei und drückte auf »SENDEN«. »Ich habe dir gerade eine E-Mail geschickt. Hör dir die beigefügte Datei an. Und schick sie danach an die übrigen Komiteemitglieder weiter. Ich ... ich lege jetzt auf. Ich brauche ein paar Minuten für mich.«

»Was werden wir tun?«

»Darüber sprechen wir später.« Nachdem Tarighian aufgelegt hatte, blieb er wie betäubt in seinem Stuhl sitzen.

Fünfzehn Jahre seines Lebens ... einfach so in Rauch aufgegangen. Seine Mitarbeiter – wie viele von ihnen hat es getroffen? Um das zu wissen, war es noch zu früh. Geräte und Waren im Wert von mehreren Millionen – ausgelöscht in einem einzigen Augenblick.

Tarighian ballte die Fäuste und fluchte.

Der Shop hatte ihm das angetan. Zdrok hatte seine Drohungen wahr gemacht. Der dreckige Russe hatte seinem einflussreichsten Kunden den Krieg erklärt. Die Shadows würden dafür sorgen, dass er den Preis bezahlte. Für Allah und für die Zukunft des Islam, der Shop würde dafür zahlen.

Tarighian war bereit, den Phönix einzusetzen, um sich zu rächen. Nur wusste er nicht, auf welches Ziel er ihn richten sollte. Der Shop hatte viele Niederlassungen. Selbstverständlich kannte er das Lager in Baku, und er wusste auch, dass Zdrok in Zürich eine Bank besaß. Aber wie konnte er dem Shop mit einer so großen Waffe einen vernichtenden Schlag versetzen? Das war, als wolle man mit einem zehn Tonnen schweren Gewicht eine winzige Ameise treffen. Er musste sich etwas anderes ausdenken.

Reiß dich zusammen! Denk vernünftig!

Tarighian wusste, dass er einen Job zu erledigen hatte. Er musste sich konzentrieren. Kurs halten. Zunächst galt es, das Ziel zu treffen, das er ursprünglich gewählt hatte, und dann würde er sich um den Shop kümmern. Egal wie groß der Verrat auch war, den der Shop begangen hatte, der wahre Feind war immer noch der Westen. Die Marionette Irak und ihr Aufpasser, die USA, mussten fallen. Der Shop konnte warten. Das war nur Kleinkram. Er würde doch nicht den Phönix für den Shop vergeuden.

Ein Problem gab es allerdings. Die türkischen Behörden würden sich fragen, warum Akdamar Enterprises zerstört worden war. Sie würden nach möglichen Motiven für den Anschlag fahnden und sich auch Namik Basarans Vergangenheit genauer ansehen. Dabei konnte seine wahre Identität aufgedeckt werden. Die Geheimdienste der ganzen Welt würden sich auf Basaran konzentrieren und ihn schließlich bis Nordzypern zurückverfolgen.

Um Allahs willen mussten sie sich beeilen! Die Vereinten Nationen konnten sich innerhalb weniger Stunden auf ihn stürzen.

Er griff nach der Sprechanlage und drückte den Code für Mertens. Als sich der Physiker meldete, sagte Tarighian: »Der Phönix wird innerhalb von zwölf Stunden hochgehen. Je früher, desto besser. Das ist ein Befehl. Sehen Sie zu, dass es gelingt, sonst steht ein Exekutionskommando vor Ihnen.«

32

Lieutenant Colonel Irving Lambert wischte sich den Schweiß von der Augenbraue, während er vom Kontrollzentrum in den Konferenzraum hinüberging, wo das Team bereits versammelt war. Wie die anderen Mitarbeiter des Büros des Third Echelon in Washington DC war auch er die ganze Nacht über auf den Beinen gewesen. Alle hatten in den letzten Tagen wenig Schlaf bekommen. Manchmal musste es einfach so sein.

Eine ganze Stunde hatte er nun mit dem Verteidigungsminister telefoniert, der den Angriff auf den Tarnkappenbomber mit der Türkei koordiniert hatte. Die Tatsache, dass die Abfangjäger wenige Minuten zu spät kamen, um die Zerstörung von Akdamar Enterprises zu verhinden, war ein politischer Schönheitsfehler, der keine Rolle mehr spielen würde, sobald die Wahrheit über Namik Basaran bestätigt war. Auf jeden Fall stand die türkische Regierung den Behauptungen der NSA verständlicherweise skeptisch gegenüber. Außerdem wollte die Türkei die Vereinten Nationen in jede Aktion gegen Basaran einbeziehen, nur für den Fall, dass er sich tatsächlich als Nasir Tarighian herausstellen sollte, der bekannterweise Terroristen unterstützte. All das würde Zeit kosten.

Lambert war jedoch überzeugt davon, dass Tarighian in Zypern eine gefährliche Waffe besaß. Auch wenn er nicht wusste, wie sie genau beschaffen war, wies die Anwesenheit des Physikers Albert Mertens, der ehemaligen rechten Hand von Gerard Bull, darauf hin, dass es sich um eine Massenvernichtungswaffe handelte.

Das Third Echelon musste also vorerst allein handeln.

Während Lambert den Konferenzraum betrat, sah er auf die Uhr. Da es in Washington früh am Morgen war, würde es für Fisher später Nachmittag sein. Etwa um diese Zeit musste er in der Dhekelia-Garnison in der Republik Zypern – also im südlichen Teil der Insel – eintreffen. Auch wenn Lambert wusste, dass seine persönlichen Gefühle nicht in seinen Job einfließen sollten, konnte er nichts dagegen tun, dass er sich um seinen besten Splinter-Cell-Agenten sorgte. Da das Team in Washington die gesamten eingehenden und ausgehenden Gespräche auf Fishers OPSAT überwachen konnte, wussten sie im selben Augenblick wie Sam, in welcher Lage sich Sarah befand. Einen Moment lang überlegte Lambert, ob er Sam abziehen sollte. Dann hatte er mit Fisher gesprochen und ihm versichert, dass sie Tag und Nacht arbeiten würden, um Sarahs Aufenthaltsort auszukundschaften, aber Sam habe einen Job zu erledigen. Fisher war außer sich und beharrte darauf, dass er nach Israel müsse, um seine Tochter zu finden, sodass Lambert gezwungen war, ihm den Befehl zu erteilen, seine Mission ordnungsgemäß auszuführen. Tarighian sei verzweifelt und imstande, die ihm zur Verfügung stehende Waffe in jeder Weise einzusetzen. Schließlich hatte Fisher gehorcht, wenn auch möglicherweise um den Preis des freundschaftlichen Verhältnisses, das er bisher zu seinem Vorgesetzten gehabt hatte.

»Morgen, Chef«, grüßte Carl Bruford.

»Morgen, alle«, antwortete Lambert. Neben Bruford umfasste das Team Carly St. John, den Research Analyst Mike Chan, sowie Chip Driggers, der den alles umfassenden Titel eines Logistikkoordinators trug. Mike Chan war etwa gleich alt wie Bruford und spezialisiert auf den Bereich der Kryptografie. Driggers war Mitte vierzig und als ehemaliger Armeekamerad von Lambert aufgrund seiner zwanghaften Genauigkeit in Detailfragen zum Third Echelon berufen worden.

Lambert setzte sich und sah zu Bruford hinüber. »Was haben Sie?«

Bruford räusperte sich, ehe er antwortete. »Unser Mann in Chicago hat bei Sarah Fishers Apartment in Evanston vorbeigeschaut. Es liegt in der Foster Street, nicht weit von der Universität entfernt. Er hat den Verwalter überredet, ihn hineinzulassen. Als Erstes hat er sich ihren Computer angesehen. Er fand mehrere E-Mails von und an einen Jungen namens Eli Horowitz, der in Jerusalem wohnt. Der Junge dürfte Sarahs Freund gewesen sein oder immer noch sein. Das steht nicht sicher fest. Auf jeden Fall haben sie vereinbart, sich in Jerusalem zu treffen. Wir wissen, dass Sarah mit ihrer Freundin Rivka Cohen nach Israel gereist ist, deren Eltern sie aber nun schon seit ... nun, seit letztem Donnerstag nicht mehr gesehen haben.«

Lambert wusste ebenso wie das gesamte Team, was mit Sarahs Freundin passiert war.

»Weiter«, sagte Lambert.

»Okay. Wir haben uns zunächst diesen Eli Horowitz näher angesehen. Er ist dreiundzwanzig und israelischer Staatsbürger. Er hat letztes Jahr an der Northwestern University studiert, und wir nehmen an, dass Sarah ihn dort kennen gelernt hat. Er war als höhersemestriger Musikstudent eingeschrieben, aber seine Noten waren mies. Die Einwanderungsbehörde hat sich ihn im Spätfrühling letzten Jahres vorgeknöpft, weil sein Studentenvisum abgelaufen war ... und hört euch das an: Er steht auf einer Terroristen-Watch-List des Ministeriums für Heimatschutz.«

»Verdammt«, stieß Lambert hervor.

»Mit diesen beiden Treffern – abgelaufenes Visum und sein Name auf einer Liste – wurde er augenblicklich ausgewiesen.«

»Irgendwelche Bekannte?«, fragte Lambert.

»Ein Noel Brooks, der im selben Jahr an der Northwestern studiert und mit ihm ein Zimmer geteilt hat. Brooks ist ebenfalls

Israeli und wurde zur selben Zeit wie Horowitz ausgewiesen. Er stand zwar nicht auf einer Watch List, aber sein Visum war abgelaufen. Außer ihm haben wir keine Informationen über sonstige Bekannte.«

»Wird in den E-Mails je erwähnt, wo dieser Typ wohnt?«

»Nein. Nur dass er in Jerusalem wohnt und Sarah die Sehenswürdigkeiten zeigen würde, sobald sie dort wäre. Ich glaube, die beiden stehen sich sehr nahe. Einige der E-Mails sind sehr ... anzüglich.«

Lambert seufzte. »In Ordnung. Das ist ein Anfang. Setzt euch auf die Spuren von Horowitz, seit er ausgewiesen wurde. Wir müssen herausfinden, wo er heute wohnt, und die israelische Nationalpolizei dazu bringen, ihn zu verhören. Oder sollten wir darum ersuchen, die Sicherheitspolizei einzuschalten?«

»Ich werde es herausfinden.«

»Hängt euch dran. Ich weiß, dass es langweilig ist, aber es ist die einzige Spur, die wir haben.« Dann sah Lambert zu Chip Driggers hinüber. »Haben Sie schon von Fisher gehört?«

»Nicht seit seiner Abreise aus Tel Aviv. Ich erwarte, dass er jeden Augenblick in Zypern eintrifft«, sagte Driggers. »Ich habe mit der britischen Armee auf Zypern vereinbart, dass sie ihn mit einer Tauchausrüstung versorgen und mit allem, was er sonst noch brauchen könnte. Das sollte kein Problem sein.«

»Und was ist mit unseren Freunden in Zürich und Baku?«

»Wir haben die aserbaidschanischen und die Schweizer Behörden informiert, ebenso wie die Interpol und unser FBI. Während wir uns hier besprechen, bereiten die lokalen Vollzugsbehörden Razzien vor. Bis Mittag sollten wir mehr wissen. Allerdings fürchte ich, dass sie durch den türkischen Luftangriff auf den Tarnkappenbomber des Shops vorgewarnt sind. Sie könnten längst über alle Berge sein.«

»Ich weiß, das war ein Risiko«, sagte Lambert. »Ich kann nur hoffen, dass die Aserbaidschaner und die Schweizer wissen, wie ernst die Lage ist, und dass sie begreifen, wer diese Leute sind.«

»Ich glaube, das tun sie, Colonel.«

Lambert nickte und wandte sich dann an Carly. »Und was haben Sie für mich?«, fragte er.

Sie zuckte mit den Achseln. »Ich versuche, alles herauszufinden, was ich über dieses Einkaufszentrum in Zypern in Erfahrung bringen kann. Ich eruiere die besten Verbindungsmöglichkeiten von Famagusta zum Einkaufszentrum, suche nach einem geeigneten Ort, wo Sam an Land gehen kann, und ähnliche Dinge. Ich will innerhalb von zwei Stunden alles zusammenhaben, was er brauchen könnte.«

»Gut. Leute, wir haben einiges zu tun. Sehen wir zu, dass wir an die Arbeit kommen.«

»Sir?«

»Ja, Carly?«

»Was ist mit den Türken? Ist es unserer Regierung gelungen, sie zu überzeugen, dass Namik Basaran in Wirklichkeit Nasir Tarighian ist?«

»Nein. Deshalb können wir die Polizei Nordzyperns auch nicht um Hilfe bitten. Wenn sie erfahren, das wir möglicherweise ihr neues Einkaufszentrum hochgehen lassen, stellen sie sich vielleicht sogar noch auf Basarans Seite, auch wenn sie die Wahrheit über ihn kennen. Ich fürchte, der Verteidigungsminister und der Präsident haben es unmöglich gemacht, dass wir die Türken in unsere Pläne einweihen. Sie sind nicht allzu glücklich darüber, was mit Akdamar Enterprises in Van geschehen ist. Rückblickend vermute ich, dass das nicht unser bester Zug war.«

»Zum Teufel. Wir haben den Tarnkappenbomber des Shops unschädlich gemacht«, sagte Bruford. »Das ist doch immerhin etwas.«

»Das stimmt schon. Aber jetzt sehen sie Tarighian – oder besser gesagt, Basaran – als Opfer. Einer ihrer angesehensten Geschäftsleute und Wohltäter wurde aus unerfindlichen Gründen von einer russischen Terrororganisation angegriffen. So sehen sie es.«

»Ich werde versuchen, eine überzeugende Präsentation für sie zusammenzustellen«, sagte Carly.

»Das könnte helfen, Carly. Danke.«

Damit war die Besprechung beendet. Lambert kehrte in sein Büro zurück, betrachtete die große elektronische Karte an der Wand und konzentrierte sich auf die derzeitigen Krisenherde, die rot aufleuchteten: ein Ort außerhalb von Famagusta auf Zypern, Jerusalem, Baku und Zürich.

Bis zum Ende des Tages hoffte er, die Priorität dieser vier Orte herabsetzen zu können.

Andrej Zdrok hatte seit Jahren nicht mehr so hart gearbeitet.

Unablässig trug er Kisten voll Aktenordner aus der Bank, lud sie in den Kofferraum des Mercedes und ging wieder hinein. Seit zwei Stunden war er mit seinem Fahrer Erik nun schon damit beschäftigt. Zdrok wagte nicht, das Personal der Bank einzuweihen. Wenn die Behörden kamen, mussten sie allein zurechtkommen. Wenn es ihm gelang, alle belastenden Beweise aus seinem Büro zu entfernen, sollten die Bankangestellten keine größeren Probleme haben, außer vielleicht, dass sie eine Nacht in einem Vernehmungszimmer verbringen mussten. Und wenn man sie doch festnahm, nun, das war dann Pech.

Ein Blick auf seine Rolex sagte Zdrok, dass es allmählich spät wurde. »Beeil dich. Wir müssen aufbrechen«, sagte er zu Erik, als dieser wieder mit einer Kiste an ihm vorüberging. Erik nickte. »Nur noch eine Kiste ist übrig«, gab er zurück.

»Ich hole sie«, antwortete Zdrok. Als er durch die Kassenhalle ging, stand plötzlich Gustav Gomelsky vor ihm, der stellvertretende Direktor der Bank, der Mann, der in Wirklichkeit die Bankgeschäfte führte.

»Andrej, ich verlange zu erfahren, was hier vorgeht. Warum tun Sie das?«, fragte er.

»Ich habe jetzt nicht die Zeit, es Ihnen zu erklären, Gustav. Aber Sie werden es schon bald herausfinden.« Als Zdrok versuchte, an Gomelsky vorüberzugehen, fasste ihn dieser am Arm.

»Stecken wir in Schwierigkeiten?«

Zdrok blieb stehen und sah den Mann durchdringend an. Mit gefährlich leiser Stimme sagte er: »Nehmen Sie Ihre Hände von mir.«

Gomelsky schluckte und gab seinen Chef frei. Er hatte immer schon Angst vor Andrej Zdrok gehabt, weil er so wenig über ihn wusste. »Tut mir Leid, ich wollte bloß ...«

»Ich verlasse dieses Büro und übersiedle in ein anderes«, erklärte Zdrok. »Das ist alles, was Sie jetzt wissen müssen. Wir bleiben in Verbindung.« Keine Chance, dachte Zdrok insgeheim.

»Was ist mit der polizeilichen Untersuchung?«, erkundigte sich Gomelsky.

»Was meinen Sie?«

»Der Einbruch! Ihr Safe wurde doch aufgesprengt, erinnern Sie sich?«

»Ach das.« Den Einbruch hatte Zdrok ganz vergessen.

»Der Inspektor will sicher wissen, wo er Sie erreichen kann. Wie Sie wissen, laufen die Untersuchungen noch.«

»Sagen Sie ihm, dass ich auf Geschäftsreise bin.«

»Glauben Sie nicht, dass er misstrauisch wird, wenn Sie jetzt Ihr Büro räumen? Andrej, Sie bringen uns in eine sehr unangenehme Situation.«

Zdrok verlor die Beherrschung, fasste den Mann am Kragen und zog ihn zu sich. »*Halten Sie endlich den Mund!*« Dann gab er Gomelsky frei und stieß ihn von sich. »Kümmern Sie sich darum, und lassen Sie mich damit in Ruhe«, sagte er.

An den Kassenschaltern vorbei ging Zdrok in die Überreste

seines Büros. Es war ein einziges Durcheinander. Gemeinsam mit Erik hatte er den Computer geholt, die Akten mitgenommen, den Schreibtisch geleert und den aufgesprengten Safe und das Telefon eingepackt. Antipow tat dasselbe in der Bank in Zürich. Zdrok wünschte, er könnte dort sein und die Säuberungsaktion überwachen. Auch wenn Antipow gründlich war, hätte Zdrok sich gerne selbst davon überzeugt, dass nichts zurückblieb. Wenn er sich hätte klonen können, hätte er es getan.

Wann würden die Behörden hier eintreffen? Spätestens morgen Vormittag, dessen war sich Zdrok sicher.

Diese gottverdammten Terroristen. Diese so genannten Shadows, dieser Nasir Tarighian und seine Bande religiöser Fanatiker. Warum mussten gerade sie der beste Kunde des Shops sein? Sie hatten die Tarnung des Shops auffliegen lassen, und jetzt war Zdrok gezwungen, sein Unternehmen in einem anderen Land unter einer anderen Tarnung neu zu organisieren.

Und um welchen Preis? Zdrok hatte keine Ahnung, aber es würde in die Milliarden gehen. Der Verlust des Tarnkappenbombers war gewiss ein schwerer Schlag, aber dass er die beiden Banken aufgeben musste, war eine echte Katastrophe. Am meisten machte es ihm aber zu schaffen, dass er sein Chateau am Zürichsee verlassen musste. Er würde es nie nach Hause schaffen, um seinen persönlichen Besitz zu holen. Zdrok musste das Haus und alles, was sich darin befand, zurücklassen. Ein Verlust von acht Millionen Dollar, gegen den er nichts tun konnte. Himmel, die *Autos*! Er hatte sie ganz und gar vergessen. Seine geliebte Sammlung! Und seine kostbare Jacht! Zumindest war er ziemlich sicher, dass er kein belastendes Material im Chateau gelassen hatte. So war es bloß das Zuhause eines exzentrischen Bankers mit teurem Geschmack.

Zdrok ballte die Fäuste und schüttelte sie gegen die Decke.

Irgendjemand würde dafür zahlen. Er schwor Rache. Sobald er den Shop an einem anderen Ort wieder aufgebaut und neu organisiert hätte, würde er Rache üben an jenen, die diese Katastrophe in Gang gesetzt hatten – und das war niemand anders als die USA.

33

Ich bin nicht glücklich darüber, hier auf dieser Militärbasis zu sein.

Während meine Tochter in Gefahr ist und mich braucht, stehe ich im Begriff, gegen einen verrückten religiösen Fanatiker anzutreten, der Terroristen finanziert und wild entschlossen ist, eine Art Massenvernichtung anzuzetteln. Von dieser britischen Militärbasis auf einer Insel mitten im Mittelmeer aus habe ich einen Job zu erledigen, auf den ich nicht viel Lust verspüre. Ich gebe zu, dass ich nicht ganz bei der Sache bin, denn meine erste Priorität ist es, Sarah zu finden. Die erste Priorität meines Landes ist es, diesen wahnsinnigen Fanatiker zu stoppen. Ich kann nur hoffen, dass ich den Auftrag meines Landes in Rekordzeit erledige, damit ich mich so schnell wie möglich meinem persönlichen Problem widmen kann.

Zypern. Ein wunderschöner Ort, aber voller Spannungen. Als es 1963 zwischen den griechischen und türkischen Zyprioten zu gewalttätigen Auseinandersetzungen kam, zogen ein paar britische Offiziere eine grüne Linie quer über die Landkarte dieser Insel. Die Vereinten Nationen versuchten, den Frieden entlang einer Grenze zu erhalten, die – man staune – die »Grüne Linie« genannt wurde. 1974 unternahm die griechische Regierung einen Putschversuch, auf den die Türken mit einer Invasion reagierten und das Gebiet nördlich der Grünen Linien besetzten. Heute wird nur die griechisch zypriotische Seite von den Vereinten Nationen als Republik Zypern anerkannt. Die so genannte Türkische Republik Nordzypern wird von keiner Nation außer der Türkei anerkannt. Diese Situation hat seitdem für viel Misstrauen und Konfliktstoff gesorgt.

Die Briten haben immer noch einen wichtigen Militärstützpunkt im südlichen Teil der Insel. Die so genannten British Sovereign Base Areas bedecken etwa drei Prozent der gesamten Insel. Die SBA Akrotiri umfasst ein großes Gebiet im Westen des Landes mit der Garnison Episkopi, einem Infanteriebataillon und dem Luftwaffenstützpunkt Akrotiri der Royal Air Force. Ich bin auf der östlichen Seite in der Dhekelia-Garnison. Da Zypern einst eine Kolonie der britischen Krone war, behielt das Vereinigte Königreich die Gerichtsbarkeit auch, nachdem 1960 die unabhängige Republik Zypern ausgerufen wurde.

Die Armee in Dhekelia besteht aus den zweiundsechzig Cyprus Support Squadron Royal Engineers und sechzehn Flight Army Air Corps (ausgestattet mit Gazelle-Hubschraubern). Außerdem sind dort das Royal Logistics Corps, das »Royal Army Medical Corps, die Royal Electrical and Mechanical Engineers, die Royal Military Police und noch andere Einheiten in beiden British Sovereign Base Areas stationiert. Dhekelia Cantonment, auch »das Quartier« genannt, ist die Heimat einer zweitausendköpfigen britischen Bevölkerung.

Wie es scheint, lassen sich britische Soldaten gern hierher versetzen. Dhekelia liegt an der Nordküste der großen Bucht von Larnaka und zwanzig Kilometer westlich von Ayia Napa, ein beliebtes Ferienziel für die Musikszene im östlichen Mittelmeerraum. Dhekelia Cantonment hat ein großes Angebot an Sport- und Freizeiteinrichtungen, deren Schwerpunkt natürlich der Wassersport ist. Auf dem Weg hierher konnte ich in der Bucht zwei unermüdliche Wasserskiläufer sehen, die noch kurz vor Sonnenuntergang den Nervenkitzel auf dem Wasser suchten.

Captain Peter Martin, ein typischer englischer Soldat in den Dreißigerjahren, begleitet mich zur Messe, wo man mir gebratenes Huhn mit Kartoffelpüree und Spargel serviert. Ein gutes westliches Essen kommt mir gerade recht, denn ich vergehe vor Hunger. Captain Martin setzt sich zu mir, erzählt mir, welche Befehle er für mich bekommen hat und wie er vorgehen will, um mir zu helfen.

»Nach Einbruch der Dunkelheit soll ich Sie in einem Boot hinausbringen«, sagt er. »Wir werden um Cape Pyle und Cape Greko herum und dann die Küste entlang nach Norden fahren. Nach etwa fünf Kilometern lasse ich Sie raus. Sie müssen dann noch etwa achthundert Meter unter Wasser bis zum Hafen von Famagusta schwimmen, wo Sie an Land gehen und sich zum Gelände des Einkaufszentrums begeben. Sobald Sie das Boot verlassen, haben wir keine Ahnung mehr, dass Sie irgendwo in der Nähe von Zypern sind. Den Rückweg über die Grenze werden Sie über das Wasser nehmen müssen. Ich gebe Ihnen meine Handynummer. Sobald Sie an Land sind, werde ich Sie abholen. Wenn ich nichts mehr von Ihnen höre, gehe ich davon aus, dass Sie entweder einen anderen Weg gefunden haben, die Insel zu verlassen, oder tot sind. Ist das klar?«

»Das ist klar und deutlich«, antworte ich.

»Wir geben Ihnen eine Taucherausrüstung, wenn auch nicht die beste. Die brauchen wir für unsere eigenen Leute. Es ist eine Reserveausrüstung, ziemlich alt, aber in gutem Zustand. Das versichere ich Ihnen. Es wäre schön, wenn Sie sie zurückbringen. Wenn nicht, machen Sie sich keine Sorgen.«

»Vielen Dank.« Ich schlucke mein letztes Stück Huhn hinunter. »Hauptsache, die Sauerstoffflaschen sind voll.«

»Ich verspreche Ihnen, dass Sie denselben Sauerstoff bekommen wie wir auch«, sagt der Captain lächelnd.

»Was wissen Sie über das Einkaufszentrum?«, frage ich. »Sie haben das Gelände doch sicher ausgekundschaftet.«

»Allerdings. Und ich kann Ihnen sagen, dass es völlig legal aussieht. Es wird seit drei Jahren daran gearbeitet, und bisher haben wir nichts beobachten können, was auch nur im Entferntesten verdächtig aussieht.«

Dazu sage ich nichts. Ich kann kaum glauben, dass Tarighian wirklich ein Einkaufszentrum für die türkischen Zyprioten baut, wenn er ansonsten seine ganze Energie darauf verwendet, die Shadows zu finanzieren, um so viele Nicht-Muslime wie möglich zu töten oder zu verstümmeln.

Nach dem Abendessen bringt mich der Captain zum Tauchklub der Armee, von wo aus man einen herrlichen Blick über die Bucht von Larnaka hat. Ich frage ihn, ob Zypern touristisch interessant ist, und er erzählt mir, dass es ein herrliches Ferienziel sei. Wenn die griechischen und türkischen Zyprioten sich vertragen, sei Zypern ein wahres Inselparadies.

»Eigentlich ist die türkische Seite der Insel sogar noch schöner«, sagt er. »Aber in den Norden fahren fast nur Türken und Touristen aus anderen moslemischen Ländern. Alle anderen kommen in den Süden.«

Captain Martin gibt mir eine Sauerstoffflasche, einen MK2Plus Regulator, ein Tarierjacket Glide 500, einen SmartPro Computer für das Handgelenk, Twin Speed einstellbare Flossen, einen Gewichtgürtel und eine Vollgesichtsmaske. Es passt alles gut über meine Uniform, die mich warm halten wird. Meinen Rucksack werde ich mir auf die Brust schnallen müssen. Martin gibt mir auch noch ein kleines Antriebsgerät für Taucher, das dem Taucher viel Kraft sparen kann. Ich bin bereit aufzubrechen, muss mich aber vorher noch bei Lambert melden.

Ich versuche es zuerst über mein Implantat. »Colonel, sind Sie da?«

»Ja, ich bin hier, Sam. Ich nehme an, Sie sind in Zypern?«

»Roger. Alles läuft nach Plan. Sie behandeln mich gut.«

»Freut mich zu hören.«

»Was haben Sie über Sarah herausgefunden, Colonel?«

»Sam, wir tun unser Möglichstes, um sie zu finden. Hören Sie? Das müssen Sie jetzt uns überlassen. Uns bleiben noch gut achtundvierzig Stunden, bis man Sie in Jerusalem erwartet. Wir haben einen Verdächtigen und eine Spur, die wir gerade verfolgen.«

Das ist eine gute Nachricht. »Wer ist es?«

»Sam, es ist noch zu früh zu sagen ...«

»Verdammt, Colonel. Wir reden über meine Tochter!« Unnötig zu betonen, dass ich stocksauer bin. »Wenn Sie wollen, dass ich nicht ständig an sie denke und ich mich auf diesen Job konzentriere, dann sagen Sie mir lieber alles, was Sie wissen.«

»Schon gut, Sam. Es tut mir Leid. Was wissen Sie über ihren Freund?«

Mir fällt sein Name nicht ein. »Der Junge aus Israel?«

»Ja. Eli Horowitz.«

»Genau. Ich erinnere mich, dass Sarah ihn erwähnt hat. Was ist mit ihm? Ist er der Verdächtige?«

»Sie wollte sich mit ihm in Jerusalem treffen. Wir haben ihn überprüft und herausgefunden, dass er wegen eines abgelaufenen Studentenvisums aus den Staaten ausgewiesen wurde und dass er auf einer Terroristen-Watch-List steht.«

»Verdammt«, sage ich laut. Mir ist egal, wer mich hört.

»Wir suchen fieberhaft nach ihm. Wir haben Leute in Jerusalem, die bereits hinter ihm her sind.«

»Was ist mit Sarahs Freundin? Die, mit der sie nach Israel gefahren ist. Wie hieß sie noch? Rivka.«

Ich höre Lambert seufzen. Wenn er das tut, weiß ich, dass mir nicht gefallen wird, was er mir zu sagen hat. »Sam, Rivka Cohen ist tot. Man hat sie in einer Seitenstraße in Ostjerusalem erwürgt gefunden.«

»Um Himmels willen, Colonel!« Ich verliere fast den Verstand. Am liebsten hätte ich etwas in Stücke geschmissen. »Ich kann nicht hier bleiben, Colonel. Ich muss sofort nach Israel.«

»Sam, Sie haben nicht die Möglichkeiten, die wir haben. Glauben Sie mir, wir haben mehr Chancen, sie zu finden als Sie.«

»Aber sie wollen mich. Meine Tochter ist doch nur der Köder.«

»Und genau deswegen kann ich Sie nicht gehen lassen. Bitte, Sam. Sie haben eine Aufgabe zu erledigen, und wir brauchen

Sie dafür. Ich weiß, es klingt schrecklich. Aber Sie dürfen jetzt nicht an sie denken.«

Ich hole tief Luft und sage dann: »Okay, Colonel. Ich führe Ihren kleinen Auftrag heute Abend aus, aber morgen früh fahre ich nach Israel – egal, wo ich dann bin oder was ich dann tue. Ich lasse alles stehen und liegen und verlasse diese verdammte Insel, um meine Tochter zu finden. Habe ich mich klar ausgedrückt?«

Ich kann nicht glauben, so mit meinem vorgesetzten Offizier gesprochen zu haben. Aber schließlich habe ich keinen militärischen Dienstgrad. Colonel Lambert ist nur mein Supervisor, ich bin sein Angestellter. Das ist nicht dasselbe.

»Ich verstehe, Sam«, sagt Lambert. »Ich mache Ihnen keinen Vorwurf.«

Das beruhigt mich ein wenig. »Danke, Colonel. Tut mir Leid. Ich habe ich mich ein wenig gehen lassen.«

»Machen Sie sich keine Sorgen. Tun Sie heute Abend, was Sie tun müssen, und lassen Sie uns wissen, was Sie herausfinden.«

Nachdem wir uns abgemeldet haben, blicke ich aus dem Fenster über die Bucht. Die untergehende Sonne taucht das aufgewühlte Meer in ein blutrotes Licht, und ich frage mich, ob das etwas bedeutet.

Um zehn Uhr – es ist schon lange dunkel – legen wir mit einem so genannten Rigid Raider – einem schnellen Patrouillenboot mit einem Hundertvierzig-PS-Außenbordmotor – ab. Meist werden damit Häfen und Binnenwasserwege abpatrouilliert. Es nimmt etwa acht oder neun Personen auf, und der Captain erzählt mir, dass es auch noch eine größere Version gibt, die bis zu zwanzig Personen befördern kann. Auf diese besondere Fahrt werden der Captain und ich von einem Lotsen und einem Obergefreiten begleitet. Soweit ich es beurteilen kann, wissen sie nicht, was ich vorhabe. Ich glaube, sie folgen einfach nur den Befehlen des Captain.

Der Lotse fährt langsam, um keine Aufmerksamkeit zu erregen. Es ist zwar nicht ungewöhnlich, diese Patrouillenboote zu jeder Tages- oder Nachtzeit zu sehen, aber ich nehme an, sie halten es für besser, nicht aufzufallen. Das Boot gleitet an Cape Pyle vorbei und dann um die östlichste Spitze um das Cape Greko herum. Das Meer ist hier etwas rauer, und der Captain erzählt mir, dass es auf dieser Seite der Insel starke Strömungen gibt. Er will mich so dicht wie möglich an die Grüne Linie heranfahren, damit ich nicht so weit schwimmen muss.

Als ich die Lichter von Famagusta vor mir sehe, fordert mich der Captain auf, mich fertig zu machen, und hilft mir mit der Tarierweste und der Sauerstoffflasche. Der Loste löscht alle Lichter auf dem Boot und schaltet den Motor auf einen leisen Gang herunter.

»Hier ist Ihre Haltestelle«, sagt der Captain, während er mir die Hand entgegenstreckt, die ich schüttle.

»Vielen Dank für alles«, sage ich.

»Danken Sie mir, wenn ich Sie morgen früh wieder abhole.« Er sagt nicht, *falls* er mich morgen abholt.

Ich lege die Flossen an, ziehe die Maske herunter, sichere das SC-20K auf meinem Rücken und bin bereit. Dann klettere ich über die Seite, halte mich noch an der Leiter fest, während ich mir den Regulator in den Mund stecke, nehme das Antriebsgerät und tauche rückwärts in das kalte, dunkle Wasser ein.

34

Der Captain hatte Recht mit den Strömungen, aber das Antriebsgerät bewahrt mich davor, dass das Schwimmen zu anstrengend wird. Es zieht mich mit etwa zwei Stundenkilometern durch das Wasser. Ich nehme an, dass ich in der Nähe der Landestege aus dem Wasser klettern kann, bleibe aber noch in der Deckung der vertäuten Schiffe. Doch zu dieser nächtlichen Stunde ist bestimmt nicht viel los.

Der Scheinwerfer meines Antriebsgeräts wirft einen gespenstischen Lichtkegel auf den Meeresgrund, auf dem ich große Mengen leuchtend bunte Korallenriffe und Fische sehe. Ich bin zwar kein Fischer und kenne diese Arten nicht, aber ich weiß, dass keine davon gefährlich ist. Wenngleich es im Mittelmeer keine Haie gibt, soll es schon vorgekommen sein, dass Barrakudas Schwimmer angeknabbert haben. Moränen können auch unangenehm werden, und man sollte ihnen aus dem Weg gehen. Auf jeden Fall würde sich alles, was ich hier sehe, im Fischbecken eines Restaurants gut machen.

Der Computer sagt mir, dass ich bereits zwölfhundert Meter getaucht bin, als ich vor mir die Stützpfeiler des Hafens von Famagusta sehe. Das Wasser wird schmutziger, wahrscheinlich wegen der vielen Boote, die hier vertäut liegen. Ich tauche nur mit dem Gesicht auf, um die Lage besser einschätzen zu können.

Hier liegen Boote in allen Größen – Katamarane, Motorboote, Segelbote, ein paar kleine Jachten – und der Steg ist hell erleuchtet. In einer Holzhütte auf dem Steg sehe ich einen einzigen Wachmann. Die Fahne der Türkischen Republik von Nordzypern flattert an einem großen Fahnenmast neben der Hütte.

Das wird leicht. Ich schwimme weiter am Pier entlang zur Küste. Im seichten Wasser krieche ich hoch, nehme die Flossen ab, klettere an Land und halte mich im Schatten. Dem Steg bleibe ich fern und gehe einen betonierten Abhang hinauf auf ebenes Gelände. Hier ist es am gefährlichsten, entdeckt zu werden, doch ich habe Glück und finde ein Abflussrohr, das in den Boden eingelassen ist. Dort verstaue ich meine Tauchausrüstung. Der Himmel ist sternenklar, mit Regen ist kaum zu rechnen, und meine Ausrüstung scheint mir dort sicher zu sein. Ich nehme mein Sichtgerät aus dem Rucksack und bin bereit.

Ins Zentrum von Famagusta ist es ein Fußmarsch von fast fünf Kilometern. Da ich mich im Schatten halte und Straßenlaternen meide, brauche ich fast eine Stunde. Es ist fast drei Uhr morgens, und bis zum Sonnenaufgang bleiben mir nur noch zwei bis drei Stunden.

Das Gelände liegt außerhalb von Famagusta in der Nähe der Hauptverkehrsstraße und ist von einem Baugitterzaun umgeben. Schilder in Türkisch und Englisch warnen »Zutritt verboten – Baustelle«, oder verkünden »Famagusta Center, baldige Eröffnung, Gewerbeeinheiten zu vermieten!« Der Platz ist hell erleuchtet. Mit Schutt beladene Lastwagen verlassen in regelmäßigen Abständen die an der Rückseite des Komplexes gelegene Laderampe, und Männer mit Sturzhelmen gehen durch mehrere Eingänge ein und aus. Das ist für mich ein Beweis, dass etwas im Gange ist – Bauarbeiter arbeiten normalerweise nicht mitten in der Nacht. Diese Leute scheinen fieberhaft zu arbeiten, um eine Art Termin einzuhalten. Lambert hat wahrscheinlich Recht – Tarighian will seine Waffe so bald wie möglich einsetzen.

Nicht ein einziges Stück des Zauns ist unbeleuchtet, ich fange an mich zu fragen, wie zum Teufel ich da hineinkommen soll, ohne dass mir der Zufall zu Hilfe kommt. Auf der Straße, neben der ich kauere, tauchen Scheinwerfer auf und bewegen sich auf mich zu. Als sie nahe genug herangekommen sind, sehe ich, dass es der Lieferwagen einer Stromgesellschaft ist, in dem nur der Fahrer sitzt. Der Wagen fährt nicht sehr schnell an mir vorüber, also springe ich auf und bewerfe ihn mit einem Stein. Als er daraufhin langsamer wird, laufe ich hinterher und schlage mit der flachen Hand ein paar Mal so laut auf die Hintertür, dass der Fahrer mich hören muss. Er wird noch langsamer und hält an. Sobald er die Fensterscheibe herunter lässt, stehe ich bereits da mit der Five-Seven in der Hand und ziele auf seine Nase.

»Sie fahren in meine Richtung«, sage ich nur. »Nehmen Sie mich mit?«

Er versteht zwar meine Worte nicht, begreift aber, was ich meine. Meine Waffe bleibt auf ihn gerichtet, während ich vorne um den Wagen herumgehe und auf der Beifahrerseite einsteige. Ich befehle ihm weiterzufahren, während ich mich auf den Boden hocke und ihm meine Pistole in seinen Schmerbauch drücke. Offensichtlich hat er große Angst, sodass ich ihm sage, dass er sich beruhigen soll. Er nickt und fährt weiter.

Am Tor hält er an und lässt die Fensterscheibe herunter. Der Wachmann fragt ihn etwas in Türkisch, woraufhin der Fahrer nach dem Klemmbrett auf dem Beifahrersitz greift und antwortet. Ich nutze die Gelegenheit und spähe durch die Windschutzscheibe. Auf einem Parkplatz sehe ich mehrere Liefer- und Baufahrzeuge, und so gebe ich ihm ein Zeichen, dass er dahin fahren soll. Sobald er geparkt und den Motor abgestellt hat, zwänge ich mich auf den Sitz hinter ihn und setze ihn mit einem Schlag auf den Hinterkopf außer Kraft.

»Tut mir Leid«, sage ich, aber er hört mich nicht mehr. Nachdem ich ihn auf den Boden gelegt habe, schaue mich um, ob mich jemand beobachtet, nehme die Schlüssel an mich und steige aus.

Die großen, aus Glastüren bestehenden Eingänge sind um diese Zeit sicher abgeschlossen. Die Arbeiter und Wachen benutzen die Laderampe, die mir schon vorher aufgefallen war. Sie scheint für ein großes Kaufhaus bestimmt zu sein, wohl für das größte Geschäft in diesem Komplex. Um die betriebsamen Bereiche zu meiden, sehe ich mich nach einem anderen Eingang um und entscheide mich für eine Glastür. Ich suche die Laternenpfähle nach Kameras ab, sehe aber keine, was nicht heißen muss, dass es keine gibt. Ich fürchte, ich muss jetzt etwas leichtsinniger werden, denn die Zeit wird knapp, auch wenn ich nur schnell hinein und wieder heraus will. Was soll ich tun? Entschlossen trete ich ins Licht hinaus, gehe auf einen der Eingänge zu und sperre die Tür mit meinen Dietrichen auf.

Soviel ich weiß, sieht mich keiner.

Ich bin im Gebäude, im unbeleuchteten Hauptgang, der quer durch das Einkaufszentrum verläuft. Zu beiden Seiten liegen leere Geschäfte, von denen eigenartigerweise noch keines beschriftet ist. Für ein Einkaufszentrum, das bald öffnen will, stimmt etwas nicht mit diesen Geschäften.

Ich gehe in die Mitte des Zentrums, wo ein großer leerer Platz die drei Flügel und die Passage zu dem namenlosen großen Kaufhaus miteinander verbindet. Über dem Platz erhebt sich eine riesige Kuppeldecke, an deren Unterseite eine Linie verläuft, die so aussieht, als würde sie die Decke in zwei Hälften teilen. Da hier ein paar Lampen brennen, drücke ich mich an die Wände und versuche, mich unauffällig zu bewegen. Dann höre ich in einem der anderen dunklen Flügel ein Motorfahrzeug. Zusammengekauert warte ich, dass es in Sicht kommt. Es ist einer dieser dreirädrigen Golfwagen, wie sie auch von Akdamar Enterprises in der Türkei benutzt werden. In dem Wagen sitzen zwei Wachleute in Uniform.

Der Wagen rollt an mir vorüber in Richtung Kaufhausflügel. Jetzt oder nie. Ich renne hinter dem Wagen her, springe hinten auf und überrasche die beiden Wächter. Bevor sie reagieren und Hallo sagen können, knalle ich ihre beiden Köpfe zusammen. Einer wird ohnmächtig, aber der andere hat offenbar einen besonders harten Schädel. Er springt von seinem Sitz auf mich und presst mich flach auf den Boden des Wagens, der weiterfährt, aber nun auf eine Wand zuschwenkt. Während mich der Wächter so hart ins Gesicht schlägt, dass ich Sterne sehe, stoße ich in der klassischen Krav-Maga-Technik mein Knie von unten heftig unter seine Gürtellinie, sodass mein Gegner vor Schrecken und Schmerzen erstarrt.

In diesem Augenblick kracht der Wagen gegen die Wand. Nur gut, dass er nicht sehr schnell war, sonst hätte er Aufsehen erregt. So macht er nur ein dumpfes Geräusch, und der Wächter fliegt vornüber gegen das Lenkrad. Sogleich stehe ich auf, versetze ihm einen Schlag auf das Kinn, und schon ist er ohnmächtig wie sein Freund.

Keiner der beiden ist bewaffnet, aber einem von ihnen nehme ich die Keycard ab. Wer weiß, ob ich sie nicht einmal brauchen kann.

Vom Gang aus schleiche ich in das dunkle Kaufhaus, das – man staune – leer ist. In einer der Wände ist eine Doppeltür, die wie ein großer Aufzug aussieht. Jetzt sehe ich auch, was hier los ist. Dies ist kein Kaufhaus, sondern eine Art Bühnenraum. Allerlei Gerätschaften werden über die Laderampe herein zu dieser Doppeltür gebracht – hinter der sich offenbar Tarighians Geheimnis verbirgt. Ich will schon darauf zugehen, als ich in der Dunkelheit nahe der Laderampe Schritte höre. Während ich warte, sehe ich, wie zwei Sicherheitsleute zu der Doppeltür gehen und eine Keycard in den Schlitz stecken. Sobald sich die Türen öffnen, gehen sie hinein.

Kaum haben sich die Türen wieder geschlossen, sprinte ich über den Gang und öffne die Tür mit der gestohlenen Keycard.

Fast hätte ich laut aufgestöhnt, als ich sehe, was sich auf der anderen Seite befindet. Eine lange Rampe läuft nach unten in ein hell erleuchtetes Untergeschoss voller Arbeiter. Nach einem Sprung zur Seite rolle ich hinter einen Stapel Kisten. Ich glaube zumindest, dass mich niemand gesehen hat. Alle sind viel zu beschäftigt – wie Drohnen in einem Bienenstock. Von hier aus kann ich mich wenigstens besser umsehen und verstehe endlich, was ich sehe.

Es verschlägt mir buchstäblich den Atem.

Das hier ist eine verdammte unterirdische Raketenabschussrampe. Oder so etwas Ähnliches. Die Ebene, auf der ich mich befinde, ist eine Art rundum verlaufender »Balkon«, von dem aus man auf die darunterliegende Ebene sehen kann, wie in einem Rundbau. In der Mitte des untersten Stockwerks sitzt ein gigantischer kanonenähnlicher Apparat aus einer Metalllegierung und Stahl. Der Unterbau ist etwa 100 Quadratmeter groß und sieht aus, als sei er mehrere Tonnen schwer. Um ihn herum ist ein mächtiges Hydrauliksystem angeordnet, das diese Waffe hebt und senkt. Der Kanonenlauf ist etwa einhundert Meter lang, mehrere Meter dick, steht senkrecht auf dem Unterbau und zeigt gerade nach oben. Das Ding kommt wahrscheinlich aus einem tiefen Bohrloch im Boden, damit es sich in seiner ganzen Länge in die Luft strecken kann.

Mein Gott! Plötzlich weiß ich, was es ist. Ich erkenne sie! Ich erinnere mich, Bilder vom Original gesehen zu haben, als Gerard Bull in den 1980er Jahren versuchte, eines dieser Babys für den Irak zu entwickeln.

Es ist eine Babylon-Superkanone – fertig zum Einsatz. Das Einkaufszentrum ist nur eine Hülle für diese Waffe. Zum Abfeuern wird sie wahrscheinlich auf das Erdgeschoss in diesen zentralen Raum unter der Kuppel angehoben. Die beiden Hälften der Decke teilen sich wie in einem Observatorium, und der Lauf streckt sich so weit wie möglich in den Himmel.

Unfassbar! Nein, verdammt, es ist wahrlich fantastisch! Ich muss zugeben, ich bin beeindruckt. Das Ding ist wunderschön, die schnittigste, ehrfurchtgebietendste Waffe, die ich je in meinem Leben gesehen habe.

Jetzt weiß ich, welche Pläne ich in Tarighians Büro in der Türkei gesehen habe. Albert Mertens, Gerard Bulls rechte Hand, hat diese Waffe entwickelt, und sie ist wirklich ein Meisterstück, das sprachlos macht.

Nach allem, was ich noch von der Originalkanone weiß, vermute ich, dass diese hier eine 1000mm-Kanone ist, die Tonnen von Treibstoff braucht, um ein gigantisches Geschoss eintausend Kilometer weit zu tragen.

Mit meinem OPSAT mache ich schnell ein paar Aufnahmen und schicke sie mit einer eingetippten Botschaft an Lambert. Ich teile ihm mit, was ich gefunden habe, und dass ich versuchen werde, die Waffe zu sabotieren. Er muss sofort die Vereinten Nationen oder die NATO oder wen auch immer davon überzeugen, sofort einzuschreiten und den Komplex hier in Schutt und Asche zu legen, bevor Tarighian die Bombe abschießt. Nach den Aktivitäten zu urteilen, bleibt nicht viel Zeit.

Ich will das Ding sabotieren? Wie denn? Meine einzigen Waffen sind die Splittergranaten und mein SC-20K. Das ist, als werfe man Büroklammern auf einen Panzer.

Wenn ich die Granaten so einstelle, dass sie alle gleichzeitig explodieren, stifte ich vielleicht ausreichend Verwirrung, und gewinne selbst Zeit genug, um hier herauszukommen. Ich kann nur hoffen, dass es Lambert gelingt, rechtzeitig mit schwerem Geschütz aufzuziehen. Rasch greife ich in meinen Rucksack, ziehe eine Granate heraus, stelle sie so ein, dass sie in fünfundvierzig Minuten losgeht, und lege sie außer Sichtweite in die Nähe der Doppeltür.

Langsam gehe ich um den oberen Balkon herum. Wo immer ich eine geeignete Stelle sehe, lege ich eine weitere Granate ab. Alle stelle ich so ein, dass sie gleichzeitig losgehen. Nur gut, dass gerade keine Arbeiter hier auf dem Balkon sind. Sie sind alle unten beschäftigt, um in größter Eile was auch immer fertig zu stellen.

Kaum erreiche ich auf dem Balkon die der Doppeltür gegenüberliegende Seite, sehe ich die hell erleuchteten Fenster des Kontrollraums. Er ist ein in den Boden eingelassener Bunker, der wahrscheinlich dem Rückstoß der Superkanone widerstehen kann. Von den Männern im Raum erkenne ich nur einen – Namik Basaran, oder besser gesagt, Nasir Tarighian, der durch das Fenster sein Baby betrachtet.

Ich gehe weiter, deponiere noch drei weitere Granaten, und schon bin ich fertig. Jetzt kann ich wieder verschwinden. Sarah, mein Schatz, ich komme. Als ich mit der Keycard die Doppeltür öffnen will, höre ich meinen OPSAT piepen. Eine Botschaft von Lambert erscheint auf dem Display: »UN-STREITKRÄFTE UNTERWEGS. SIE MÜSSEN DA RAUS!«

Das muss mir niemand zwei Mal sagen, Colonel. Plötzlich geht die Tür auf, und vor mir stehen vier bewaffnete Sicherheitsleute.

Einer der Wächter sieht mich – und meine außerirdisch wirkende Uniform – und ruft etwas. Noch ehe die anderen reagieren können, sprinte ich durch die Männer hindurch, wobei ich die beiden inneren auseinander stoße. Dadurch fallen sie gegen die äußeren, die zu Boden gehen. Wie ein Verrückter renne ich weiter, während hinter mir weitere Rufe ertönen. Eine Pistole wird abgefeuert, und eine Kugel pfeift an meinem Kopf vorbei. Ich laufe in Zickzacklinien weiter und stoße mich wie ein Pingpongball seitlich von den Wänden ab. Auf diese Weise bin ich wesentlich schwerer zu treffen.

Dann schlägt der Alarm an, und rund um mich bricht buchstäblich die Hölle los.

Durch einen der Flügel mit den nicht existierenden Geschäften laufe ich auf den Ausgang zu und bin nur noch zwölf Meter von ihm entfernt, als ich jenseits der Glastüren zwei Wachleute sehe. Augenblicklich halte ich an, ziehe das SC-20K von der Schulter, entsichere es und feuere eine Salve ab. Das Glas zersplittert, und die Männer sind tot.

Gerade als ich wie ein Stier vorwärts stürze, bereit durch die restlichen Scherben zu brechen, zwingt mich ein Kugelhagel hinter mir zu Boden. Ich rolle mich zur Seite und presse mich so fest wie möglich gegen die Wand, aber die Kugeln kommen mir beängstigend nahe. Da ich noch immer das Gewehr in den Händen halte, feuere ich auf dem Rücken liegend ein paar Kugeln auf meine Verfolger ab. Auch wenn ich nur zwei treffe, gehen die anderen in Deckung, was mir die nötigen Sekunden gibt, um durch die zerbrochenen Glastüren zu springen. Eine Scherbe schneidet in die Schulter meines Spezialanzugs, zerreißt die äußere Schicht und durchtrennt eine Wasserleitung. Vor dem Komplex stürze ich zu Boden, rolle mich zur Seite und springe sofort wieder auf die Füße, ohne mein Tempo zu verringern.

Der Weg zum Parkplatz ist frei. Ich habe es schon fast geschafft.

Als ich zu »meinem« Lieferwagen komme und die Tür aufreiße, muss ich feststellen, dass mein Kumpel nicht mehr auf dem Boden liegt. Was soll's. Ich stecke den Schlüssel ins Zündschloss, lasse den Motor an und will den Rückwärtsgang einlegen, um aus der Parklücke zu fahren.

Da spüre ich das kalte Metall eines Gewehrlaufs im Nacken.

Im Rückspiegel sehe ich meinen Elektriker hinter mir. Er sagt etwas auf Türkisch und sieht dabei nicht gerade freundlich aus. Vermutlich tut ihm noch der Kopf weh, und er will es mir heimzahlen. Während ich langsam die Hände hoch hebe, nimmt er mir mein SC-20K ab. Dann öffnet er die Schiebetür und wirft meine Waffe auf den Boden. Im selben Moment umstellt ein Dutzend von Tarighians bewaffneten Wächtern den Lieferwagen.

35

»Mr Fisher«, sagt Tarighian, als man mich in den Kontrollraum bringt. »Gehört das Ausspionieren meiner Anlage zu Ihrem Bericht an die Interpol?«

»Allerdings«, antworte ich. Selbstverständlich klingt das nicht überzeugend, aber mir fällt so schnell nichts anderes ein.

Prüfend sehe ich mich im Raum nach möglichen Gegnern um. Außer Tarighian und den drei Wachen, die mich festhalten, erkenne ich noch Farid, seinen Leibwächter, und Albert Mertens, der sich mit einem weiteren Mann am Schreibtisch zu schaffen macht. Die Chancen stünden gar nicht so schlecht, wenn meine Hände nicht auf dem Rücken gefesselt gewesen wären. Außerdem hatten sie mir meinen Rucksack, das Sichtgerät und meine Waffen abgenommen und auch meine Taschen geleert.

Farid sieht mich an, als wolle er mich mit seinen Blicken töten. Offenbar hatte er zwei und zwei zusammengezählt und weiß nun, dass ich es war, der ihm den Arm gebrochen hatte. Ich zwinkere ihm grinsend zu.

Tarighian sieht mich aus kalten braunen Augen an. »Sie hätten im Van-See bleiben sollen, Mr Fisher. Ich dachte, Sie hätten dort Ihr Ende gefunden.«

»Tut mir Leid, Sie enttäuschen zu müssen.«

»Ach wissen Sie, wenn ich Sie erst einmal meinen Männern übergebe, werden die Sie schon erledigen. Das Video, das sie davon machen, wird auf eine islamische Website geladen, damit die ganze Welt und vor allem ganz Amerika sehen kann, wie

Sie einen Kopf kürzer gemacht werden. Sie sind doch Amerikaner, oder? Nicht Schweizer, wie Sie behauptet haben.«

Ich antworte nicht.

»Ich versichere Ihnen, dass ich Sie schon zum Reden bringen würde, wenn ich mehr Zeit hätte. Leider bin ich etwas in Eile. Ich fürchte, ich muss Ihre Hinrichtung beschleunigen. Noch bevor ich die Operation heute Morgen beginne, will ich sicherstellen, dass Sie keine Bedrohung mehr für mich sind.«

»Was für eine Operation?«, frage ich mit der Absicht, ihn aus der Reserve zu locken. »Die Anlage da draußen sieht beeindruckend aus. Wofür ist sie?«

Tarighians Augen glitzern, als er zum Fenster geht. »Ein herrlicher Anblick, nicht wahr? Ich nenne sie den Babylon-Phönix. Babylon, weil sie eine Nachbildung der Superkanone ist, die in den Achtzigerjahren für den Irakkrieg entwickelt wurde, und Phönix, weil sie aus der Asche ihrer Vorgängerin emporgestiegen ist.«

Als er hört, dass von seiner Erfindung die Rede ist, sieht Mertens auf und lächelt mich an.

»Das ist vermutlich Ihr Werk?«, frage ich ihn.

Der Belgier ignoriert mich, und Tarighian antwortet für ihn: »Ja, Professor Mertens hat da gute Arbeit geleistet. Nach meinen Angaben natürlich.«

»Was für ein Spiel spielen Sie, Tarighian? Was haben Sie vor?«

Als er seinen richtigen Namen hört, lächelt er mich an. »Sie wissen also, wer ich bin. Das habe ich befürchtet. Für wen arbeiten Sie, Fisher? Die CIA? Das FBI?«

»Die NSA, aber das ist unwichtig.«

Er zuckt die Schultern. »Stimmt, das spielt keine Rolle mehr. In einer Stunde sind Sie sowieso tot.« Er zeigt auf die Superkanone: »Der Babylon-Phönix kann mit neun Tonnen Spezialtreibstoff ein sechshundert Kilo schweres Geschoss bis zu etwa eintausend Kilometer weit schießen.«

»Genau das sollte auch die Superkanone von Bull können.«

»Stimmt. Ich könnte aber auch mit Hilfe einer Zweitausend-Kilogramm-Rakete einen zweihundert Kilo schweren Gegenstand abschießen. Voll ausgefahren ist der Lauf 156 Meter lang und hat ein Kaliber von einem Meter. Das Ausstoßrohr ist am Verschluss dreißig Zentimeter dick und läuft am Ausgang auf 6,5 Zentimeter spitz zu. Die Rakete setzt sich wie die V-3 aus mehreren Abschnitten zusammen. Der Lauf besteht aus sechsundzwanzig Abschnitten zu sechs Meter Länge und wiegt insgesamt 1510 Tonnen. Hinzu kommen vier zweihundertzwanzig Tonnen schwere Rückstoßzylinder und der 165 Tonnen schwere Verschluss. Dieser Verschluss steckt in einer fünfzehn Meter tiefen Verankerung aus Beton, Stahl und Felsen. Von unserer Basis hier in Zypern aus können wir jedes gewünschte Ziel im Mittleren Osten treffen.«

»Das ist Wahnsinn«, sage ich. »Aber mit dem ersten Abschuss haben Sie sofort die ganze Welt am Hals.«

»Stimmt«, antwortet er.

»Sie wollen sie nur einmal abschießen?«

»Ja, einmal reicht mir.«

»Und was ist Ihr Ziel, wenn ich fragen darf?«

»Ich fürchte Sie werden sterben, ohne das zu erfahren«, sagt Tarighian.

»Aber die Sprengladung können Sie mir doch nennen?«

Tarighian kratzt sich am Kinn. »Warum nicht«, sagt er schließlich. »Ich benutze eine sechshundert Kilogramm MOAB oder Massive Ordnance Air Blast, wie ihr die Bombe nennt. Sie wissen, was diese Bombe anrichten kann?«

Ich wusste, wovon er sprach. Sie ähnelt der amerikanischen Feuerbombe CBU-72 FAE, einer weiterentwickelten Streubombe mit zusätzlichen Mengen an Äthylenoxid, das in der Luft explodiert und einen Feuerball mit einer Explosionswelle erzeugt, die sich sehr schnell über wesentlich größere Gebiete ausbreitet, als es bei herkömmlichen Treibstoffen der Fall ist. In ihrer Auswirkung ähnelt sie einer kleinen Atombombe, nur ohne Radioaktivität. Es ist ein hässliches, tödliches Instrument – eine Massenvernichtungswaffe der schlimmsten Art.

»Sie sind gefährlich«, murmele ich. Tarighian nähert sich mir mit leuchtenden Augen und neigt den Kopf, als wolle er mich schlagen. Stattdessen spuckt er mir einen Schleimklumpen ins Gesicht, der mir langsam die Backe hinunterläuft.

»Das halte ich von Amerika«, sagt er. Dann wendet er sich an Mertens. »Fangen Sie jetzt mit der Kalibrierung an. Es wird Zeit.«

Mertens nickt und hebt den Telefonhörer ab. Nach einem Augenblick sagt er: »Fangt mit der Kalibrierung an. Bringt den Phönix nach oben.«

Sechs Sekunden später erbebt der Kontrollraum, und ein lautes Brummen hallt durch den ganzen Komplex. Durch die Fenster sehe ich, wie sich die Decke teilt, zur Seite gleitet und den Blick freigibt auf die Kuppel zwei Etagen höher. Langsam hebt ein hydraulischer Lift die schwere Plattform mit der Superbombe zum Erdgeschoss über uns empor.

Zufrieden darüber, dass alles richtig funktioniert, dreht sich Tarighian zu mir um und erteilt den Wächtern einen Befehl: »Er hat jetzt genug gesehen. Bringt ihn in die Verbrennungsanlage und tötet ihn.«

Farid murrt und verzieht verärgert das Gesicht. »Tut mir Leid, Farid«, sagt Tarighian, »ich brauche dich an meiner Seite. Willst du ihm hier noch etwas wehtun?«

Das Scheusal grinst wie ein Ungeheuer. Sein rechter Arm ist zwar in Gips, aber ich zweifele nicht daran, dass er auch mit dem anderen zuschlagen kann. Die Wachen halten mich fest, während sich Farid vor mir aufbaut. Mit der zur Faust geballten Hand des gesunden Arms holt er aus und legt sein ganzes Gewicht in einen Schlag, der mir fast den Kopf abreißt. Einen Augenblick lang höre ich ein Klingeln in den Ohren und bin wie geblendet. Ein rasender stechender Schmerz schießt mir durch meine frisch gebrochene Nase in den Hinterkopf. Noch ehe ich wieder richtig zu mir komme, spüre ich Farids Faust im Magen. Als ich nach Luft schnappe, lassen mich die Wächter auf die Knie fallen. Aus meiner Nase tropft Blut auf den Boden.

»Das reicht«, höre ich Tarighian sagen. »Nehmt ihn mit und seht zu, dass ihr ihn los werdet. Vergesst aber nicht, das Video zu machen. Macht es schön grausam. Ihr wisst, was zu tun ist.«

Mit rohem Griff ziehen mich die Männer aus dem Kontrollraum.

36

Die Zeitverschiebung zwischen Zypern und Washington betrug sieben Stunden. Genau in dem Augenblick, in dem sich Sam Fisher in das Einkaufszentrum einschleuste, beendete Colonel Irving Lambert sein Telefongespräch mit dem Verteidigungsminister und wartete an seinem Schreibtisch ungeduldig auf Nachricht von seinem Splinter-Cell-Agenten. Er wusste, dass Fisher heil in Zypern eingetroffen war, von den Briten eine Tauchausrüstung bekommen hatte und jetzt auf seinem Weg in Tarighians »Einkaufszentrum« außerhalb von Famagusta war.

Fishers Bericht vorgreifend, hatte er bereits nicht nur mit dem Minister, sondern auch mit dem Braintrust des Pentagons, dem Präsidenten der Vereinigten Staaten und dem Außenminister gesprochen. Diese Leute standen ihrerseits mit ihren Kollegen im Mittleren Osten in Verbindung. Sollte in Zypern ein Angriff unvermeidbar sein, wollte Lambert eine sofortige Antwort. Zum jetzigen Zeitpunkt waren alle geeigneten Mitspieler bereit – nur die Türkei nicht. Trotz der vorliegenden Beweise, weigerten sich die türkischen Behörden zu glauben, dass Namik Basaran wirklich Tarighian war, der führende Kopf der gefährlichsten Terrororganisation der Welt. Der Wohlstand, den er der südöstlichen Türkei gebracht hatte, stand außer Frage. Für Hunderte von Menschen hatte er Arbeit geschaffen. Er hatte gerechte Unternehmen mit Lebensmitteln und Geld unterstützt. Er hatte viel für die Verständigungsbereitschaft zwischen der Türkei und ihren Nachbarn getan. Wie konnte dieser Mann der von den Vereinigten Staaten gesuchte Verbrecher sein?

Lamberts Gegensprechanlage summte. »Ja?«, fragte er, wobei er auf den Knopf drückte.

»Wie haben Neuigkeiten über Horowitz«, sagte Bruford.

»Bin schon unterwegs.«

Lambert erhob sich, nahm seine Tasse Kaffee und eilte in die Kommandozentrale, wo Bruford mit anderen Mitgliedern des Teams arbeitete. Carly St. John war in einen Computerausdruck vertieft, den sie in den Händen hielt.

»Was haben Sie herausgefunden?«, fragte Lambert, während er sich an den Tisch setzte.

»Eli Horowitz ist kein Israeli«, sagte Bruford. »Er ist aus Aserbaidschan. Mit sechzehn kam er unter dem Vorwand nach Israel, er sei ein jüdischer Flüchtling aus Russland. Der Mossad hat gerade bestätigt, dass Horowitz – übrigens sein richtiger Name – unter verschiedenen Decknamen gearbeitet hat. In Aserbaidschan war er mit einer Gruppe von Terroristen, die mit den Kurden zusammenarbeiteten, wegen Verschwörung verhaftet worden. Wegen seines geringen Alters und seiner politischen Beziehungen wurde er wieder auf freien Fuß gesetzt. Später wurde er in Georgien wegen illegalen Waffenbesitzes inhaftiert. Kurz vor seiner Gerichtsverhandlung konnte er auf wundersame Weise aus seinem Gefängnis entkommen. Bei diesem gewagten Unternehmen waren mehrere beteiligt. Die georgischen Behörden vermuten, dass dieser Ausbruch die Arbeit einer einflussreichen russischen Mafia war.«

»Der Shop?«

»Sehr wahrscheinlich. Auf der Terroristen-Watch-List, die von der amerikanischen Einwanderungsbehörde erst sehr spät entdeckt wurde, gilt Horowitz als Laufbursche für den Shop.«

Lambert schlug mit der flachen Hand auf den Tisch. »Okay, wir wissen jetzt, dass er ein übler Bursche ist. Wie zum Teufel finden wir ihn?«

»Der Mossad war sehr kooperativ. Sie haben seine Wohnung in Ost-Jerusalem gefunden und durchsucht. Der Junge hat sie so verlassen, als wollte er zurückkommen. Es waren noch alle seine Sachen da – auch sein Computer.«

Lambert zog die Augenbrauen hoch, und Carlys Brauen zuckten mit.

»Und vielleicht haben wir hier etwas«, sagte sie. »Dies ist ein Ausdruck seiner Festplatte. Es gibt zwar nichts, was ihn direkt mit dem Shop in Verbindung bringt, aber aus einigen seiner letzten E-Mails geht hervor, dass er etwas geplant hatte, bevor Sarah Fisher nach Israel kam. Die meisten E-Mails, die älter als zwei Wochen sind, wurden gelöscht, aber der Mossad will so schnell wie möglich von Horowitz' Internetanbieter per Anordnung eine Aufstellung bekommen. Wir haben jedoch die letzten Nachrichten zwischen ihm und Sarah bekommen, von denen wir die meisten schon auf Sarahs Computer in Illinois gefunden haben. Aber hier sind auch einige E-Mails zwischen Horowitz und jemandem namens Yuri, dessen E-Mail-Adresse und Server die Russisch-Israelische Bank in Jerusalem ist.«

»Die Russisch-Israelische Bank? Ist die legal?«, fragte Lambert.

»Ist sie. Sie ist ein privates und noch sehr junges Unternehmen. Die Bank öffnete ihre Tore vor zwei Jahren, und im Vorstand sitzen nur Russen.«

»Interessant.«

Dann lächelte Carly und legte eine Kunstpause ein, um die Spannung zu erhöhen. »Und hier ist der Beweis: Die Bank ist eine Tochter der Swiss-Russian International Mercantile Bank.«

Lambert hob die Hände über den Kopf. »Gott sei Dank! Wir brauchen nur noch die Israel Security Forces hineinzuschicken und das Ding auseinander zu nehmen. Und zwar sofort!«

»Ist schon eingeleitet«, antwortete Bruford. »Der Bankdirektor und seine Angestellten werden eine böse Überraschung erleben, wenn sie morgen zur Arbeit gehen – was übrigens jetzt gleich sein wird.«

»Gute Arbeit, Leute«, sagte Lambert. »Wenn wir jetzt auch noch etwas von Fisher hören, beruhigt sich mein Magen vielleicht wieder.«

»Colonel, da kommt eine Nachricht durch!«, rief Chip Driggers.

Lambert stand auf und ging zu Drigger's Terminal hinüber. »Von Sam?«

»Sieht so aus. Er schickt ein paar JPG-Dateien.«

Als das Bild auf dem Monitor erschien, blieb beiden Männern der Mund offen.

»Verdammt, was zum Teufel ist das?«, fragte Driggers.

Lambert rieb sich die Augen und schaute wieder auf den Bildschirm. »Es ist eine gottverdammte Babylon-Superkanone. Das hätten wir uns denken können. Das hätten wir wissen müssen!«

»Es kommen noch mehr Aufnahmen. Sehen Sie.«

Das gesamte Team versammelte sich um den Monitor und sah entsetzt zu, wie Fishers Schnappschüsse vom Babylon-Phönix auf dem Bildschirm erschienen. Lambert verlor keine Zeit und lief bereits in sein Büro zurück, nahm den Hörer auf Brufords Schreibtisch ab und befahl: »Holt mir den Präsidenten an den Apparat!«

37

Nasir Tarighian wischte sich den Schweiß von den Augenbrauen und sah auf die Uhr. Die Sonne war aufgegangen, und er spürte, dass die Zeit knapp wurde. Wenn der Amerikaner in der Nacht Kontakt zu seinen Leuten aufgenommen hatte, war es nur eine Frage von wenigen Stunden – vielleicht von Minuten – dass die Truppen eintrafen, um ihn an seinem Plan zu hindern, den Irak zu bestrafen.

Seine Berater sagten ihm schon seit Monaten, dass sein Plan ein Wahnwitz sei. Albert Mertens und sein Team waren dagegen, Bagdad zu bombardieren und die leitenden Komiteemitglieder hatten scharf gegen Irak als Ziel protestiert. Tarighian war bewusst, dass er vielleicht die Shadows würde opfern müssen, um seine Rachelust zu befriedigen. Aber das war ihm egal. Sein engster Vertrauter, Ahmed Mohammed, hatte es einen Plan des »Wahnsinns« genannt. Aber Tarighian wusste, er war nicht wahnsinnig, jedenfalls nicht im Sinne von »verrückt«. Er wollte einfach nur dafür sorgen, dass seine Frau und Kinder in Frieden ruhen konnten. Wenn er dafür als Märtyrer sterben musste, sollte es so sein. Viele andere hatten dasselbe getan.

Er sah durch das Fenster des Kontrollraums zu der herrlichen Schöpfung hinauf, die unter seinem Befehl stand. Der Babylon-Phönix war abschussbereit und kalibriert, um die MOAB auf Bagdad abzufeuern. Er wartete darauf, dass die letzten Vorbereitungen abgeschlossen wurden. Mertens hatte ihm versichert, dass es nur eine halbe Stunde dauern würde, aber das war bereits vor vierzig Minuten.

»Mertens!«, schrie er durch den Raum. »Was zum Teufel geht da vor?«

Mertens tauschte mit Eisler Blicke aus, was Tarighian nicht gefiel. Er hatte sie zu oft heimlich Blicke austauschen gesehen.

»Ja, Sir?«, fragte Mertens ruhig.

»Sind wir endlich so weit?«

»Noch nicht ganz. Im Maschinenraum scheint es ein Problem zu geben. Mir wäre es lieb, wenn Sie mitkommen würden, um nachzuschauen. Ich möchte, dass Sie mit eigenen Augen sehen, mit welchen Problemen wir es zu tun haben. Die Waffe so kurzfristig abzufeuern, hat einen Dominoeffekt.«

»Was ist das für ein Problem?«

»Ich bin mir nicht sicher. Die Ingenieure wollen uns persönlich da unten sprechen. Ich schlage vor, Sie kommen mit mir.«

»Verdammt«, murmelte Tarighian. »Na gut, gehen Sie voran.« Farid ging auf die Tür zu. »Ja, Farid, du kommst mit uns«, sagte Tarighian. Der stumme Kraftprotz hielt murrend die Tür auf. Wieder tauschten Mertens und Eisler Blicke aus, bevor sie beide aufstanden und den Kontrollraum verließen. Sie folgten Tarighian und Farid eine kurze Treppe hinunter und gingen quer über die Plattform zur ausgefahrenen Hydraulikanlage, die den Babylon-Phönix im Erdgeschoss hielt. Mehrere von Tarighians treueren bewaffneten Soldaten standen daneben. Sie beobachteten wie Mertens die schwere Eisentür öffnete, die in das Innere des Mechanismus führte.

Mertens zeigte hinein. »Nach Ihnen, Sir.«

Tarighian zog den Kopf ein und kletterte über die Metallstufen in den Maschinenraum hinunter. Trotz der Arbeitsbeleuchtung war es hier dunkler als in anderen Bereichen der Anlage. Die riesigen, die Hydraulik antreibenden Maschinen, beherrschten laut stampfend den Raum. Mehrere Männer waren an Schalttafeln beschäftigt, während zwei Techniker fieberhaft an einer Hydraulik arbeiteten.

Kaum hatten die vier Männer den Raum betreten und die Tür hinter sich geschlossen, als sich ein weiterer, mit *Dschaballa* und Turban bekleideter Mann von seiner Schalttafel abwandte und auf Tarighian zukam.

»Kalid!«, rief Tarighian, »was machst du denn hier?«

Ahmed Mohammed verneigt sich leicht vor Tarighian. »Ich bin seit gestern Abend in der Anlage. Du warst zu beschäftigt, um es merken.«

»Das tut mir Leid. Du hättest ...«

»Ich war wegen deiner Pläne sehr beunruhigt, Nasir. Darum bin ich hier.«

Tarighian legte den Arm um den Leiter seines politischen Komitees. »Ich bin froh, dass du hier bist. Gerade noch rechtzeitig. Heute Morgen werden wir den Babylon-Phönix abschießen und der westlichen Welt zeigen, dass die islamische Welt es nicht zulässt, dass die USA und ihre Verbündeten die Kontrolle über den Irak und den Mittleren Osten bekommen. In wenigen Minuten wird es kein Bagdad mehr geben. Was hältst du davon Ahmed?«

Mohammed schüttelte den Kopf. »Nasir, mein Freund. Ich muss dir sagen, dass wir alle den Eindruck haben, dass du dich zu weit von unserm Weg entfernt hast. Bagdad zerstören zu wollen ist der blanke Wahnsinn. Bagdad ist eine moslemische Stadt. Der Irak ist ein moslemisches Land. Du bist blind vor Rachegelüsten. Deine Ziele sind falsch und unangemessen. Wir haben beschlossen, dir die Leitung zu entziehen.«

Tarighian schaute ihn verständnislos an. Er war sich nicht sicher, ob er den Mann richtig verstanden hatte. »Was hast du gesagt? Ich glaube, du verstehst nicht, Ahmed. Wir sind dabei, die Bombe jetzt abzuschießen. Schon bald werden wir die Herren im Mittleren Osten sein und die Hundesöhne aus dem Westen davonjagen.«

»Nein, Nasir. Du verstehst nicht. Du warst einst ein großer Krieger und Anführer. Du hast den Shadows zu noch nie da gewesenem Ruhm verholfen. Aber du hast den Pfad wahrer islamischer Spiritualität verlassen. Du lebst wie die Menschen im Westen. Du machst Geschäfte mit den Leuten aus dem Westen. Du hast Freunde aus dem Westen. Du suchst ständig die Öffentlichkeit und jagst dem Geld hinterher. In den Augen Allahs hast du schwer gesündigt.«

Tarighian wich einen Schritt zurück. »Was sagst du da? Du kannst mir die Shadows nicht wegnehmen! Ihr könnt mich den Shadows nicht wegnehmen!«

»Doch, Nasir.« Mohammeds Gesichtsausdruck war traurig und kalt zugleich. »Doch, Nasir, das können wir.«

Es traf Tarighian völlig unerwartet, als Albert Mertens ihm plötzlich eine Glock an die Schläfe hielt und abdrückte. Nasir Tarighians Schädel explodierte. Blut und eine graue Masse spritzte neben ihm an die Wand. Sein Körper sackte auf dem Boden zusammen.

Das war das Stichwort für Eisler. In einer schnellen, unerwarteten Bewegung zog er sein Nahkampfmesser, griff durch den Turban in Farids Haar, zog seinen Kopf nach hinten und schlitzte den freigelegten Hals von einem Ohr zum anderen auf. Farid reagierte abrupt und voller Wucht – er schwenkte herum und rammte Eisler mit seinem freien Arm, der rückwärts auf den Tisch fiel. Der Riese wollte seinen Angreifer vernichten, aber es war zu spät. Aus der offenen Wunde unter seinem Kinn schoss das Blut wie aus einem Fasshahn. Farids Grunzen wurde zu einem Gurgeln, als er sich vergeblich bemühte, die Wunde zuzuhalten. Wutentbrannt versuchte er, sich an Eislers Bein festzu halten, stieß aber stattdessen ungeschickt einen Computermonitor um. Eisler krabbelte über den Boden auf die andere Seite des Tischs und wich vor dem brüllenden Ungeheuer zurück.

In dem Versuch, den Tisch zu umrunden, warf sich Farid nach vorn, stolperte und fiel zu Boden. Während er ekelhafte Würgegeräusche ausstieß, schlug Tarighians Leibwächter fast eine

Minute lang wild um sich, bis ihn die Kräfte verließen. Es schien eine Ewigkeit zu dauern, bis Farid schließlich tot am Boden lag.

Die anderen im Raum starrten fassungslos auf das Blutbad, schauten jedoch auch voll neu gewonnener Achtung zu Ahmed Mohammed, Albert Mertens und Heinrich Eisler auf.

Mohammed wandte sich an Mertens: »Als Anführer der Shadows erteile ich Ihnen hiermit die Genehmigung, den Babylon-Phönix neu zu kalibrieren und auf das bereits besprochene Ziel zu richten.«

Mertens legte nickend seine Pistole nieder. »Danke. Das ist wirklich die beste Entscheidung.« Dann wandte er sich an die Arbeiter: »Bringt die Leichen in die Maschine.« Vier Männer traten vor, hoben Tarighians Leiche hoch, öffneten die Maschinentüren und warfen den leblosen Körper hinein. Die hydraulischen Pressen würden ihn gänzlich zerquetschen. Mit Farid taten sie dasselbe.

Mertens, Eisler und Mohammed verließen den Maschinenraum und lehnten sich von außen gegen die geschlossenen Türen. Tarighians Wachleute beobachteten sie neugierig. Wo war ihr Anführer?

Bevor auch nur einer von ihnen merkte, was geschah, beugten sich zwei Dutzend Männer oben über das Balkongeländer und feuerten mit Kalaschnikows auf Tarighians loyale Anhänger. Der plötzliche Lärm schallte durch die ganze Anlage, sodass alle Arbeiter erschrocken innehielten. Es war, als regne die Hölle aus dem Himmel auf sie hernieder und vernichte alles Leben, das auch nur wagte, sich der Munition in den Weg zu stellen. Die Loyalisten bekamen noch nicht einmal die Gelegenheit, ihrerseits auf ihre Angreifer zu zielen. Nach nur zwanzig Sekunden lagen sie alle in ihrem eigenen Blut. Die Anhänger von Mohammed liefen die Rampe hinunter, die vom Balkon nach unten führte, und nahmen Haltung an, um weitere Befehle entgegenzunehmen.

Ahmed Mohammed rief: »Söhne Allahs! Hört mir zu!« Jeder

Arbeiter in der Anlage drehte sich zu ihm um. »Nasir Tarighian ist tot! Ich werde von jetzt an die Führung der Shadows übernehmen. Macht weiter mit eurer guten Arbeit, und Allah wird euch belohnen!«

Einige der Leute spendeten Beifall, andere waren verwirrt, aber nur wenige waren enttäuscht.

Mertens sah Mohammed an und stellte fest: »Wie Sie hören können, waren Tarighians Ziele nicht sehr beliebt.«

»Nein, das waren sie nicht«, sagte Mohammed.

Auf dem Weg zurück in den Kontrollraum fragte Mertens Eisler: »Alles in Ordnung?«

»Mir geht es gut«, gab Eisler zurück, wobei er das Messer an seinem Hosenbein abwischte und es in die Hülle zurücksteckte.

»Dann kalibrier die Bombe auf ein neues Ziel«, sagte er nickend.

»Ja, wird gemacht«, sagte Eisler. »Und welches ist das?«

»Jerusalem.«

38

Die beiden bewaffneten Schlägertypen führen mich die Rampe zum Balkon hinauf. Als wir auf die Doppeltüren zugehen, sehe ich ein paar Männer mit Kalaschnikows, die unter das Geländer geduckt auf etwas zu warten scheinen. Der Mann, der als Nächster in unserer Nähe wartet, nickt meinen beiden Wächtern zu, die schweigend zurücknicken. Was zum Teufel geht hier vor? Wenn ich es nicht besser wüsste, würde ich sagen, dass es nach konspirativen Aktionen aussieht. Liegt da etwa ein Aufstand in der Luft? Etwas, das ich zu meinem Vorteil nutzen kann?

Ich habe das Gefühl dafür verloren, wie viel Zeit den Splittergranaten noch bleibt. Es müssen etwa fünfundvierzig Minuten verstrichen sein, seit ich sie scharf gemacht habe und gefangen wurde. Ich vermute, es bleiben mir nur noch fünf bis zehn Minuten. Ich möchte unter gar keinen Umständen hier auf dem Balkon sein, wenn sie losgehen – denn der sieht so aus, als würde er dabei einstürzen.

»Sam?«, höre ich Lamberts leise Stimme im Ohr. »Sam? Sind Sie da?«

Verdammt, ich kann nicht antworten.

Einer der Männer, die mich gefangen halten, öffnet mit seiner Keycard die Doppeltür und wir gehen hindurch. Da ich nicht gerade begeistert davon bin, zu meiner Hinrichtung geführt zu werden, muss ich mir schnell etwas einfallen lassen. Der Kerl mit der Keycard hat meine Sachen. Sie haben mir zwar nicht den OPSAT abgenommen, aber mit auf dem Rücken zusammengebundenen Händen nutzt er mir nicht viel.

Wieder höre ich Lambert: »Sam? Wenn Sie mich hören können, bewegen Sie Ihren Hintern schleunigst aus dem Einkaufszentrum hinaus. Die Truppen der Vereinten Nationen treffen in etwa zehn Minuten dort ein, vielleicht früher! Wenn Sie mich verstanden haben, dann verschwinden Sie, und zwar jetzt!«

Wie gerne würde ich genau das tun, Colonel.

Wir gehen durch das leere Kaufhaus und sind jetzt auf gleicher Höhe mit dem oberen Teil der Superkanone, der durch die Öffnung in der Mitte der Anlage ragt. Sie haben also die Kuppel noch nicht geöffnet und auch die Superkanone noch nicht ganz hochgefahren. Meine Liebe für Maschinen und Waffen lässt den Wunsch in mir aufkommen, hier zu bleiben, um den Abschuss zu erleben, aber ich weiß, dass ich das nicht tun darf. Ich will nicht mehr hier sein, wenn die Kavallerie eintrifft.

Ich werde um die Superkanone herum in einen der drei Fassadenflügel geführt. Auf einer der Stahltüren steht in Türkisch und Englisch »Wartung«. Wir scheinen am Ziel zu sein. Abbott zieht einen Schlüsselbund aus der Tasche, während Costello mir seine Kalaschnikow in den unteren Rücken drückt. Dann schließt Abbott die Tür auf und hält sie für seinen Kumpel und mich offen. Drinnen ist mir sofort klar, warum Tarighian diesen Raum »Verbrennungsanlage« nannte – die ganze gegenüberliegende Wand wird von einer solchen eingenommen. Vermutlich wird hier der Abfall entsorgt. Ansonsten ist der Raum voll von Geräten und Werkzeugen, einer Tischsäge und ein paar von diesen dreirädrigen Golfwagen.

Mitten im Raum steht ein Stativ mit einer Videokamera. Ein paar Scheinwerfer sind auf eine Ecke neben der Verbrennungsanlage gerichtet. Ich frage mich, wie viele Hinrichtungen sie schon aufgenommen haben, oder ob ich ihre erste Produktion bin.

Abbott öffnet die vergitterte Tür der Verbrennungsanlage. Die Flammen werfen ein goldenes Licht in den Raum. Ich nehme an, sie wollen ihr Heimkino ästhetischer gestalten. Dann schaltet

Abbott die Scheinwerfer ein und überprüft die Videokamera. Er schaut durch den Sucher, stellt ihn auf die richtige Stelle ein und sagt dann auf Arabisch. »Postier ihn.« Diese Typen sind gar keine Türken!

Costello stößt mir wieder seine Pistole in den Rücken und schiebt mich auf die »Bühne«. Abbott drückt den RECORD-Knopf, das rote Kontrolllicht leuchtet auf, und dann kommt er zu uns vor die Kamera.

Wir stehen nebeneinander aufgereiht vor der Kamera – ich in der Mitte, Abbott rechts und Costello links von mir. Abbott macht die Ansage für die Zuschauer in Arabisch: »Dies ist der amerikanische Spion Sam Fisher. Er soll heute sterben, weil er einen Krieg gegen den Islam geführt hat.«

Plötzlich hören wir in der Ferne Schüsse. Sie sind so laut, als feuere eine ganze Kompanieabteilung aus Maschinenpistolen auf eine feindliche Einheit. Abbott und Costello lächeln einander an. »Jetzt haben wir einen neuen Führer«, sagt Costello.

Das ist meine Chance. Ich ramme meine Hüfte so stark ich kann gegen die von Abbott und stoße ihn zur Seite. Gleichzeitig trete ich mit meinem rechten Stiefel gegen die Innenseite seines linken Beins und bringe ihn so zu Fall. Noch bevor Costello reagieren kann, trete ich mit dem linken Stiefel gegen sein rechtes Schienbein und dann hinunter auf seinen Fuß. Ich mache einen Schritt nach rechts, drehe mich um und trete mit voller Wucht gegen sein Knie. Ich kann hören, wie seine Knochen brechen, während er aufbrüllt und zu Boden geht.

Abbott rappelt sich wieder auf und versucht, seine Kalaschnikow auf mich zu richten. Ich drehe mich jedoch zu ihm um und trete ihm mit meinem rechten Stiefel ins Gesicht. Er fällt hintenüber und lässt dabei die Waffe fallen.

In meiner Ausbildung hatte ich gelernt, meine Beine durch die gefesselten Arme zu rollen – wie beim Seilspringen rückwärts. Dafür muss man allerdings wirklich sehr gelenkig sein. Ich habe wochenlang üben müssen, bis ich es konnte. Man kann die Bewegung in einer Rolle vorwärts schaffen – man muss nur die Arme um den Körper werfen, und zwar in die entgegengesetzte Richtung zu den Beinen. Wenn man sich vorher zur Kugel zusammenzieht, geht es leichter. Also gehe ich blitzschnell in die Hocke, rolle mich zu einer Kugel zusammen und mache diese Rolle vorwärts, wobei ich meine Arme über und um den Körper bringe. Geschafft. Ich springe auf die Füße und habe jetzt meine zusammengebundenen Hände vor dem Körper.

Abbott kommt wieder auf die Knie und versucht ein zweites Mal aufzustehen. Doch mit einem weiteren Tritt in sein Gesicht schicke ich ihn ins Niemandsland. Obendrein trete ich gegen die Kalaschnikow, damit sie über den Boden aus seiner Reichweite rutscht. Dann wende ich mich Costello zu, der sich vor Schmerzen auf dem Fußboden krümmt. Ich hebe meinen linken Stiefel über seinen Kopf und trete so fest ich nur kann zu. Jetzt hat er keine Schmerzen mehr.

All das geschah in fünf Komma vier Sekunden.

Ich schaue auf meinen OPSAT, überprüfe den Timer und sehe, dass die Granaten in zwei Minuten losgehen. Rasch gehe ich zu Abbott zurück, um seine Taschen zu leeren und mein Messer, meine Five-Seven, mein Sichgerät und meine anderen Ausrüstungsgegenstände wieder an mich zu nehmen. Mein SC-20K hat er neben der Verbrennungsanlage liegen gelassen. Die werde ich auf dem Weg nach draußen aufheben. Erst muss ich noch das Seil um meine Hände durchschneiden. Dazu gehe ich zur Tischsäge hinüber, schalte sie ein und halte vorsichtig meine Handgelenke über das Sägeblatt. Das Seil schneide ich gerade tief genug ein, dass ich es abwickeln kann, und schon ich bin frei.

Hastig raffe ich mein Zeug zusammen und bin wie der Blitz an der Tür, die ich vorsichtig öffne. Nachdem ich mich vergewissert habe, dass niemand draußen ist, gehe ich in den Flur hinaus. Ich laufe gerade noch rechtzeitig in das Zentrum der Anlage, um zu sehen, wie sich die Kuppel öffnet. Gleichzeitig richtet sich das riesige Geschützrohr der Superkanone senkrecht nach oben, während die Hydraulikanlage die ganze Waffe auf eine Höhe mit dem Erdgeschoss hebt. Ich muss einfach einen Augenblick stehen bleiben, um diese Waffe zu beobachten. Sie ist wirklich beeindruckend und Furcht einflößend. Dann endlich ragt das Geschützrohr durch die Öffnung in der Kuppel. Der Mechanismus im Verschluss des riesigen Ausstoßrohrs fängt an zu rumpeln und das Geschützrohr neigt sich nach Südosten.

Dann – *wumm, wumm, wumm*! Das sind meine Splitterbomben, die eine nach der anderen explodieren. Ich weiß nicht genau, wie viel Schaden sie anrichten, hoffe aber, dass er genügt, um den Abschuss der Bombe hinauszuzögern. Um die Superkanone herum laufe ich in den Flügel, durch den ich ursprünglich hereingekommen bin, und auf die Glastüren zu, die ich vorhin zerbrochen habe. Der Boden unter meinen Füßen erbebt. Es hört sich wie ein Erdbeben an. Hurra! Der Balkon muss eingestürzt sein, wie ich es erhofft hatte. Das wird einige Verwirrung stiften.

Ich schaffe es nach draußen ins Sonnenlicht. Niemand ist zu sehen. Der Lieferwagen ist weg. Ich werde mich also zu Fuß auf den Weg machen müssen.

Im selben Augenblick höre ich Flugzeuglärm und sehe aus dem Norden eine Staffel von sechs Flugzeugen herankommen. Höchste Zeit abzuhauen!

So schnell ich kann, laufe ich vom Parkplatz auf das vordere Tor zu, an dem zwei bewaffnete Männer stehen. Da ich keine Zeit habe, mich mit ihnen zu streiten, ziehe ich meine Five-Seven, halte kurz inne, ziele und puste sie um – eins, zwei – bevor sie mich nach meinen »Papieren« fragen können. Dann rase ich weiter und klettere über das Tor.

Sobald ich das Lager hinter mir gelassen habe, fällt mir das Atmen schon leichter. Dennoch laufe ich weiter und klettere auf den Hügel, von dem aus man das Gelände gut überblicken kann. Es ist derselbe Hügel, über den ich heute Morgen gekommen bin, und ich finde einen guten Platz, von dem aus ich das Schauspiel beobachten kann.

Ich drücke auf das Implantat in meinem Hals. »Colonel?«

»Sam? Mein Gott, wo waren Sie die ganze Zeit?«

»Ich wurde etwas aufgehalten. Aber jetzt bin ich draußen. Ich kann die Flugzeuge sehen.«

»Gott sei Dank. Sie haben mir große Angst gemacht. Gehen Sie in den Hafen von Famagusta. Captain Martin wird Sie in seinem Patrouillenboot nach Dhekelia zurückbringen. Für Ihren Weitertransport nach Israel haben wir schon gesorgt.«

»Danke, Colonel. Gibt es Neuigkeiten von Sarah?«

»Noch nicht, Sam. Aber machen Sie sich auf den Weg.«

Ich schalte ab, bleibe aber noch einen Augenblick, um mir das Schauspiel anzusehen. Angeführt wird die Formation von zwei F/A-18E Super Hornets – und damit von den USA – denen zwei britische Sea Harrier F/A Mk 2 folgen. Die anderen zwei Jagdflugzeuge erkenne ich nicht sofort, sehe dann aber, dass es zwei F-16 der türkischen Luftwaffe sind! Ich bin froh, dass die Türken nun doch mitmachen. Das muss für Lambert eine schwere diplomatische Arbeit gewesen sein.

Die Super Hornets werfen ein paar Maverick ASMs ab, die die Superkanone direkt treffen. Die Explosionen sind so gewaltig, dass ich die Hitzewelle bis hierher spüren kann. Die Harriers werfen eine Reihe von Bomben ab, die ich nicht kenne, aber sie erzeugen herrliche Detonationen auf dem ganzen Gelände. Die Türken folgen mit weiteren Bombenabwürfen, aber der Rauch ist inzwischen viel zu dick, als dass ich noch erkennen könnte, welche es sind.

Das gesamte Einkaufszentrum versinkt in Rauch und Feuer. Nur das Abschussrohr der Superkanone ragt noch aus der dunklen Wolke heraus. Die sechs Jagdflugzeuge drehen noch eine Runde, formieren sich neu und fliegen den Komplex erneut an.

Plötzlich macht es *Bumm,* und die Erde um mich herum erbebt. Es hört sich an wie ein Überschallknall, ist jedoch direkt vor mir. Mein erster Gedanke ist, dass ich mich mitten in einem Erdbeben der Stärke 10 auf der Richterskala befinde, doch mein zweiter Gedanke war noch schlimmer.

Sie haben es geschafft, den Babylon-Phönix abzufeuern!

Als Nächstes finde ich mich auf dem Rücken liegend wieder und blinzele verblüfft in den Himmel. Dann werde ich Zeuge eines Schauspiels, das ich mein ganzes Leben lang nicht vergessen werde.

Die Ladung der Superkanone schießt in den Himmel und steigt mit einer gewaltigen Geschwindigkeit weit über die Jagdflugzeuge auf. Mein Gott, denke ich, jetzt ist alles vorbei. Die Bösen gewinnen zum Schluss also doch noch. Doch dann sehe ich, dass zwei Super Hornets ihre Flugrichtung ändern und die Verfolgung der MOAB aufnehmen. Es gelingt mir, in meinen Rucksack zu greifen, mein Fernglas herauszuholen und das Drama am Himmel zu beobachten.

Die MOAB ist jetzt über dem Meer und somit außer Sichtweite. Die beiden amerikanischen Kampfflugzeuge fliegen als winzige Punkte hinterher. Dann sehe ich zwei Luft-Luft-Raketen – nein vier AAMs – die die Flugzeuge verlassen. Es sind wahrscheinlich AIM-120 AMRAAM Slammers, Überschallraketen vom Typ »feuern und vergessen«.

Verdammte Scheiße! Der Himmel über dem Meer explodiert zu einem hellorangefarbenen und roten Feuerball, der ganz sicher auch die beiden Kampfflieger in sich aufnimmt. Ich merke, dass ich vor lauter Entsetzen aufgehört habe zu atmen und zusehe wie dieses flammende Grauen in Zeitlupentempo ins Mittelmeer fällt. Ich kann nur noch daran denken, was für Helden diese Männer in den Kampfflugzeugen sind. Sie opferten sich, indem sie die MOAB verfolgten und gegen alle Erwartungen unschädlich machten.

Während ich wieder auf die Füße komme, sehe ich, wie die Trümmer ins Wasser fallen.

»Sam? Was ist passiert? Reden Sie mit mir!«, höre ich Lambert rufen.

Ich drücke auf das Implantat. »Wir haben zwei Kampfflugzeuge verloren. Die Jungen waren verdammte Helden. Sie haben die MOAB direkt aus dem Himmel abgeschossen. Sie ist ins Meer gefallen.«

»Gütiger Gott. Was ist mit Tarighians Komplex?«

Ich drehe mich nach dem Inferno um. Die restlichen Kampfflieger haben offensichtlich ihre Angriffe eingestellt, nachdem die Superbombe abgefeuert war. Jetzt kommen sie zurück und bombardieren das Einkaufszentrum in Schutt und Asche. Auch vom Abschussrohr ist nichts mehr zu sehen. Es muss eingestürzt sein, als ich ihm den Rücken gekehrt habe.

»Keine Sorge, Colonel«, sage ich. »Es ist nichts davon übrig geblieben.«

Ich sehe Lambert vor mir, wie er sich den Kopf reibt und erleichtert aufseufzt. Das restliche Team des Third Echelon holt wahrscheinlich gerade den Champagner hervor.

»Wie haben Sie die Türken zur Mitarbeit bewegen können?«, frage ich.

»Carly hat eine Diashow mit allen Ihren Fotos zusammengestellt, mit allen schriftlichen Beweisen belegt und sie dann an die türkische Regierung geschickt. Offensichtlich hat sie gute Arbeit geleistet.«

»Natürlich hat sie das.«

»Und Sie? Sind Sie in Ordnung?«

»Mir geht es gut, Colonel. Aber jetzt muss ich in den Hafen und meine Tochter retten.«

»In Ordnung, Sam.«

39

Am selben Nachmittag komme ich in Tel Aviv an. Mir bleiben noch vierundzwanzig Stunden, um die Leute, die Sarah gefangen halten, wissen zu lassen, dass ich in Israel bin. Bevor ich jedoch den Anruf tätige, habe ich im Fond eines unauffälligen schwarzen Lexus eine Unterhaltung mit Abraham Weiss, dem Captain der israelischen Sicherheitskräfte. Er hat mich am Ben-Gurion-Flughafen abgeholt, wo man mich als VIP der Regierung unauffällig an den strengen israelischen Sicherheitskontrollen und den Schaltern der Einwanderungsbehörde vorbeigeschleust hat.

»Ich stehe in Kontakt mit Ihren Leuten«, erklärt mir Weiss, während der Wagen das Flughafengelände verlässt. »Und wir haben rund um die Uhr daran gearbeitet, Ihre Tochter ausfindig zu machen. Ich freue mich, Ihnen sagen zu können, wo sie ist. Wenigstens glauben wir, es zu wissen.«

Das Herz schlägt mir bis zum Hals, denn auf dem kurzen Flug von Zypern hierher hatte ich vor Angst um sie Blut und Wasser geschwitzt. »Wo?«, frage ich.

»Wir sind uns fast hundertprozentig sicher, dass sie in einem alten Lagerhaus ganz in der Nähe des kleinen Flughafens im Norden von Jerusalem ist.« Weiss spricht ausgezeichnet Englisch mit starkem israelischem Akzent. Ich habe vom ersten Augenblick unserer Begegnung an ein gutes Gefühl, was ihn betrifft. Vor den Sicherheitsleuten der Israelis, die tagaus, tagein in Gefahr sind, habe ich große Hochachtung. Der Druck, der auf ihnen lastet, muss enorm sein.

»Bei unserer Razzia in der Russisch-Israelischen Bank heute Morgen sind wir fündig geworden«, berichtet er weiter. »Erst sah es so aus, als wäre die Bank völlig legal, und wir dachten schon, in einer Sackgasse gelandet zu sein, bis wir anfingen, die Immobilientransaktionen zu untersuchen. Die meisten sahen ganz normal aus, aber dann fielen einem unserer Prüfer die Wertangaben einiger Gebäude auf, und zwar wegen ihrer Lage. Eines ist dieses Lagerhaus, das der Bank gehört. Unser Prüfer hatte zufällig ein Gutachten über ein anderes Gebäude ganz in der Nähe erstellt und erinnerte sich, dass in dieser Straße nur baufällige Häuser stehen, die im nächsten Jahr abgerissen werden sollen. Wir schöpften Hoffnung und postierten versteckt außerhalb des Lagerhauses ein Überwachungsteam. Es dauerte keine Stunde, bis Eli Horowitz beobachtet wurde, wie er das Gebäude verließ. Etwa eine Stunde später kam er wieder. Das Überwachungsteam ist sich sicher, dass noch mehr Leute bei ihm in dem Gebäude sind, weiß aber nicht genau wie viele.«

»Mir ist egal, wie viele Hundesöhne da drin sind. Ich werde sie alle ausradieren.«

Captain Weiss zuckt die Schultern. Er versteht meinen kläglichen Versuch nicht, humorvoll zu sein. »Meine Vorgesetzten haben mir gesagt, dass dies eigentlich eine Angelegenheit der USA ist, aber wir stellen Ihnen ein Unterstützungsteam zur Verfügung. Mit anderen Worten, Sie haben das Kommando. Wir würden die Männer, die für die Entführung Ihrer Tochter und den Mord an Rivka Cohen verantwortlich sind, gerne festnehmen, aber sollte einem von ihnen ein Unfall zustoßen, wird es seitens der Regierung keine weiteren Fragen geben.«

So kann man es auch ausdrücken, dass ich mit den Kidnappern tun kann, was ich will. Wahrscheinlich habe ich das Lambert zu verdanken.

»Ich will noch heute Abend da hinein. Alleine«, sage ich.

»Ich dachte mir, dass Sie das sagen würden«, entgegnet Weiss. »Dann wollen Sie also als Erstes Ihr Team kennen lernen.«

Nach einer fünfundvierzigminütigen Fahrt erreichen wir die nördlichen Vororte von Jerusalem und halten an einem Sammelpunkt vor einer Fabrik, die Autoteile herstellt. Wie mich der Captain informiert, befinden wir uns in einem Industriegebiet, das nur drei Kilometer vom Lagerhaus entfernt ist. Ein Team von zehn voll ausgerüsteten Soldaten für Spezialeinsätze der Shin Beth wartet auf uns. Shin Bet oder Shabak ist die für die innere Sicherheit verantwortliche Abteilung des israelischen Sicherheitsdienstes. Sie sind für den Schutz von Regierungsmitgliedern verantwortlich, verhindern Terroranschläge, sammeln Nachrichtenmaterial, machen gesuchte Terroristenorganisationen ausfindig und verhandeln mit ihnen. Shin Beth agiert immer nur im Untergrund. Der Job dieser Leute ist dem meinen sehr ähnlich, und ich fühle mich bei ihnen zu Hause.

Auch scheinen sie sehr gut ausgerüstet zu sein. Es gefällt mir, dass sie die Uzi durch das Sturmgewehr vom Typ Tavor »Bull Pup« ersetzt haben, das von der israelischen Waffenindustrie hergestellt wird. Dieses Gewehr gibt es in verschiedenen Ausführungen, von denen jede besondere Anforderungen erfüllt. Einer der Männer zeigt mir seine Waffe. Es ist eine Micro T. A. R, die speziell für Sicherheitsdienste und Sondereinsätze entwickelt wurde. Sie benutzen ein Dreißig-Schuss-Magazin der NATO-Standardgröße von 5.56 mm.

Captain Weiss reicht mir ein Handy, damit ich die Kidnapper anrufen kann. Er sagt, dass es nicht zurückverfolgt werden kann, für den Fall, dass sie versuchen herauszufinden, von wo aus ich anrufe. Ich rufe auf meinem OPSAT die gespeicherte Nummer auf und tippe sie ein. Am anderen Ende meldet sich der Anrufbeantworter, dessen Ansage von einem Mann mit starkem russischem Akzent gesprochen ist.

»Mr Fisher, wenn Sie in Jerusalem sind, lassen Sie es uns nach dem Signalton wissen. Wir werden uns bald mit Ihnen in Verbindung setzen.«

Nach dem Ton spreche ich auf den Anrufbeantworter: »Hier ist Sam Fisher. Ich bin noch nicht in Israel, werde aber morgen früh eintreffen. Ich habe noch eine weite Strecke zurückzulegen und werde Sie vor Mittag anrufen, um weitere Anweisungen entgegenzunehmen. Sorgen Sie bis dahin für die Sicherheit meiner Tochter.« Dann trenne ich die Verbindung, sehe den Captain an und frage: »Und jetzt?«

»Wir warten bis zum Einbruch der Nacht. Das Team wird außer Sichtweite um das Lagerhaus herum Stellung beziehen«, antwortet er. »Ich gehe davon aus, dass Sie ein Implantat haben, über das Sie mit Ihren Vorgesetzten in Washington in Kontakt sind?«

Beim Geheimdienst gibt es wirklich keine Geheimnisse. »Richtig«, antworte ich.

»Wir werden Ihre Leute bitten, die Übertragung so zu konfigurieren, dass auch das Team Sie hören kann. Ich habe das schon mit Ihrem Colonel besprochen. Dann können Sie darüber die Befehle erteilen, wenn Sie das Angriffsteam ins Gebäude führen müssen.«

»Das ist eine große Hilfe. Ich danke Ihnen.«

Irgendjemand bringt uns koschere Truthahn-Sandwiches, während wir noch einige Stunden im Lexus des Captain verbringen. Wir unterhalten uns über die Sicherheit in diesem Land und verschiedene Angriffsstrategien im Kampf gegen den Terrorismus. Später am Abend gönne ich mir zwei Stunden Schlaf. Als ich wieder aufwache, ist es kurz nach zehn Uhr. In der Zwischenzeit hat mir Carly über meinen OPSAT die Pläne des Lagerhauses zukommen lassen. Jetzt habe ich einen vollständigen Plan des Gebäudes, auf dem alle Ein- und Ausgänge, Gänge und Räume eingezeichnet sind. Ich kann es kaum erwarten loszulegen, aber ich will lieber noch zwei Stunden warten, um sie möglichst in ihren Schlafanzügen zu überraschen. Um Mitternacht sage ich dem Captain, dass es Zeit ist, sich in Bewegung zu setzen.

»Ist Ihnen klar, dass die wahrscheinlich eine Falle für Sie vorbereitet haben?«, fragt der Captain.

Ich zucke die Schultern. »Falle hin oder her. Es geht los.«

»Fertig?«

»Fertig.«

Auf seinen Befehl hin fahren wir in mehreren unauffälligen Zivilfahrzeugen los. Eine Minute später kommen wir auf eine Kreuzung. Der Captain zeigt auf die neue Straße und informiert uns: »Vor hier aus ist es noch gut einen Kilometer. Wir steigen hier aus und gehen den Rest zu Fuß.«

Die Fahrer parken die Autos hinter mehreren leeren Gebäuden, und wir rücken querfeldein durch unbebautes Terrain vor. Nur wenige Bäume können uns Deckung geben. Israel ist ein ödes Land und um diese Jahreszeit besonders heiß und trocken. Im Gegensatz zu anderen Mittelmeerländern fand ich Israel noch nie besonders schön. Man muss hier Sand und Felsen mögen. Das Land ist zwar fruchtbar genug, aber ich habe noch nie verstanden, warum es das »Verheißene Land« war.

Als wir näher an das Lagerhaus herankommen, trenne ich mich von den Shin-Beth-Leuten. Ich will mich dem Objekt zunächst alleine nähern.

»Mr Fisher?«, höre ich die Stimme des Captains in meinem Ohr, »verstehen Sie mich?«

»Laut und deutlich«, antworte ich, wobei ich auf das Implantat drücke.

»Hinter dem Lagerhaus parken drei Autos unter einer Zeltplane. Ein Ferrari, ein Jaguar und ein Chevy Cavalier.«

»Dann können ja nicht allzu viele Leute drin sein.«

»Das denke ich auch.«

Jetzt sehe ich das Lagerhaus vor mir, halte mich aber noch etwa fünfzehn Meter entfernt hinter ein paar Felsen versteckt. Ich weiß, dass die Shin-Beth-Leute das Gebäude bereits umstellt haben, aber es ist nichts von ihnen zu sehen. Die Jungs sind wirklich gut.

Das Gebäude sieht aus, als habe es seit 30 Jahren keine Menschenseele mehr erblickt. Es besteht fast nur aus einem großen Raum, doch aus Carlys Plänen geht hervor, dass es noch eine zweite Etage mit Fenstern gibt. Dabei handelt es sich jedoch eher um eine Art »Boden«, der über einem Drittel des unteren Raums »hängt« und nur mit einer frei stehenden Treppe mit ihm verbunden ist. Auf beiden Seiten des Gebäudes befinden sich Gänge mit beidseitig gelegenen Räumen – ehemaligen Büros, nehme ich an.

»Wie wollen Sie vorgehen?«, fragt der Captain.

»Ich werde versuchen, durch das Obergeschoss hineinzukommen. Bleiben Sie unten, bis ich den Befehl erteile. Dann stürmen Sie das Gebäude mit allem, was Sie haben. Solange ich allerdings Sarah nicht gefunden habe und nicht sicher bin, dass es ihr gut geht, will ich nicht, dass man Sie da draußen entdecken kann.«

»Verstanden«, antwortet er.

Ich verlasse mein Versteck, halte mich aber im Schatten. Das Gebäude hat keine Außenbeleuchtung. Das ist schon einmal von Vorteil. Als Erstes mache ich einen schnellen Erkundigungsrundgang. Die Vordertür ist aus Metall, rostig und mit einer verblassten Farbe und Aufschrift versehen. Die wenigen Fenster sind überstrichen. Hinter dem Gebäude finde ich die drei Autos unter einer Plane und eine weitere Stahltür. Darüber sehe ich ein weiteres Fenster, das nicht überstrichen ist. Das ist mein Ziel.

Ich nehme meine Zigarrenspitze und das Seil, fabriziere einen Enterhaken, den ich um mich herum und zum Dach hoch schleudere. Beim ersten Versuch bleibt er hängen. Nachdem ich das Seil stramm gezogen habe, klettere ich daran an der Wand nach oben. Beim Fenster angekommen, spähe ich hinein.

Ich sehe das Obergeschoss. Es ist voll von Gerümpel und etwa neun Meter breit. Neben einem leeren, zusammengerollten Schlafsack brennt eine einzelne Lampe. Was jenseits dieses Zwischengeschosses liegt, kann ich wegen des aufgetürmten Gerümpels nichts erkennen. Die Hauptsache ist jedoch, dass niemand da ist. Gut. Noch während ich vor dem Fenster hänge, wickele ich mir das Seil um die Taille, damit ich beide Hände frei habe. Dann ziehe ich meine Five-Seven, schalte mit dem Daumen das T. A. K.-Lasermikrofon ein und ziele auf das Glas. Das mittlere Quadrat auf dem Kamerabildschirm wird nicht rot – es gibt also keine Geräusche. Ausgezeichnet. Ich schalte das T. A. K wieder aus und stecke die Pistole zurück. Dann versuche ich, das Fenster hochzuschieben. Es rührt sich nicht. Die jahrzehntealte Farbe hat es verklebt, aber es scheint nicht verschlossen zu sein. Mit meinem Kampfmesser ritze ich an den Fensterkanten entlang, bis ich schließlich die Klinge durch die Schlitze stecken kann. Sobald ich das Messer wieder sicher verstaut habe, versuche ich erneut, das Fenster aufzuschieben. Dieses Mal bewegt es sich ein wenig. Ich verändere meine Position so, dass mein ganzes Gewicht auf der Mitte der Fensterbank liegt und schiebe mich mit voller Kraft hoch. Das Fenster gibt nach und geht auf – ein wenig zu laut für meinen Geschmack. Aber es ist jetzt weit genug offen. Ich befreie mich von dem Seil und schiebe mich mit den Füßen voraus durch das Fenster.

Drinnen bewege ich mich vorsichtig zum Rand des Obergeschosses und blicke hinunter. Der große offene Raum unter mir ist leer, nur an den Seitenwänden sind alte Kühlschränke, Öfen und sonstiges Gerümpel gestapelt. Ein paar Türen führen in andere Teile des Gebäudes.

Niemand ist zu sehen.

Eine ungestützte Holztreppe führt vom Speicher nach unten. Ich fange an, sie hinunterzugehen, aber sie knarrt viel zu laut. Also springe ich von der Treppe aus hinunter und lande mit einem dumpfen Aufprall auf allen vieren. Ein einziger Laut ist weniger verräterisch als eine ganze Reihe knarrender Geräusche.

Meine Aufmerksamkeit gilt der Tür, von der ich weiß, dass sie in einen Flur mit mehreren Zimmer führt. Wieder hole ich meine Five-Seven heraus, schalte das T. A. K. ein und ziele auf die Tür. Dieses Mal wird der Bildschirm rot. Hinter der Tür spricht jemand. Lautlos krieche ich zur Wand, drücke mich flach an sie und lausche.

Die Stimmen klingen nur gedämpft an mein Ohr, aber ich kann hören, dass sie Russisch sprechen. Noch während ich überlege, ob ich durch die Tür stürmen und die Männer erschießen soll, höre ich Schritte, die sich nähern.

Die Tür geht auf und verdeckt mich. Zwei Männer kommen heraus und gehen in die Mitte der Lagerhalle. Über ihren Schultern hängen Kalaschnikows.

»Schalt die Lichter an, Yuri«, sagt einer auf Russisch. »Ich kann nichts sehen.«

Der Mann namens Yuri geht in den vorderen Teil des Gebäudes. Verdammt. Sie wollen das Licht einschalten, und ich stehe hinter der Tür. Was tun? Unbemerkt schleiche ich um die Tür herum und gelange gerade noch rechtzeitig in den Gang, ehe das Licht angeht. Der Gang ist hell erleuchtet, aber niemand ist da. Ich sehe drei Zimmer. Die Türen zu zweien von ihnen stehen offen. Dies scheinen die Unterkünfte der Russen zu sein, denn in ihnen stehen Feldbetten, und sie sehen bewohnt aus. Die dritte Tür ist geschlossen. Ich schalte mein Sichtgerät auf Wärmemodus und kann einen warmen Körper ausmachen, der sich waagerecht in diesem Raum befindet. Ist das vielleicht Sarah? Ich entschließe mich, es zu versuchen.

Selbstverständlich ist die Tür abgeschlossen. Während ich mich mit einem Ohr auf die offene Tür am Ende des Flurs konzentriere und die Russen in der Lagerhalle reden höre, hole ich vorsichtig meine Dietriche heraus und probiere, welcher passt. Nach drei Versuchen ist die Tür offen.

Auf einem Feldbett liegt Sarah.

40

»Sarah!«, flüstere ich. Erschrocken sieht sie zu mir auf. In meiner Uniform mit dem Sichtgerät sehe ich aber auch aus wie ein Außerirdischer. Deshalb schiebe ich rasch das Sichtgerät hoch, damit sie mein Gesicht erkennen kann.

»Ich bin's«, sage ich.

»Dad!« Mit einem Sprung ist sie bei mir und schlingt die Arme um mich, als wäre ich der letzte Mensch auf Erden.

»Scht!«, flüstere ich. »Du musst leise sein. Ich werde dich hier herausholen.«

»Oh, Dad, ich habe gewusst, dass du kommst!«, gibt sie schluchzend zurück.

»Bist du in Ordnung? Haben sie dir wehgetan?«, frage ich, während ich ihr über das Haar streiche.

»Ein wenig. Ich ... ich bin nur so schwach.«

»Kannst du gehen?«

»Ich werde es versuchen.«

Obwohl es ihr gelingt, frei zu stehen, sehe ich, dass sie sehr unsicher ist. Ich werde sie wohl tragen müssen. Für einen Augenblick lehne ich sie gegen die Wand, um durch die Tür in den Korridor zu spähen. Der Gang ist frei.

»Warte hier, Liebling, ich hole dich gleich«, sage ich.

»Lass mich nicht allein!« Sie gerät beinahe in Panik.

»Sarah, die Kidnapper sind noch hier. Erst muss ich mich um sie kümmern, danach werde ich dich holen.«

Sie holt tief Atem und wischt sich die Tränen vom Gesicht. »In Ordnung.«

»Braves Mädchen. Aber jetzt keinen Laut.«

Ich trete in den Gang hinaus und schließe die Tür, ohne sie zu versperren. Dann greife ich nach meiner Five-Seven, schraube den Schalldämpfer auf und schieße die beiden Deckenlampen im Gang aus. In der Dunkelheit, die mich jetzt umfängt, setze ich das Sichtgerät auf und schalte auf Nachtsichtmodus.

Ein Blick durch die Tür zur Lagerhalle zeigt mir, dass die beiden Russen die Halle durch die Vordertür verlassen haben. Der ganze Raum ist leer. Rasch knie ich nieder, ziele mit der Five-Seven auf die Arbeitslichter und schieße alle sechs aus. Jetzt fällt nur noch durch die geöffnete Vordertür Licht in die Halle, und das ist nicht allzu viel.

Mit schnellen Schritten eile ich zu der Treppe, die in das Obergeschoss hinaufführt. Gerade als ich am oberen Ende der Treppe angelangt bin, kehren die beiden Männer zurück. Lautlos ziehe ich das SC-20K von der Schulter und gehe in Position.

»He, hast du die Lampen ausgeschaltet?«, fragt einer der beiden den anderen.

»Nein.« Ich sehe, wie der eine Mann namens Yuri zum Lichtschalter geht und versucht, die Lampen wieder einzuschalten. »Was zum Teufel ...«

»Ein Stormausfall?«

»Ich ... ich glaube nicht. Vlad, schnell!« Sie begreifen, dass ich möglicherweise früher gekommen bin als erwartet und stürmen zur Tür. Ich hebe das Gewehr und ziele auf die Tür, bereit, die beiden Männer abzuknallen – als ich plötzlich eine Pistolenmündung an meinem Hinterkopf fühle.

»Keine Bewegung!«, ruft eine Stimme. »Waffe fallen lassen! Yuri! Vlad! Ich habe ihn!«

Die beiden Russen bleiben stehen und sehen zum Obergeschoss hinauf. »Eli? Bist du das?«

»Ja. Waffe fallen lassen!« Ich lasse das Gewehr fallen. »Hände hoch!« Wieder gehorche ich.

Eli. Eli Horowitz, der meine Tochter verraten hat, steht hinter mir und richtet eine Waffe auf meinen Kopf. Eine kleine Laterne in der Nähe wirft einen schwachen Lichtschein auf uns, sodass mich die Russen jetzt sicher sehen können.

»Bring ihn herunter!«, ruft einer von ihnen.

»Vorwärts«, befiehlt Horowitz. »Zur Treppe.«

Während ich langsam zur Treppe gehe, folgt mir Horowitz mit der Pistole in der einen und der Laterne in der anderen Hand. Unten flackert ein helles Licht auf. Offenbar haben die Russen ein Flutlicht gefunden, das nicht an das normale Arbeitslicht gekoppelt ist. Die Halle ist nun wieder schwach beleuchtet.

»Sie sind zu früh dran, Mr Fisher!«, sagt Yuri. »Wir haben eine Überraschungsparty für Sie vorbereitet, aber wir sind noch nicht fertig.«

»Ja, kommen Sie doch am Morgen wieder«, sagt Vlad lachend.

Sobald ich das obere Ende der Treppe erreiche, trete ich abrupt einen Schritt zurück, greife nach der Pistole in Elis Hand, die ich ihm ohne Gegenwehr entreißen kann, und werfe ihn über meine Schulter auf die Treppe hinab. Er landet rücklings in der Mitte der Treppe, die aufgrund ihres Alters und seines Gewichts zusammenbricht. Horowitz schreit vor Schmerzen auf, als er inmitten der Trümmer auf dem Boden aufschlägt.

Noch ehe ich in Deckung springen kann, feuern die beiden Russen ihre Kalaschnikows auf mich ab. Klirrend durchsieben die Kugeln alles, was sich im Obergeschoss befindet, während ich mich hastig hinter einen alten Ofen kauere.

»Mr Fisher?«, höre ich Captain Weiss in meinem Ohr. »Was ist los?«

»Bringen Sie Ihre Leute herein«, befehle ich, während ich auf das Implantat drücke. »Ich bin im Obergeschoss, unten in der Halle sind drei Männer!«

Weitere Kugeln sausen an mir vorüber, als ich mich mit einem Sprung von dem Ofen entferne. Eine Kugel streift meinen rechten Stiefel, sodass ich sogar schon ihre Hitze fühlen kann. Das war zu nahe für meinen Geschmack. Mir gelingt es jedoch, hinter einen großen Kühlschrank zu springen, was mich in eine deutlich bessere strategische Position bringt. Einen Augenblick halte ich inne, um wieder zu Atem zu kommen. Ich schalte das Nachtsichtgerät ab und sehe, dass die beiden Russen hinter dem Gerümpel zu beiden Seiten der Halle in Deckung gegangen sind. Verdammt, wenn die Soldaten der Shin Beth jetzt durch die Vordertür kommen, können die beiden Russen sie gemütlich abknallen.

»Captain!«, rufe ich. »Nicht durch die Vordertür ...«

Aber es ist schon zu spät. Die Vordertür wird aufgestoßen und drei Männer stürmen herein. Die beiden Russen sind zwar überrascht, aber geistesgegenwärtig genug, um sofort das Feuer auf die Eindringlinge zu eröffnen. Getroffen stürzen die drei Soldaten zu Boden.

Augenblicklich greife ich in den Rucksack, ziehe zwei Rauchgranaten hervor, stelle sie so ein, dass sie beim geringsten Kontakt explodieren und werfe sie in die Lagerhalle hinunter. Sie explodieren mit lautem Knall und füllen den Raum schnell mit dichtem, schwarzen Rauch.

Die Russen unter mir feuern blindlings in die Mitte des Raumes und zu mir herauf. Ich riskiere es, vom Obergeschoss hinunterzuspringen und lande mit hartem Aufprall auf dem Boden. Aus anderen Teilen des Gebäudes – vermutlich aus den rückwärtigen Räumen – höre ich, wie Glas splittert und weitere Soldaten in das Versteck eindringen. Während die Russen unbeirrt um sich schießen, gehe ich mit einem Sprung in Deckung. Im rückwärtigen Teil des Gebäudes sind laute Rufe und Gewehrsalven zu hören. Waren noch mehr Kidnapper im Gebäude? Im Schutz des Rauchs haste ich durch die Halle in den dunklen Gang zurück. Als ich die Tür zu Sarahs Zelle aufstoße, finde ich sie neben dem Feldbett auf dem Boden. Ich hebe sie auf und trage sie hinaus. Gerade als ich die Halle erreiche, stürmen weitere Shin-Bet-Soldaten herein, gehen in Deckung und schießen auf die hinter dem Gerümpel verborgenen Russen. Der Lärm ist ohrenbetäubend, und ich fühle, wie meine Tochter in meinen Armen zittert. Hier komme ich nicht hinaus, deshalb laufe ich durch den Gang zur Hintertür des Gebäudes. Weitere Shin-Bet-Soldaten kommen mir durch die aufgebrochene Tür entgegen. Sobald sie an mir vorüber sind, laufe ich mit Sarah hinaus. Erst gut zehn Meter von der Lagerhalle entfernt halte ich an und lege sie auf den Boden.

»Sarah, Liebling, sprich mit mir!«

»Dad!«, stößt sie hervor, ohne mich loszulassen.

Rasch schiebe ich das Sichtgerät hoch, um sie näher zu betrachten. Sie hat ein paar Blutergüsse an den Armen und im Gesicht.

»Was haben dir diese Schweine angetan?«

»Sie haben mich mit einer Zange gequält«, erzählt sie schluchzend. »Ich wollte ihnen deine Geheimnummer nicht geben, aber ich konnte es nicht ertragen, Dad. Ich konnte es einfach nicht ertragen.«

Ich drücke sie an mich und streichle über ihren Kopf. »Schon in Ordnung, Sarah. Du hast es richtig gemacht. Niemand kann das aushalten. Aber du wirst wieder gesund werden.«

Captain Weiss und ein paar andere Soldaten tauchen hinter mir auf.

»Mr Fisher? Ist sie in Ordnung?«, fragt Weiss.

Ich nicke, aber Sarah ist immer noch nicht bereit, mich loszulassen.

»Sergeant Marcus wird sie in Sicherheit bringen«, sagt Weiss.

Wieder hebe ich Sarah hoch. »Sarah, Liebling, dieser Soldat wird dich von hier wegbringen.«

»Geh nicht weg!«, ruft sie.

»Sarah, ich verspreche dir, dass ich gleich wieder zurückkomme und dich nach Hause bringe. Aber erst muss ich noch einmal dort hinein, um ein wenig wütender Vater zu spielen. So etwas dürfen sie nicht mit meinem kleinen Mädchen machen!«

Sie lächelt, hält mich aber immer noch fest umklammert. Allerdings protestiert sie nicht, als ich mich umdrehe und sie dem Sergeant in die Arme lege. Augenblicklich läuft der Sergeant mit ihr die Straße hinunter, während mir Captain Weiss ein Tavor-Sturmgewehr übergibt.

»Wollen Sie so eines?«

»Darauf können Sie wetten.«

Ich nehme das Gewehr, setze das Sichtgerät auf und stürme durch die Hintertür. In der Lagerhalle tobt ein Feuersturm. Sobald ich hinter dem Gerümpel an der Seite der Halle in Deckung gegangen bin, stelle ich fest, dass die beiden Russen eine ausgezeichnete Zuflucht gewählt haben, von der aus sie straffrei auf uns schießen können. Ein weiterer Shin-Bet-Soldat liegt auf dem Boden, und die Übrigen feuern hinter allem hervor, was sie als Deckung gefunden haben. Ich ziele mit dem Tavor und drücke zwei Mal ab, aber die beiden Männer sind zu gut geschützt. Dass sie keinen Fluchtweg haben, ist ihr einziger Fehler. Irgendwann wird ihnen die Munition ausgehen.

Dann schleudert ein Shin-Bet-Soldat eine Granate gegen die Wand, an der sich einer der Russen verschanzt hat. Sobald sie explodiert, schreit der Mann vor Schmerz auf. Obwohl der Russe offenbar verwundet ist, unternimmt er einen letzten Versuch, einige von uns zu töten. Es ist dieser Vlad. Er steht auf, tritt hinter dem Kühlschrank hervor und feuert eine wilde Salve aus seiner Kalaschnikow ab. Für die Shin-Bet-Soldaten ist es ein Leichtes, ihn abzuknallen. Mit hörbarem *Platsch* schlägt er auf dem Boden auf.

Während sich allmählich der Rauch meiner Granate lichtet, schießt der zweite Kidnapper unbeirrt auf uns. Diesmal greife ich nach einer Splittergranate, stelle sie so ein, dass sie direkt beim Aufprall explodiert und schleudere sie in seine Richtung. Sobald sie hochgeht, bricht das russische Gewehrfeuer unmittelbar ab. Einen Augenblick lang ist es vollkommen still. Dann höre ich, wie der Captain einen Befehl erteilt und zwei seiner Leute zu dem Russen hinüberlaufen, um den Schaden zu begutachten. Nachdem sie kurz in den Trümmern gewühlt haben, ziehen sie Yuris Leichnam aus dem Gerümpel in die Mitte der Halle und lassen ihn dort zu Boden fallen. Ein zweites *Platsch.*

Ich betrachte die Gesichter der toten Kidnapper, aber ich erkenne sie nicht.

»Durchsucht das Gebäude«, befiehlt der Captain seinen Männern. Dann kommt er zu mir herüber und fragt mich, ob ich die beiden kenne.

»Nein, ich habe sie noch nie gesehen«, antworte ich. »Ich weiß nur, dass sie sich gegenseitig Vlad und Yuri genannt haben.«

»Wir werden sie schon noch identifizieren.«

Sobald ich mich zu den Trümmern der eingestürzten Treppe wende, fällt mir auf, dass hier etwas fehlt. »Wo ist ...? Da war noch einer«, sage ich.

»Mein Sergeant hat mir gesagt, dass sie noch einen beim Hintereingang erwischt haben. Sie haben ihn niedergeschossen, als sie durch die Fenster eingedrungen sind.«

Im rückwärtigen Teil des Gebäudes finde ich tatsächlich die Leiche eines Kidnappers. Der junge Mann ist mehrmals in die Brust getroffen worden, aber es ist nicht Eli Horowitz. Ein Shin-Bet-Soldat sieht sich eben den Inhalt seiner Brieftasche und seinen Ausweis an.

»Wisst ihr, wer das ist?«, frage ich.

»Ja, Sir. Er heißt Noel Brooks und hat in Ost-Jerusalem gewohnt.«

Erst schließe ich mich der Durchsuchung des Gebäudes an, doch dann halte ich einen Augenblick an, um mir Carlys Plan nochmals anzusehen.

»He, hier gibt es eine Falltür zu einem Keller«, sage ich zu den Männern und deute in die Richtung, in der ich die Falltür vermute. Und tatsächlich finde ich sie in der Nähe des Hintereingangs. Sobald einer der Soldaten die schwere Falltür öffnet, zeigt sich eine Treppe, die in einen dunklen Raum hinunterführt. Während ich den beiden Männern in den Keller folge, schalte ich mein Sichtgerät auf Nachtsichtmodus.

Der Raum ist staubig, stickig und bis obenhin mit kaputten Waschbecken und Badewannen gefüllt. Die Luft ist so schlecht, dass ich mir nicht vorstellen kann, dass jemand hier länger als zehn Minuten durchhält. Die Shin-Bet-Soldaten leuchten mit ihren Taschenlampen umher und sehen hinter einzelne Wannen und sonstiges Gerümpel.

»Nichts, Sir«, sagte einer von ihnen.

»In Ordnung«, antworte ich. »Macht weiter, ich bleibe noch und sehe mich ein wenig um.«

Die beiden Männer steigen die Treppe hinauf und verschwinden durch die Falltür. Sobald sie fort sind, stelle ich mich in die Mitte des Kellers und drehe mich langsam im Kreis. Nur zum Spaß schalte ich das Sichtgerät auf Wärmemodus in der Hoffnung, einen atmenden Körper zu entdecken. Nichts. Gerade als ich wieder auf Nachtsichtmodus wechseln will, entdecke ich Wärmesignale auf dem Boden. Als ich mich bücke, um die Stelle näher zu untersuchen, erkennen ich, dass es keine Wärmesignale sind, sondern lediglich Fußspuren, die auf dem staubigen Boden zurückgeblieben sind. Augenblicklich schalte ich auf Fluoreszenzmodus, wodurch weitere Störungen im Staub sichtbar werden. Jetzt kann ich eine imaginäre Linie von Fußspuren verfolgen, die in eine Ecke des Raumes führen, in der ausgediente Küchengeräte aufeinander gestapelt sind. Um dorthin zu gelangen, muss ich eine ganze Menge Gerümpel zur Seite schieben und schließlich sogar über einen Stapel von Geräten klettern.

In der Ecke stehen drei alte Kühlschränke, mehrere Waschbecken und zwei Öfen, die alle aus den Sechzigern oder Siebzigern zu stammen scheinen. Vorsichtig öffne ich einen Kühlschrank nach dem anderen. Leer. Als Nächstes versuche ich es mit den Öfen. Wieder nichts. Gerade als ich aufgeben will, bemerke ich eine Badewanne, die mit der hohlen Seite gegen die Wand lehnt. Entschlossen greife ich danach und ziehe sie zu Boden.

Hinter der Badewanne hat sich Eli Horowitz ängstlich zusammengekauert. Mein Sturmgewehr ist schneller in seinem Gesicht, als er blinzeln kann.

»Nicht schießen!«, schreit er.

»Sieh zu, dass du hier herauskommst, und hoch mit deinen Händen, damit ich sie sehen kann.«

Der junge Mann kriecht unsicher hinter der Badewanne hervor und hebt die Arme. Ich durchsuche ihn mit einer Hand, und obwohl ich nichts finde, bin ich bewusst grob bei seinen Weichteilen. Er zuckt zusammen, bleibt aber still.

Sobald ich sicher bin, dass er unbewaffnet ist, fasse ich ihn am Hemdkragen und hebe ihn hoch. Seine Augen weiten sich vor Angst, als ich ihn nun anknurre: »Eigentlich sollte ich dich auf der Stelle töten. Ich sollte dir das Genick brechen und dich hier verrotten lassen, du dreckiger kleiner Mistkerl.« Und ich bin auch wirklich bereit, genau das zu tun, als mich der angstvolle Ausdruck im Gesicht des Jungen stoppt. Auch wenn er dreiundzwanzig Jahre alt ist, sieht er in diesem Augenblick aus wie dreizehn.

Ich lasse sein Hemd los, und er stürzt zu Boden. »Es tut mir so Leid, es tut mir ja so Leid«, stammelt er, während er vor mir auf dem Bauch liegt.

»Hoch mit dir, du Schwein«, brülle ich ihn an, während ich ihn hochziehe und schüttle. »Reiß dich zusammen.« Schniefend fährt er sich mit dem Handrücken über die Nase und nickt.

Ich schiebe Eli Horowitz die Treppe hinauf und hinaus ins Freie. Die Shin-Bet-Soldaten haben mittlerweile ihre Fahrzeuge zum Lagerhaus gebracht, und ich sehe Sarah auf der Rückbank eines der Wagen.

»Hier habe ich einen für Sie, der noch lebt«, sage ich zu Captain Weiss, während ich Horowitz zu ihm führe. »Ich glaube, er wird Ihnen gerne alles erzählen.«

Horowitz sieht zu dem Auto hinüber, in dem Sarah sitzt. »Bitte, Sir«, wendet er sich an mich. »Ich will ihr nur sagen, wie Leid es mir tut.«

»Das wirst du bleiben lassen«, gebe ich zurück. »Du kannst von Glück reden, dass ich dir nicht die Eier abgeschnitten habe, als ich dich fand.«

In diesem Augenblick entdeckt Sarah den Jungen. »Eli!«, ruft sie und öffnet die Wagentür. Sie bleibt jedoch in ihre Decke gehüllt sitzen und bedeutet uns, zu ihr zu kommen. Was zum Teufel, denke ich, fasse aber dann doch den Jungen wieder fest am Kragen und schiebe ihn zu ihr hinüber.

»Sarah«, beginnt er. »Das alles tut mir ja so Leid. Ich habe ... Ich habe wirklich nicht geglaubt, dass ...«

Irgendwie findet meine Tochter die Kraft aufzustehen. Und noch ehe er seine Worte zu Ende stammeln kann, spuckt sie ihm mitten ins Gesicht. »Zur Hölle mit dir, Eli«, sagt sie, während sie sich wieder auf die Bank zurücksinken lässt und die Decke enger um sich zieht.

»Von jetzt an werde ich mich um ihn kümmern, Sir«, sagt einer der Shin-Bet-Soldaten. Im nächsten Augenblick legt er Horowitz Handschellen an und führt ihn fort.

Nach einer Nacht in Tel Aviv hole ich Sarah von einem Militärspital in der Nähe des Ben-Gurion-Flughafens ab. Der Arzt sagt mir, dass sie zwar unterernährt und schwach ist, aber sonst alles in allem in guter Verfassung. Sarah hatte zwar ihren Hungerstreik über eine Woche durchgehalten, aber sie war klug genug, ausreichend zu trinken. Hätte sie das nicht getan, wäre sie wohl stark dehydriert und schwer krank. Mit ein wenig Bettruhe und einer langsam ansteigenden Diät sollte sie in Kürze wieder ganz gesund sein.

Die psychologischen Nachwirkungen könnten jedoch noch jahrelang anhalten. Die beiden Russen, die vom Mossad rasch identifiziert wurden, haben sie offenbar misshandelt, um an meine Telefonnummer zu kommen. Ich will nicht in Einzelheiten gehen. Es genügt zu sagen, dass sie einen Hammer und eine Zange verwendeten. Glücklicherweise ist nichts gebrochen oder verstümmelt – nur unzählige Blutergüsse, die abheilen werden.

Sobald ihn die Shin Bet in Gewahrsam nahmen, kehrte Eli Horowitz sein Innerstes nach außen. Er gestand, dass er für den Shop arbeitete und dass er den Auftrag hatte, mich zu finden und auszuschalten. Sarah war für ihn das einzige Mittel, um sein Ziel zu erreichen. Ich verfasste einen vollständigen Bericht für Lambert, der Vorkehrungen trifft, um meiner Tochter rund um die Uhr einen Leibwächter zur Seite zu stellen, wo auch immer sie ist. Die Wahrscheinlichkeit, dass so etwas nochmals geschieht, ist gering. Das weiß ich. Aber ich werde dadurch beruhigter schlafen.

Was den Shop betrifft, wurden die beiden Niederlassungen der Swiss-Russian International Mercantile Bank in Zürich und Baku ausgeräumt und jeder, der mit ihnen zu tun hatte, entweder verhört oder festgenommen. Leider gelang es den Anführern dieser verbrecherischen Organisation, allen voran ihrem führenden Kopf Andrej Zdrok, zu entkommen. Niemand weiß, wo sie stecken, aber ich bin sicher, dass wir früher oder später wieder von ihnen hören werden. Größte Sorge bereitet uns die Frage, wie unser Sicherheitssystem durchbrochen werden konnte. Der Shop besaß eine Liste aller Splinter-Cell-Agenten – wie ist er an diese Liste gekommen? Ich glaube, diese Frage wird für mich in nächster Zukunft oberste Priorität bekommen.

Die Shadows wurden stark geschwächt. Von dem Einkaufszentrum und dem Babylon-Phönix ist nichts mehr übrig. Mehr als einhundert Männer, die dort arbeiteten, wurden getötet. Noch ist unklar, ob die Terroristen es schaffen werden, sich wieder zu gruppieren und einen neuen Anführer zu wählen. Aber diesmal wird es ihnen zweifellos wesentlich schwerer fallen, die nötigen Geldmittel aufzutreiben. Die Türken kamen mit einem blauen Auge davon, immerhin mussten sie zugeben, dass sie in Bezug auf Nasir Tarighian alias Namik Basaran große Fehler begangen hatten. Die iranische Regierung beglückwünschte die Türkei und bedankte sich dafür, dass sie Tarighian ein für alle Mal unschädlich gemacht hatte. Damit ersparte sich der Iran eine ganze Menge Ärger. Ironischerweise schickte die iranische Regierung kein Dankschreiben an die USA.

Etwas später an diesem Morgen besteigen Sarah und ich einen Armeejet, der uns nach Washington bringen wird. Zwei junge US-Marines schieben ihren Rollstuhl und überhäufen sie mit Aufmerksamkeit, was ihr sehr gefällt. Allmählich beginnt sie wieder zu essen, und was noch wichtiger ist, sie beginnt auch wieder zu lächeln und zu lachen. Wie ihr Vater ist auch sie aus hartem Holz geschnitzt, sodass ich hoffe, dass sie sich bald wieder vollständig erholt.

Nachdem wir in unseren Sitzen Platz genommen haben, warten wir die üblichen zwanzig Minuten, ehe das Flugzeug abhebt. Sarah nimmt meine Hand und lehnt ihren Kopf an meine Schulter. Erst gähnt sie, und dann seufzt sie aus tiefstem Herzen.

»Ich bin ja so glücklich, dass du in Ordnung bist«, sage ich. »Wenn dir etwas zugestoßen wäre ...«

»Scht«, flüstert sie.

»Schon gut, ich werde keine große Sache daraus machen«, willige ich ein, während ich leise in mich hineinlache. »Zumindest nicht, bis wir zu Hause sind.«

»Ich hab dich lieb, Dad«, sagt sie leise, als das Flugzeug abhebt.

»Ich hab dich auch lieb, Kleines«, antworte ich, doch da schläft sie bereits.